KB000282

아 기 를 부 르 는 그 림

子宝船

옮긴이 이규원

한국외국어대학교에서 일본어를 전공했다. 문학, 인문, 역사, 과학 등 여러 분야의 책을 기획하고 번역했으며 현재 전문 번역가로 활동중이다. 옮긴 책으로 미야베 미유키의 『이유』, 『얼간이』, 『하루살이』, 『미인』, 『진상』, 『피리술사』, 『괴수전』, 『신이 없는 달』, 『기타기타 사건부』, 『인내상자』, 덴도 아라타의 『가족 사냥』, 마쓰모토 세이초의 『마쓰모토 세이초 걸작 단편 컬렉션』, 『10만 분의 1의 우연』, 『범죄자의 탄생』, 『현란한 유리』, 우부카타 도우의 『천지명찰』, 구마가이 다쓰야의 『어느 포수 이야기』, 모리 히로시의 『작가의 수지』, 하세 사토시의 『당신을 위한 소설』, 가지야마 도시유키의 『고서 수집가의 기이한 책 이야기』, 도바시 아키히로의 『굴하지 말고 달려라』, 사이조 나카의 『오늘은 뭘 만들까 과자점』, 『마음을 조종하는 고양이』, 하타케나카 메구미의 『요괴를 빌려드립니다』, 아사이 마카테의 『야채에 미쳐서』, 『연가』, 미나미 교코의 『사일런트 브레스』, 기리노 나쓰오의 『일몰의 저편』, 하라다 마하의 『총리의 남편』, 안도 유스케의 『책의 엔딩 크레딧』, 고이케 마리코의 『이형의 것들』 등이 있다.

KODAKARA-BUNE — KITAKITA TORIMONOCHO 2
by MIYABE Miyuki
Copyright © 2022 MIYABE Miyuki
All rights reserved.
Originally published in Japan PHP Institute, Inc..
Korean translation rights arranged with RACCOON AGENCY INC., Japan
through THE SAKAI AGENCY and JM CONTENTS AGENCY

미야베 미유키 지음
이규원 옮김

宮部みゆき

子守り船

아기를 부르는 그림

미야베 월드 제2막

북스피어

제1화

아기를 부르는 그림

1

불꽃놀이 그림을 붙인 '붉은 술 문고'는 토왕입추 직전 18일간. 땅의 기운
이 왕성하다는 절기로서 대체로 삼복더위가 한창일 때 첫날까지만 판다.

계절과 절기의 풍물을 밑천으로 삼는 장사라면 물건을 미리미리
준비해서 움직이는 게 중요하다. 가령 5월 6일의 창포는 뒷북이지
만 5월 4일의 창포는 요령이라는 것이다5월 5일 단오에 무병장수를 기원하며
창포탕에 목욕하는 풍습이 있다. 이와 마찬가지로 에도 사람들 몸이 온통 여
름에 젖어 모두들 토왕 장어한여름 건강보양식으로 장어를 먹는 풍습이 있다를 그

리워할 때면 오오카와도쿄 시내를 흐르는 스미다강의 하류를 이르는 통칭 강변의

가와비라키 불꽃놀이본격적인 여름을 맞아 수해나 익사 방지를 기원하며 물의 신에게

제사를 올리는 마쓰리에서 비롯되었으나 점차 피서철의 시작을 축하하는 축제로 발전했다. 에도

오오카와 강변에서는 음력 5월 28일에 치렀으며 대대적인 불꽃놀이로 유명했다 그림도 식

상하게 마련이다.

그렇다고 팔다 남은 물건에 미련을 두면 안 된다. 떨이로 팔아

치우거나 잘 보관해 두었다가 내년 여름에 팔려고 하지 마라. 종이

로 만든 문고는 아무리 잘 보관해도 습기나 햇빛에 변색되게 마련

이라 이듬해에 팔고자 하면 아무래도 품질이 떨어져 붉은 술 문고

의 명성에 금이 간다.

이것이 센키치 대장의 가르침이었다. 예전에 대장이 수하 가운

데 맏형이던 만사쿠에게 훈계하는 것을 기타이치가 귀동냥한 것이

다. 당시 기타이치는 지금보다 훨씬 어려서 아직 문고 행상을 다니

지 않았지만 대장의 가르침은 충분히 이해할 수 있었다.

한편 만사쿠는 당시도 평소처럼 멍한 표정으로 말없이 듣고만

있어서 과연 대장의 가르침을 이해하는지 어떤지 곁에서 봐서는

도통 알 수가 없었다.

올여름에 기타이치는 마침내 독립하여 센키치 대장의 붉은 술

문고를 계승했다. 세상 사람들 눈에는 공식 상속자 만사쿠·오타

마 부부의 문고가게에 대항하는 독립처럼 비쳤겠지만 후회는 없었

다.

다만 상황이 이렇게 된 까닭은 만사쿠의 처 오타마와 크게 싸운

것이 계기였으므로 만사쿠에게는 미안한 마음도(아주 조금이지만) 있어서,

"만사쿠 씨한테는 개업인사를 해 둬야겠죠? 저 혼자 가면 모양이 빠지니까 같이 가 주실래요?"

하고 '도미칸'에게 부탁해 보았다. 그러자 이 노련한 나가야 관리인은 후후, 하고 웃었다.

"이제 와서 무슨 개업인사를. 관둬, 관둬, 관둬."

세 번씩이나 반복할 건 뭐람.

"기타는 이미 저쪽에 싸움을 건 셈이니까 승부는 벌써 시작됐어. 만사쿠가 미워해도 오타마가 저주해도 어쩔 수 없어. 지금은 자기 장사에나 힘쓰게."

그런가? 나도 마음 독하게 먹어야겠군. 그렇게 명심하며 하루하루 보냈지만 아무래도 마음에 걸려 딱 한 번 만사쿠・오타마의 문고가게 앞으로 지나가 보았다(물론 문고 행상 차림이 아니라 빈 몸으로).

그러자 가게 앞에 차상자_{차를 대량으로 운반하는 데 쓰는 크고 튼튼한 나무상자}를 하나 내놓고 불꽃놀이, 금붕어, 부채, 모깃불 등 여름을 상징하는 그림을 붙인 붉은 술 문고들을 거기에 담아 떨이로 팔고 있는 것이 아닌가.

―만사쿠 씨는 전혀 이해를 못했구나.

싸움을 하고 결별한 것은 유감이지만 역시 독립은 잘한 일이다. 그렇게 생각하니 가슴이 한결 가벼워졌다.

한편 기타이치의 문고를 만드는 작업장은 오우미 신베에가 여러 가지로 도와준 덕분에 '느티나무집'에서 멀지 않은 곳에 구할 수 있었다. 사루에 목재창고 서쪽 논밭 한가운데인데, 연장창고보다 나을 게 없는 허름한 오두막이었다.

이곳은 후카가와 변두리이다. 사찰, 신사, 무가저택이 모여 있는 구역을 지나면 사방에 보이는 것은 논밭뿐이고 주택은 별로 없는 곳이다.

기타이치가 적당한 작업장을 구하지 못하고 있을 때 신베에는 전에 시제품을 만들 때처럼 느티나무집의 방 한 칸을 빌려 쓰면 된다고 말해 주었다.

"작은 나리께서 그림을 그려 주시니 문고 제작도 이 저택 안에서 해결하면 아무래도 더 편리하겠지."

고마운 말이지만 넙죽 받아들일 수는 없었다.

"작업장을 저택 안에 두면 작은 나리께 누가 되지 않을까요? 저나 스에조 영감, 제 가게에서 일하며 푼돈이라도 벌려고 하는 이 근방의 농사짓는 할머니들처럼 사시사철 먼지투성이 작업복만 입고 사는 무리가 저택에 들락날락할 텐데."

기타이치가 멋대로 '느티나무집'이라고 부르는 이 저택은 고부신구미시하이 조장 쓰바키야마 가쓰모토 나리의 별저이다. 신베에는 요닌에도 시대 영주나 고위 무사 밑에서 서무와 출납 등을 맡던 사람으로 일하는데, 백발의 시녀 세토 님 앞에서는 고양이 앞의 쥐처럼 꼼짝을 못한다. 신베에가 '작은 나리'라 부르는 사람은 쓰바키야마 나리의 아드님으로, 병약한 탓에 별저에서 요양하며 지내는 듯했다.

'듯하다'라고 말하는 까닭은, 이 작은 나리가 붉은 술 문고의 자랑인 도안을 그려 주는데도 정작 기타이치는 아직 만나 본 적이 없기 때문이다. 그래도 신베에와 세토 님이 작은 나리를 극진히 모신다는 것은 알 수 있었다.

"신베에 님, 저희 같은 것들을 그렇게 함부로 저택에 들이시다가는 세토 님한테 된통 혼나실 텐데요."

기타이치가 경고하자 신베에는 순순히,

—그건 너무 무서운데!

하는 표정이 되었다. 그리고 굵은 손가락으로 콧잔등을 박박 긁으며 말했다.

"하긴 세토 님이 노여워하시겠지. 하지만 작은 나리께서."

아무 문제 없다고 말씀해 주셨다는 것이다.

"뭐 조만간 기타도 만나 뵐 수 있게 해 주지."

그런 대화가 있고 얼마 지나지 않아 신베에가 논밭 한가운데 있는 오두막을 찾아내 주었다.

"오두막 주인도 붉은 술 문고를 알더군. 임대료는 필요 없으니 철이 바뀔 때마다 새 문고나 하나씩 달라고 하네."

기타이치는 스에조 영감과 함께 오두막을 보러 갔다. 밭 한가운데라 통풍과 채광은 더할 나위 없이 좋았다. 스에조 영감이, 그게 제일 중요하거든, 여기로 정하지, 라고 말했다.

"여기라면 해 떨어질 때까지 일할 수 있어. 풀도 금방 마르고, 재료로 쓰는 종이도 눅눅해지지 않고. 장점이 한두 가지가 아냐."

일찌감치 결정을 내린 기타이치는 오두막을 치우고 연장과 재료를 가져다가 작업장을 꾸몄다. 그러자 심장이 입 밖으로 튀어나올 정도로 놀랍게도, 그리고 그 (튀어나온) 심장을 놔두고 냉큼 땅바닥에 머리를 조아리고 싶을 만큼 고맙게도 세토 님이 축하 선물을 준비해서 방문해 주셨다.

세토 님이 삼보굽이 매우 높은 나무쟁반. 귀인에게 음식을 낼 때 쓴다에 머리와 꼬리가 온전한 참돔해체하지 않은 참돔은 경사에 내는 대표적 식재료이다과 설탕과 자 꾸러미를 받쳐 들고, 뒤에 거느린 오우미 신베에에게 붉은 쓰노다루 술통두 개의 손잡이가 뿔처럼 곧추선 붉은 술통으로, 축하주를 담는 데 쓴다을 들려서 채소밭과 오이밭 사이 밭고랑 길을 유유히 걸어왔다.

어쩌면 세토 님은 이 근방 터주신보다 더 나이가 들었는지도 모른다. 전체적으로 바싹 여위고 오그라든 인상인데도 목소리는 까랑까랑하고 허리도 꼿꼿하다. 머리에는 붙임머리를 넉넉히 넣어 고쇼마게교토 궁중에서 유래해 에도 시대 전기에 민간에서도 유행한 머리 모양으로, 머리를 단단히 틀어 올리지 않고 어깨나 등에서 느슨하게 묶는 것이 특징를 틀고 느티나무집에서는 늘 에도즈마기혼 여성의 정장으로 검은색을 기본으로 하되 허벅다리 아래쪽에만 화려한 색채의 무늬를 넣으며 단아한 위엄을 느끼게 하는 기모노 밑자락을 궁중 여인처럼 질질 끌고 다녔지만 이번 방문 때는 가사네조리밑창이 두툼한 조리신발를 신고 기모노 자락을 걷어 부치고 흙먼지를 막기 위해 히후두루마기 비슷한 겉옷를 걸쳤다.

"가, 가, 감사합니다."

기타이치는 자신도 이해할 수 없는 헛소리 같은 말을 하며 세토 님의 주름투성이 작은 손에서 삼보를 공손히 받아들었다. 그리 무겁지는 않아서 마음이 놓였다. 참돔에서 맛난 냄새가 났다.

"기타이치 씨, 축하드리오."

세토 님의 말에 기타이치는 모처럼 집어 들어서 꿀꺽 삼킨 심장이 다시 튀어나오고 말았다. 이게 꿈이냐 생시냐. 나를 늘 "미천한 것", "저 녀석", "장사치"라고 부르던 세토 님이 맞나.

"우리 작은 나리께서 그쪽을 크게 성원하시며 직접 찾아가 축하해 주라고 이 세토에게 이르셨네. 앞으로 자네도 본분을 다해 진력하시게."

기타이치에게는 조금 이해하기 어려운 말이었지만 아마 좋은 말씀이었을 것이다.

나중에 신베에가 "기타의 그 표정은 십년이 지나도 못 잊을 거야"라고 놀리자 기타이치도 "빨간 술통을 들고 밭 한가운데 멀거니 서 있던 신베에 씨 얼굴도 볼 만했거든요"라고 응수했다. 그리고 함께 웃었다.

스에조 영감도 온 얼굴에 주름살을 죽죽 늘어뜨리며 웃었다. 그 뒤에 영감의 딸 내외가 꽃놀이 때처럼 찬합을 들고 와 주어서 다들 찬합을 가운데 놓고 둘러앉아 축하 잔치를 벌였다.

센키치 대장이 타계한 이래 이렇게 마음이 가볍고 따뜻하기도 처음이다. 기타이치는 저도 모르게 연신 눈가를 훔쳤다. 웃는 얼굴로 울고 있었던 것이다.

이제 됐다. 대장도 기뻐하시겠지— 아니, 기뻐하시도록 앞으로 하루하루 노력해야지.

기타이치가 사는 후카가와 기타나가호리초의 '도미칸 나가야'와 사루에 목재창고 옆의 문고 작업장을 실로 잇는다면 가운데 즈음이 바로 요코가와 오기바시 근방이 된다.

그 오기바시에 '조메이탕長命湯'이 있다. 가만히 서 있어도 몸이 좌우 어느 한쪽으로 기울 만큼 늙어 버린 노부부가 운영하는, 보는 방향에 따라서는 건물도 지붕도 차양도 기울어진 듯한 아주 오래된 대중탕이다.

이곳 가마에서 목욕물을 끓이는 담당이, 기타이치가 '기타'라 부르는 기타지이다.

대중탕 가마지기는 온갖 땔감을 주워 와야 한다. 꽤 지저분한 일이기 때문에 기타지는 언제 봐도 땟국인지 검댕인지 먼지인지 흙인지, 아니면 그 전부가 뒤섞인 오물에 범벅이 되어 있었다. 쑥대머리는 새끼줄로 묶고 다녔다. 옛날이야기에 나오는 마녀도 머리에 빗질 정도는 하고 살았을 텐데. 목덜미 머리카락에 새가 둥지를 틀고 알을 깠다고 해도 기타이치는 그다지 놀라지 않았을 것이다.

그런데 이 녀석은 알고 보면 인형 같은 예쁘장한 얼굴을 갖고 있다. 게다가 믿기지 않을 만큼 싸움에 능하다. 소리 없이 잽싸게 움직이는 거라면 족제비나 뱀이 둔갑한 놈이 아닐까 싶을 정도다.

그런 기타지와 아는 사이가 되고 서로 돕게 되었다는 사실을 기타이치는 아무한테도 말하지 않았다. 문고 장사부터 시작해 하나부터 열까지 도움을 받고 있는 오우미 신베에한테도, 위기에 빠진 도미칸에게도, 센키치 대장의 부인이며 현재 기타이치의 뒷배인 후유키초 마님에게도. 아무한테도 말하지 말라는 부탁을 받았기 때문이다.

기타지는 수수께끼의 사나이다. 아니, 청년이다. 아무튼 적어도 아이는 아니다. 몇 살인지는 가늠하기 힘들다. 열여섯 살 기타이치보다 몇 살 많아 보일 때도 있고 어리게 느껴질 때도 있다.

작년 말 물구덩에 살얼음이 낄 만큼 추운 아침, 기타지는 조메이탕 뒤뜰에 유카타 한 장 차림으로 혼절해 있다가 구조되었다. 그리고 그대로 조메이탕에 눌러앉아 가마지기가 되었다. 기타지가 이렇게 싸움에 능하다는 사실은 조메이탕의 노인 부부도, 변두리 낡은 대중탕에 드나드는 수상쩍은 손님들도 전혀 눈치채지 못했다. 오직 기타이치만 기타지가 믿음직한 호위꾼이라는 사실을 알고 있다.

기타지의 오른쪽 어깻죽지에는 까마귀천구처럼 생긴 별난 문신이 있다. 이 문신을 계기로 두 사람이 엮이게 되었지만 그 그림의 의미는 아직 수수께끼다.

기타이치가 생업에 이렇게 매달리지 않았다면, 좀 더 여유로운 어른이었다면 기타지를 의심하거나 싫어하거나 두려워했을지도 모른다. 혹은 뒷조사를 했으리라. 하지만 다행히 지금 기타이치에게는 그럴 여유가 없어 수수께끼로 방치해 두고 있다. 당장 풀어

봐야겠다는 생각도 없다.

어쩌다 보니 하게 된 일이고 우연한 결과였을 뿐이지만, 오래 전 객사하여 흙에 백골로 묻혀 있던 기타지의 부친을 기타이치가 수습해 주었다. 기타지는 그것을 몹시 고맙게 여기고 지금까지 두 번이나 기타이치를 구해 주었다.

앞으로도 위급할 때 또 부탁해도 좋을지 어떨지 기타이치는 확신할 수 없다. 기타지가 느끼는 은혜는 그 높이가 얼마나 될까. 두 번 신세 졌을 때 그 가운데 얼마간을 써 버린 것일까.

뭐, 아무렴 어떤가.

—어쨌든 나쁜 놈은 아니잖아. 좀 더 어울리다 보면 착한 놈이라고 말할 수 있게 될지도 모르지.

이런 연유로 집은 후카가와 서쪽, 작업장은 후카가와 동쪽, 생업이 행상인 기타이치는 가끔 생각이 나면 조메이탕으로 걸음을 옮긴다. 도착해 보면 기타지가 아궁이 앞에 있을 때도 있고 수레를 끌고 땔감 모으러 나가 있을 때도 있고 모아 온 땔감을 정리하고 있을 때도 있다.

기타지는 돌부처처럼 입이 무거워, 만나도 기타이치 혼자 떠들 때가 많다. 그래도 좋았다. 막 독립한 처지여서 기쁜 일도 있지만 불안도 크다. 하루 매상이 좋으면 어깨춤이 절로 나고 파리만 날린 날이면 미꾸라지처럼 흙탕물 속으로 숨고 싶다. 마님에게 칭찬 들으면 날아갈 것 같고 마음속 어딘가에서는 늘 만사쿠 · 오타마 부부에 대한 응어리가 꿈틀거리고 있다.

기타이치가 그런 희로애락을 주저리주저리 늘어놓아도 기타지는 무심한 얼굴로 듣는다. 조언도 없고 위로도 없다. 시끄럽다는 소리도 없다. 그래서 마음이 편하다.

기타이치가 찾아온 것을 알면 조메이탕의 늙은 하녀가 가끔 삶은 고구마나 만주 같은 간식을 내주는 것도 고맙다.

그런데―.

토왕 축일_{土日} 토왕 18일 중에 축일을 맞으면 여름 보양식으로 장어를 먹는 풍습이 있었다도 지나 입추까지 며칠이나 남았는지 손가락으로 꼽을 즈음이었다. 작업장에서는 붉은 술 문고의 가을 신상품으로 '로쿠야마치_{정식} 이름은 '니주로쿠야마치二十六夜待ち'. 음력 정월과 7월 26일 밤에 달을 보며 소원을 비는 풍속' 그림을 붙인 문고를 열심히 만들고 있었다. 이 신상품을 입추 당일 아침부터 팔까 입추 전날부터 팔까. 신베에는 전단지를 만들어 내일부터라도 뿌리는 게 좋겠다고 했다. '로쿠야마치' 문고를 기다리는 손님들을 전단지로 감질나게 만들어 두자는 제안이었다.

"전단지요? 흐음…… 그렇게까지 요란하게요?"

"요란하긴. 자그마치 아미타불, 관음보살, 세지보살의 삼존 그림이 있는 문고인데."

7월 26일에 뜨는 달은 세 부분으로 나뉘어 빛나는데, 그 각각에 삼존 모습이 보인다고 한다. 그 삼존을 받들며 달구경을 하는 것이 '로쿠야마치'이다.

"생각 좀 해 보고요."

기타이치는 그렇게 대답하고 신베에와 헤어져 조메이탕으로 향했다. 별 생각 없이—가 아니라 확실하게 원하는 바가 있어서였다.

기타이치는 하루 벌어 하루 사는 처지인지라 시중에 어떤 전단지가 나도는지 자세히 알 기회가 없다. 하지만 기타지가 매일 모아 오는 땔감에는 이런저런 전단지가 섞여 있게 마련이다.

조메이탕에 도착해 보니 기타지의 수레가 가마 밖에 있었다. 짐 칸에는 땔감으로 쓸 종이 부스러기, 넝마 조각, 삭은 나뭇가지, 건초, 널조각, 막대기 따위가 수북이 실려 있다.

기타지도 막 도착했는지 몸에 흐르는 땀을 수건으로 닦는 중이다. 그 수건도 아침에는 하얬는지 모르지만 지금은 기타지의 꼬질 꼬질한 얼굴과 비슷한 색깔이다.

"나야."

기타이치가 알은 척하며 짐수레로 다가갔다.

"땔감 정리 시작할 거지? 내가 거들게. 대신 이 땔감에 전단지가 섞여 있는지 뒤져 봐도 될까?"

기타지는 곁눈으로 이쪽을 힐끔 보았다. 얼굴이 가무잡잡해 흰 자위가 유난히 도드라진다. 하지만 평소처럼 아무 말이 없다. '안 돼'라는 표정도 아니고 '전단지는 어디에 쓰게?'라고 묻는 표정도 아니다.

기타이치는 부지런히 땔감을 분류하기 시작했다.

공짜로 받아 오거나 여기저기서 주워 온 종이 부스러기 중에는 전단지나 서책처럼 말끔한 건 거의 없다. 대체로 지저분하다. 제일 흔한 것이 변소에서 나온 휴지다. 그 냄새라니. 기타지는 대단해,

하고 혀를 내두르지 않을 수 없다.

과자점이나 이발소 전단지가 나왔다. 포목점이나 헌옷가게 전단지, 토왕 기간에 여름이불을 수선하라고 권하는 이불가게 전단지도 보였다.

그런데 지금껏 나온 전단들을 다 합친 양보다 훨씬 많은 종이 뭉치가 눈에 띄었다.

어라, 이건 쓰레기가 아닌데. 요즘 계절과도 전혀 어울리지 않는다.

보선寶船 칠복신이 보물과 함께 타고 있는 범선. 신년 초에 기복과 액막이를 위해 범선 그림이나 범선 미니어처를 구입하거나 선물하는 풍속이 있었다 그림이었다.

정월 초이틀 밤, 베개 밑에 이 그림을 깔아 두고 자면 길몽을 꿀 수 있다고 한다. 보선 그림은 '보선 장수'가 포대布袋 님이나 대흑천大黑天 님으로 분장하고 시중을 돌아다니며 "보물~, 보물~" 하고 외치며 판다. 평소 다른 물건을 팔던 행상이 정월 초하루와 초이틀만 이 그림을 파는 경우가 많으며, 보선 그림도 실력 있는 전문가가 그린 작품부터 유치한 것까지 다양하다.

지금 기타이치가 쓰레기나 다름없는 땔감 더미에서 찾아낸 보선 그림은 전부 한군데서 나온 것 같았다. 검은 먹 단색이고, 칠복신이 탄 보선이 굵은 붓으로 힘차게 그려져 있다. 필치가 비슷하고 종이도 동일하다.

게다가 놓칠 수 없는 별난 특징이 하나 있었다. 이 보선 그림에서는 칠복신 가운데 변재천만 유일하게 등을 보이고 있었다.

"……별나네."

세어 보니 보선 그림은 여덟 장이었다. 찢어져 있지는 않지만 모두 한 뭉치로 꾸깃꾸깃 뭉쳐져 있었다.

기타이치가 중얼거리는 소리를 들었는지 기타지가 이쪽을 돌아다보았다. 녀석도 놀란 모양이다. 삭은 나뭇가지에서 잎을 털어 내던 손을 멈추고 곁으로 다가온다.

기타이치가 말했다. "이 배의 변재천 님은 화가 나신 건가?"

기타지가 보선 그림을 한 장 집어 들었다.

"이거, 전부 어디 한군데서 주운 거야? 아니면 여기저기서?"

물어도 기타지는 대답이 없다. 한 장을 더 집어 들고 두 그림을 견주어 보다가 귀찮다는 듯이 두 장 모두 던져 버렸다.

"기억 안 나."

그렇겠지. 일일이 신경 쓰지 않았을 테니까.

"재미있는 그림인데, 내가 가져가도 돼?"

좋을 대로—라는 의미인지 기타지가 턱을 치켜올리듯 주억거리더니 하던 일로 돌아갔다.

기타이치도 따로 생각이 있었던 것은 아니다. 그 이상한 보선 그림이 설마 사건에 연결되어 있을 줄은 꿈에도 알지 못했다.

2

센키치 대장은 마쓰바라는 멋진 이름을 가진 아내를 세상 풍파로부터 보호하기 위해, 부인에게 붙여준 하녀에게도 신경을 많이 썼다.

현재 후유키초 셋집에서 부인과 함께 기거하며 성실하게 일하는 오미쓰는 기타이치가 알기로 네 번째 하녀이다. 대장의 인정을 받았고 부인도 믿고 의지한다. 본인에게 확인한 것이 아니어서 기타이치도 나이는 모르지만 자기보다 훨씬 연상임은 분명했다. 멋 내기 좋아하고 음식 솜씨 뛰어나고 성격이 밝아 잘 웃는다. 오미쓰는 앞을 못 보는 마님에게 빈틈없이 제 몫을 하는 두 눈이었다.

그런데 후유키초로 이사한 뒤 생활이 충분히 안정되자 마님은 가끔 생각났다는 듯이 이렇게 혼잣말을 하곤 했다.

"오미쓰에게 어디 좋은 혼처가 없을까."

기타이치가 함께 저녁을 먹을 때도,

"기타가 사는 나가야에 혹시 오미쓰한테 어울리는 남자 없을까?"

라고 말하는 것이 아무래도 정말로 고민하는 듯 보였다.

정작 오미쓰는 깔깔 웃었다.

"괜찮은 남자가 생기면 제일 먼저 마님께 말씀드릴 테니까 그때까지는 댁에 있게 해 주세요."

진심으로 하는 말일까 그냥 해 보는 말일까. 어느 쪽이든,

ㅡ제가 떠나면 마님만 힘드실 텐데요.

라는 식으로 대꾸하지 않아 마음이 놓였다. 이런 대꾸는 누가 어떻게 말하든 듣기 편한 소리는 아니기 때문이다.

공교롭게도 기타이치가 사는 '도미칸 나가야'에 오미쓰에게 어울릴 만한 신랑감은 없지만,

"애야, 너도 그만 시집가야지. 안 그러면 조만간 몸에서 쉰내 날라."

"누나, 분수에 맞는 상대를 찾으라니까. 언제까지 꿈같은 소리만 하고 있을 거야."

"시끄러, 내가 시집가 버리면 끼니도 못 챙겨 먹을 위인이!"

이렇게 큰소리로 대거리하는 가족이라면 이웃에 산다. 생선행상 도라조와 딸 오킨, 그리고 아들 다이치로 이루어진 3인 가족이다.

대체로 착한 사람들이고, 홀몸으로 하루 벌어 하루 먹고사는 기타이치에게 잘해 줄 때도 많다. 하지만 벽 너머 들려오는 이런 대화가 몹시 시끄러울 뿐 아니라 대개는 오킨이 울음을 터트리며 끝나게 마련이라 듣기가 심히 괴롭다.

다이치의 말로 짐작해 보자면 오킨은 신분이 다른 남자를 연모하며 가슴앓이를 한 적이 있는지도 모른다. 뭐 그런 걸 캐내서 확인해 본들 기타이치가 위로해 줄 것도 아니고, 오킨에게는,

ㅡ기타는 왜 그렇게 머리카락이 한산해? 어머니 아버지도 그랬어?

라는 소리도 서슴없이 던지는 구석이 있어서, 솔직히 진심으로 동정하고픈 마음이 들지 않아 모른 척하며 지내지만.

오미쓰의 가족도 유독 오미쓰의 결혼에만 그렇게 잔소리가 많을까? 오미쓰도 누구에게 홀딱 반하거나 짝사랑으로 눈물을 흘린 일이라도 있을까? 기타이치로서는 알 길도 없고 굳이 알려고도 하지 않았다. 왜냐하면, 두려우니까.

그러다가 불쑥 그런 이야기가 나온 것은 로쿠야마치 문고 전단지를 두고 고민하다가 마님 의견을 들어 보려고 한낮에 후유키초를 방문했을 때였다.

"어, 기타. 왜 이렇게 일찍 왔어?"

거의 매일 이 집에서 저녁 식사를 신세 지는 기타이치이므로 오미쓰에게 놀림을 당해도 어쩔 수 없다.

"미안, 배가 고파서."

"잠깐 기다려 주면 냉수 한 대접 정도는 줄게."

그렇게 말하며 쌩긋 웃는 오미쓰는 툇마루에서 바느질을 하고 있었다. 바늘과 바늘겨레, 가위, 무명천, 색 바랜 잔물결무늬 옷감 더미. 아무래도 낡은 유카타를 해체한 듯했다.

"마님은?"

"우타촌에 가셨어."

후카가와 모토마치에 있는 이발소를 말하는 것이다. 이발사 이름 우타지와 촌마게일본식 상투를 합쳐서 '우타촌'이라고 하며, 이발소 주인의 통칭으로도 쓰인다. 기타이치도 잘 아는 사람이고 단골로 드나드는 이발소였다.

"그래? 왜?"

마님은 스스로 머리 손질을 할 수 없다는 이유로 평소 머리를 틀어 올리지 않는다. 간단하게 목 뒤에서 낙낙하게 묶어 둘 뿐이다. 그런데 우타촌은 여자 머리는 취급하지 않는 이발소였다.

"우타촌 씨가 이 근처에 노점을 냈다가 인사차 들르셨어_{에도 시대 이발사는 점포 영업을 하는 한편 출장을 가듯 노점을 차려서 영업하기도 했다.}"

―제가 센키치 대장께 신세 많이 졌습니다. 더 일찍 부인께 인사 드리고 싶었지만, 보시다시피 이렇게 몰골이 누추한지라.

우타촌은 덩치가 곰처럼 큰 사람이다.

"번번이 망설이다가 늦어지고 말았다고 정중하게 인사 드렸어. 그리고 마님과 이런저런 대장님 추억담을 나누시다가."

―부인, 여름철 땀에 머리카락이 많이 상하셨군요. 당장 저희 가게로 가시죠. 마침 최상품 동백기름을 구해 둔 참입니다.

우타촌은 가마꾼을 불러 마님 손을 잡아 가마에 태워 주고,

―머리 손질이 끝나면 내가 모셔다드리지. 집 잘 보고 있게.

하고 오미쓰에게 이르더니 가마를 따라 잰걸음으로 후카가와 모토마치로 돌아갔다고 한다.

오캇피키와 이발사는 인연이 깊게 마련이라, 센키치 대장도 우타촌과 친하게 지냈다. 수완 좋은 오캇피키에게 이발사는 더없이 요긴한 정보원이기 때문이다_{멋내기에 관심이 많았던 에도의 평민 남성들은 이발소에 자주 드나들었으므로 이발소는 일종의 사교장이기도 했다.} 하지만 그렇게 드러내

기 곤란한 사정이 있는 만큼 우타촌은 부인이 더욱 어렵게 느껴져서 지금까지 쉬 방문하지 못했을 것이다.

"앞으로는 우타촌에서 주문받으러 자주 와 주겠군점원이 단골 고객의 집을 정기적으로 방문하여 주문을 받고 상품이나 서비스를 제공하는 방식. 에도 시대에는 점포를 둔 상점도 이러한 주문식 판매가 일반적이었다."

"그러게."

이곳은 마님과 오미쓰가 단둘이 사는 집. 이런저런 심부름이나 완력이 필요한 소소한 일이라면 이 셋집의 주인이기도 한 목재도매상 '후쿠토미야'에서 사람을 보내 해결하고, 부족하나마 기타이치도 도울 수 있다. 식재료를 비롯하여 살림에 꼭 필요한 물건들은 방문 점원에게 주문하면 아쉬울 것이 없다. 이제는 거기에 마님 머리 손질도 포함되는 것인가.

"기타도 우타촌 씨, 잘 알지?"

발모에 잘 듣는 약을 받아서 쓰고 있다는 말은 하고 싶지 않았다.

"어, 응."

"마님을 당장 만나 봬야 한다면 이발소로 가 봐."

그렇게까지 서두를 일은 아니다. 게다가 마님의 머리를 감기고 빗질을 해 주며 도란도란 '센 짱' 추억담에 빠져 있을 우타촌을 방해하고 싶지 않았다.

"아냐, 그냥 저녁 식사 때 말씀 드려도 돼. 애초에 저녁 때 올걸 그랬네. 내가 성미가 좀 급해서."

오늘 아침도 발모약을 바른 머리를 긁적이며 기타이치가 웃었다.

"그런데 뭘 만드는 거야?"

해체한 유카타 같은 옷감을 가리키며 묻자,

"기저귀" 하고 오미쓰가 대답했다. "오유가 언제 산통이 올지 알 수 없는 상태라 미리 만들어 줄까 해서."

"오유 씨?"

오미쓰는 어? 하는 표정이 되었다.

"기타한테 말 안 했었나? 내 어릴 적 동무야."

나이는 오유가 세 살 아래라고 한다.

"걔네 엄마가 우리 집에서 일해서 내가 어릴 때 오유를 업어 주곤 했어. 동생처럼 키웠지."

그런데 가만, 오미쓰에게는 '처럼'이 아니라 친언니가 있을 텐데? 그 언니가 혼인하고 남편과 함께 가업인 밥집에서 일하기 시작하자 왠지 동생 오미쓰는 찬밥 신세가 되었고, 그것이 싫어서 집을 뛰쳐나오고 말았다는 이야기를 들은 적이 있다.

오미쓰는 기타이치의 작은 당혹을 알아채지 못한 모양이다. 들고 있던 천을 살짝 당겨 솔기가 똑바로 되고 있는지 확인했다.

"그 오유가 작년 가을 잇시키초 미도리바시 옆에 있는 찬가게에 시집갔어."

잇시키초는 사가초나 도미히사초와 마찬가지로 에이타이바시 다리 동쪽 일대에 있다. 운하가 마치를 종횡으로 자잘하게 구획하고 있고, 오오카와 하구에 가까워 만조 때면 바닷물 냄새가 진해지는 곳이다.

"남편도 친절하고 좋은 사람이라 행복하게 살고 있어. 조만간 첫 아기도 낳을 거야."

"잘된 일이네."

기저귀를 산더미처럼 쌓아 놓고 아기를 맞게 해 주자.

"이 유카타는 내가 내내 잠옷으로 입어서 염색이 적당히 빠졌는데, 마님 말씀으로는 기저귀감으로 이 정도 묵은 천이 딱 좋대."

오미쓰의 눈빛이 반짝반짝거린다. 진심으로 기뻐하는 표정이라 옆에서 보는 이의 가슴에도 따뜻한 기운이 솟아오르는 듯했다.

오미쓰에게는 늘 맛있는 밥을 얻어먹고 자잘한 신세도 지고 있다. 이것도 좋은 기회이니 오미쓰에게 보은하는 셈 치고 나도 오유 씨에게 뭐든 축하 선물을 할까— 하고 기타이치는 생각했다.

내가 지금 줄 수 있는 것. 그야 문고밖에 없지.

"내가 요즘 삼 잎 도안을 붙인 문고를 만들고 있어. 그게 갓난아기를 마귀로부터 지켜 주는 무늬잖아. 오유 씨에게 선물할 테니까 그걸 전해 주겠어?"

오미쓰가 눈을 동그랗게 뜨며 놀랐다.

"기타가 선물을 하겠다고?"

"응. 오미쓰 씨의 동생 같은 사람이 아기를 낳는다잖아."

어머, 좋아라. 오미쓰의 동그란 얼굴 가득 웃음이 번졌다.

"고마워. 친절하고 눈치도 빠르네. 그러고 보면 기타도 꽤 괜찮은 남자—,"

그 대목에서 흠칫 놀라는 표정이 되었다.

"그거, 잘 팔릴 것 같은데?"

출산 축하 선물로 삼 잎 무늬 붉은 술 문고를 선물하시오~.

"오우미 님과 스에조 영감하고 상의해 봐. 응?"

알았어, 어쨌든 축하 선물은 준비해 둘게. 그렇게 말하고 오미쓰와 헤어져 도미칸 나가야로 돌아가며 생각해 보니 과연 괜찮은 장사가 될 것 같았다. 기왕 출산 선물이라면 빈 상자만 팔 게 아니라 속에 뭘 채워 넣어서 파는 게 좋지 않을까. 뭐가 좋을까. 어여쁜 배내옷. 초반례생후120일째 되는 날 아기에게 처음으로 밥을 먹이며 축하하는 행사에 쓸 옷 젓가락과 주발. 혹은 개 하리코종이로 만든 장난감. 개는 액을 막아 주는 동물로 여겨졌다도 좋지 않을까? 가라가라삼각형으로 접은 전병 속에 작은 장난감을 넣은 전통과자. 흔들면 달그락달그락 소리가 난다는 어떨까?

머리를 갸웃거리며 나가야 출입문을 들어서다가 누군가와 부딪히고 말았다.

"어이쿠! 뭐야."

눈앞에 버티고 선 사람은 빨래 장대처럼 훤칠한 키에 숯 검댕이 눈썹, 왕방울 눈을 하고 커다란 함을 등에 진 남자였다.

사가초의 대본소 주인 무라타야 지헤에다.

"장사가 바쁘게 돌아가는 것 같아서 다행입니다, 기타이치 씨."

왕방울 눈에 살짝 험상궂은 빛을 발하며 지헤에가 말했다.

"상의할 게 있으니 시간 날 때 저희 가게에 들러 주십사 하고 얼마 전에 기별해 두었을 텐데, 깨끗하게 잊으신 모양입니다?"

그런 이야기가 있었나?

"어…… 죄송합니다, 요새 너무 바빠서……."

"지금은 괜찮으신가? 안 괜찮으세요? 사실 나도 그리 한가한 몸은 아니지만."

지혜에는 후우, 하고 짐짓 한숨을 짓더니,

"요즘 잘나가는 기타이치 씨를 만나려면 가만히 앉아 기다려서는 안 되겠다 싶어 오늘 이렇게 가마를 메고 와 봤습니다만_{가마를 메}_{다는 '어렵게 움직이다'를 뜻하는 관용어}. 아, 저희 대본소는 가마처럼 생긴 책궤를 메고 다니는 게 일이니까, 무거워서 힘들었겠다든지 먼 길 오시게 해서 송구하다든지 하고 미안해하실 것 없습니다. 우리는 이게 일이어서 몸에 익었으니까!"

"……안에 들어가서 말씀하시죠. 대접해 드릴 건 아무것도 없지만 적어도 책궤는 부려 놓으실 수 있으니까요."

"그런 말씀은 좀 빨리 해 주시지."

가난을 숨길 수도 없는 4첩 반짜리 쪽방에 사는 기타이치지만 방청소는 열심히 한다. 그걸 읽어냈는지 지혜에가 귀틀에 책궤를 내려놓고 얼굴의 땀을 수건으로 찍어내며 말했다.

"기타이치 씨는 청소를 좋아하시는군요. 문고 같은 깨끗한 물건을 파는 분인 만큼 아주 좋은 습관입니다."

아니, 천만에. 기타이치는 결코 청소를 좋아하는 사람이 아니다. 다만 센키치 대장의 훈계가 머리에 박혀 있을 뿐이다.

─다른 일을 아무리 잘해도 청소를 못하면 결국 가망이 없는 놈
이다.

"이 방의 전 주인하고도 종종 장사 얘기를 했었죠."

왕방울 눈으로 4첩 반짜리 방을 둘러보며 지혜에가 말했다.

"나이가 당신보다 많았지만 세상 물정 모르기도 당신보다 윗길
이었죠."

전에 이 방에 살던 사람에 대해서라면 도미칸에게 들은 적이 있
다. 젊은 낭인인데, 붓글씨는 훌륭하지만 검술은 숙맥이어서 한밤
중에 누군가에게 습격을 당해 죽었다고 했다.

"사무라이셨다니까 그랬겠지요."

"그런데 기타이치 씨, 아까 도착할 때 뭐라고 중얼거리시던데.
도안이 어쨌다는 둥 뭘 채워서 팔겠다는 둥."

지혜에가 불쑥 화제를 바꾸며 기타이치의 얼굴을 쳐다보았다.

"새로 만들 붉은 술 문고를 궁리하세요?"

"어, 예, 뭐, 그런 셈이죠."

"전에 없던 그림을 붙이고 그 그림에 어울리는 물건을 채워서 팔
자는 거군요."

어, 어떻게 알았지?

"내가 기타이치 씨와 상의하려고 했던 것도 바로 그런 거였습니
다."

지혜에는 그렇게 말하고 책궤를 싼 보자기를 풀기 시작했다.

"견본을 조금 가져와 봤습니다. 가령 이거 『난소사토미핫겐덴南總

里見八犬伝. 교쿠테이 바킨曲亭馬琴의 장편 판타지소설. 1814년에 간행되어 큰 인기를 끌었으며, 약28년에 걸쳐 완성』."

표지에 당초무늬가 그려진 서책을 몇 권 꺼내 놓고,

"『도카이도추히자쿠리게東海道中膝栗毛』도 좋겠지요'도카이도 도보여행기' 쯤으로 해석되는 해학적인 작품으로, 1802년에 간행되어 크게 히트했다. 일본 최초의 전업 작가 로 알려진 짓펜샤 잇쿠十返舎一九의 작품이며, 그는 21년 동안 20편에 이르는 속편을 써서 모두 히트했다."

그 서책에는 하늘색 바탕에 후지산이 그려져 있었다.

"이런 이야기책을 모아서 문고에 채우고 제첨을 붙이고 그림을 붙여서."

파는 겁니다―라고 말했다.

"요괴 이야기나 동화, 시집이나 하이쿠집, 가집 같은 것도 좋겠지요."

문고는 본래 책을 담는 상자이다. 그러나 지혜에의 이 제안처럼 책장수가 선정한 책을 담아서 파는 문고는 지금까지 아무도 시도해 본 적이 없었다.

"그런 문고라면 행상에는 어울리지 않네요."

무겁기도 하거니와 빈 상자만 원하는 손님에게는 흥미 없는 물건이 되고 만다.

"행상에 안 맞으면 어때서요. 기타이치 씨도 계속 행상만 할 생각은 아닐 텐데."

점포를 마련하라는 말인가.

"당장 점포를 구할 수도 없잖아요."

"이런, 오타마 씨한테는 그렇게 큰소리를 치더니, 나약하시긴."

어? 그런 것까지 알고 있나?

"센키치 대장은 뼛속까지 상인이 아니어서 나도 부담 없이 장사 얘기를 꺼낼 수 없었지요. 가게를 상속한 만사쿠 씨는 성실하긴 하지만 나하고는 아무래도 배포가 맞질 않고. 하관이 떡 벌어진 오타마 씨는 얼굴도 마음에 안 들거니와 욕심이 너무 많아서 틀렸고 말이죠."

그래서 기타이치에게 제안하는 거라고 무라타야 지혜에는 힘주어 말했다. 기타이치에게 기대하고 있다면서.

"당신이 독립해서 만드는 문고는 아직 수량도 종류도 적지만 품질이 뛰어나고 도안도 좋더군요. 만사쿠 씨네하고는 전혀 거래가 없는 화가와 직인을 찾아냈겠죠? 대단합니다."

칭찬은 고맙지만 이 제안을 받아들여도 좋을지 어떨지 혼자서는 결정하기 힘들었다.

"같이 일하는 사람들과 상의해 봐야겠군요. 제가 생각하고 있는 방안도 있고, 영역을 갑자기 넓혀도 좋을지도 의문이고."

기타이치는 목을 움츠려 보였다.

지혜에가 고개를 갸웃거리며 물었다.

"아까 혼자 중얼거리던 방안 말입니까? 배내옷인지 뭔지 하시던 것 같은데, 제가 잘못 들은 건가요?"

지혜에의 귀가 밝은 걸까 기타이치의 목소리가 컸던 걸까.

"아기에게 선물하는 데 어울리는 문고를 궁리하고 있었습니다."

그러자 지혜에의 왕방울 같은 눈이 더욱 동그래졌다. 이게 그렇게 놀랄 말일까.

"도안은 삼 잎 무늬로—,"

기타이치의 말을 거칠게 가로막으며 지혜에가 말했다. "그만두세요!"

지혜에는 미간에 깊은 주름을 잡고 입술이 일그러지도록 입을 꾹 다물고 있다가 천천히 말했다.

"경사에 어울리는 선물을 만들어 파는 건 좋은 일이지만 갓난아기에게 주는 선물이라면 관두세요."

네? 왜죠?

"아기는 아직 이승의 인간이 아니거니와 덜컥 저승으로 가 버리는 일도 왕왕 있으니까요 유아 사망률이 높았던 에도 시대에는 '일곱 살 전까지는 신의 아이'라는 속담대로 아기는 아직 이승에 정착하지 못한 불안전한 존재로 보는 관념이 있었다."

슬픈 일이지만 갓난아기는 종종 허망하게 죽는다. 원인도 모른채 덜컥 목숨이 꺼져 버리는 일도 드물지 않다.

"아기 출산은 신이 주관하시는 일입니다. 인간이 어찌해 볼 수 있는 일이 아니니 거기에 장삿속을 끼워 넣으면 안 됩니다."

지혜에가 하는 말의 의미를 기타이치도 모르지는 않았다. 삼 잎 무늬를 붙인 붉은 술 문고를 베개 옆에 둔 갓난아기가 어디서 하나라도 죽는 일이 생긴다면, "저 문고는 부정한 물건이야"라는 소문이 퍼질지 모른다. 사람 마음이란 그런 것이다. 그런 사태를 피하려면 애초에 그쪽은 넘보지 않는 게 상책이라는 말일 것이다.

―그래서는 너무 소극적이잖아.

그렇게 몸을 사리면 어떻게 새로운 영역을 개척하나.

하지만 상투적인 충고라기에는 지혜에의 표정이 몹시 진지했다.

"혹시 무라타야 씨 주변에 그런 일이 있었나요?"

어림짐작으로 물어본 것인데 지혜에의 왕방울 눈이 이번에는 쓱 가늘어졌다.

"……예리하시네."

어? 사실이라고?

"당장 지금만 해도 우리 단골 댁에서 분쟁이 일어나고 있습니다."

천벌 받을 이야기이고 실없는 이야기이지만, 그래도 웃어넘길 수만은 없는 불길한 분쟁.

"술 도매상에서 새해 선물로 나눠 준 보선 그림 때문에 갓난아기가 죽어 버렸다는 겁니다."

3

변고가 일어났다는 무라타야의 단골은 기요스미초에 있는 '다카야'로, 담배와 선향을 파는 가게였다. 이 가게의 전전 당주가 이야기책을 좋아해서 무라타야의 오랜 단골이었다고 한다.

"해서 지금까지 우리 대본소에서도 그 댁의 경조사를 늘 챙겨 왔지만, 이렇게 슬픈 일은 처음입니다."

지혜에가 착잡한 얼굴로 말했다.

오오카와 강변에 있는 기요스미초는 습기를 멀리해야 하는 그런 가게에는 어울리지 않는 곳 같은데—하고 기타이치는 생각했지만, 그렇게 따지자면 사가초에 있는 대본소 무라타야도 매한가지였다 사가초는 바닷가를 매립한 간척지여서 바다가 가깝다. 뭐, 어느 쪽 장사든 곰팡이나 얼룩을 예방하는 다양한 요령이 확립되어 있겠지.

말을 하다 보니 그만 기타이치에게 발설하고 말았지만, 보선 그림이 얽힌 그 사건은 다카야를 중심으로 아주 친한 몇 명만 알고 외부에는 비밀로 하고 있다. 이야기가 퍼지면 곤란하니까,

"기타이치 씨도 모르는 척해 주셔야 합니다. 내 분명히 부탁드렸습니다."

지혜에는 이렇게 단단히 입단속을 하고 돌아갔다.

어디서 굴러왔는지 알 수 없는 미아 출신에 두뇌가 뛰어나지도 않고 몸도 어디에 자랑할 만큼 튼튼한 것도 아니며 새파란 나이에

머리카락까지 가늘고 성기다. 뭐 하나 내세울 점 없는 기타이치지만 입 하나는 어찌나 무거운지 바느질도 빗장도 필요 없는 돌부처입이다. 센키치 대장에게 조련된 덕분이다.

—사내 입이 가벼운 것은 손버릇 사나운 것만큼이나 나쁜 것이다.

오캇피키나 그 수하라면 "이쪽 입은 닫아 두고 상대방 입은 벌릴 줄 아는" 능력이 필요하다. 뒷간 휴지만큼 하찮은 소문부터 누군가의 농지거리까지 귓속에 착실히 담아 두되 함부로 입 밖에 내지 말아야 한다. 이런 태도를 지키지 못하면 아무도 믿어 주지 않는다. 자기 구역 사람들의 신용을 얻지 못하면 아무리 완력이 좋아도 방범 일을 거들 수 없다.

그러니까 무라타 씨, 걱정일랑 붙들어 매 두셔도 됩니다. 우리 대장에게 귀에 못이 박히게 배웠으니까.

그런데.

그날 기타이치가 장사를 마치고 평소처럼 후유키초 마님 댁에서 저녁을 먹고 있는데 마님이 먼저 다카야의 변고 이야기를 꺼내는 바람에 깜짝 놀랐다.

"젖먹이 자식을 잃는 것은 누구에게나 끔찍한 일이지만, 안타깝게도 그리 드문 일은 아니지. 그래도 다카야 안주인이 너무 딱하구나."

저녁 밥상에는 후카가와메시와 가지 이리다시볶은 가지에 다시마, 가쓰오부시, 간장, 미림 등으로 만든 양념 국물을 끼얹은 반찬가 올라 있었다. 후카가와

메시는 바지락 조갯살과 채소와 유부를 맛국물로 삶아 밥에 끼얹어 먹는 밥을 말한다. 가지 이리다시는 참기름으로 볶은 가지를 양념 국물에 재우고 갖은양념을 얹어서 먹는다. 채소가게에 좋은 무가 나오는 철이라면 양념은 무즙 하나로도 충분하다.

가지는 이즈음부터 하루하루 맛이 좋아진다. 오미쓰는 정말 요리 솜씨가 뛰어나단 말이야. 전에는 이렇게 칭찬하면, 이런 건 요리 축에도 못 낀다며 쑥스러워했지만, 기타이치의 말을 빌리면 가지를 이토록 부드러우면서도 양념 국물에 담가도 뭉크러지지 않을 만큼 씹는 맛을 살리며 볶아낼 수 있다니, 보통 솜씨가 아니다.

모두 기타이치가 몹시 좋아하는 요리여서 허겁지겁 먹고 있었다. 그런데 가지 이리다시를 안주 삼아 여유롭게 술잔을 기울이던 마님이, 다카야 안주인 얘기를 꺼냈던 것이다. 너무 놀라 바지락 조갯살 하나가 입 밖으로 튀어나오고 말았다.

"아유, 참, 바지락이 너무 싱싱했나 봐" 하며 오미쓰가 웃었다.

"기타, 왜 이렇게 놀라지?"

마님이 의아하다는 듯 고개를 살짝 갸우뚱했다. 목욕 후 술이 들어간 탓에 매끈한 눈꺼풀이 살짝 분홍빛을 띠었다.

마님이 저녁에 반주를 곁들이게 된 것은 올여름부터였다. 더위에 겨워 여위고 혈색도 조금 나빠진 마님을 걱정하여 도미칸이 권했던 것이다.

—장어나 계란처럼 영양가 있는 것도 좋겠지만 술이야말로 백약의 으뜸이지요. 과음만 피한다면 몸을 데우고 혈액 순환을 좋게 해

주거든요.

그 뒤 오미쓰는 마님 저녁 밥상에 청주 한 홉을 데워 올리게 되었다. 술에 대해 아는 게 없는 기타이치도 데운 청주에서 향긋한 향이 오르는 것은 느낄 수 있었다. 그날그날 술이 달라서 화사한 향일 때도 있고 달콤한 향일 때도 있고 알알한 향일 때도 있었다.

"이거 지저분해서, 죄송합니다."

기타이치는 젓가락을 내려놓고 자세를 바로하며 말했다.

"말씀하신 다카야는 기요스미초에서 담배와 선향을 파는 가게가 맞나요?"

"음, 맞아. 기타도 알고 있었네."

"오늘 얼핏 들었습니다."

기타이치가 무라타야 지혜에와 나눈 이야기를 전하자 마님도 술잔을 든 손을 허공에서 멈춘 채 흠…… 하고 말했다.

"무라타야 지혜에 씨는 일도 열심이고 선한 사람이지. 아주……."

그 대목에서 말을 끊더니 술잔을 상에 내려놓고 나서 계속했다.

"아주 부리부리한 눈에 조금 무서운 얼굴을 가진 사람 같던데."

실은 다른 이야기를 하려다가 직전에 내용을 바꾸셨다. 뭘까?

"그 사람도 말했다지만, 필사 부업을 하던 젊은 사무라이와 꽤 친했던 모양이야. 그 사무라이가 죽은 뒤로 침울해졌다고 할까 비뚤어졌다고 할까."

"기타한테 막 대해요." 오미쓰도 못마땅해 하는 투로 말했다.

그랬나? 그런 대우를 받았다고는 생각하지 않았는데. 지혜에가 다가오는 모습은 강아지 좋아하는 사람이 "오, 강아지가 있네" 하며 대뜸 다가서는 인상이었다. 어떤 견종이든 장난을 치지 않으면 직성이 풀리지 않아 '손!'을 가르치려고 한다. 아, 이러면 기타이치가 강아지 같다는 말이 되나?

"저를 믿고 이야기책을 채운 문고를 팔아 보자는 제안을 해 주셨으니 고마운 분이죠."

"하지만 기타의 계획에는 찬물을 끼얹었잖아?"

오미쓰는 심기가 몹시 불편하다. '아기 출산에 선물하기 좋은 문고'라는 것은 원래 오미쓰의 발상이었으니 능히 그럴 만했다.

"아니야, 오미쓰. 지혜에 씨 말은 지극히 당연해."

부인은 문득 오미쓰 쪽으로 상체를 돌렸다.

"아기에 관련된 일을 장사와 연결하자면 정말 신중해야 해. 왜 그런지를 길게 설명하기보다 다카야에서 일어나는 사태를 자세히 전하는 게 빠르겠지."

부인도 바로 어제 도미칸에게 들었다고 한다.

"일이 일이니만큼 사람들 입을 단속해서 소문을 막고 있다더군. 하지만 뜻대로 되기는 힘들겠지. 다툼의 씨앗인 보선 그림이 이미 널리 퍼져 있으니까."

다카야는 주인 내외와 아들 내외, 점원 다섯 명이 일하는 살림이다. 점포는 근방 사찰이나 신사를 주 거래처로 견실하게 번영하고 있다. 일가는 온순한 사람들이어서 지금까지는 생전의 센키치 대장은 물론이고 관리인 도미칸이 나서야 하는 말썽을 일으킨 일이 없고 말썽에 휘말린 적도 없었다.

하지만 그런 다카야에도 고민은 있었다. 아들 리쿠타로와 처 오세쓰 사이에 아기가 생기지 않았다. 한 해 두 해는 그런가 보다 하며 넘어갔지만 5년이 지나고 7년이 지나도록 아기가 들어설 기미가 없었다.

두 사람은 어려서부터 알던 사이였고 서로 예쁘게 사랑하다가 금실 좋은 부부가 되었는데, 이리 되고 보니 도리어 그런 내력조차 원망스러웠다. 처음 얼마 동안은 자상한 시어머니이자 온순한 아내였던 안주인과 며느리 오세쓰의 관계도 아기 없이 지내는 세월 속에 점차 까칠한 분위기가 생겨났다.

재작년 섣달 중순, 경황없이 바쁜 와중에 사소한 말 한 마디가 오해를 부르고 이내 심각한 갈등으로 번져 마침내 오세쓰가 다카야를 뛰쳐나가 혼조 미도리초의 친정(이쪽은 선향과 양초 소매를 한다)으로 돌아가 버렸다. 당황한 리쿠타로가 즉시 데리러 가려고 했지만 어머니가 오기로 말리는 바람에 결국 젊은 내외는 별거한 채 해를 넘기게 되었다.

그리고 설날 아침.

오세쓰는 부모와 중재자에게 이끌려 얌전히 다카야로 돌아왔다.

"이때 중재해 준 사람이 무라타야 씨 이야기에 나오는 술 도매상이야."

부인이 밥상 테두리를 따라 손가락을 움직여 술잔을 더듬어 찾자 오미쓰가 술병을 들어 따라 주었다.

"옥호는 '이세야', 혼조 요코아미초에 있는 폭 두 칸짜리 작은 가게지만 가미가타오사카, 고베, 교토 등 간사이 중심지를 이르는 말의 명주를 고루 구비하고 있어서 혼조 후카가와 일대부터 간다, 이케노하타 쪽까지 유명하지. 그 가게 주인 겐에몬 씨라는 사람이."

동네 이웃인 오세쓰 일가가 눈물로 호소하자 이 고부간 갈등을 원만하게 수습하기 위해 나섰다.

"겐에몬 씨는 어깨너머 배운 솜씨로 그림을 그리지."

바쁜 업무 틈틈이 붓을 잡는 취미가 있었다.

"안료나 가루 물감을 쓰지 않고 그냥 먹으로 그리지만, 제법 정취 있는 그림이라고 하더군."

술 도매상 고객이 청하면 그려 주었는데, 그림 요청을 자주 받자 기분이 좋아진 겐에몬은 진지하게 고민하게 되었다.

"아예 처음부터 손님에게 선물할 요량으로 길조 그림을 그리자고 말이야. 그러려면 무슨 그림이 좋을까 궁리하다가—,"

결국 정월 초이틀 첫 꿈1월 1일 밤 혹은 2일 밤에 꾸는 꿈을 새해 첫 꿈으로 치는데, 후지산, 매, 가지, 부채, 담배, 삭발머리 꿈을 길몽으로 알았다. 이런 길몽을 꾸려면 칠복신이 모두 올라탄 배 그림을 베개 밑에 넣어 두고 자면 된다고 했다을 꾸게 해 주는 칠복신 보선 그림을 그려서 섣달에 단골들에게 선물했다. 그럭저럭 10년쯤 전부터 해 온 일이었다.

"그러자 몇 년 안에 겐에몬 씨의 보선 그림에 점지 영험이 있다는 평판이 돌게 되었다는 거야."

겐에몬의 보선 덕분에 길몽을 꾸고 아기를 얻는다. 실제로 그때까지 아무리 기도를 해도 임신하지 못하여 고민하다가 기쁨의 환호성을 올린 부부가 몇 쌍이나 된다는 것이다.

우연이라고 해도 분명 좋은 일이므로 시비를 거는 사람은 없었다. 소문이 나자 자식을 원하는 부부가 명주 아닌 겐에몬의 보선 그림을 얻으려고 이세야에 찾아오는 일도 있었다.

"분명히 말해 두지만 그럴 때 나한테 신기가 있구나 하고 생각하는 것은 오만이야."

부인은 그렇게 말하고 입가를 살짝 오므렸다.

"남들이 아무리 고맙다 영험 있다 추어올려도 으스대지 말고, 은혜를 입으셨군요, 축하합니다, 하며 웃는 것이 현명한 처신이겠지."

그러나 겐에몬은 드러내놓고 기뻐하며 으스대고 말았다.

"자제했어야 하지만, 보선에 탄 변재천 님이 솜옷에 싼 아기를 안고 있는 그림까지 그렸다는군."

아기가 간절해서 이세야에 찾아오는 부부에게는 굳이 그런 그림을 건네주었다.

"그 그림도 효과가 있었을까요?"

부인의 떨떠름한 표정에 기타이치가 저도 모르게 물었다. 효과가 있었다면 역시 그것은 영험한 그림이라고 해야 하지 않을까.

"결과가 좋았던 모양이야. 처음 소문이 났을 때처럼 그냥 우연이었겠지만, 세상일이란 그렇게 믿고 보면 정말 그렇게 보인다는 것을 잘 보여 주는 사례라고 할 수 있지."

기타이치는 가만히 오미쓰와 얼굴을 마주 보았다.

무슨 말씀인지는 알겠습니다. 하지만 마님, 좀 박하시네요.

"뭐, 그런 사람이 다카야의 고부 갈등을 중재하겠다고 나섰으니 결과가 어땠을지는 알겠지."

기타이치보다 오미쓰가 먼저 말했다. "얌전한 오세쓰 씨에게 보선 그림을 쥐여 주었겠죠?"

마침 정월이다. 이 보선 그림으로 새해 첫 꿈을 길몽으로 꾸세요. 반드시 수태하게 될 테니까.

"다카야 당주와 안주인도 먼 동네 얘기가 아니라 혼조에서 일어난 일이니까 이세야에 관한 소문은 이미 알고 있었지. 친척이나 지인에게 혼조 요코아미초의 술 도매상에 가서 보선 그림을 받아 보라고 권유받은 적도 있었다는군."

하지만 다카야 내외는 애써 귀를 막고 있었다. 아들 내외에게도 그런 소문에 혹해서는 안 된다고 훈계했다.

—평범한 술 도매상 주인에게 그런 힘이 있다고 인정하면 신을 모욕하는 거나 마찬가지지.

아하, 하며 오미쓰가 납득했다는 듯이 말했다. "며느리 오세쓰 씨는 벌써부터 이세야의 보선 그림을 갖고 싶었던 게 아닐까요? 하지만 시아버지가 단호하게 반대하니까 가출을 핑계로 부처님 시늉을 내는 겐에몬 씨에게 달려가 바람을 이뤘군요."

"음, 그렇지."

부인은 더욱 마뜩찮은 표정이 되어 고개를 주억거렸다.

"상황이 그렇게 진행되자 다카야 주인 내외 역시 사돈 체면을 생각해서라도 겐에몬 씨와 보선 그림을 내칠 수 없었겠지."

그런가? 기타이치는 후카가와메시 국물이 묻은 입가를 살살 긁었다. 나로서는 도저히 그 미묘한 심리를 이해하기가 힘드네.

"오세쓰 씨는 정월 초이틀 밤에 겐에몬 씨의 보선 그림을 베개 밑에 넣고 잤다고 해."

부인의 말투가 씁쓸해졌다.

"변재천 님이 솜옷에 싼 아기를 안고 있는 그림 말이야."

그리하여 바라던 대로 길몽을 꾸고 바라던 대로 임신을 했다.

"어디선가 금빛 공이 굴러와 오세쓰 씨 배로 들어오는 그야말로 누가 들어도 길몽이 틀림없는 꿈이었다는 거야."

마님, 너무 인상 쓰지 말아 주세요. 이런 이야기를 싫어하신다는 것은 저도 왠지 알 것 같거든요, 암요.

"다카야에서는 온 가족이 기뻐하며 오세쓰 씨를 애지중지 보살폈고, 열 달 열흘에도 시대에 임신 기간 혹은 임신 자체를 뜻하던 통칭. 10개월+10일을 말하는 것이 아니라 9개월+10일, 즉 9개월 지나 10개월째 되는 달의 열흘을 말하는 것이며, 이때의 한 달은 28일이 되자 옥동자가 태어났지."

갓난아기에게 '스테捨, '버리다' '포기하다'를 뜻한다'라는 이름을 붙여 주고 딸로 키우게 되었다. 소중한 아기에게 하찮은 이름을 주어서 액운을 피한다. 그리고 사내아이에게는 마가 끼기 쉬우므로 하카마기 사내아이가 처음으로 하카마를 입는 의식을 치르는 다섯 살 때까지는 배내옷과 옷을 여자아이용으로 입혀서 딸처럼 키운다. 두 관습은 세간에 그리 드물지 않다. 그런데 다카야에서는 이 관습을 조금 요란스럽게 따라서,

—그렇게 애쓰지 않아도 스테 짱은 잘 자랄 겁니다.

라며 이웃 사람들이 웃으며 달랠 정도였다.

"그런데 그 스테 짱이."

부인 목소리가 낮아졌다.

"덜컥 죽은 것이 두 달 남짓 전이야."

생후 6개월 무렵이었다. 아기는 바동거리며 몸을 뒤집었고 어르면 잘 웃었다.

오세쓰는 산후 조리가 좋지 않아 몸이 약해졌지만 젖은 잘 나왔으므로 스테도 토실토실 살이 올랐다. 슬슬 미음도 먹게 되었다. 그 미음을 시어머니가 쑤었다.

그런데—,

"오세쓰 씨가 아침에 일어나 기저귀를 갈아 채우고 잠시 자리를 비웠다 돌아와 보니 아기가 숨을 쉬지 않더라는 거야."

아기는 원래 그런 거야, 하고 부인은 말했다.

"일곱 살까지는 신의 소관이니까. 맥없이 세상을 떠나 버리지."

오미쓰가 손가락으로 코끝을 누르고 훌쩍였다. 눈물을 글썽인다. 역시 아기 이야기에 약하네…… 하고 생각하며 부인을 바라보니 표정이 더욱 착잡해져 있다.

"스테 짱의 장사를 치른 뒤 오세쓰 씨는 눈물로 세월을 보냈고

남편 리쿠타로 씨는 해골처럼 야위어 갔지. 가게는 늘 통야 때처럼 암울했고."

그랬다. 다들 마음의 여유가 없어서 알아채지 못했다. 알게 된 것도 우연이었다. 한없이 어두워진 다카야의 분위기를 조금이라도 밝게 바꿔 보려고 하녀들이 연말도 아닌데 대청소를 시작했다. 그때 아들 내외의 침실에 있던 독서대를 옮기려다가 그 위에 놓인 문서궤를 떨어뜨렸는데, 그 안에서 겐에몬의 보선 그림이 쏟아져 나왔다.

"그런데 그림에 변재천 님이 보이지 않더라는 거야."

마치 혼자서만 보선에서 내려 버린 것처럼.

"어린 하녀가 겁에 질려 경련을 일으킬 정도로 다카야에 난리가 났지."

그 이야기가 이세야의 겐에몬 귀에도 들어갔고 당사자가 즉시 다카야로 달려왔다.

"다카야 주인 내외, 아들 리쿠타로 씨, 겐에몬 씨, 그리고 또 한 사람, 이럴 때면 어김없이 달려가는 사람."

"도미칸 씨군요."

일동이 모여 보선 그림을 살펴보니 과연 변재천 님이 없었다.

배에서 내렸다. 아기를 안고서. 다카야에 넘겨준 아기를 되찾아 데려가 버린 것이다.

"아까 말했듯이 우쭐해진 겐에몬 씨는 아기를 원하는 부부 여러 쌍에게 보선 그림을 선물했으니."

다카야에서 일어난 사건이 밖에 알려지면 어떻게 될까.

"우리 아이도 다카야 씨네 스테 짱처럼 다시 데려가시는 거 아닌가 하며……."

"큰 소동이 벌어질 게 뻔하지. 해서 도미칸 씨도 입단속을 한 거야."

바라는 대로 소문을 막기는 힘들겠지만, 하며 부인은 입술을 깨물었다.

기타이치가 물었다. "겐에몬 씨는 지금 어떻게 지내나요?"

"방 안에 틀어박혀 있다던데, 왜 뭐 마음에 걸리는 게 있어?"

기타이치가 대답하기 전에 다시 오미쓰가 입술을 삐죽이며 끼어들었다.

"집 안에 틀어박혀 지낼 때가 아닐 텐데. 자기 보선 그림을 가지고 있는 부부를 찾아다니며 찢어 버리거나 먹으로 까맣게 덧칠하거나, 그것도 아니면 좋은 그림으로 고쳐 그려주던가. 아무튼 뭔가 해 주는 게 도리잖아요!"

그림을 고친다? 그래, 그거다. 길조 그림을 불길하고 의미심장한 그림으로.

기타이치는 기억을 떠올렸다. 조메이탕 가마 앞에서 보았던 조잡한 보선 그림. 저 칠복신 가운데 변재천만 보는 이에게 등을 보이고 있었다. 막 배를 내리려는 것처럼.

그 그림 뭉치, 혹시 밑그림이거나 잘못 그렸거나 다카야 사건과 관계된 게 아닐까?

그게 사실이라면 어디 사는 누구 짓이지?

"마님, 조금 짚이는 게 있는데, 이 사건, 제가 냄새 맡아 봐도 좋을까요?"

기타이치의 말에 부인이 입가로 미소를 지었다.

"냄새를 맡다니, 무슨 개도 아니고."

그러다가 이내 덧붙였다.

"좋아, 조사해 봐."

4

그날 조메이탕 가마 앞에 산더미처럼 쌓인 넝마 속에서는 등 돌린 변재천 신이 그려진 보선 그림이 여덟 장이나 나왔다. 모두 꼬깃꼬깃 뭉쳐져 있었다.

기타이치는 재미있는 그림이라면서 내가 가져가도 좋으냐고 기타지에게 양해를 구하고 한두 장만 고르기도 뭣해서 결국 여덟 장을 전부 챙기기로 했다. 꾸깃꾸깃한 그림을 손바닥으로 눌러 펴서 여덟 장을 포갠 뒤 절반으로 접어서 품에 찔러 넣고 다시 행상에 나섰다.

로쿠야마치 문고와 그 전단지 생각이라면 내내 머릿속에 있었지만, 우연히 얻어걸린 보선 그림 따위는 장사를 끝내고 도미칸 나가야로 돌아갈 때까지 솔직히 까맣게 잊고 있었다.

저녁에 나가야 출입구에서 이웃 세입자 다쓰키치와 마주쳤다. 나이 마흔이 넘고 머리끝에서 발톱까지 털이 북슬북슬한 다쓰키치는 매일 지칠 줄도 모르고 이 세상 모든 것에 악담을 퍼붓는 오타쓰라는 모친과 나가야의 맨 끝 방에서 단둘이 살았다.

"다쓰키치 씨도 지금 돌아오세요? 오늘 장사는 어땠어요?"

기타이치가 인사를 건네자 다쓰키치는 고물이 실린 삐거덕거리는 수레를 멈추고 "응" 하고 대답했다. 누가 인사해도 다쓰키치는 늘 이렇게 대답한다. 붙임성은 나쁘지 않다. 동그란 얼굴에 통통한 볼을 씰룩이며 "응" 하는 외마디를 돌려줄 뿐이다.

그런데 그날은 거기서 그치지 않았다. 다쓰키치는 동글동글한 턱 끝을 주억거리며 "품에서 종이가 떨어지려고 하는걸" 하고 기타이치에게 일러주었다.

기타이치는 당황해서 품을 내려다보고 보선 그림 여덟 장을 집어서 다쓰키치에게 내밀었다.

"이거, 목욕탕 땔감에 섞여 있던 거예요. 엉성한 그림이지만 변재천 님이 등을 돌리고 있는 모습이 조금 재밌죠?"

다쓰키치는 길가에 멍석을 깔고 고물을 파는 노점을 운영한다. 때문에 여름은 덥고 겨울은 춥다. 비가 내리면 꼼짝없이 젖어야 하고 바람이 불면 고스란히 맞아야 한다. 고물을 수집하는 일도 거반 쓰레기 뒤지기나 마찬가지여서 결코 깨끗한 일이라고 할 수 없다.

그 탓인지 다쓰키치는 늘 수건을 두세 장 둘둘 꼬아서 목에 감고 있다. 그것으로 손을 닦고 얼굴을 훔친다. 뿐만 아니라 팔 물건도 닦는다. 뭐든지 닦아 버리니 어느 수건이나 그리 깨끗할 수는 없다.

"손이 더러운데."

다쓰키치는 그림을 만질 수 없다는 시늉을 해 보였다. 기타이치는 웃고 말았다.

"낙서 같은 그림인데 뭐 어때요, 괜찮아요."

하지만 다쓰키치는 진지한 표정으로 목에 감은 수건에 손을 문질러 닦고, 그것만으로는 부족하다 여겼는지 상의 목깃에 손가락을 일일이 닦고 허벅지에다 손바닥을 착실하게 문질러 닦고 나서야 보선 그림을 받아들었다.

한 장 한 장 찬찬히 살펴보더니 "기타는 이거, 팔 건가?" 하고 물었다.

"아뇨, 어쩌다 얻은 건데요뭐."

"그럼 나한테 줄래?"

"좋죠. 어디다 쓰시게요?"

"병풍이나 칸막이에 붙이면 볼 만할 것 같아서."

다쓰키치의 얼굴이 몹시 흡족해 보였다. 기타이치도 덩달아 기분이 좋아져서 보선 그림을 흔쾌히 넘겨주었다.

"장난 같은 그림이라도 신이 그려졌다고 함부로 하지 않았으니 기타는 대단해. 역시 센키치 대장이 훌륭한 분이셨으니까."

덤처럼 그런 칭찬까지 들으니 낯간지러운 기분이었다. 기타이치로서는 그런 장난 같은 그림조차 더러운 손으로는 만지려 하지 않는 다쓰키치야말로 훌륭하다고 생각했다. 솔직히 그때까지는 알지 못했던 다쓰키치의 의외의 모습을 보았다는 기분이었다.

그러므로 보선 그림은 아직 다쓰키치가 갖고 있을 터였다. 이튿날 아침 기타이치는 일어나기 무섭게 다쓰키치와 오타쓰 노파가 사는 집에 찾아갔다.

"부모나 다름없는 당주에게 총부리를 돌린 불충한 놈이 아침댓바람부터 뭔 트집을 잡으려고 우리 집에 왔어!"

대뜸 노파가 시비를 걸었다.

이곳으로 이사할 때 도미칸이 일찌감치 조언했었다. 이웃 세입자인 오킨과 다이치 오누이도, 오시카와 시카조 부부, 오히데와 오카요 모자도 기타이치에게 충고했었다.

—오타쓰 노파가 생트집을 잡아도 그런가 보다 하고 넘겨야 해.

—화를 내 봐야 이쪽만 손해야. 오타쓰 씨는 불쌍한 할머니니까 듣고도 못 들은 척하라고.

—어디서 모기가 앵앵거리냐 하고 넘기면 돼.

기타이치는 그 충고대로 해 왔다. 오타쓰 노파의 눈을 부라리는 얼굴도, 원망과 욕설을 내뱉을 때마다 가랑가랑 끓는 가래소리도 두렵긴 했지만 개의치 않으려고 애써 왔다.

하지만 방금 그 말은 묵과할 수 없었다. 내가 당주에게 총부리를 겨누었다고? 도저히 흘려 버릴 수 없었다. 우물가에서 막 세수하고 온 얼굴이 후끈 달아오르는 것을 느꼈다.

그때 뒤에서 누군가 양 어깨를 가만히 눌렀다. 그리고 다쓰키치의 목소리가 들렸다.

"어머니, 기타이치 씨는 저한테 볼일이 있어서 온 거예요. 장사 얘기 해야 하니까 방해하지 말아요."

다쓰키치도 세수를 하려고 우물가로 나와 있었던 모양이다.

아들이 그렇게 말하자 오타쓰 노파는 고양이등에 치켜뜬 눈초리로 기타이치를 흘겨보았다. 비척비척 밖으로 나가려고 해서 길을 비켜 주자 노파는 문가에 기대어 둔 갈대발외부 시선을 막고 그늘을 드리우기

위해 문 앞 땅바닥에 세로로 세워 두는 갈대발을 말한다 뒤로 들어가 거기에 놓여 있
던 낡은 발판에 앉았다.

"낮에는 늘 저기 앉아 있지."

다쓰키치가 말하지 않아도 도미칸 나가야 세입자라면 누구나 안
다. 오타쓰 노파는 저 갈대발 뒤에 앉아 세상을 감시한다.

"미안해. 어머니가 병에 걸렸다 여기고 봐주게."

다쓰키치의 동그란 얼굴이 서글프게 흐려진다. 그 얼굴을 쳐다
보는데 갈대발 뒤에서 오타쓰 노파가 뭐라고 투덜대기 시작했다.

─다쓰키치 씨도 힘들겠다.

전에 오킨이 농담하는 투로, 다쓰키치 씨가 오히데 씨에게 마음
이 있던데, 오히데 씨는 어때요? 하고 놀린 적이 있다. 그때 오히
데는 웃으며 얼버무렸었다.

왜 안 그렇겠나. 다쓰키치는 착실하고 부지런한 남자이지만 저
런 노파가 붙어 있으니. 짐 정도가 아니다. 다쓰키치는 커다란 바
위를 지고 있는 거나 마찬가지였다.

─나는 홀가분한 처지라 다행이지.

지금까지 이런 생각을 해 본 적은 없었다. 기타이치는 제 풀에
놀라고 조금 부끄러웠다. 다쓰키치 씨한테 미안하네.

"그런데 아침부터 무슨 일이야?"

다쓰키치의 물음에 용건이 생각났다.

"저어, 일전에 제가 드린 보선 그림 있잖아요. 그거, 지금 어떻
게 됐어요?"

여덟 장의 그림은 다쓰키치와 오타쓰가 사는 집에 딱 한 장 있는 다다미 밑에 가지런히 깔려 있었다.

"뜨거운 김을 멀찌감치 쐬어서 구겨진 데를 펴고 다다미로 눌러 두었지."

구겨지거나 접힌 자국도 없이 깨끗해져 있었다.

"대단하네요. 다쓰키치 씨는 이런 일도 잘하시네요. 표구 일도 하세요?"

기타이치가 감탄하자 다쓰키치는 몹시 쑥스러워했다. 동그란 얼굴에 땀이 맺힌다.

"설마. 나야 그저 망가지고 버려진 연장을 수리하는 게 고작이지."

그리고, 자주 들르는 단골이나 고물가게를 돌아다니며 적당한 칸막이나 병풍이 나오면 알려 달라고 부탁해 놓았노라고 말했다.

"머릿병풍에 딱 어울려. 이 그림을 잘 오려서 붙이면 신품처럼 보일 거야."

"이런 이상한 보선 그림인데요? 변재천 님이 등을 돌리고 있잖아요."

"여신에게 보이고 싶지 않은 장사를 하는 곳에는 도리어 좋지 않겠어_{변재천은 칠복신 가운데 유일한 여신이다}?"

다쓰키치는 평소의 맹한 표정으로 스스럼없이 말했지만, 기타이치는 흠칫 놀랐다. 여신에게는 보이고 싶지 않은 장사—.

여자가 몸을 팔아 먹고사는 곳. 아아, 그래서 머릿병풍_{에도 시대 중}

하급 유곽에서는 한 객실에서 여러 쌍의 남녀(유녀와 손님)가 동침하는 것이 보통이었다. 이때 잠자리와 잠자리 사이에 키 낮은 머릿병풍을 세워 시선을 막았다을 구한다는 건가.

"그거, 다쓰키치 씨 생각이에요? 아니면 유곽 같은 데서는 원래 칠복신을 모시는 관습이라도 있나요?"

그런 관습을 따르는 곳이 있다면 단서가 될지도 모른다. 그러나 다쓰키치는 겸연쩍게 웃으며 고개를 저었다.

"그런 건 몰라. 내 생각이지."

그런가? 실망은 했지만, 어쨌거나 다쓰키치 씨도 머리가 꽤 좋은걸?

"내가 파는 고물을 사 줄 손님이란 사람들이 애초에 부자가 아니니까. 이렇게 장난 같은 보선 그림이 딱 어울리지."

의기소침한 것도 아니고 비꼬는 말투도 아니었다. 다쓰키치는 태연하게 말하고 있었다.

"이거 이미 드린 건데……, 정말 미안하지만, 한 장만 돌려주시면 안 될까요?"

당연히 줘야지, 하며 다쓰키치는 커다란 몸 전체로 응답했다.

"기타 마음에 드는 걸 골라."

필치는 모두 같다. 붓 움직임과 굵기에 약간의 차이는 있지만 어느 그림이든 상관없었다. 기타이치는 바로 앞에 있는 한 장을 골랐다.

"실은 무슨 사정이 생겨서요, 이걸 처음 주운 놈에게 어디서 주웠는지 기억하게 만들어야 하거든요."

그때 기타지는 어디서 주웠는지 기억나지 않는다고 분명히 대답했었다. 애써 생각해 볼 의지가 없었기 때문이다. 하지만 이제는 상황이 다르다.

그 뒤로 날짜가 꽤 지났으니 기억을 제대로 되살리게 하려면 맨손으로 가기보다 실물을 보여 주는 것이 당연히 나을 것이다. 그림이 온전하게 남아 있어서 다행이다. 다시 접기가 왠지 미안했다.

다쓰키치에게 고맙다고 말하고 헤어질 때 문밖 갈대발 뒤에 숨은 오타쓰 노파는 '오사요'라는 여자 이름을 들먹이며 심한 욕설을 하고 있었다. 돈에 인색하다는 둥 닳고 닳은 여자라는 둥 꽉 쥔 제주먹에다 대고 빠른 말로 떠벌리는 옆얼굴은 변재천이라도 외면해 버리고 싶을 만큼 추했다_{보기 흉한 추녀로 변해 버린 처녀가 변재천의 공덕으로 다시 미녀가 되었다는 전설이 유명하다. 따라서 오죽 추했으면 관대하신 변재천이 외면해 버리고 싶겠느냐는 뜻.}

한편 기타이치는 요즘 오전에 행상을 하며 사루에 목재창고 서쪽의 논밭 한가운데에 있는 문고 작업장으로 향한다. 작업장에서는 스에조 영감이 새로 고용한 근처 농가의 남녀 노인들에게 문고 제작 기술을 가르치고 있고, 오우미 신베에나 부채가게 '마루야'에 시집간 스에조 영감의 딸이 와 있을 때도 있었다.

기타이치는 스에조 영감과 함께 차를 마시고 점심도 먹고, 오후 행상에 나갈 물건을 보충하고, 향후의 장사나 새로운 문고 의장에 대하여 상의한다. 오늘은 로쿠야마치 신상품과 전단지 건을 놓고 꽤 열띤 대화가 오갔다.

스에조 영감도 전단지를 뿌려야 한다는 의견이었다. 다만 판매 기간이 짧은 로쿠야마치 문고에 한정하지 말고 기타이치의 붉은 술 문고 자체를 홍보하고, 그 색채가 얼마나 풍부한지 알릴 수 있는 전단지로 만들어야 한다고 말했다.

"우리는 이런 물건들이 있습니다, 하고 죽 나열하면 더 호사스럽고 좋잖아."

마루야에서도 예전에 가게를 시작하고 10년이 되는 해에 전단지를 만들어 뿌린 일이 있다고 하는데, 비용과 수고가 얼마나 드는지 딸 내외에게 물어봐 주겠다고 했다.

비록 행상이라도 작업장을 두고 인력을 고용한 만큼 기타이치는 한층 상인의 마음가짐을 갖게 되었다. 물론 잘난 척할 처지는 아니다. 느티나무집 작은 나리가 무급이나 마찬가지로 그림과 밑그림을 그려 주고 있고, 신베에의 지혜와 스에조 영감의 기술은 정말 무급이다. 여러 사람들에게 늘 응석을 부리고 아쉬운 부탁을 하고 있는 처지다.

그래도 만사쿠 · 오타마 가게에서 물건을 떼어다가 그날 하루의 생계를 위해 행상을 다니던 시절에 비하면 가슴을 활짝 펴고 다니니 자세부터 달라졌지—라고 스스로도 생각한다.

한편 스에조 영감은 무라타야와 손잡고 이야기책을 채운 문고를 팔자는 제안을 마뜩치 않아했다.

"무라타야라면…… 사가초에 있는 그 대본소 말이군. 지금은 아들이 주인이 되었지. 지혜에 씌었나."

주름투성이 이마에 한층 깊은 균열 같은 주름을 만들며 떨떠름해했다.

"지혜에 씨가, 무슨 문제라도 있나요?"

"그런 건 아니지만, 느낌이 좋지 않아."

놀라는 기타이치에게 스에조 영감이 말했다.

"지혜에 씨와 엮여서 좋을 게 없거든. 기타가 지금 사는 방에서 젊은 낭인이 한밤중에 칼을 맞고 죽었다는 이야기는 들었지?"

"그 사무라이가 무라타야에서 부업으로 필사 일을 받아다 했다더군요. 하지만 그 부업 때문에 죽은 것은 아니잖아요."

"글쎄. 게다가 그것만이 아냐."

스에조 영감이 목소리를 낮추었다.

"벌써 28년이나 지난 일이지만, 지혜에 씨와 막 혼인한 처가 납치당했다가 살해된 일이 있어."

네? 그건 몰랐다. 기타이치는 몸이 굳은 채 내심 무릎을 쳤다. 후유키초 마님이 말하려다 만 것이 바로 이 이야기였나?

무라타야 지혜에 이야기를 하다가,

—일도 열심히 하고 선한 사람이지. 아주……

라고 말해 놓고 다소 어색하게 "아주 부리부리한 눈에"라고 말을 이었다. 뭔가 다른 얘기를 하려고 했던 것이 분명했다. 혹시 그게,

—아주 비참하게 처를 잃은 사람인데.

라는 말이었을까.

"범인은 잡혔나요?"

이마에 깊은 주름을 잡은 채 스에조 영감이 고개를 저었다.

"당시는 지혜에 씨 짓이 아니냐는 소문도 돌았어. 처가 찻집에서 일하던 미녀여서 남자 소문도 꽤 많았다고 하니까."

기타이치는 목 언저리가 오싹해서 아무 대답도 못했다. 스에조 영감은 훌륭한 장인이며 선량한 노인인데 이 이야기를 전하는 모습은 참으로 가차 없었다.

"……기타가 아직 젊어서 세상 물정에 어두우니 그런 쪽으로 잘 모르는 것도 이해는 가지만."

단호한 목소리가 기타이치의 귀로 스며들어 혀와 목구멍에서도 씁쓸함이 느껴졌다.

"주변 사람이 두 명이나 비참하게 죽는 일을 겪었다면 그 업이 어지간히 징한 게 아니지. 본인은 사악하지 않아도 대대로 악운이 물려 내려왔는지도 모르고. 그런 사람과 손잡는 거, 나는 내키지 않네."

아, 그랬군요, 알겠습니다, 라고 우물거리고 기타이치는 작업장을 나섰다. 그런 얘기는 꺼내는 게 아니었는데, 하고 후회하는 것은 역시 아직 어리고 세상 물정에 어둡기 때문일까.

"—몰랐어?"

조메이탕 가마 앞에 쌓인 쓰레기와 종이 부스러기 더미 사이에서 기타지가 말했다.

"응? 뭘?"

작업장을 떠나 이곳에 도착한 기타이치가 품에서 보선 그림을 꺼낸 참이었다. 다시 잘 봐 봐, 이걸 어디서 주웠는지 기억해 냈으면 좋겠어— 하고 말하자,

"아직 못 들었나 보지?"

기타지가 그렇게 대꾸했다.

"술 도매상 주인이 그린 보선 그림이 아기에게 재앙을 내린다는 얘기."

뭐? 기타이치는 오늘 두 번째로 말문이 막힌다.

"네가 어떻게 그걸 알지?"

간신히 목소리를 되찾아 묻자 기타지는 손을 보호하려고 감은 헝겊을 둘둘 풀어내며 밋밋한 투로 말했다.

"여기 주인 내외가 술을 즐겨. 목욕탕 매출이 좋은 달이면 고급 술을 사다 마시거든. 그래서 혼조 요코아미초에 있는 이세야를 잘 안대."

뜻밖에 이 동네에도 이세야 단골이 있었던 것이다.

"그렇다면 기요스미초 다카야의 스테 짱이 죽었다는 사실이 벌써 단골들에게 다 알려졌나……."

그러자 기타지는 헝겊 풀던 손을 멈추고 눈길을 들었다. "다카야? 스테 짱?"

"아닌가?"

두 사람은 얼굴을 마주 보았다. 함부로 자란 앞머리 때문에 한쪽 눈밖에 보이지 않는 기타지의 눈이 살짝 가늘어져 있다.

"여기 목욕탕에서 하녀로 일하는 노파가 요코아미초까지 술을 사러 갔다가 그 이야기를 듣고 왔대. 같은 동네의 사사고야라는 바느질가게에서 한 살배기 손자가 죽었는데 이세야 주인한테 받은 보선 그림 탓이었대."

그렇게 말하고 기타지는 헝겊을 풀어낸 손가락으로 기타이치가 들고 있는 보선 그림을 가리켰다.

"바로 저런 그림이래. 변재천 님만 등을 돌리고 배에서 내리려 하는 그림."

물론 그림을 선물 받았을 때는 그런 모습이 아니었다고 한다. 손자가 죽은 뒤 마음에 걸려 살펴보니 귀하게 받아 둔 보선 그림이 변해 있더라는 것이다. 그 점은 다카야의 이야기와 일치했다.

"죽은 건 사사고야의 세 번째 손자이고, 갓 태어난 남자아이였대. 위로 두 아이가 여자아이이어서 부디 옥동자를 얻게 해 달라고 이세야 주인에게 보선 그림을 부탁해서 금방 받았다는 거야."

"변재천 님이 솜옷에 싸인 아기를 안고 있는 그림?"

"그랬던 것 같다."

그림 덕분에 얻은 아기였는데 그림의 변심 때문에 다시 빼앗기고 말았다—.

"그거, 언제 얘기지? 나는 몰랐지만 도미칸 씨는 알고 있었을 텐데."

"아기가 죽은 건 벌써 2년이나 전이래. 그저께가 3주기여서 마침 이세야의 보선 그림을 꺼내 보았다가 그림이 변해 있다는 걸 알았다는 거지."

다카야에서도 아기가 죽은 뒤 그림의 변화를 알아차리기까지는 두 달쯤 걸렸다. 사사고야의 경우는 2년이라고 했다. 그림을 깊은 곳에 꽁꽁 보관해 두었던 걸까 아니면 그림을 갖고 있다는 사실을 잊고 있었던 걸까.

"내가 알기로 다카야 쪽에서는 보선에서 변재천 님만 자취를 감추었다는 거야."

기타지는 흐흠, 하며 풀어낸 헝겊을 돌돌 뭉쳐 품에 넣고 그대로 팔짱을 꼈다.

"너한텐 미안하지만 어디서 주웠는지 통 기억이 나질 않아."

뭐야, 대답이 너무 빠르잖아. 잠깐 궁리하는 시늉 정도는 하고 나서 대답하든지.

"사실 주운 장소가 생각났다고 해도 그게 단서가 되란 보장은 없어. 버리는 쪽에서도 조심했을 테니까."

"뭐, 그렇긴 하지만……."

"그보다 도미칸 씨와 상의해 봐. 사사고야에서 이 이야기를 퍼뜨리고 있어. 빨리 손쓰지 않으면 큰일 나."

"무슨 큰일?"

정말 몰라서 솔직하게 물었는데 기타지가 어깨를 떨구며 한숨을 지었다. 나 이런, 아둔하긴.

"보선 그림을 갖고 있는 사람들이 다음은 우리 아이 차례가 아닌가 하며 겁을 먹고 소란을 피울 거 아냐. 그리고 이세야에 몰려가 주인을 몰아세우겠지."

　아하. 그런 이야기는 좀 빨리 해라.

5

기타이치가 찾아다닐 것도 없었다. 도미칸도 기타이치를 찾아다니다가, 조메이탕에서 돌아오는 그를 발견한 것이다. 기타이치가 사사고야의 상황을 자세히 묻자, "오호!" 하는 표정으로 칭찬해 주었다.

"기타가 꽤 재빨라졌는걸."

혼조 요코아미초의 이세야에는 주인 겐에몬에게 따지려고 벌써 여러 사람이 몰려와 있다고 했다.

어린 자식의 목숨이 달려 있다고 하므로—적어도 당사자들은 그렇게 믿고 있으므로 머리에 피가 쏠려서 처음부터 차분한 대화는 불가능했다. 곤혹스러워하던 이세야가 도미칸에게 점원을 보내 도움을 청했다.

"소용없는 말이지만 센키치 대장만 살아 있었어도."

도미칸이 중얼거리는 소리에 기타이치도 말없이 고개를 끄덕였다. 타계한 대장은 이런 갈등을 해소하는 데 능했다. 관련자들이 흥분해 있을수록 대장의 붙임성 있는 목소리는 더욱 설득력이 있었다.

"뱀이 알을 삼키듯 분쟁을 삼켜 버리는 분이었으니까."

도미칸의 이 비유는 조금 그렇긴 하지만.

"대장의 절반에도 못 미친다는 건 잘 압니다만, 저도 같이—,"

"거기 가 볼 필요 없네."

도미칸은 그렇게 말하며 기타이치의 어깨를 잡고,

"여기서 만난 덕분에 발품을 덜었네. 기타는 문고 작업장으로 돌아가 줘. 사루에 목재창고 옆이라지?"

어깨를 당겨 뒤로돌아를 시켰다.

"미안하지만 지금 만들고 있는 것들은 옆으로 치워 두고 내 주문부터 받게."

기타가 아니면 부탁할 수도 없는 일이야.

"나는 부지런히 뛰어다니며 겐에몬 씨가 여러 집에 선물한 보선 그림들을 한 장도 남김없이 수거할 테니까 기타는 그 그림을 담는데 어울리는 문고를 만들어 주었으면 좋겠어."

칠복신을 담을 문고?

"하지만 문고 크기가 있어서 보선이 그려진 반지주로 붓글씨 연습용으로 사용하는 전통 종이. 규격은 대체로 세로 33센티미터·가로 24센티미터는 접어야 들어 갈 텐데요."

"그건 상관없어. 중요한 것은 기타의 문고에는 그림을 깔끔하게 붙일 수 있다는 거야."

복을 주시는 은혜로운 신들께서 기분 좋게 들어가 주실 법한 그림.

응? 기타이치는 당황하며 생각했다.

"그 말씀은…… 가령 도리이신사 입구에 세우는 문의 일종라든가 불당이라든가 신사처럼 신들의 거처로 어울리는 그림을 말하시는 건가요?"

"그렇지!"

여러분이 갖고 있는 이세야 겐에몬의 영험 있는 보선 그림을 이 도미칸이 은혜로운 신에 어울리는 용기인 이런 문고에 한 장씩 넣어서 확실하게 모시겠습니다. 여러분, 이제 겁낼 것도 없고 당황할 일도 없어요. 안심하세요.

어이쿠, 그럼 어떻게 작업을 준비한다? 당장 가지고 있는 재료로 충분할까? 스에조 영감은 아직 작업장에 있을까?

"아하, 그렇다면, 일단 알겠습니다."

좀 더 오캇피키의 수하에 어울리는 일을 맡아서 씩씩하게 "알겠습니다!"라고 말하고 싶지만, 사실 이것은 기타이치가 아니면 안 되는 일이다.

"몇 개나 필요하죠?"

"그 빌어먹을 겐에몬이란 자가 몇 장이나 그려서 뿌렸는지 알 수가 없으니……."

대뜸 말본새가 거칠어졌다. 눈초리도 날카로워지고.

"서른 개면 안심할 수 있겠지. 아, 다만 한 가지 도안으로는 부족할 테니까 세 가지 도안으로 하고, 도안당 열 개씩 만들면 어떨까."

"마, 마감은요?"

"답답하게 왜 이래. 당연히 오늘 중으로 끝내야지. 기합을 넣고! 부탁하네!"

등을 힘차게 떠미는 바람에 기타이치는 몇 발자국 비틀거리다가

왔던 길을 뛰어서 돌아갔다.

"그래, 알겠네."

스에조 영감은 당장 팔뚝을 걷어붙일 기세였다.

"서른 개, 불량이 많이 나지 않으면 재료는 충분해. 신령님을 모실 문고잖아. 정성껏 만들어야지."

화급한 작업이다. 영감의 딸이 시집간 부채가게 마루야에서 직인을 불러 거들게 하자. 영감의 아직 미숙한 제자들도 이 작업을 시작부터 마감까지 자세히 보여 주면 장차 보탬이 될 것이다. 공예는 눈으로 배우는 것도 중요하니까—라고 말하는 한 마디 한 마디에 힘이 넘친다.

다음은 도안이다.

"아기를 점지해 줬다 했더니 변덕스럽게 거두어 가는 보선과 변재천이라. 별난 이야기도 다 있지."

느티나무집의 오우미 신베에는 정원 뒤쪽 우물가에서 소쿠리에 수북이 담긴 조생종 감을 씻고 있었다.

"이 정원 감나무에 열린 것들인데, 아쉽게도 몹시 떫은 땡감이야."

멋모르고 쪼아 먹은 새가 목이 막혀 죽을 만큼. 땅에 떨어져도 개미들이 피해 다닐 만큼.

그 가운데 하나를 쳐들어 보이며 신베에가 말했다.

"생긴 건 예쁜데 아무리 잘 익어도 달지가 않아. 곶감으로 만들어도 이가 부러질 만큼 딱딱해지기만 하고 떫은 기운이 삭질 않지. 세토 님은 땡감 주제에 쓰바키야마 가에 너무 무례하다며 노여워 하시지만, 내가 식탐이 만만치 않거든. 화내지 말고 안달하지 말고 끈기 있게 또 곶감을 만들어 볼 생각이야.”

땡감한테도 발끈하는 세토 님은 어제 본저에 불려가 지금은 이 곳에 없다고 한다. 기타이치는 가슴을 쓸어내렸다. 작은 나리를 번 거롭게 하는 화급한 일감을 가져왔으니, 이번만큼은 크게 혼날 수 도 있었다.

“그래서…… 도안 말인데요.”

급하게 달려온 탓에 다리가 떨려서 그 자리에 주저앉았다.

“감은 안 돼.”

물 묻은 감을 소쿠리에 쌓아 올리며 신베에가 말했다.

“신령님이 좋아하고 마귀 쫓는 힘도 있는 과일이라면 복숭아지. 지금은 철이 아니지만 도안에서 빼놓을 수 없지.”

어깨 너머로 기타이치를 돌아보며 씩 웃었다.

“저기 들통에 물을 퍼서 세수하고 손발도 씻게. 씻은 물은 저쪽 고랑에 버리고. 옷을 단정히 입고 허리띠도 고쳐 매고 몸단장을 좀 하게.”

마침 좋은 기회니까— 하며 기쁜 표정으로 계속했다.

“작은 나리를 만나 뵙게 해 줄 테니까.”

지금 말입니까? 물론 기타이치도 언젠가는 작은 나리에게 인사 를 드리고 싶었다.

기타이치는 그로부터 4반각30분 정도를 느티나무집 부엌의 작은 마루에서 기다렸다. 마음이 초조해서, 이러느니 신베에가 씻어 놓은 감을 깎으며 마음을 달래 볼까 하는 생각도 했다.

여기는 기타이치가 동경하는 저택이다. 신베에를 만나기 전부터 문고 행상을 하며 지나갈 때마다 질리지도 않고 구경했다. 저택 분위기가 시골스럽고 자태가 위압적이지 않으며 넓은 정원은 차분한 정취와 소박한 분위기가 적절히 조화를 이루고 있다.

돌탑 옆 눈에 잘 띄는 자리에 동백나무 두 그루가 있어서 겨울마다 새빨간 꽃과 붉은 바탕에 하얀 반점이 있는 꽃이 예쁘게 피었고, 철이 지나면 한 송이씩 툭툭 떨어졌다. 그렇게 지는 모습이 참수를 연상케 하여 불길하다고 해서 사무라이가 싫어하는 꽃이다. 그러므로 이곳이 쇼군 직속의 하타모토 쓰바키야마 가스모토 님의 별저라고 듣기 전까지 무가저택은 절대 아닐 거라고 생각했었지만, 과연 쓰바키야마 님의 저택이라면 동백을 좋아해도 이상할 것이 없다쓰바키 = 동백.

조용한 부엌에 땡감의 풋내가 희미하게 감돌고 있었다.

배가 고프다.

정신없이 뛰어다닌 탓이다. 지금 무슨 생각을 하는 거야. 특별히 주문받은 문고 서른 개는 아직 시작도 하지 못했다. 오늘 안에 혼조 요코아미초에 가져다줘야 한다. 도미칸도 말했지 않은가. 이것은 기타가 아니면 부탁할 수 없는 일이라고.

꼬륵꼬륵. 뱃속이 시끄럽다. 게다가 머리는 흐리멍덩하고 졸음이 살살 몰려온다―.

"두상이 가지런하네."

바로 옆에서 묘하게 또렷하고 밝은 목소리가 들렸다.

기타이치는 눈꺼풀을 들려고 했다. 어, 감겨 있네? 나, 지금 자는 거야? 일어나, 일어나, 눈을 떠.

"신베에, 이런 특징이 있으면 빨리 알려 줬어야지. 기타이치는 재미있는 그림 소재군."

황공하옵게도 지장보살 같은 두상이다. 즐겁게 말하고 있네. 내 얘기를 하나?

"기타이치, 일어나."

신베에 목소리다. 어깨를 두드린다.

"작은 나리를 작업장으로 모셔야겠다. 작업장에 직접 가서서 문고에 그리는 게 제일 빠르다고 하신다. 감사하게 생각해야지."

기타이치, 일어나. 신베에 시늉을 내듯 방금 전의 그 밝은 목소리가 말했다.

"이봐, 일어나라고 말씀하신다!"

오른쪽 뺨을 꼬집힌 기타이치가 발딱 일어났다. 아프지는 않다. 볼에 닿은 손가락 끝이 매끈하고 부드러웠다.

그런 손가락 감촉은 달리 느껴 본 적이 없다. 누가 이쪽으로 상체를 숙이고 들여다보고 있다.

"깨어났나? 많이 기다리게 해서 미안하다. 준비하느라 시간이 조금 걸렸다. 자, 가자. 스에조가 기다리고 있다지?"

희고 갸름한 얼굴이다. 얼핏 와카슈마게아직 관례를 치르지 않은 남성이 하던 머리 모양. 사카야키를 하지 않고 이마 위에 따로 머리를 올리고 두정부를 지름 6~7센티미터 정도만 면도로 밀며 정수리 부분의 머리카락을 모아 한 번 접어서 상투를 튼다 처럼 보이는데, 앞머리만 세우고 사카야키이마 위부터 정수리까지 면도로 미는 것는 밀지 않았다. 긴 머리를 뒤통수에서 하나로 묶어 말꼬리처럼 늘어뜨렸다. 까만 머리카락은 얼마나 반질반질 윤이 나는지.

다갈색 바탕에 검정과 주홍색의 가는 줄무늬가 있는 고소데통소매의 평상복. 센다이히라센다이 지역에서 생산되는 견직물 하카마. 그리고 칼 두 자루를 허리에 찼는데, 큰 칼과 작은 칼의 쓰카마키끈과 가죽으로 칼자루를 감는 장식가 선명한 빨강과 쪽빛과 노란색이 조합된 무늬를 보여 주고 고소데 통소매로 들여다보이는 손목의 살갗이 그 위로 하얗게 빛나고 있었다.

두 자루 칼의 날밑은 동백꽃 모양이다. 당연히 그렇겠지. 쓰바키야마 가의 작은 나리니까—.

작은 나리. 작은 나리. 작은 나리?

뭐어어어?

"여자 아냐?"

기타이치가 졸음에서 빠져나오며 소리쳤다.

"무례한 놈!"

신베에가 호통치고 호탕하게 웃었다.

무릎을 꿇고 기타이치 쪽으로 윗몸을 굽히고 있던 작은 나리가 흐르는 듯 우아하게 몸을 일으켰다. 이때 마치 의도한 것처럼 귀밑

머리 몇 가닥이 살랑거린다.

아침 이슬처럼 반짝이는 눈동자. 쪽 고른 콧날. 윗볼이 살짝 연분홍빛으로 물들었다.

신베에가 점잖게 목례를 하고 나서 말했다.

"이분이 바로 내가 모시는 작은 나리, 쓰바키야마 가쓰모토 나리의 삼남 에이카 님이시다."

기타이치는 그 자리에 주저앉아 있었다. 작은 나리 앞이므로 지저분한 소리는 삼가겠지만, 간이 오그라들고 영혼이 탈탈 털려서, 주저앉은 채 똥을 지릴 뻔할 만큼 넋이 나가 있었다.

이분이 작은 나리. 도련님. 삼남이시라니.

하지만, 아무리 봐도 여자인걸. 여자가 맞다. 젊은 처자다. 나이는 아마 기타이치 또래? 동갑 아니면 한두 살 터울. 연상일까 연하일까.

게다가 빼어난 미모다.

"기타이치, 나는 여자가 아니다."

에이카가 단호하게 일갈했다.

"나는 남자다. 그게 아니라면 다소 경솔하지만 충직한 수완가인 오우미 신베에가 거짓말을 한 셈이니 목을 쳐야겠지."

마를지언정 꽃잎을 떨구지 않고 꽃송이 그대로 흙으로 돌아가는 동백의 강인한 생명력. 꽃잎의 가련한 아름다움. 동그란 꽃의 애교, 진초록 잎을 몸에 넉넉하게 두르고 눈 속에서도 끈질기게 버티는 인내력. 바람에 놀라지 않고 비에 흐트러지지 않는 조신함과 지성까지.

그 모든 걸 겸비한 이분은 동백꽃의 화신이 아닌가.

"기타, 정신 차려."

늘 듣던 익숙한 이름이 들렸다.

"괘씸한 아기 도둑 변재천을 붙잡아 둘 특별한 문고를 만든다고? 이번 일은 굉장한 작전이 되겠구나."

신베에가 기타이치의 오른쪽 어깨를 부축했다. 그러자 에이카도 자연스럽게 기타이치의 왼쪽 어깨를 안았다.

기타이치는 기이한 목소리가 새어 나오려는 것을 간신히 참았다. 안 돼, 안 돼, 더 이상 창피한 꼴을 보이느니 죽는 게 낫지.

기타이치의 낭패에 아랑곳없이 에이카는 힘차게 걸음을 내딛어 통용문을 통해 뒤뜰로 나갔다.

"문고 뚜껑에 도리이를 그려 두면 문고 속은 신의 영역이라는 뜻이 되지."

걸어가며 말한다. 나긋나긋 생기가 있으면서도 젊은 처자의 앳된 음색이 남아 있는 듯한 목소리다. 허리에 칼 두 자루를 차고 씩씩하게 하카마를 차려입은 모습과 명랑한 목소리의 위화감이 못내 신경 쓰인다. 기타이치는 어리바리했다. 양쪽에서 어깨를 부축 받으며 간신히 걸었다.

신베에가 문을 열고 셋이서 나란히 저택을 나섰다.

"아아, 바람이 좋구나."

눈을 가늘게 뜨고 하늘을 우러르며 에이카가 흐뭇하게 혼잣말을 했다.

"역시 바깥이 좋구나. 고맙다, 신베에."

"부디 세토 님한테는 비밀로 해 주십시오."

아하하, 하고 에이카는 가을 하늘을 향해 웃었다. 그 웃음소리는 작은 제비처럼 나래를 펴고 창공으로 올라간다.

아아, 기타이치는 머릿속이 다시 어리바리해졌다. 무릎에서 힘이 빠져 주저앉아 버릴 것 같았다. 신베에와 에이카가 양쪽에서 기타이치를 고쳐 부축했고, 그 바람에 에이카의 볼이 기타이치의 귓불에 스쳤다.

이크, 이러다 목 날아가겠다.

"기타이치, 잘 들어. 문고 도안에 대하여 중요한 이야기를 할 테니까."

나는 남자다. 여자가 아니다. 그렇게 단언할 때와 같은 씩씩한 목소리로 에이카가 기타이치의 귓가에 말했다.

"신사나 불당을 그리자면 그림이 너무 커지게 되니까 신이 깃든 곳을 알리는 도리이만 그리도록 하자. 거기에 싱싱한 도미나 황금빛으로 익은 벼이삭, 비단실 타래 등을 곁들이면 복신을 모신 곳이라는 표식이 되지. 신베에가 좋아하는 복숭아를 곁들이고 싶다면 뚜껑 안쪽에 작게 그리는 게 좋을 것 같다."

예, 알겠습니다요. 아무렴요, 좋고말고요. 기타이치는 꿈꾸는 기분으로 흐느적흐느적 걷고 있었다.

6

"보선에서 내린 변재천 님을 찾아다닐 것도 없네요. 여기 계시니까[변재천은 아름다운 여신으로 그려지는 것이 보통이다.]"

문고 작업장에서 에이카를 만나자 스에조 영감이 그렇게 말했다.

오우미 신베에는 이번에는 와하하 웃고 "무례하군" 하며 다시 더 호탕하게 웃었다.

"자, 힘냅시다. 오늘 안으로 보선의 칠복신을 모시는 데 합당한 문고를 서른 개나 만들어야 하니까."

스에조 영감 나이가 되면 에이카 나리가 변재천 님으로 보이나? 내 눈에는 그렇게 보이지 않는데. 비유하자면 천녀다. 날개옷이 아니라 하카마 입은 씩씩해 보이는 천녀…… 이렇게 여전히 어리바리한 기타이치였지만, 에이카의 손 맡을 보자,

"그건 뭐죠?"

커다란 찬합에 손잡이가 달린 것처럼 보이는 물건인데, 주름상자로 되어 있는 덮개를 여니 내부에 좁은 서랍들이 있고, 서랍마다 붓이나 안료, 먹통, 아교 등이 가지런히 담겨 있었다. 그것들을 재빠르게 꺼내어 사용하기 편하게 늘어놓으며 에이카가 말했다.

"내 도구상자다. 밖에 나가 그림을 그릴 때 쓰지."

"네……? 이건 또 어느새."

"신베에가 들고 왔다."

정말? 에이카의 말을 의심할 이유는 없었지만, 믿기지 않았다. 나를 부축하는 와중에? 나는 그것도 알아채지 못할 만큼 넋이 나가 있었나?

정신 차려! 양손으로 얼굴을 찰싹 치고 다시 한 번 세게 후려쳤다. 그러자 스에조 영감의 제자가 된 할머니와 할아버지 들이 그와 눈을 맞추며 씩 웃었다.

"우물이 어디 있었죠?"

"저쪽."

할머니와 할아버지 들이 가리킨 쪽으로 달려가 우물가에서 물을 철철 흘리며 세수를 하고 다시 작업장으로 돌아오니 에이카와 신베에, 스에조 영감과 제자 노인들이 마루방에 둥글게 둘러앉아 벌써 종이를 고르고 있었다.

"기타이치, 이 색은 어떨까."

에이카가 기타이치를 돌아보았다. 한쪽 어깨에만 멜빵을 걸었다. 손에 집어든 것은 진한 된장색 마지_{삼 껍질이나 삼베로 만든 종이}인데, 특별히 주문을 하지 않고 종이가게에서 언제든 구할 수 있는 종이 중에서는 가장 두껍다. 종이가 두꺼우면 마지의 까슬까슬한 감촉이 두드러져서 기타이치도 좋아하지만 에이카가 직접 그림을 그려야 하므로 이 종이는 맞지 않다. 역시 매끈한 도리노코 종이_{털동자꽃} _{나무와 닥나무 껍질의 섬유로 만든 질 좋은 전통 종이}가 낫다.

문고를 만들 대 종이를 접어서 조립하는 것만으로는 상자가 너무 약하므로 젓가락 굵기의 나무 골조를 넣어서 보강한다. 그러므로 원한다면 각 면마다 다른 종이를 쓸 수도 있다.

"새, 색은 좋지만, 모처럼 에이카 나리께서 몸소 오셔서 이 자리에서 직접 그리신다면 두꺼운 마지는 어울리지 않습니다."

아직 우물물이 마르지 않은 기타이치의 이마에 새로 땀방울이 맺힌다.

에이카가 환한 미소를 지었다.

"물론 나도 여기 앉아서 그림을 많이 그려 줄 생각이지만, 모든 문고에 직접 그리려고 하다가는 시간에 댈 수도 없고, 서른 개나 되는 문고의 도안이 너무 단순해져서 재미가 없을 거다."

그렇다면 평소처럼 오려 붙이는 것을 전제로 에이카가 따로 종이에 그림을 그리고, 기타이치 무리는 문고를 만들면서 그 그림을 오려서 다양하게 조합해서 붙여나가기로 하자.

"세 가지 도안을 각각 열 개씩 만들면, 누가 봐도 차이를 알 수 있도록 바탕이 되는 종이도 세 종류를 사용하는 게 어떨까 싶은데."

활달하게 말하는 에이카의 옆얼굴을 스에조 영감이 넋 놓고 쳐다보고 있다. 그의 제자 할아버지는 자기 손주 보듯 뿌듯한 표정으로, 제자 할머니는 눈을 감고 두 손을 모으더니,

"감사합니다요, 감사합니다요."

하며 노래하듯 중얼거리기 시작했다.

"작은 나리가 그리신 그림이라면 칠복신도 기뻐하실 게 틀림없

습니다요."

"아무렴요." 할아버지가 싱글벙글 웃었다. "도안에 보선을 댈 선착장도 있으면 좋을 텐데요."

에이카가 귀여운 눈을 번쩍 떴다. 비단 같은 하얀 목덜미. 묶은 머리가 사르륵 흘러내린다.

"그래, 그걸 생각 못했어. 묘안이야. 들었지, 신베에?"

신베에는 무릎에 손을 얹어 놓고 인상 쓰는 얼굴로 목례했다. "예, 들었습니다."

"문고 뚜껑에는 도리이나 신사 그림, 오른쪽 옆면에는 선착장과 찰랑거리는 물, 왼쪽 옆면에는 단풍잎을 배치하는 게 어떨까."

"저어, 그게, 저어."

기타이치가 안절부절못하며 땀을 흘리는 동안 바탕이 되는 종이 세 종류와 색깔이 결정되었다. 첫 번째는 두꺼운 마지에 무늬 없는 된장색. 두 번째는 중간 두께 마지에 비단결 무늬가 들어간 연보라색. 세 번째는 중간 두께 종이에 자잘한 무늬가 들어간 연한 흑갈색. 도안은 미색 도리노코 종이에 그리고, 그것을 정사각형 그대로 붙이기도 하고, 그림에 따라 둥글둥글하게 오려 내거나 작은 그림을 따로따로 오려 놓고 어우러지게 붙이기도 한다.

그렇게 상의하는 동안 스에조 영감이 밖을 지나가던 젊은 농부를 불러 세워 마루야로 심부름을 부탁했다.

"곧 원군이 달려올 겁니다."

마루야는 다와라마치 3가에 있는 부채가게이며, 스에조의 딸이 시집간 곳이다.

에이카가 그림을 구상하고 먹이나 목탄으로 밑그림을 그리고 있을 때 원군이 도착했다. 영감의 딸과 부채가게 직인이었다. 이 두 사람이 에이카의 외모에 소스라치게 놀라고 신베에가 또 와하하 웃는 장면이 반복되었다.

이내 각자의 작업을 시작했다. 기타이치는 일단 풀과 아교를 섞는 일을 맡았다. 덩어리가 생기지 않도록 꼼꼼하게 섞어야 한다. 섞는 작업에 열중하는 동안 어리바리하던 머리가 진정되고 땀이 줄줄 흘러내렸다.

맹세코 말하지만 에이카의 외모에 반한 것은 아니다. 그 정도로 당돌하진 않다. 다만 기타이치는 깊이 감동했다. 보물 같은 외모를 타고난 에이카의 자태에.

물론 묻고 싶은 것도 있었다. 여자면서 왜 남자 차림을 하고 "나는 여자가 아니다"라고 말하나. 왜 느티나무집에 은거하고 있는가.

—역시 바깥이 좋구나.

가끔 부름을 받고 느티나무집에서 본저로 가는 일도 있다고 하니까 본저에서 생활하는 가족과 관계가 끊기진 않았다는 말이다. 의절당한 것은 아닌데 평소에는 후카가와 변두리에서 혼자 지낸다. 어울리는 사람이라고는 세토 님과 신베에뿐이다. 결코 병으로 요양하는 사람처럼 보이지도 않는다.

풀과 아교 덩어리와 함께 그런 쓸데없는 잡념도 이기고 또 이겨서 부수어 버린다. 지금은 이 문고를 완성하는 것이 최우선이다.

1각2시간 정도 작업하자 신베에가 일손을 멈추고 사람들에게 휴식을 제안했다. 여자들에게는 물을 끓여 차를 내오라고 시키고 마루야의 젊은 부채 직인에게는 돈을 건네주고 가까운 데서 경단이나 만주를 사 오라고 시켰다.

"사루에 이나리 신사까지 가면 차 가게가 있네. 요기할 만한 걸로 부탁하세."

그리고 제자 할머니에게는 이렇게 말했다.

"오쿠메, 집에 돌아가 저녁밥을 짓게. 늘 먹는 점심밥 정도면 돼. 우리는 삶은 고구마면 되지만 작은 나리께는 쌀밥을 부탁하네."

그러자 한쪽 어깨에만 묶은 멜빵을 매만지며 에이카가 끼어들었다. "나도 삶은 고구마면 돼. 그보다 신베에, 공짜 밥은 싫어."

제자 할머니 이름이 오쿠메라고 했던가? 할머니가 다시 염주를 세어 넘기는 시늉을 하며 에이카를 공손히 바라보았다.

"아닙니다요, 나리. 저희는 이미 오우미 님께 쌀과 돈을 받았습니다요."

이 작업장에서 식사를 하는 데 어려움이 없도록 신베에가 미리 손을 써 두었던 것이다.

"역시 빈틈이 없네요."

기타이치가 저도 모르게 불쑥 말하자 신베에가 대꾸했다.

"실은 지금까지 너무 오쿠메에게 의지해서 정작 중요한 식사 대책에 소홀했네. 여기 작업장에서 밥을 지어 먹을 수 있도록 어서

도구를 갖춰야 해."

기타이치는 타계한 센키치 대장이 하던 말을 문득 떠올렸다.

—어떤 일이든 일손이 필요해서 사람을 불렀으면 먼저 음식과 뒷간부터 챙겨라. 그 밖의 일은 그다음이다.

"나는 잠시 나가서 걷다가 오겠어."

에이카가 그렇게 말하고 봉당으로 가볍게 뛰어내렸다. 조리를 신고 새끼사슴처럼 팔짝 뛰어 문지방을 넘는다. 기타이치가 놀란 표정으로 신베에의 얼굴을 보았다.

"혼자 나가셔도 괜찮을까요?"

"괜찮지 않지."

"네? 이런! 그렇다면."

신베에가 움직이지 않자 기타이치가 황급히 에이카를 뒤쫓았다. 에이카는 밭고랑 길을 걸어 작업장 남쪽으로 걷고 있었다.

이미 추수철이지만 논을 보니 벼 베기가 모두 끝난 것은 아니었다. 이 근방은 벼 베기가 끝난 논과 앞으로 해야 할 논이 바둑판무늬처럼 뒤섞여 있었다. 일조량은 어느 논이나 동일했을 터이니 벼 베기에도 뭔가 길흉을 따지는 미신이 있는지도 모른다. 에이카는 오이 밭을 둘러보고 밭고랑에 자라는 콩 가지도 잡아당겨 보고 벼 이삭 위를 건너오는 바람을 기분 좋게 들이마셨다. 가을 해가 살짝 서쪽으로 기울어 반짝반짝 빛나지만 이제는 눈이 아프도록 부시지는 않았다.

"오래 앉아 있으면 혈액과 기의 순환이 나빠져."

뒤따라 온 기타이치에게 에이카가 말했다.

"혈액과 기가 막히면 눈이 흐려지고 손가락 끝이 무뎌지지. 그러면 뜻대로 선을 긋지 못하게 되니까 그림에 뜻이 있는 사람이라면 하체도 단련해야 해."

에이카는 허리에 칼 두 자루를 차고도 걸음이 가벼웠다. 충분히 단련되어 있는 것이다. 그러나 기타이치는 못내 걱정스러웠다. 논둑길의 진흙이 들러붙은 흰 버선을 세토 님에게 들키면 어떻게 될까?

"저기 콩 꼬투리가 달려 있는 콩나무가 보이지?"

에이카가 걸음을 옮기며 밭고랑 한쪽을 가리켰다. 기타이치는 에이카를 세 걸음 뒤에서 따라 걷는데, 두 사람의 키는 거의 차이가 없었다.

"토지 신에게 바치는 공물로 일부러 남겨 둔 거다."

응? 그런 관습도 있었나? 기타이치는 몰랐다. 에이카는 하타모토의 딸—이 아니라 아들이니 농사에 해박하기 힘들 것 같은데,

"잘 아시네요."

"그림 소재니까."

에이카는 바람 속에서 햇살에 눈을 가늘게 뜨며 미소를 지었다.

"여름에는 퇴비 냄새가 고역이었지. 가을이 좋구나."

그런가. 기타이치는 매일 작업장에 들러도 그 근방에는 관심이 없었다. 도미칸 나가야의 낡은 뒷간은 아무리 청소해도 사시사철 악취가 심해서 코가 무뎌졌는지도 모른다.

"나에 대해서 많이 궁금하냐?"

에이카가 앞을 바라보고 씩씩하게 걸으며 말했다.

"미안하지만 나는 얘기해 줄 수 없다. 신베에가 기타이치에게 알려 줄 필요가 있다고 판단하면 알아서 얘기해 주겠지. 그러니 지금은 묻지 말기 바란다."

바란다, 라고 말하고 불쑥 두 팔을 휘휘 돌렸다. 기타이치를 위협하려는 것이 아니라 아마 혈액 순환을 좋게 하는 동작인 듯하다.

"예, 알겠습니다."

그렇게 말하고 기타이치도 두 팔을 들어 빙빙 돌렸다. 에이카가 조금 놀라 눈을 깜빡거리다가 이내 웃는 얼굴이 되었다.

"다리도 쳐드는 거다. 자, 이렇게."

"이렇게 말입니까?"

"뭘 걷어차는 동작이 아니라 무릎을 구부리며 허벅지를 높이 드는 거다. 그래, 그렇지!"

작업장 주변을 한 바퀴 돌고 돌아올 때 기타이치는 (식은땀이 아니라) 살짝 땀을 흘리고 있었다.

"기타이치, '에이카'라는 여자 이름은 내 이름이 아니라 아호다."

작업장 입구로 다가서다가 문 앞에 기대어 놓은 갈대발 앞에서 뒤를 돌아보며 에이카가 말했다.

"지금까지는 신베에와 세토에게만 그렇게 부르라고 해 왔다. 하지만 앞으로는 네 문고가게의 화가로서 세상을 향해서도 이 이름을 쓰기로 했다. 잘 부탁한다."

이리하여 오늘부터 이 작업장에서 기타이치의 붉은 술 문고의 도안을 맡은 느티나무집 작은 나리의 그림에는 '에이카染花'라는 두 글자가 곁들여지게 되었다.

짧은 가을 해가 저물자 작업장에서는 사방등마다 심지를 한껏 높여 불을 밝히고 작업에 몰두했다.

"칠복신을 모실 문고이므로 어떤 작은 흠이나 얼룩도 있어서는 안 된다."

신중에 신중을 기해서 평소 문고를 만들 때보다 배 이상 신경을 썼다. 그 탓에 지치고 배도 고파서 오쿠메 할머니 일가가 총출동해서 만든 주먹밥과 팥고물찰떡이 꿀맛이었다.

후카가와 변두리의 논밭에 술시오후 8시경 종이 울릴 즈음에야 칠복신을 위한 문고 서른 개가 완성되었다.

기타이치는 그것을 멜대 양쪽에 나누어 싣고 혼조 요코아미초의 이세야로 향했다. 다와라마치의 부채가게로 돌아가는 마루야의 두 사람이 등롱을 들고 동행하며 길을 밝혀 주었다.

에이카와 신베에는 느티나무집으로 돌아가고 제자들도 귀가했지만 스에조 영감은 오늘밤 작업장에서 자겠다고 했다.

"멋진 작업을 했던 장소를 텅 비워 두기가 아깝군. 나 혼자라도 밤새 재료 냄새나 실컷 맡아야겠다."

기타이치는 아무 말썽 없이 이세야에 도착했지만 이세야에는 말썽이 많았다. 현관은 이미 문단속이 되어 있고 문가에 건 초롱불도

심지를 작게 줄여 놓았는데 가게 앞에 선 기타이치의 코에 짙은 술 냄새가 풍겨 왔다.

옥호가 인쇄된 행주를 두른 사환 아이가 문을 열어 주어서 들어서 보니 아니나 다를까 봉당 바닥이 비 맞은 것처럼 젖어 있었다. 술이 쏟아진 걸까 일삼아 뿌린 걸까.

폭 두 칸짜리 아담한 술 도매상이지만 종심은 뱀장어 잠자리처럼 길고, 오른쪽 벽에는 술통과 술 단지가 가지런히 놓여 있었다. 그런데 그 열이 흐트러지고 빈자리도 몇 군데 보였으며, 흙탕물이라도 끼얹었는지 술통 중에는 거적이 까맣게 더럽혀진 것도 있었다.간사이 지역의 명주는 거적을 두른 나무통에 담겨 에도까지 배편으로 운송되었다.

"아, 기타."

계산대 옆방에서 도미칸이 나타났다. "주문한 대로 오늘 안에 물건을 가져다 준 것은 고맙네만 이미 소동이 벌어졌네. 그래도 본격적인 일은 내일 벌어질 테니까, 수고했네."

"무슨 일 있었나요?"

이세야 겐에몬에게 보선 그림을 받아 자식을 얻은(얻었다고 생각하는) 부부 두 쌍이 처음부터 험악한 기세로 찾아와 이야기를 나누고 있을 때 다시 한 쌍이 더 가세했다는 것이다.

"저마다 말하는 내용이 제각각이라서."

도미칸은 치통을 앓는 얼굴이었다.

—우리 아이나 손자는 무사합니다. 이세야 씨, 당신, 요상한 저 주를 걸어 둔 거라면 지금 당장 그만두세요.

—보선 그림을 돌려드립니다. 이 댁과 인연을 끊을 테니까 우리 손자한테는 아무 짓도 하지 말아 주세요, 부탁합니다.

—요즘 벌어지는 일 때문에 밤잠을 못 자고 있소. 마누라는 무서워하고 며느리는 매일 울기만 합니다. 가게 문도 못 열고 있으니 큰일 났소. 이세야 씨, 그 손해를 배상하지 않으면 가만있지 않겠소!

"결국 돈 때문에 저러나 하면, 칠복신의 저주가 무섭다며 파랗게 질린 낯으로 호소하고, 그렇다면 그림을 회수해서 액막이를 해 주겠다고 제안하면, 지금까지 입은 피해는 어떻게 해 줄 거냐고 떼를 쓰고."

분에 겨워 술 단지를 끌어내려 부수거나 계산대의 먹병을 술통에 집어던지며 난동을 부리는 자도 있었다고 한다.

"그래서 이 꼴이 된 거야. 술이나 먹이나 좋은 냄새가 나는데, 두 냄새가 섞이니 속에 메스꺼울 정도로 역하네."

"힘드셨겠네요……."

쳐들어온 세 쌍의 부부는 내일 다시 동료들을 데리고 다시 따지러 오겠다는 말을 남기고 물러갔다고 한다.

"이세야 사람들은 지칠 대로 지쳐서 잠들었네. 겐에몬 씨는 밥도 못 먹고 거의 졸도하다시피 했고."

안쓰러우니 깨우지 말자고.

"내일 아침 일찍 이 문고를 보여 주고 향후 대책을 상의해 볼까 하네. 나는 여기서 묵을 건데, 기타는 어떡할래?"

"저도 오늘은 이 문고 옆을 떠나고 싶지 않습니다."

멜대에서 물건을 내려서, 그럴 수만 있다면 마루방에 늘어놓고 아침까지 건조시키고 싶었다.

"물건은 잘 나왔나?"

"제가 만든 붉은 술 문고 중에서는 최고입니다."

그도 그럴 것이 처음으로 화가의 아호가 들어갔지 않은가.

"그래? 그렇게 좋은 물건을 밤에 보기는 아까우니까 내일 해가 뜨면 보도록 하지."

도미칸은 그렇게 말하고 아까 문을 열어 준 사환 아이에게 부탁해서 문고를 둘 자리를 비워 달라고 했다. 부엌 옆 마루방이 청소가 잘 되어 있었다.

"그만 쉬게. 나머지는 우리가 정리할 테니까."

사환 아이도 쉬게 하고 봉당을 치울 만큼 치운 뒤 기타이치가 문고를 늘어놓는 동안 도미칸이 모습을 감추었다. 들어가서 잠자나 보다 했는데,

"기타, 통용문으로 잠깐 나와 봐. 소바 장수를 데려왔어."

노점을 그대로 데려온 것이다.

나란히 요기를 하고 도미칸은 가볍게 술도 한 잔 하고(소바 장수 노인은 이세야 술은 너무 비싸다고 불평했다) 가게 안으로 돌아갔다.

도미칸은 계산대 안쪽 작은 방에 방석을 베개 삼아 누웠다. 아직은 실내에 있으면 감기에 걸릴 염려는 없다.

기타이치는 바닥에 늘어놓은 문고 옆에 앉아 무릎을 안았다. 격자창이나 화덕 위 연기창으로 보름달에 가까워진 달빛이 비쳐든다. 머리를 무릎 위에 숙이고 눈을 감았다.

"……어이."

머리 위쪽 어디에서 억누른 목소리가 들렸다.

기타이치는 얼굴을 숙인 채 눈만 떴다.

"……어이, 잠들었어?"

기타이치는 몸을 발딱 일으키고 부엌 봉당으로 뛰어내렸다. 낮은 목소리는 연기창 쪽에서 들려왔다.

올려다보니 연기를 내보내는 네모난 구멍에 거꾸로 선 기타지의 얼굴이 나타났다.

"으악!"

특유의 쑥대머리가 거꾸로 늘어져 있다. 앞머리도 길게 늘어져 기타지의 얼굴 윤곽이 또렷이 드러났다.

"왜 거꾸로 매달린 거야!"

물받이에 발을 걸고 대롱대롱 매달린 건가?

"뭐 해, 그런 데서."

기타지는 말없이 가볍게 자세를 바로 했다. 이번에는 어떻게 한 거지? 굴뚝에 팔로 매달린 건가?

"통용문을 두드린다거나 좀 더 정상적인 방법으로 나타나 줘."

"그럴 만한 용건은 아냐."

"그럼 내일 오면 되지. 그런데 내가 여기 있다는 건 어떻게 알았어?"

"나가야에 없기에 짚이는 데를 찾아봤지."

감이 좋은 건지 운이 좋은 건지.

"네가 빨리 알고 싶어 할 것 같아서."

해지기 전에 조메이탕 가마에 불을 지피며 하녀 노파와 이야기를 하다가 문득 기억이 나서—.

"그 그림을 주운 장소."

변재천만 등을 돌리고 있는 보선 그림 여덟 장.

"그날 우리 주인 할머니가, 일 나가는 김에 굳은살에 잘 듣는 연고를 사다 달라고 했거든."

—혼조 요코아미초에 있는 '혼조도本草堂'라는 약종상에서 팔아. 그 약을 바르면 굳은살이 보들보들해지지.

"혼조도는 이 가게 옆 세 번째 점포야. 그날 노파의 연고를 사러 왔다가 그 그림을 발견했어. 아까 장소도 확인하고 왔어. 와 보니까 분명해. 틀림없어."

이세야 뒤쪽 쓰레기 버리는 곳이었다.

7

하룻밤을 보낸 도미칸과 기타이치는 이세야에서 아침을 얻어먹었다.

어제의 소동으로 주인 겐에몬은 물론이고 이세야 식구들과 점원들도 잔뜩 위축되고 말았다. 해서 몇 안 되는 아군인 도미칸과 기타이치를 생명의 동아줄로 알고 매달렸다. 이럴 때일수록 의지가 되는 도미칸은 요코즈나급 동아줄이지만 기타이치는 잘 봐줘야 종이끈이다. 편승하는 것 같아 주눅은 들지만, 갓 지은 쌀밥과 뜨거운 된장국은 위장이 꾸룩꾸룩 울부짖을 만큼 맛있었다.

그러므로 아침 해님 아래 에이카의 낙관이 들어간 붉은 술 문고를 선보였을 때 이세야 사람들 얼굴이 확 밝아져서 기쁘고 마음이 놓였다.

"이 '에이카'는……?"

도미칸이 눈 밝게 낙관을 알아채고 물었다. 기타이치는 일단 지금은 얼렁뚱땅 넘기기로 하고 허세를 부렸다.

"우리 전속 화가예요."

"기타의 전속?" 도미칸은 말귀를 못 알아듣는 사람처럼 되풀이했다. "전속?"

"앞으로 잘 부탁드립니다."

기타이치는 이세야 사람들에게 고개를 숙이고,

"칠복신을 모시는 데 걸맞은 도안을 만들려고 저나 화가나 직인들이 모두 지혜를 짜냈습니다. 부디 마음에 드셔서 조금이나마 위로가 되었으면 좋겠습니다."

도미칸도 놀라는 표정으로 자세를 가다듬었다. "이렇게 훌륭한 붉은 술 문고가 있으니 이제 내가 겁먹은 사람들을 달래고 보선 그림을 남김없이 회수하는 일만 남았군요. 안심하세요."

주인 겐에몬은 그림에 안목이 있는 만큼 외모도 풍류가처럼 생겼을 거라고 짐작했는데 막상 얼굴을 마주하고 보니 (이런 말은 좀 그렇지만) 궁색해 보이는 노인이었고, 이도 많이 빠져 발음도 우물우물 분명치 않았다. 한편 이세야의 안주인은 나이만 보면 남편과 어울리지만 아랫볼이 통통한 중년의 미인이었다. 이런저런 일을 겪으며 지금은 여위었지만 건강할 때는 미모가 더했을 것이다.

이세야에는 가게를 물려받을 아들 내외뿐만 아니라 딸 내외도 함께 살고 있었고, 덕분에 손자가 많아 아침부터 떠들썩했다. 게다가 도미칸과 나누는 대화를 듣고 보니 부부 슬하에 2남 4녀가 있고, 다들 훌륭하게 자라서 줄줄이 자식을 낳아 현재 손자만 13명이고, 곧 14번째 손자가 태어날 거라고 했다. 그 이야기를 듣고 기타이치도 납득이 되었다.

아기를 낳았으면, 손자를 보았으면, 하고 간절히 바라는 사람들이 겐에몬이 그리는 칠복신 그림에 점지 영험이 있다고 믿고 매달린 까닭은 이세야 내외가 자식복 있는 행복한 부부였기 때문이다. 자식이 여섯이라는 것뿐이라면 드문 경우도 아니지만, 그 여섯 중에 비뚤어진 자식이 한 명도 없고 다들 좋은 집안과 맺어져 손자도 안겨 주는 행복한 사례라면 그리 흔하지 않다.

그런 행운을 부러워하고 그 덕을 나눠 받고 싶은 바람에는 당사자도 의식하지 못하는 일말의 시샘이 섞여 있게 마련이다. 그 시샘은 가랑비 한 번에도 싹을 틔워 버리는 미움의 씨앗이다―.

센키치 대장이 하던 말이 떠올랐다. 이봐, 기타이치. 사람 마음은 밭 같은 거다. 밭에는 씨앗이 수없이 떨어져 있지. 그중에는 네가 뿌린 적이 없는 씨앗도 있어. 그러니 부지런히 잡초를 없애는 게 중요해.

이세야 측에도 자식을 점지하는 신처럼 떠받들어 주자 우쭐해져 버리는 씨앗이 숨어 있었다. 그 씨앗이 싹을 틔워 풀이 되고 밭에 퍼져 나가도록 방치한 것은 해로운 잡초라고 생각하지 않았기 때문일 것이다.

이런 상황을 충분히 새겨 두고 말 한 마디 한 마디에 조심하자. 분노하면 안 된다, 다그쳐도 안 된다, 설득해서 이해시켜야 한다― 라고 마음먹고 기타이치는 겐에몬에게 따지러 몰려온 사람들을 만났다.

그러나.

―틀렸어. 전혀 말이 안 통해.

속으로 대장의 가르침을 되새기는 정도로는 이자들을 감당할 수 없었다.

먼저 두 부부가 찾아왔고, 잠시 시간을 두고 다시 한 부부가 나타나더니, 그들을 뒤쫓듯 다시 세 쌍의 부부가 찾아왔다. 이세야 살림집의 객실로 쳐들어가 함부로 악을 쓰는 사람들은 모두 상인들인데, 옥호만 말할 뿐 일일이 자기소개는 하지 않았다. 도미칸은 이미 알고 있겠지만 기타이치는 이리저리 짐작을 해 가며 그들의 주장을 듣는 수밖에 없었다. 노부부, 중년부부, 젊은 부부에 시부모, 며느리와 시어머니와 하녀장, 젊은 상인과 누이로 보이는 중년 여성 등 다양한 조합이었다. 자식이나 손자가 위험해질지 모른다, 어떻게 좀 해 달라고 요구하는 자리에 어째서 저런 조합으로 찾아왔을까 싶은 남녀도 한 쌍 있었다. 남자는 늙었고 여자는 처라고 보기에는 너무 젊은데다 아무리 봐도 여염집 여인이 아니었다. 뭐, 그렇다고 그쪽을 캐 볼 생각은 없지만.

도미칸은 어제 이 소동을 피우는 난처한 무리에게 충분히 설명해 주었다. 이세야는 여러분의 칠복신 그림을 회수하고 특별히 제작한 붉은 술 문고에 모실 겁니다. 나아가 이세야의 수호신을 모신 신사의 신관과 이야기가 되었으니 그림이 회수되는 대로 문고에 담아 그쪽 사당으로 옮겨서 앞으로도 계속 안치하며 공양하겠습니다. 그 과정에 이 도미칸이 입회하여 소홀함이 없도록 잘 지켜볼 테니 안심하세요, 라고.

설명은 잘 전달되었다. 모두 이해하고 있다. 그런데도 대화가 진전되지 않는다.

"이 문고에 저 수상한 칠복신을 봉인한다는 겁니까?"

기타이치가 선보인 붉은 술 문고를 힐끗 쳐다보고 노부부가 내뱉듯이 말했다. 그랬다, 말 그대로 내뱉듯이 말했다.

"이런 종이상자 어디에 영험이 있다는 거요. 어린 아이를 죽일 정도로 무서운 힘을 가진 변재천이 말랑말랑한 문고에 봉인될 리가 없지."

중년부부는 붉은 술 문고가 아니라 그 옆에 단정하게 앉은 기타이치를 돌아보며 말했다.

"이런 애송이가 파는 물건을 어떻게 믿으라고!"

"이세야 씨는 진심으로 우리 손자를 지켜 줄 생각입니까."

콧김이 거칠고 눈은 열병에 걸린 것처럼 축축하다. 아뇨, 댁 손자한테는 아무 일도 일어나지 않았잖아요, 너무 앞서가는 거 아닙니까—라고 기타이치는 말할 수 없었다. 무서워서.

젊은 부부와 시어머니가 함께 온 3인조는 도착하기 무섭게 젊은 며느리가 울고 남편은 아내를 달래느라 여념이 없어 시어머니 혼자 집요하게 말했다.

"이런 잔머리로 어물쩍 넘기려고 하다니, 도미칸 씨도 많이 무뎌지셨네."

송곳니 끝에서 비아냥거림의 물방울이 똑똑 듣는 것이 눈에 보이는 듯한 말본새였다.

며느리와 시어머니와 하녀장이 함께 온 여인 3인조의 경우, 며느리는 몹시 겁에 질려 있었고 시어머니와 하녀장은 처음부터 거만한 자세로 나왔다.

"이세야 씨는 우리에게 사죄할 마음이 없는 건가요? 사죄하겠다면 이런 문고 따위론 어림없어요."

"오해하진 마세요. 돈으로 결판 짓자는 거 아닙니다. 다만 귀한 아기가 둘이나 죽었고 언제 세 번째 아기가 죽을지 모르는 위급한 상황입니다. 태평하게 문고 따위나 만지작거리지 말고 이세야 씨 내외가 함께 출가라도 해야 하는 거 아닙니까."

그러자 젊은 주인과 그 누이로 보이는 중년 여인이 끼어들었다.

"이세야 씨가 장사를 접는다면 가미가타 양조장 거래처, 그리고 단골거래처 장부는 우리가 인수할게요."

"그렇지. 이번 일로 충격을 받아 몸져누운 우리 어머니도 그렇게 해 주면 노여움이 풀릴 겁니다."

기타이치는 놀라는 한편 실망했다. 뭐야, 결국 이자들의 목적은 돈이었나.

그때 노부부와 중년 부부, 그리고 젊은 부부와 시어머니 3인조가 거칠게 따지고 나섰다. 당신들 무슨 소리야, 그런 심보로 온 거라면 당장 나가! 천벌 받을 것들, 이 일을 핑계로 이세야 씨 재산을 노리다니, 자꾸 이러면 변재천 님이 당신네 아기도 데려가실 거다!

"자, 여러분, 여러분, 진정하세요."

도미칸이 억양 없는 목소리로 달랬다.

기타이치는 식은땀을 훔쳤다. 어제부터 이런 느낌이었어. 공격해 오는 쪽의 의견이 제각각이니 이쪽도 대응할 방법이 없는 거다.

너무 젊고 유녀처럼 보이는 여인과 노인 조합은 다른 사람들이 시끄럽게 언쟁하는 모습을 유유히 담배를 피우며 구경하고 있었다. 그러다가 젊은 여자가 몇 번째인지 재떨이에 담뱃대를 톡톡 두드릴 때, 담뱃불이 붉은 술 문고 쪽으로 톡 튀어 기타이치가 놀라서 손을 휘둘렀다. 여자는 코웃음을 날리고 노인은 눈을 가늘게 뜨며 기타이치에게 물었다.

"붉은 술 문고라면, 그쪽이 센키치 대장의 수하였나?"

기타이치보다 먼저 도미칸이 대답해 주었다. "예, 여기 기타이치는 센키치 대장 밑에서 문고 일을 배웠지요. 지금은 대장의 뜻을 잇고 있습니다."

노인은 몇 대 안 남은 이를 드러내며 비웃었다. "제 손으로 손질한 복어에 중독사한 멍청이한테 무슨 뜻이 있다고. 계집질 요령이라도 가르쳤나?"

그러자 여자가 그 악담을 넘겨받았다. "아무리 가르쳐도 저 얼굴로는 안 되지. 여자 궁둥이처럼 생긴 고구마나 품는 게 고작이겠는데."

기타이치는 머리가 어찔했다.

나는 괜찮다. 아직 애송이다. 한 사람 몫을 하려면 멀었다. 네, 멍청해요, 말 잘했어.

하지만 대장은 안 되지. 멍청이라고? 지금 그렇게 말했나? 분명히 그랬지? 뭐라고 지껄이는 거냐.

"기타." 도미칸이 팔꿈치로 기타이치를 쿡 찌른다. "참아."

도미칸 옆에서 이세야 내외가 유령처럼 얼굴이 파랗게 질려 있다.

마음 밭에는 나쁜 씨앗이 떨어져 있고, 그것이 싹을 틔우면 잡초가 되므로 부지런히 잡초를 없애는 게 중요하며 오캇피키는 세상을 상대로 잡초를 제거하는 사람이다. 허리를 굽히고 무릎을 꿇고 세상이란 밭을 기어 다니며 잡초를 뽑겠다는 각오가 있어야 해, 기타이치—.

안 돼, 못 참아. 귓구멍 콧구멍에서 뜨거운 김이 뿜어져 나올 것 같다. 주먹을 꽉 쥐고 벌떡 일어서려고 할 때,

"여어, 실례합니다."

전혀 새로운 목소리가 들렸다.

지금까지 이세야 살림집을 가득 채우던 목소리들이 굼벵이 우는 소리라면 새로운 목소리는 기나긴 가을밤에 흐르는 방울벌레 같은 소리였다. 지금까지 들리던 소리가 빗물받이통에 고인 탁한 물이라면 새로운 목소리는 이세야가 파는 명주였다.

그 목소리의 주인공은.

객실 앞 작은 마루에 당지를 가볍게 들고 서 있었다. 키가 클 뿐만 아니라 몸통도 두툼한 남자였다. 은발과 주름살, 이마가 제법 넓은 걸로 보아 결코 젊지는 않다. 나이만 따지면 닳고 닳은 듯한 여자 곁에 바짝 붙어 있는 색을 밝히는 노인과 비슷할지 모른다. 하지만 풍채가 다르다. 허리가 꼿꼿하다. 어깨가 구부정하지 않다.

"지배인이 몇 번 고해 주었지만 잘 들리지 않은 모양이군."

체구가 큰 은발의 사내는 옆에 어깨를 움츠리고 있는 이세야 지배인 쪽을 쳐다보았다.

"겐에몬 씨 내외분, 간에몬 씨, 늦어서 미안합니다. 그리고 기타이치 씨."

어? 나도?

"하루도 안 돼서 이만한 수량을 만들어 오다니 대단하군. 당신, 과연 센키치 대장이 자랑할 만해."

기타이치는 멍하니 입을 벌리고 은발의 남자를 둘러보았다. 또렷한 이목구비. 짙은 눈썹에도 은발이 섞여 있고 입술은 꾹 다물었다. 몸에 걸친 것은 연두색 에치고치지미에치고 지역에서 생산하는 주름이 많은 마직물. 가볍고 잘 마르고 착용감이 좋아 여름용 옷에 알맞은 고급 마직물이다, 하오리는 보지마줄무늬 옷감의 일종으로, 바탕과 줄의 폭이 동일하여 막대를 죽 세워 놓은 듯한 무늬의 옷감이고 고소데는 고모치시마줄무늬 옷감의 일종으로, 굵은 줄과 가는 줄을 함께 배치한다이다. 줄무늬의 굵기에 변화를 주어 하오리와 고소데의 색조가 달라 보이게 하는 점이 세련되었고 외줄무늬 하타오비하타 지역에서 생산되는 견직물로 주로 남성용 허리띠에 쓰인다의 깊은 남색도 잘 어울린다.

기타이치 주위에서는 도미칸도 멋쟁이 축에 들지만 이렇게 덩치가 크지 않아 인상이 썩 다르다. 그리고 이건 뭘까. 이 사람에게서 풍겨 오는 기운은—.

술통 마개에 밴 명주 향 같은, 옷에 밴 향내의 잔향 같은, 가을바람에 섞인 먼 모닥불 냄새 같은, 강압적인 느낌은 없지만 분명하게 느껴지는 그것.

"아, 기다리고 있었습니다, 대장."

도미칸이 그렇게 말하며 주걱턱을 끄덕였다. 옷자락을 뒤로 쳐내며 일어서서 자연스럽게 자리를 비켜 주었다.

대장?

"참석해 주신 여러분, 모임을 주관하는 이 몸이 지각한 탓에 공연한 언쟁이 벌어지고 있었군요. 정말 면목이 없습니다."

은발의 남자는 물 흐르는 듯이 매끄럽게 이세야와 도미칸 사이로 들어섰다. 힐난하는 사람들과 기타이치 사이를 그 널찍한 등판으로 차단한다. 당장 달려들 것 같던 기타이치로부터 힐난하는 사람들을 보호한다. 그런 위치에 자리를 잡았다.

그리고 지금 뭐라고 했지? 이 모임을 주관한다고?

"여기 있는 문고는 기타이치 씨가 파는 것인데, 센키치 대장에게 물려받은 붉은 술 문고 표식이 있습니다."

은발의 남자는 객실에 앉아 있는 면면을 둘러보았다. 등 뒤에 있는 기타이치는 그 표정과 눈빛을 볼 수 없다. 그래도 은발 남자의 시선을 받은 면면이— 방금 전까지 이세야에게 함부로 트집 잡고 도미칸을 꾸짖고 기타이치를 경멸하던 사람들이 그 오만한 표정을 지우고 비에 젖은 데루테루보즈처럼 이내 주눅이 드는 것은 알 수 있었다.

"—이걸 주문한 사람이 이 몸입니다."

주눅 든 데루테루보즈들에게 알아듣기 쉽게 설명하겠다는 듯이 은발 남자가 천천히 말했다.

"센키치 대장의 유덕이 담긴 붉은 술 문고를 준비해서 이세야 겐에몬이 섣불리 세상에 풀어놓은 무서운 칠복신을 봉인하자는 생각이오."

은발 남자의 눈빛이 다시 번들거렸다. 기타이치가 그의 면전으로 돌아가 확인할 필요도 없었다. 등 뒤에 있어도 느껴진다, 이 서늘함.

"그러니까 문고를 두고 이러쿵저러쿵 트집을 잡는 자는 혼조 에코인 뒷골목의 마사고로가 관에서 받은 짓테의 위엄에 트집을 잡는 거나 마찬가지라는 말이오. 어떻소, 이해하겠소?"

와들와들. 데루테루보즈들이 벌벌 떠는 것을 기타이치는 느낄 수 있었다. 당장 자신부터가 몸을 떨고 있을지도 모른다.

혼조 에코인 뒷골목의 마사고로. 그 이름이라면 기타이치도 식상할 만큼 잘 알고 있다. 오오카와 동쪽에 있는 오캇피키 중에서는 제일 센 사람이다.

센키치 대장도 진심으로 존경했다고 들었다. 나이, 경험, 견문 등 모든 면에서 한 수 높다고 했다. 원래 센키치 대장이 후카가와 일대를 수중에 넣을 수 있었던 것도 마사고로 대장의 도움이 있었기 때문이다.

오캇피키는 핫초보리 나리에게 목찰을 받아야 비로소 공무를 돕는 자로서 떳떳하게 움직일 수 있으며, 지역을 잘 안다거나 지인이 많다거나 영향력이 있다거나 하는 당사자의 조건만으로 영역이 결정되는 것은 아니다. 어느 오캇피키의 영역이라고 정해져 있더라도 그 지역과 주민들에게 득이 된다면 다른 오캇피키에게 영역을 양보하거나 나누기도 한다. 그럴 수 있어야 진정한 오캇피키이다.

그런 지난 경위를 센키치 대장은 전혀 감추지 않았을 뿐 아니라 수하들에게 들려주었다. 그래서 센키치 대장이 죽었을 때, 친정집으로 돌아간 딸 같은 얼굴로 마사고로 대장에게 의탁한 수하들도 있었던 것이다. 기타이치도 그 선배들의 심정을 모르는 것은 아니었지만, 줏대 없는 그들이 한심하다고 생각했다. 큰 배로 옮겨 타기 전에 내 배를 저어 봐야 하지 않나 하면서.

하지만 짧은 생각이었다. 기타이치는 마사고로 대장을 만나 본 적이 없어서 몸을 맡기려 생각하지 않았을 뿐이며, 한 번이라도 만나 봤다면 혼조 에코인 뒷골목으로 공처럼 데구르르 굴러갔을지 모른다.

"자, 그럼 도미칸 씨."

두툼한 양 손바닥을 가볍게 비비며 마사고로 대장이 도미칸에게 웃음을 보였다.

"오늘 오신 분들에게 돌려받아야죠. 그 보선 그림 말이오."

도미칸은 가뭄으로 고생하다 물을 만난 청개구리처럼 되살아났다. "예, 시작하시죠, 대장."

"겐에몬 씨, 본인이 그린 그림은 척 보면 아시겠지. 한 장씩 잘 살펴보고 언제 그려서 누구에게 준 것인지 단서를 적어 주시오."

"아, 예, 알겠습니다, 대장."

겐에몬은 황급히 문서궤와 먹을 준비했다.

"기타이치 씨." 마사고로 대장은 등 뒤에 있는 기타이치를 불렀다. 기타이치는 앉은 채 펄쩍 뛰어올랐다.

"옙!"

"이 문고에 무슨 순서가 있나?"

"수, 순서라시면."

"그림 내용에 따라 영험이 강하고 약하고가 있는지 묻는 거네."

"아, 아뇨, 그렇지는 않습니다."

목소리가 꺽꺽거리고 만다. 정신 차려. 이 문고의 가치를 묻는 거잖아. 제작한 사람들의 마음가짐을 묻는 거잖아.

"저와 화가와 직인들은 어느 문고에나 똑같은 정성을 담았습니다."

"그래? 그럼 됐군. 이리 와서 문고를 하나씩 건네주게. 봉인하는 데 필요한 재료는 준비되었겠지."

"풀을 준비했습니다."

"좋아. 이세야 안주인은, 수고스럽겠지만 여기 있는 인원수만큼 제주를 준비해 주시오. 시작하기 전에 부정을 씻어야겠소."

그리고 미소를 지으며 이렇게 덧붙였다.

"이 문고는 그냥 예쁘기만 한 게 아니라 기품이 있소. 이 기품에 어울리는 향기 좋은 명주를 공양해야 하지 않겠소. 안 그렇소, 여러분."

8

분쟁의 씨앗이 된 보선 그림을 모두 넘겨받자 마사고로 대장은 손뼉을 팡팡 쳤다.

"자, 이로써 모든 근심이 사라졌소. 여러분은 오늘부터 베개를 높이 베고 주무시오."

아직 뭔가 할 말이 있는 듯 꾸물거리는 사람들을 빙긋이 웃으며 쓱 노려보더니,

"어제는 몇몇 사람이 언쟁을 벌이다 이 가게 물건을 몇 개 깨뜨렸다고 하더군. 흥분한 탓에 자기도 모르게 실수한 거라면 어쩔 수 없지만 만약 실수가 아니었다면 내가 나서야 하겠지. 이세야 씨, 어제 일을 어떻게 생각하시오?"

그렇게 거침없이 말하자 일동은 팥알처럼 흩어져 돌아갔다.

기타이치와 도미칸은 평온을 찾은 이세야 살림집에서 회수한 보선 그림을 한 장씩 살펴보고 에이카의 문고에 넣었다. 마사고로 대장은 편안한 얼굴로 옆에 앉아 봉인 작업을 지켜보며 연방 에이카의 문고를 칭찬했다.

대장의 칭찬은 기타이치의 뱃속까지 명주처럼 스며들었다. 그래도 취하지 않을 수 있었던 것은 다들 안도하며 긴장을 푼 이세야 사람들 중에서 이 소동의 원인을 제공한 겐에몬의 안색만이 어둡다는 것을 느끼고 있었기 때문이다.

기타지는 변재천 님이 등을 돌리고 있는 보선 그림 여덟 장을 이 가게 뒤 쓰레기터에서 주웠다고 했다. 그 가운데 다쓰키치에게 돌려받은 한 장을 기타이치는 지금도 품에 가지고 있다. 이 이야기를 어떻게 꺼낼까 고민하면서 각 그림 주인의 옥호나 이름을 적고 있는데 마사고로 대장이 그의 손 밑을 들여다보며 물었다.

"그런데 이런 문고를 만들어서 이세야 씨의 그림을 봉인하자는 것은 원래 누구 생각이었지?"

"도, 도미칸 씨입니다."

"나는 착상만 했을 뿐이고 실현시킨 것은 기타 씨입니다."

대장은 두 사람의 대화에 눈웃음을 지으며 한 손을 쳐들어 양해를 구하는 손짓을 했다. "아까는 졸지에 내가 모임을 주관한다고 말해서 미안하네."

"처, 천만에요."

대장은 키가 크고 몸집이 탄탄해서 나이를 짐작하기 힘들 만큼 박력이 있지만 아마 고희는 넘었을 것이다. 그러나 그의 관록과 위풍에 기타이치는 압도되고 말았다. 나 같은 것은 이분 앞에서는 머릿니나 마찬가지다.

"대장이 그렇게 말씀해 주셔서 그 자리가 수습되었는걸요."

쩔쩔매는 기타이치 대신 도미칸이 대답했다. 그러고는 겐에몬을 돌아보며 말했다.

"이세야 씨도 한숨 돌렸네. 이걸 계기로 여러 가지 자성할 점이 있겠지."

겐에몬은 불쌍할 정도로 위축되어 있었다.

"겐에몬 씨, 당신은 혼자 힘으로 가게를 이렇게 키웠잖소. 성공한 상인으로서 좀 더 떳떳하게 생각해도 좋을 텐데."

마사고로 대장이 온화하게 말했다.

"붓 하나로 자식을 점지해 주는 신령님 놀이는 건전한 상인에게 어울리지 않거니와 오히려 방해만 될 거요. 이제 그쪽으로는 손을 씻읍시다."

겐에몬은 바닥을 기다시피 조아리며 "예, 예" 하고 고개를 숙였다. 이 없는 입가가 떨리고 있다. "처음에는…… 장난처럼 했던 일입니다만."

"그렇겠지. 그런데 칭찬을 듣다 보니 진심이 되고 말았겠지."

이때 마사고로 대장은 왠지 기타이치 얼굴을 힐끔 보고 나서 계속했다. "도미칸 씨 앞에서 이런 소리를 하는 것은 부처님에게 설법하는 꼴이지만, 겐에몬 씨는 예전에 부인 때문에 마음고생이 많았지."

도미칸은 양손을 넓적다리에 올려놓고 말없이 고개를 끄덕였다. 그 역시 곁눈으로 기타이치를 보고 '잘 들어 둬'라고 눈짓했다.

"이 동네에서나 술 도매상 친목회에서나 심하게 닦달을 당하고 무시당했지. 해서 장사로 앙갚음해 주마 작정하고 이렇게 훌륭한 가게를 키운 거야."

그래도 달랠 수 없었던 가슴속 노여움이 '점지 영험이 뛰어난 보선 그림을 그린다'는 평판 덕분에 진정되었다. 예전에 자기 부부를 핍박하던 자들이 이제는 무릎걸음으로 찾아와 안색을 살핀다. 이 얼마나 통쾌한 일이냐!

"그래서 손을 떼지 못하게 된 심정은 이해하지만 이쯤에서 그만 두시게."

기타이치는 간밤에 처음 이세야 안주인을 만나 보고, 비록 여위 기는 했어도 여전히 미인이라 놀랐던 기억이 났다.

"그렇게 출중하신 안주인이신데 주위 사람들은 왜 그런 대접을."

입 밖으로 나온 의문에 대장과 도미칸이 얼굴을 마주 보았다. 그 짧은 틈에 겐에몬이 늙은 얼굴을 천천히 쳐들고 대답했다.

"아내가 게이샤 출신입니다."

의기와 협기로 유명한 다쓰미 게이샤서민적 기풍이 농후한 혼조 후카가와 지역에서 활약하던 게이샤를 가리키는 이름였다고 하면 듣기에는 좋겠지만, 실은 샤미센이나 무용 실력도 어중간하고 예능과 애교도 떨어져, 용모 가 좋다는 것만으로는 손님이 붙지 않아 포주에게 핀잔만 듣고 있 었다고 한다.

"오, 게이샤셨군요."

그렇다면 그 미모가 납득이 간다. 그러나 겐에몬은 힘겹게 고개 를 저었다.

"아니, 아닙니다, 게이샤까지는 아니었습니다원칙적으로 게이샤는 유녀 와 달리 몸을 팔지 않고 예능 연주를 팔았다. 게다가 가족도 거의 없고 의지할 친 척도 없어서."

그녀의 딱한 처지를 동정하다가 사랑에 빠지고 말았다.

"그러나 제 부모가 당연히 반대해서, 그 사람과 살려면 도망쳐야겠구나 마음먹고 있던 차에 아버지가 돌아가시는 바람에…….."

졸지에 이세야를 책임지게 된 겐에몬은 자기 위치를 이용하여 반대를 뿌리치고 사랑하는 여자를 아내로 맞았다. 그리고 당주라는 지위로도 막지 못하는 차가운 시선에 맞서기 위해 갖은 지혜를 짜내며 뼈가 부서져라 장사에 힘썼다. 물론 아내도 그를 잘 도와주었고 이내 아들도 태어났다.

—그래도 가슴에 분노가 가시지 않더군요.

기타이치는 그 말의 의미를 곱씹었다.

"이봐요, 겐에몬 씨. 한창 젊은 기타 씨 앞에서 굳이 이런 얘기까지 꺼내야 하느냐고 나를 원망할지 모르지만."

마사고로 대장은 방바닥을 내려다보고 있는 겐에몬에게 말했다.

"여기 기타 씨는 센키치 대장의 후계자요. 조만간 짓테를 받고 오캇피키가 될 이 사람에게 삶의 지혜를 준다면 당신의 고생도 부끄러운 게 아니라 훌륭한 교훈이 되는 거요."

겐에몬은 한 손을 얼굴에 대고 상체를 흔드는 것처럼 고개를 크게 끄덕였다.

아뇨, 저는 센키치 대장의 후계자 그릇도 아니고 그럴 처지도 아닌데요. 그런데 다들 납득한 듯한 묘한 침묵이 드리우고 있었다. 당황스럽게도 도미칸까지 시치미 뗀 얼굴을 하고 있지 않은가.

"이, 이, 이세야 씨."

꼬이지 마라, 혀야.

"화내지 말고 들어 주세요. 이세야 씨는 혹시 그냥 장난으로, 혹은 그냥 시험 삼아서 변재천 님만 등을 돌리고 있는, 아니면 변재천 님이 없는 보선 그림을 그려 본 적이 있습니까?"

됐어, 말문이 트였네.

"그게 무슨 뜻이지, 기타?"

도미칸의 시치미 뗀 표정도 달라졌다. 마사고로 대장이 눈을 살짝 흡뜨고 물었다.

"어떻소, 겐에몬 씨."

당사자 겐에몬은 그저 당혹스러워하고 있다.

"내가 그런 그림을 그릴 까닭이……."

기타이치는 그림을 꺼내서 보여 주었다. 머리 세 개가 모여들어 그림을 에워싸고 내려다본다.

"오호" 하고 도미칸이 탄성을 지른다.

"아, 아아" 하고 겐에몬이 당황한다.

"허어" 하며 마사고로 대장이 턱을 쓰다듬는다.

"이 그림은 입추 직전 이 가게 뒤 쓰레기터에 버려져 있던 겁니다."

겐에몬의 얼굴에서 핏기가 가시고 귀만 빨개졌다. 도미칸은 마술처럼 빨개지는 그 귓불을 보며 감탄했다. 마사고로 대장도 같은 기분인지, 왠지 제 귓불로 손을 옮기며(멋진 부처님귀다) 물었다.

"누가 주웠지?"

"제가…… 아는 사람, 입니다만."

"믿을 만한 사람이겠지?"

"아마, 저 자신보다 더."

도미칸이 오늘 아침부터 지금까지 보여 준 얼굴 중에 가장 놀라는 얼굴이 되었다. 그래서 무슨 말을 하려나 했더니, "기타가 자기보다 더 믿는 사람이라면, 나 아닌가?"

사소한 데 집착하시네. "도미칸 씨 말고도 있어요."

"어디 사는 누군데?"

당신은 모르지만 당신 목숨을 구해 준 놈이에요. 묘한 놈이죠. 그렇게 말해 주고 싶었지만 지금 그 말을 꺼내면 이야기가 길어진다.

"뭐, 그건 젖혀 두고." 마사고로 대장이 슬쩍 도미칸을 막아 주었다. "그보다, 정말 기억이 없소, 겐에몬 씨?"

대장이 친절하게 묻고 있는데도 겐에몬은 짓테가 코앞에서 위협하고 있는 것처럼 바르르 떨었다.

"서, 설마, 진짜, 내가 이런 걸 그렸냐고 묻다니, 절대, 절대."

눈에 눈물을 글썽이며 손짓 몸짓까지 섞었다.

"우선 붓 굵기가 다릅니다. 내가 늘 쓰는 붓은 더 가늘고 먹도 진합니다. 이런 보라색이 비치는 색이 아닙니다."

실물을 보여 드리죠, 어이, 아무개야, 하고 점원을 불러 문서궤와 먹통을 가져오게 하는 둥 소동이 벌어졌다.

그런데 실물을 보니 실제로 겐에몬이 말한 대로였다.

"확실히 붓이 다르군."

도미칸이, 기타지가 주운 보선 그림의 뱃머리와 겐에몬이 방금 그려 보인 보선의 뱃머리를 손가락으로 가리키며 말했다.

"쓰레기터에서 주운 그림은, 보세요, 아주 살짝이지만 붓끝이 흔들리죠. 먹이 날렸어요."

"붓이 낡았거나 싸구려거나" 하고 대장이 중얼거렸다.

"제 붓은 '쇼분도'에서 두 번째로 비싼 세필입니다!" 하며 겐에몬이 콧김을 뿜었다.

기타이치는 두 장의 그림을 찬찬히 견주어 보았다.

"실은 쓰레기터에 있던 것은 이것 한 장만이 아닙니다. 전부 여덟 장이 버려져 있었어요. 꾸깃꾸깃 뭉쳐진 채."

도미칸이 주걱턱을 당겼다. "그렇다고 뭐가 달라지나?"

마사고로 대장은 쓰레기터에서 주운 그림의 귀퉁이를 집고 들어 올렸다.

"이건 말끔하게 펴져 있군. 기타 씨 당신이 폈나?"

"아뇨, 도미칸 나가야의 다쓰키치 씨가."

도미칸의 눈이 표나게 흔들렸다. "그 노점을 하는? 나는 아무 얘기도 못 들었는데."

"네, 제가 말하지 않았으니까요. 지금 말할 겁니다."

기타이치는 다쓰키치와 나눈 대화를 자세히 전했다. 겐에몬은 겁에 질린 표정이고 도미칸은 여전히 기분이 상한 얼굴이며 마사고로 대장은 눈알을 반짝거리고 있다.

"괜찮은 노점상이군, 그 다쓰키치라는 자는."

"네, 저도 그 사람을 대수롭지 않게 보고 있었기 때문에 조금 부끄러웠습니다."

"늙은 욕쟁이 어머니한테 쥐여사는 사십대 남자입니다만."

도미칸의 독기어린 말을 대장이 못 들은 척해 주자 기타이치는 기뻤다.

"이건 덮어씌우기로군."

마사고로 대장은 기타지가 주운 그림을 손가락 끝으로 톡톡 두드려 보였다.

"이 그리다 만 요상한 그림을 겐에몬 씨 본인이 자기 주변에 버릴 리가 없지. 아궁이나 화로에 태워 버리면 그만일 것을."

듣고 보니 지당한 말이었다.

"겐에몬 씨를 함정에 빠뜨리려는 누군가가 그리다 만 그림을 준비해서…… 굳이 여덟 장이나."

"그리고 꼬깃꼬깃 뭉쳐서."

"쓰레기터에 버렸다. 만약 기타 씨의 지인이 줍지 않았다면 버린 장본인이 발견하고 놀라는 척하며 소동을 일으키는 걸 볼 수 있었을지도 모르겠군."

"그러니, 줍지 않는 게 좋았을 텐데요" 하고 도미칸이 대꾸했다. 아직 토라져 있는 것이다.

"괜찮소. 겐에몬 씨가 추궁당할 거리가 늘어나지 않았으니까."

대장은 다시 도미칸의 말을 못 들은 척하며 팔짱을 깊이 꼈다.

"여기는 일단 내 구역이지만, 분쟁을 수습해 준 것도 무고의 증거를 확보한 것도 기타 씨야. 이번 건은 기타 씨에게 맡겨서 처리하는 게 맞겠어."

네? 저요?

"처리라면, 아직 뭐 할일이 있는 겁니까?"

마사고로 대장의 커다란 눈이 기타이치에게로 향했다. 쌍꺼풀이 진 눈은 온화하게 풀어져 있지만 젊었을 때는 눈초리에 더 날카로운 빛이 있었을 것이다.

—우리 대장과는 다르네.

센키치 대장은 누구를 매섭게 꾸짖을 때도 눈초리만은 웃고 있었다.

"해 볼 마음 없나, 기타 씨?"

서슬 푸른 목소리로 확인한다.

"어디 사는 누가 무엇을 위해서 이런 수작으로 겐에몬 씨를 함정에 빠뜨리려고 했을까."

눈앞에 벌어진 분쟁보다 그쪽이 더 심각한 분쟁인지 모른다.

"지금 해결해서 뿌리를 뽑아 두지 않으면 다음에는 더 골치 아픈 열매가 맺힐지도 모르지."

기타이치의 심장이 벌렁거렸다.

해낼 수 있을까, 내가?

"아까 하신 말씀 말인데요…… 안주인 말입니다."

"네."

"그 일로 여전히 이세야 씨에게 시비하는 사람이 있습니까?"

"어떻소, 겐에몬 씨?"

겐에몬은 생기 잃은 얼굴로 생각에 잠겼다. 손가락과 손날이 먹으로 지저분하다. 평소 그림을 그릴 때는 이런 실수는 하지 않는다. 그만큼 요즘 마음이 흐트러진 것이리라.

"뒤에서 험담은 하고 있겠지만."

별일이 있는 것은 아니다. 가게 매출이나 부부나 가족 관계가 그일에 영향을 받은 적은 없다고 한다.

"이번 소동이 일어나기 전까지는 우리도 듣고도 못 들은 척하기로 해 왔습니다. 우쭐대는 말처럼 들리겠지만, 장사가 잘되면 그것만으로도 시샘을 하는 사람이 늘어나서, 우리도 일일이 신경 쓰지 않는 요령을 익히게 되었죠."

이 처세술은 꼭 장사에만 통하는 이야기는 아닐 것이다.

"그럼 또 누구에게 원한을 산 기억은 없나요?"

마사고로 대장이 후후 웃었다. "그런 식으로 물으면 누가 네, 하고 대답하겠나."

겐에몬이 당황한다. "나, 나는."

"알아요. 이봐 기타 씨, 그런 걸 대놓고 묻지 말라는 말은 아니야. 오히려 물어야지."

가볍게 손가락을 들어 보이며 다시 기타이치의 눈을 응시한다.

"단, 중요한 것은 상대방 대답이 아니야. 대답할 때 눈빛이 어떤지, 호흡은 어떤지, 몸짓은 어떤지, 그런 걸 잘 보는 거야. 그러려고 묻는 거니까."

도미칸이 냉큼 말했다. "기타, 잘 기억해 둬."

"그럼 도미칸 씨, 방금 겐에몬 씨의 대답과 몸짓에서 뭐 알아낸 거라도 있소?"

"네?"

마사고로 대장이 웃었다. 도미칸은 난처해하고 겐에몬은 겁에 질려 있었다.

기타이치는 생각한 대로 솔직하게 대답했다. "저는 아까 이세야 씨 모습에서 누구에게 원한을 산 일이 있을지도 모르지만 그게 누구인지는 모르겠다는 생각을 읽었습니다."

"그렇지. 나도 그렇게 생각했다."

그러니까 그쪽을 추적해 봐야 뜬구름을 잡는 것과 같다. 시간 낭비일 뿐이다.

"나는 말이지, 과녁은 우리 눈길이 향하고 있는 쪽에는 없을 거라고 생각한다."

다시 말하면 이세야는 진정한 과녁이 아니다.

"오히려 겐에몬 씨는 엉뚱하게 말려들어 봉변을 당했다고나 할까 편리하게 이용만 당하고 있는 게 아닐까."

무슨 뜻이지?

"그런 생각도 하면서 지금까지 상황을 지켜보았다. 명주의 거적 포장이 망가져서 화가 나는군. 이번 일의 내막을 파헤치고 싶다."

이세야가 아닌 곳에 초점을 맞춰서.

"이 소동에는 처음부터 마음에 걸리는 점이 있었지. 죽은 아기가…… 지금은 두 명이지만, 두 집 모두 아기가 죽은 직후에 소동이 일어난 게 아니다."

기요스미초 다카야의 아기 스테 짱은 5월에 죽었다. 겐에몬의 보선 그림 탓이라는 이야기가 나돈 것은 그로부터 두 달이나 지나서였다.

"하녀가 대청소를 하다가 이세야 씨의 그림을 발견했는데, 변재천 님만 안 보이더라고 했죠."

"그래그래. 한참 지나서였지."

한편 요코아미초의 바느질가게 사사고야의 한 살배기 손자의 경우는 죽은 지 2년이나 지났다. 3주기 때 보선 그림을 꺼내 보니 변재천 님이 등을 돌리고 배에서 내리려 하는 그림으로 변해 있었다고 했다.

"이건 더욱 수상하지? 나는 누군가 장난을 치고 있다는 생각까지 드는군."

그때 기타이치의 머릿속에 센키치 대장의 부인이 했던 말이 스쳤다.

—세상일은 그렇게 믿고 보면 정말 그렇게 보인다.

"그런 정황이 실마리가 될 것 같다."

그렇게 말하고 마사고로 대장은 양손을 품에 찔러 넣은 채 한쪽 입가로만 웃었다.

"과연 저승의 센키치 대장이 놀랄 만큼 활약할지 어떨지 어디 한번 지켜볼까. 너에겐 지금이 기회다. 네 힘으로 풀어 봐라, 기타이치."

　마사고로 대장이 처음으로 '씨'를 빼고 '기타이치'라고 거침없이
부르며 말했다.

9

그런데 나 혼자 어떻게 해야 하나.

일단 앉아서 궁리하기보다 장사를 하면서 생각하는 쪽이 이 빈약한 두뇌에는 더 좋겠지. 도미칸 나가야로 뛰어서 돌아와 보니 다행히 다쓰키치가 집에 있었다. 팔 물건을 교체하러 돌아온 듯했다.

"다쓰키치 씨, 저번의 그 보선 그림 말인데요, 아직 그대로 있죠?"

다쓰키치는 "응" 하고 대답했다.

"그럼 정말 미안하지만 당분간 그대로 놔두었으면 좋겠어요. 그 그림, 생각했던 것 이상으로 복잡한 사연이 있거든요."

간단하게 '사연'이라고 둘러댔지만 다쓰키치는 의아해하는 기색도 없이 순순히 알았다고 했다.

그러나 오늘도 도미칸 나가야 한쪽 구석에서 세상을 저주하고 있던 오타쓰 노파는 그렇게 넘어가 주지 않았다.

"사연? 사연은 무슨 사연! 이 오줌싸개 녀석이 우리 아들한테 사연 있는 고물을 떠맡겨 놓고 저 혼자 한몫 챙기려는 게지. 저런 뻔뻔한 놈이 어딨어!"

이크. 고물이 아니라 낙서나 다름없는 그림입니다요. 나는 한 푼도 받지 않았고요. 이렇게 말해 봐야 소용없을 터이니 얼른 자리를 피하려고 하는 기타이치에게 다쓰키치가 다시 "응" 하고 말했다.

참으로 편리한 외마디이다. 고맙습니다, 라는 말도 미안합니다, 라는 말도 신경 쓰지 말라는 말도 다 이 한 마디로 해결한다.

어쨌든 나는 상인이다. 지금 갖고 있는 붉은 술 문고는 '싸리꽃과 달', 방생제 때 놓아줄 '거북과 잉어', '붉은 노을과 기러기 떼' 등 매년 이맘때면 등장하는 가을의 풍물 도안이다. 멜대 앞뒤에 모서리를 딱 맞춰 보기 좋게 쌓아 올린다. 그러고 보니 전단지 건이나 무라타야의 제안 등 이쪽은 이쪽대로 상의하거나 궁리해야 할 일이 있었군.

센키치 대장은 문고가게 주인이었고 마사고로 대장은 혼조 모토마치에서 부인을 통해 소바가게를 하고 있다. 이 소바가게의 국물이 고급스럽고 맛나서 장사가 잘 되었고, 그 결과 여러 사람에게 간판을 나눠 주어서(국물을 나눠 주었다고 해야 더 어울리겠지만) 점포가 늘었다고 한다고참 점원을 독립시키고 동일한 간판을 쓰도록 허용하는 관습이 있는데, 이를 '간판을 나누다'라고 표현했다. 기타이치가 아는 곳만 세 군데나 된다.

해서 마사고로 대장은 가게에서 나오는 수입만으로 충분히 생활할 수 있었고 수하들도 부양했다. 그렇지 않았다면 공무를 거들 여유가 없었을 것이다. 오캇피키의 본업이라는 것은 부인이나 자식 같은 측근이 운영하게 마련이다.

인복이 있어 수월하게 독립할 수 있었던 기타이치이지만, 그런 생활은 아직은 까마득한 꿈이다—. 아니, 그런 꿈을 꾸는 것부터가 건방지다고 할 수 있지.

어깨에 익은 멜대는 기타이치의 짝이고, 이놈을 메는 순간 묘안이 번뜩인다. 그래, 소식통 이발사 우타지, 통칭 우타촌을 만나 보자. 만나서 가을철 문고도 팔고, 사사고야와 다카야의 불행에 뭔가 아는 게 있는지도 물어보자.

우타촌은 오늘도 변함없이 곰 같은 덩치를 나긋나긋 능란하게 움직이며 기타이치를 반갑게 마루방 안쪽으로 안내해 주었다. 언젠가 기타이치의 머리를 상대로 이발 실습을 했던 수습 아이가 싹싹하게 보리차를 가져다주었다.

"저는 손님도 아닌데요, 뭘."

"볶은 보리가 아직 한 봉지나 남아 있어. 마셔. 오늘은 새 문고 가져왔나?"

반갑게 문고를 살펴보는 우타촌에게 기타이치가 바로 용건을 꺼냈다. 우타촌은 큼지막한 얼굴을 일그러뜨리며 "양쪽 다 끔찍한 얘기야"라고 말했다.

"이세야 주인이 봉변을 당했지만, 따지고 보면 제 손으로 나눠 준 보선 그림이 말썽이었으니 할 말 없는 거지."

"그 보선 그림은 잘 처분했어요. 혼조의 마사고로 대장이 와 주셔서요."

우타촌은 커다란 얼굴을 간판초롱_{옥호를 적어 간판처럼 가게 앞에 거는 대형 초롱}처럼 반짝이며 마사고로 대장을 칭송했다.

"그 대장의 대장이 '에코인의 모시치'라고 불리던 오캇피키였지. 역시 수완이 좋아서 다들 의지하던 명 대장이었어. 그 뒤를 물려받

앞으니 마사고로 대장도 '에코인의 마사고로'라 자칭해도 좋으련만
자기는 도저히 모시치 대장에 미치지 못한다며 스스로 '에코인 뒷
골목'이라는 별명을 쓰고 있는 거야. 그런 모습이 되레 멋지잖아."

마사고로 대장은 제 입으로 이런 이야기를 떠벌리고 다닐 사람
은 아니므로 이 역시 우타촌이 귀동냥한 이야기일 것이다.

"우타촌, 변고를 겪은 사사고야나 다카야와 관련해서 뭔가 아시
는 거 없어요?"

"뭔가라니, 뭘?"

스스로 생각해도 한심하지만, 기타이치는 막연한 질문을 던지고
나서야 깨달았다. 자신을 비롯하여 지금까지 어느 누구도 자세히
알지 못한다는 것을. 적어도 이 일을 화제로 삼는 사람을 보지 못
했던 것이다.

"제가 알기로는 다카야에서는 아기 엄마가 잠깐 눈을 뗀 사이에
아이가 죽었다고 하던데요."

후유키초 마님이 그렇게 말했었다.

"뭐가 잘못된 걸까요. 병인가? 아니면 젖이나 미음에 기도가 막
혔다든가."

스테 짱은 생후 반년 정도 된 아기였다. 스스로 일어나 어디로
걸어가서 뭔가를 손으로 집어먹었을 리도 없다.

"사사고야에서 2년 전에 죽은 한 살배기 손자도 병이었나요? 우
타촌, 그쪽으로 뭐 들은 소식 없어요?"

우타촌은 잠자코 있었다. 책망하는 눈초리로 기타이치 얼굴을

쳐다보고 있다.

"내 얼굴에 뭐 묻었어요?"

우타촌은 천천히 고쳐 앉았다. "이봐, 기타. 앞으로 세상을 헤쳐 나가야 할 사람이니까 내가 말해 주지."

그런 건 캐고 다니는 게 아니야.

"남의 집 불행을 캐고 다니면 못써. 특히 어린 자식을 잃고 슬픔 에 빠진 집에, 왜 죽은 겁니까, 무엇 때문입니까, 누구 탓입니까 하 고 캐묻다니. 그런 자는 인간도 아냐!"

기타이치는 당황해서 그만 잉어처럼 입만 뻐끔거리고 말았다.

물론 기타이치가 평범한 문고 행상이라면 이 충고는 지극히 지 당한 것이다. 그러나 지금의 기타이치는 부족하나마 센키치 대 장의 수하로서 마사고로 대장의 기대에 부응하려고 노력 중인 데……

기타이치는 웃어야 할지 울어야 할지 몰라서 보리차를 꿀꺽꿀꺽 마셨다. 그러자 문득 납득이 되었다.

—누구 탓이지? 누구 잘못으로 아기가 죽었지?

그 물음에 다카야는 "이세야 겐에몬 씨의 보선 그림 탓이다"라고 대답했다. 다만 스테 짱이 죽고 두 달이나 지난 뒤에.

—대청소를 하다가 이세야의 그림을 발견했는데, 변재천 님만 사라지고 없었다.

한편 사사고야는 어떤가. 이쪽도 한 살배기 손자가 죽은 것은 2 년이나 지난 일인데 이제 와서 "이세야에서 받은 보선 그림 때문

이다"라고 말했다. 3주기 때 우연히 보선 그림을 꺼내 보니 변재천
님이 등을 돌리고 배에서 내리려 하는 그림으로 변해 있었다고 했
다.

더구나 사사고야는 이 일을 요미우리처럼 떠벌리고 있다. 다카
야만 해도 도미칸이 이성적으로 타이르고 달래지 않았다면 더 일
찍부터 목소리를 높이고 있었을 것이다.

세상 사람들은 묻지도 않고 추궁하지도 않는데, 불행을 겪은 가
족을 가만히 내버려 두려 배려하고 있었는데, 왜 다카야와 사사고
야에서는 한참 뒤에야 이세야 겐에몬의 그림 탓이라고 주장하기
시작했을까.

정말로 보선 그림이 변해 있어서 모른 척하기 어려웠다고 한다
면 얼핏 수긍이 가지만, 전혀 다른 이유가 숨어 있었다면?

"기타, 지금 내 말 듣는 거야?"

우타촌이 넓적다리를 찰싹 때리고 나서야 기타이치는 정신을 차
렸다. 보리차 잔은 비어 있었다. 기타이치는 씩 웃으며 잔을 바닥
에 내려놓고 자리에서 일어났다.

"고마워요, 우타촌. 덕분에 눈을 떴어요."

기요스미초 다카야에 가 보니 어느 사찰에서 젊은 스님이 손님
으로 와 있었다. 스님에게 두툼한 방석을 내주고 몇 가지 선향을
보여 주며 상담하고 있는 사람은 시루시한텐을 입은 작은 체구의
노인이었다. 죽은 스테 짱의 할아버지인가? 아니면 지배인?

기타이치는 물론 통용문으로 들어가 하녀에게 용건을 고하고 일

단 문밖으로 나가서 기다렸다. 멜대는 옆에 내려놓았다.

"당신이 문고장수요?"

얼굴을 내민 것은 이마가 벗겨지고 콧대가 고른 꽤 잘생긴 남자였다.

"내가 리쿠타로인데, 문고를 사겠다는 약속은 한 적이 없는데……. 오, 당신은."

기타이치의 얼굴이 아니라 멜대의 받침대에 쌓여 있는 붉은 술 문고를 보자 알아챈 듯했다. 표정도 말투도 이내 부드러워졌다.

"센키치 대장의 수하시군. 우리 가게에서는 문고를 늘 후카가와 모토마치에 있는 가게에서 구입해 왔다던데. 지배인을 불러 드릴까?"

후카가와 모토마치의 가게 안주인은 오타마. 현재 기타이치에게는 가장 거북한 적이다. 그러나 일단은 정중하게 고개를 숙였다.

"늘 애용해 주셔서 고맙습니다."

그렇게 말하고 젊은 주인에게 바짝 거리를 좁혀 앉아 목소리를 낮추었다.

"사실 문고는 구실입니다. 오늘은 이 댁에서 처분하기 힘들어하시는 물건을 받으러 왔습니다."

"우리가 처분하기 힘들어하는 물건?"

젊은 주인도 덩달아 목소리를 낮추었다. 미간에 살짝 주름이 잡힌다.

"이세야에서 받은 그 보선 그림 말입니다."

눈길을 내려 발치를 보면서 기타이치가 빠르게 속삭였다.

"다카야 씨는 다시는 보고 싶지 않은 그림이겠지만, 그래도 칠복신이 그려져 있으니 내다 버리기도 찜찜하시겠죠. 저희가 에코인 뒷골목의 마사고로 대장과 관리인 간에몬 씨와 상의해서 특별히 제작한 붉은 술 문고에 넣어 봉인하기로 했습니다."

진실만 말한다. 거짓말은 요만큼도 없다.

기타이치가 호흡을 몇 번 고르는 동안 젊은 주인 리쿠타로는 아무 말이 없었다. 기타이치는 얌전히 눈길을 내린 채 기다렸다.

문 안에 봉당과 부엌이 있을 것이다. 연기를 내보내는 창도 보인다.

―뭔가 삶고 있나?

약탕 냄새가 났다. 그렇다면 뭔가를 '달이고 있다'고 해야 맞나?

"……그럼, 마사고로 대장이 당신을 보낸 거요?"

마침내 들려온 리쿠타로의 목소리는 가늘고 희미하게 떨리고 있었다. 그것을 느끼자 기타이치는 고개를 들었다.

리쿠타로의 눈이 한순간 기타이치 눈을 피했다.

"보선 그림은 태워 버렸습니다."

눈길을 피한 채 리쿠타로가 작은 소리로 말했다. "그 일이 있고 나서 바로 아궁이에 태웠습니다. 마사고로 대장에게는 걱정해 주셔서 고맙지만 심려하지 않아도 된다고 전해 주세요. 당신도 고생하셨고. 잠깐 기다려 주세요."

리쿠타로가 안으로 들어가고 잠시 후 아까 보았던 하녀가 나왔다. 기타이치와 비슷한 또래로 보이는 하녀가 종이에 싼 작은 물건을 쥐고 있다가 기타이치 눈앞에 쑥 내밀었다.

"이거, 주인님이 드리래요."

기타이치는 종이 속에 무엇이 들어 있는지 알 것 같았다. 하녀도 마찬가지일 것이다. 그렇게 생각해서 그런지 하녀가 가슴을 젖히고 기타이치를 내려다보고 있었다.

"도움이 돼 드리지 못했으니 행하는 받지 않겠습니다."

가볍게 손바닥을 들어 보이며 기타이치가 말했다. 하녀가 놀란 표정이 되었다.

"이 냄새는, 탕약을 달이나요?"

그렇게 묻자 하녀는 금붕어처럼 눈을 동그랗게 떴다. "무슨 냄새요?"

"지금 이 냄새 말입니다."

쿵쿵. 늘 이곳에 있어서 무감각해진 건가?

"누가 아프세요?"

"아, 이거요." 하녀는 그제야 이해했는지 "작은 마님 약이에요."

혈관 약이라고, 말하기 곤란한 듯이 말했다.

"많이 안 좋으신가요?"

"슬픈 일이 있었잖아요."

그것도 모르느냐고 꾸짖는 눈초리로 하녀가 다시 몸을 젖혔다.

"생각이 짧았군요. 부디 잘 간병해 드리세요."

기타이치는 멜대를 어깨에 메고 기요즈미초를 출발했다. 팔 물건을 메고 있어서 달릴 수 없다. 센키치 대장이 죽은 날도 그랬다. 그때는 오우미 신베에가 짐을 모두 맡아 주었다.

덕분에 뛰어갈 수 있었지만, 지금은 뛰지 못해서 시간이 지체되는 것이 더 나을지도 모른다. 기타이치가 향하는 곳은 혼조 요코아미초의 바느질가게 사사고야인데,

—만약 리쿠타로가 나보다 먼저 그쪽에 알리려고 손을 쓸지 모른다.

그렇게 해 주면 오히려 유리하다. 사사고야는 과연 어떻게 나올까.

당장 들어가지는 않고 잠시 상황을 살펴보았지만 사사고야에는 부업거리를 받아가는 여자들만 드나들고 있었다. 기타이치의 이웃 세입자 오히데는 딸 오카요와 둘이 살면서 돈벌이라면 뭐든지 하려고 하는데, 그 오히데도 바느질가게 부업이 벌이가 좋다고 말했었다. 바느질은 누구나 할 수 있지만 그렇다고 다 뛰어난 것은 아니거든.

기타이치는 여기에서도 뒤쪽 통용문으로 들어갔다. 분수를 헤아려 겸손하게 행동하고자 했다. 사사고야에서는 식구들은 나오지 않고 보기만 해도 무서운 중년의 하녀가 그를 상대했다. 하녀장인지도 모른다. 기타이치를 보자 다짜고짜 벼락이라도 칠 기세로 거지 대하듯 했지만,

—마사고로 대장과 관리인 간에몬 씨와 상의했습니다.

기타이치가 그렇게 말하자 리쿠타로와 마찬가지로 태도가 돌변

했다. 물론 위력을 발휘한 것은 도미칸이 아니라 마사고로 대장이란 이름이었다.

"그런 불길한 그림은 집 안에 둘 수 없어서 벌써 불에 태워 버렸어요."

이쪽도 불태워 버렸다고?

"그런 일로 대장께 심려를 끼쳐 죄송하기 그지없네요. 이 집은 상을 치르고 2년이나 지난 만큼 다카야 씨하고는 사정이 다릅니다. 애통함이야 여전하지만 별일 없이 잘 지내고 있다고 대장께 전해 주세요."

중년의 하녀는 행하를 주려고 하지는 않았다. 기타이치는 다시 멜대를 메고 사사고야 뒤쪽에서 건물 옆 좁은 길을 통해 대로 쪽으로 천천히 걸어나왔다.

―이크!

거리 오른쪽에서 오던 가마가 사사고야 앞에서 멈추더니 발이 휙 들춰지며 다카야의 리쿠타로가 튀어나왔다. 그는 곧장 바느질 가게로 들어갔다. 실례합니다, 안주인 계십니까? 그렇게 부르는 소리가 들렸다.

굼뜨군. 곧장 달려올 수 없는 무슨 볼일이라도 있었나?

하지만 어쨌든 왔다. 알려 주려고 온 게 분명하다. 안 올 수 없었을 것이다. 마사고로 대장이 예측했던 일이니까.

다카야와 사사고야는 이번 일에서 손을 잡고 있다.

각자 한 장씩 갖고 있던 이세야 겐에몬의 보선 그림은 현재 어느 집에도 없다. 불에 태워 없앴다.

그러므로 그 그림에 정말로 이변이 일어났는지 어떤지 확인할
길이 없다.

폭도처럼 이세야에 쳐들어온 자들 중에 변재천이 없어졌거나 등
을 돌린 그림을 가지고 있는 사람은 한 명도 없었다. 그들은 자기
가 가진 그림에도 이변이 일어날지 모른다고 앞질러 낭패했던 것
뿐이고 아직은 아무 일도 일어나지 않았다.

확실한 증거는 없다. 모든 것이 온통 거짓말로 포장되어 있다고
해도 이상할 게 없다.

그렇게 해야만 할 절박한 이유가 있으면 사람은 누구나 능숙하
게 거짓말을 한다.

—거짓말이란 건 말이다, 기타이치. 십중팔구는 '이랬으면 좋겠
는데'라는 바람이 언어로 드러난 것일 뿐이야.

센키치 대장의 말이 기타이치의 뇌리를 스쳤다. 언제 들은 이야
기였을까.

—그러므로 거짓말하는 자를 경멸해서는 안 돼. 우리는 부처님
이 아니니까 누구라도 거짓말쟁이가 될 수 있다. 내일은 내 얘기일
수 있다는 거다.

꾸짖거나 화내거나 훈계하거나 오라에 묶어 끌고 갈 때라도 상
대를 경멸해서는 안 된다.

아무튼 이세야는 딱하게 됐다. 멜대가 삐걱 소리를 내며 기타이
치의 어깨를 파고들었다.

10

무라타야 내부에서는 종이 냄새와 먹 냄새가 났다.

대본소는 먼지투성이일 거라고 짐작했던 기타이치가 놀란 표정을 숨기지 못하자 지혜에가 웃더니,

"당신네 문고가게에서도 이런 냄새가 날 텐데요."

라며 감주를 내 주었다. 우타촌 이발소에서는 보리차, 여기에서는 걸쭉한 감주다. 여름에 먹다 남은 것이겠지만 허기진 기타이치에게는 고마운 배려였다.

"잘 먹겠습니다."

큼지막한 잔에서 살갗 색깔의 감주가 꿀렁 흔들린다.

두 사람은 장어 잠자리처럼 가늘고 길게 생긴 무라타야 점포의 제일 안쪽에 있었다. 지혜에는 삼면격자 안쪽의 커다란 책상 앞에 앉고 기타이치는 그 마루방 턱에 앉았다.

손님 모습은 보이지 않는다. 원래 무라타야는 책궤를 지고 손님 집을 찾아다니는 장사가 중심이며 점포 장소는 좀벌레 퇴치를 위해 늘어놓고 말리는 김에 하는 장사라고 한다.

"저야 가게를 마련하려면 아직 한참 멀었죠."

"사루에 쪽에 작업장이 있지 않나요?"

"지혜에 씨도 소식이 빠르군요."

지혜에는 구운 김을 오려 붙인 듯한 눈썹을 꿈틀거렸다.

"우리 단골 중에 다와라마치 마루야의 단골이 있을 뿐입니다. 스에조 씨가 건강해서 무엇보다 다행입니다."

아하. 혼조나 후카가와나 좁기는 매한가지구나.

득의양양한 지혜에의 굵은 눈썹에도 새치가 간간히 반짝인다. 가까이서 얼굴을 마주하니 이마 언저리에도 백발이 무리지어 있는 것이 보인다.

─막 혼인한 처가 납치당한 끝에 살해되고 만 일이 있지.

그런 끔찍한 일을 전하면서 스에조 영감은 왜 그렇게 책망하는 말투였을까.

─업이 어지간히 깊은 게 아니지.

왜 나는 무라타 지혜에와 이야기하고 싶었을까. 후유키초 마님이나 도미칸으로는 부족했을까. 차라리 처음에 "저는 감당 못하겠습니다"라고 마사고로 대장에게 눈물로 호소하면 좋았을 것을, 왜 그때 지혜에의 길쭉한 얼굴이 떠올랐을까. 막상 여기 앉기까지 기타이치 자신도 제 속내를 확실히 알 수 없었다.

그런데 빨래 장대처럼 후리후리한 키와 부리부리한 눈 그늘에 가려서 평소에는 보이지 않던, 지혜에 얼굴에 새겨진 '세월'을 지금 이렇게 목도하고 보니,

─이 사람은 아픔을 아는 사람이라고 믿었기 때문이지.

그것을 깨달았다.

해결할 수도 없고 해소될 수도 없는 아픔을 28년이나 견뎌온 지혜에이므로 기타이치의 가슴에 맺힌 의문에 답해 주지 않을까 기

대했던 것이다.

지혜에 역시 기타이치가 불쑥 찾아왔는데도 그리 놀라지 않았다. 이야기책을 채운 문고를 만들어 팔아보자는 장사 이야기일 거라고 짐작하고 대화를 재촉하려는 기색도 없었다. 기타이치가 용건을 꺼내기를 기다리고 있다.

"무라타야 씨에게……."

감주가 목에 걸려 기타이치의 목소리가 갈라졌다.

"그냥 지혜에라고 하세요."

자기 잔을 들여다보며 지혜에가 선뜻 말했다.

"무라타야는 이 대본소의 옥호일 뿐 아니라 내 형님이 운영하는 책 도매상의 옥호이기도 합니다. 그렇지, 아까 가게 앞을 청소하던 삭정이 같은 영감이 지배인 호조인데, 우리 점원들 중에 제일 오래된 사람입니다. 실은 호조야말로 무라타야 자체라고 해도 좋을지 모르지요."

무라타의 그 터줏대감 노인은 기타이치가 땀내를 풍긴 탓인지 스쳐지나갈 때 떫은 감을 씹은 표정이 되었었다.

"지혜에 씨에게,"

기타이치는 마음을 먹고 이야기를 시작했다.

"내 머릿속에 맴돌고 있는 쓸데없는 생각을 좀 들려드리려고 왔습니다."

출입문은 활짝 열려 문밖의 빛을 네모나게 도려내고 있었다. 그 네모가 꽤 멀리 보인다. 빌려주는 책을 진열한 서가는 3단. 어떤 규칙으로 분류하는지 기타이치는 알 길이 없지만 대체로 모서리를 가지런히 맞춰 쌓여 있고 곳곳에 두루마리가 튀어나와 있었다.

계산대 뒤쪽에서 바람이 희미하게 들어왔다. 그 바람에는 한층 신선한 먹 냄새가 섞여 있었다. 누군가 안쪽에서 필사를 하고 있는지 모른다.

"제 이야기가 무라타야 씨에게 아무 도움도 안 될 뿐 아니라 불쾌하게 만들지도 모릅니다. 그러니 먼저 사과부터 드리겠습니다. 죄송합니다."

지혜에는 꾸뻑 고개 숙이는 기타이치 쪽을 보지도 않고 물었다.

"내가 들어도 괜찮은 이야기입니까."

기타이치는 지혜에의 긴 턱을 보며 끄덕였다. "요전에 만났을 때 아기 출산 선물을 겨냥한 장사는 그만두라고 충고해 주셨지요. 그리고 기요스미초 다카야 씨가 겪은 불행을 말씀해 주셨습니다."

기타이치가 보자면 그것이 이번 소동의 시작이었다.

"그때 지혜에 씨의 얼굴은 무서울 정도로 진지했습니다. 그 진지함으로 제 생각도 판단해 주셨으면 해서요."

지혜에가 앉은 채 몸을 조금 움직인다……싶더니 요란하게 재채기를 터뜨렸다.

"아, 실례. 자, 말씀하세요. 이 먹 냄새는 신경 쓰지 마시고. 가는 귀 먹은 어머니가 형을 위해 갈고 있는 겁니다. 형은 필사를 좋아하지만 일일이 먹 가는 것은 귀찮아해서요."

기타이치는 후우, 하고 숨을 크게 내쉰 다음 계산대 삼면격자 한쪽에 시선을 고정했다.

"다카야의 스테 짱이 어떻게 죽었는지 저는 잘 모릅니다."

지혜에도 그것은 말해 주지 않았다. 다카야의 젊은 내외가 처음 만나 사귀게 된 것, 아기를 낳지 못해 마음고생을 한 것, 재작년 섣달에 고부간의 심각한 갈등이 있었던 것, 그것을 계기로 겐에몬의 점지 영험이 있다는 보선 그림을 받은 것 등을 두루 알고 있는 후유키초 마님조차 스테 짱이 죽을 당시의 상황에 대해서는,

—오세쓰 씨가 아침에 일어나 기저귀를 갈아 채우고 잠시 자리를 비웠다가 돌아와 보니 숨을 쉬지 않았다는 거야.

라고만 말했을 뿐이다.

그것으로 충분했기 때문일 것이다. 아기의 죽음이란 최악의 불행은 타인이 기웃거릴 일이 아니다. 아기의 생명은 본래 위태로운 것이니, 그런 아기가 죽은 것을 두고, 왜? 어떻게? 뭐가 잘못돼서? 라고 캐묻지 마라.

"아무도 그 얘기를 입에 올리지 않았지요. 귀여운 아기가 죽었다, 그저 그렇게만 이야기할 뿐, 비탄에 빠진 사람은 많아도 누구 탓이냐고 분노하거나 책망하는 사람도 없었지요."

스테 짱을 장사지내고 두 달이나 지나서 겐에몬의 보선 그림에서 변재천이 사라졌다는 '발견'이 있기까지는.

"그러자 기다렸다는 듯이 이번에는 혼조 요코아미초의 사사고야에서 소란이 일어났습니다. 한 살배기 손자가 죽었는데, 그 아기를 점지받기 위해 구해 둔 보선 그림이 이상하게 변했다, 변재천 님이

등을 돌리고 배에서 내리려 하고 있다."

이번에는 무려 3주기가 '발견'의 계기였다.

"지금은 어느 그림도 남아 있지 않아요. 정말로 그런 그림이 있었다는 증거도 없고. 다카야에서도 사사고야에서도 불에 태워 버렸다고 합니다."

지혜에의 커다란 눈이 깜빡거렸다. "그걸 어떻게 알았죠?"

"직접 물어봤습니다."

기타이치가 그 전말을 설명했다. 다카야의 젊은 주인 리쿠타로가 에코인 뒷골목의 대장 이름을 들었을 때, "마사고로 대장이 당신을 보낸 거요?" 하고 떨리는 목소리로 말한 것. 그 뒤 가마를 타고 사사고야로 달려갔다는 것.

"다카야의 오세쓰 씨는 여전히 몸이 성치 않은 것 같습디까?"

지혜에가 물었다. '여전히'에 살짝 억양이 묻어 있다. 엉뚱한 질문이 아니다. 기타이치가 생각하는 바를 추측하고 있는 것이다.

다행이군. 기타이치의 마음의 짐이 가벼워졌다. 그리고 그날 탕약 달이는 냄새가 나던 기억이 났다.

"혈관 약을 달여 먹고 있다더군요."

아, 그렇군요, 하고 지혜에가 중얼거렸다. 깨알 같은 글자를 보듯이 눈을 가늘게 뜬다.

"시간이 한참 더 걸릴 겁니다. 다시 일어서려면."

다시 일어서려면. 흠, 바로 이 말이 지금껏 벌어진 소동의 핵심이다.

"바로 그 소중한 안주인 오세쓰 씨가 다시 일어서지 못하고 있기 때문에 다카야에서 소동을 일으킨 게 아닌가 하고 저는 짐작합니다."

스테 짱은 죽고 말았다. 아이는 일곱 살까지는 신의 소관이어서 언제 목숨을 잃어도 이상하지 않다. 그런 불행은 세간에 드물지 않다. 누구 잘못도 아니다. 누구도 비난할 수 없다—.

그런 상투적인 위로와 훈계로는 아기를 잃은 오세쓰를 납득시킬 수 없었다.

"이럴 때 어머니는 다른 누구보다 자신을 책망하지요. 내 탓이다, 내 잘못으로 아기가 죽고 말았다고."

스테 짱에게서 '잠시 눈을 뗀' 사람은 오세쓰였던 것이다.

"그냥 지켜볼 수 없을 정도로 오세쓰 씨는 자신을 나무라고 괴롭히며 막다른 곳까지 내몰린 게 아닐까요. 그래서 그 마음을 구하기 위해서."

—네 잘못이 아니야. 이 불행은 네 탓이 아니야.

그렇게 오세쓰를 납득시킬 만한 확실한 악당이 필요해졌던 것이다.

"해서 이세야의 겐에몬 씨가 그린 점지 영험이 뛰어나다는 보선을 끄집어낸 게 아닐까요."

겐에몬의 보선에 있는 변재천이 아기를 데려다 주었는데, 그 변재천이 변심하여 다시 데려가 버렸다. 이것은 무서운 그림이다. 불길한 그림이다. 모든 사태는 이 그림을 임신에 영험 있다고 허풍

떨며 나눠 준 이세야의 겐에몬 탓이다. 인간인 주제에 신령님 시늉을 내고, 은혜로운 칠복신을 자기 마음대로 부릴 수 있다고 오만을 떨다가 재앙을 부른 거다─.

"그래서 소동이 일어나기까지 두 달이나 걸렸군" 하고 지혜에가 말했다. "그 두 달간 오세쓰 씨의 상태를 조마조마하게 지켜보던 다카야 사람들이 마침내 젊은 안주인을 내버려둘 수 없게 되자 꾀를 짜낸 거지."

말씀하신 대로입니다. 기타이치는 안도를 넘어 관자놀이를 손가락으로 쿡 찔린 기분이었다.

"지혜에 씨, 혹시 이 이야기를 벌써 알고 있었나요?"

알면서 모른 척하고 있었다. 달리 어찌해 볼 수도 없었으니까. 기타이치를 날카롭게 훈계한 것도, 그때의 그 진지한 표정도, 지혜에가 상세히 알고 있었던 거라면 납득이 간다.

그러나 당사자는 대답하지 않았다. 대신 담배 연기를 내뿜는 듯한 입모양을 하더니,

"허나 그 가설대로라면 사사고야 쪽은 어떻게 되는 건지" 하고 태평하게 혼잣말을 했다.

"뻔하죠. 다카야의 계획에 맞춰 한바탕 연극을 했겠죠."

이세야로 쳐들어간 사람들을 상대한 그날 밤, 겐에몬의 보선 그림이 시중에 널리 나돌며 많은 사람의 마음을 사로잡고 있었다는 것을 기타이치도 분명히 알게 되었다. 그럴듯한 '믿음'이었다. 그렇다면 보선 그림에 자식 점지를 기대하는 가족이나 부부가 서로 격

려하며 그 믿음을 지키고 있었다고 해도 이상할 것이 없다.

"본래 그런 인연이 있어서 두 가게는 마음이 통하고 있었던 게 아닐까요. 두 가게는 보선 그림을 받은 뒤 아기를 얻었다가 한창 귀여울 때 여의고 말았다는 것도 공통되고."

기타이치가 말하자 지혜에는 말상 얼굴을 한층 길게 만들며 이쪽을 보았다.

"기타이치 씨는 모르는 모양인데, 다카야의 젊은 주인과 사사고야 주인은 어릴 적 동무입니다. 사사고야 쪽이 형님뻘이죠."

기타이치는 말없이 지혜에의 눈을 마주 응시했다. 입술을 깨물자 감주 맛이 달콤하다.

"그렇다면 더욱 그랬겠죠."

"그래요. 어느 가게에서 착상했는지 모르지만 제법 잘 만들어낸 줄거리예요."

지혜에는 가게 출입구 쪽으로 시선을 옮기고 눈부셔하는 얼굴이 되었다.

"악당이 된 이세야의 겐에몬 씨 내외는 안 그래도 오래 전부터 동료 상인들에게 호감을 얻지 못하고 있었으니까요."

"안주인이 게이샤 출신이어서겠죠."

"아, 그걸 아네."

거칠게 말하고 지혜에는 희미하게 웃었다.

"그 안주인, 중년이 되어서도 미인이잖아요. 젊을 때는 누구나 혹할 만큼 미녀였으니까…… 주위 사람들도 무조건 무시하며 멸시

했던 것은 아니고 겐에몬 씨에 대한 질투도 있었을 겁니다."

어쨌거나 듣기 좋은 이야기는 아니다. 기타이치는 단숨에 말했다. "동료 상인들에게 무시당하던 겐에몬 씨는 우연한 계기로 자기가 그린 그림에 점지 영험이 있다고 소문이 나고 사람들이 떠받들어주자 그때까지 내심 분노를 삭이고 있던 만큼 더욱 우쭐거리게 되었죠. 그 영험 있는 그림을 부탁하는 사람들은 겉으로는 웃는 낯을 하지만 속으로는 더욱 분노를 쌓아 두고 있었겠죠."

그런 토양에서 이번 소동이라는 꽃이 피어난 것이다. 이세야 겐에몬을 악당으로 만들어 버리자. 그 부부는 한번쯤 되게 혼나야 한다. 지금까지 으스댄 만큼 그래야 계산이 맞는다.

사람들의 질투는 끝이 없다.

"기타이치 씨, 이제 어떻게 할 겁니까?"

그렇게 묻는 지혜에의 왕방울 눈은 밝았다. 어떻게 이렇게 태평한 얼굴을 하고 있을 수 있을까, 이 사람은.

"어떻게 하다뇨?"

"오캇피키답게 다카야에 쳐들어가 이러저러한 계획을 꾸미고 있다는 거 다 알고 있다, 순순히 포기해라! 하고 다그칠 겁니까?"

설마 내가 어떻게 그런 일을.

"나는 오캇피키도 아니고 그런 화끈한 행동을 한대도 아무도 진지하게 받아주질 않아요."

아마도, ~일 거다, ~가 틀림없다, ~일지 모른다라는 추측뿐이고 확실한 증거도 없고.

"그렇죠. 기타이치 씨도 그런 상황을 잘 아니까 예전에 그 통쾌한 해명 장면에서도 후유키초 마님에게 대신 나서 달라고 부탁했겠죠."

그렇다, 예복을 차려입은 마님이 타계한 센키치 대장의 붉은 술 짓테를 쥐고 기염을 토한 적이 있었다.

"이번에도 그렇게 하면 어떻습니까."

기타이치는 고개를 저었다. "마님이 승낙하지 않으실 겁니다. 꾸짖으실 거예요."

당장이라도 그 목소리가 들려올 것 같았다.

―기타, 이런 걸 폭로해서 도대체 누구한테 득이 되지?

이세야 소동은 수습되었다. 겐에몬의 보선은 이제 시중에 한 장도 남아 있지 않다. 앞으로 이런 일이 되풀이될 염려도 없다.

진상을 폭로한들 다카야의 젊은 안주인만 더 괴로울 뿐이다.

아무한테도 득이 되지 않는다.

"이대로 뚜껑을 덮어 가만 놔두는 게 상책이라는 정도는 저도 압니다."

시간이 흘러 흐지부지 잊힐 것이다.

"네, 정답입니다." 지혜에는 조금 거들먹거리는 얼굴로 비웃듯이 말했다. "마사고로 대장도 이미 알고 있었을 겁니다."

"네?"

그건 아니지! 왜냐하면 이세야가 당하는 봉변을 동정한 마사고로 대장이,

―이번 일의 내막을 파헤치고 싶다.

이렇게 말했기 때문에 기타치이가 나섰던 것이다.

―과연 저승의 센키치 대장이 놀랄 만큼 활약할지 어떨지 어디 한번 지켜볼까. 너에겐 지금이 기회다.

라며 등을 밀어주었기 때문이다.

아니, 하지만.

그때 마사고로 대장은 '지금까지 상황을 지켜보았다'는 말도 하지 않았던가. 또 겐에몬이 '편리하게 이용만 당하고 있는 게 아닐까'라고도 했었다.

지금 생각하면 지침을 매우 확실하게 주었던 것이다. 조언이라기보다는 거의 답을 주다시피 했다.

―세상에, 설마.

저도 모르게 추임새까지 넣고 말았다. 물론 속으로.

"마사고로 대장은 센키치 대장을 잘 알고 그 수완을 높이 평가하셨으니까요"라고 지혜에는 계속했다.

그런데 센키치가 죽은 뒤, 간판이던 붉은 술 문고를 계승한 기타이치는 과연 기량이 어느 정도나 될까.

"도미칸 씨와 손잡고 훌륭한 문고를 만들어 이세야 씨를 도운 것은 매우 훌륭하다. 그러나 이 젊은 사람은 이번 소동의 진상을 전혀 감 잡지 못하고 있다. 그냥 놔두면 영영 알아채지 못할지 모른다. 그래서는 위험하니까 지침을 주신 거겠죠."

기타이치가 잠자코 있자 결정타를 먹이듯이 덧붙였다.

"관리인 도미칸 씨도 당연히 진상을 짐작하고 있었을 겁니다."

아아, 그런가요? 왠지 뱃속에서부터 맥이 빠진 기타이치는 마루턱에서 미끄러져 봉당에 쪼그리고 앉았다.

"오캇피키가 다루는 분쟁은 이런 종류가 훨씬 많아요."

머리 위쪽에서 지혜에의 담담한 목소리가 내려온다.

"짓테를 쥐고 오라를 던져 악당을 잡았으니 얼마나 장한가. 그런 사건은 백 건에 한 건 있을까 말까죠. 나머지는 이쪽이나 저쪽이나 도긴개긴이고 어느 쪽에나 할 말이 있게 마련이라 쌍방의 주장을 조금씩 쳐내고 깎아내서 어떻게든 끼워 맞추면 된다는 흔해빠진 분쟁입니다."

그러니까 그걸 감당하려면 연륜이 필요합니다.

"젊을 때는 이렇게 선배에게 지침을 받기도 하고 혼자서 어떻게든 해 보려다가 실패하기도 하는 등 이런저런 일을 겪는 게 당연합니다. 하지만 말이죠, 기타이치 씨."

지혜에는 계산대에서 걸어나와 기타이치의 머리카락 성긴 머리를 부드럽게 토닥여 주었다.

"만약 당신이 센키치 대장이란 이름에 먹칠할 멍청이라고 봤다면 마사고로 대장은 얼굴도 비치지 않았을 겁니다."

그러나 기타이치는 정말 성실한 놈이었다.

"당신, 신뢰를 얻은 겁니다. 이번 사건의 마무리로 대장을 찾아뵙고 제대로 인사하세요."

예, 그럼요. 내 휑한 머리에서도 좋은 소리가 나네— 하고 기타이치는 생각하고 있었다.

고물 노점 다쓰키치에게 맡겨 둔 나머지 일곱 장의 보선 그림.

어떻게 할까 고민했다. 버리는 게 제일 깨끗하다. 자꾸 쳐다보다 보면 이걸 다카야 사람이 그렸을까 사사고야 사람이 그렸을까 하고 생각하고 만다.

"하지만 아무리 허접하다고 해도, 장난삼아 그린 거라고 해도 신령님 그림인걸."

사정을 모르는 다쓰키치는 태우거나 찢어 버리는 데 반대했다. 그 소박한 말에 반박하지 못하고 결국 맡기기로 했다.

보름쯤 지난 어느 날, 다쓰키치는 기타이치에게 보선 그림 일곱 장을 정교하게 오려 붙인 머릿병풍을 보여 주었다. 등 돌린 변재천을 제외하면, 앞에서 보나 뒤에서 보나 칠복신 가운데 누군가와 눈길이 맞도록 붙여져 있었다. 병풍 자체는 저렴하게 생겼지만 그림만큼은 흥미로웠다.

"다 합치면 신령님이 마흔아홉 분이야."

"굉장하네요. 전에 말한 것처럼 여신에게는 보이고 싶지 않은 장사를 하는 곳에 팔면 되겠어요."

"응. 벌써 사겠다는 사람이 나섰어."

납품하는 날, 머릿병풍을 커다란 천에 싸서 수레에 싣자 다쓰키치는 손뼉을 팡팡 치고 공손하게 절했다.

"자, 출발해 볼까."

삐걱삐걱 출발하는 다쓰키치를 바라보고 있는데, 오타쓰 노파가 늘 그랬듯이 꽁알꽁알 불평을 늘어놓았다. 그래도 기타이치의 가슴은 가벼워졌다. 가슴을 짓누르던 바위를 보선 한쪽 구석에 실어 보낸 기분이었다.

제
2
화

짱구머리
속에 든 것

1

"맛있지, 응?"

기타이치는 조메이탕 가마 앞에 산더미처럼 쌓인 잡동사니 땔감을 뒤져 끄집어낸 부서진 나무상자에 앉아 있었다. 기타지는 그 옆에 서서 기타이치가 구워 낸 콩떡을 먹고 있다. 아니, 먹는다기보다 걸신들린 듯 물어뜯는다.

"도미히사초에 있는 콩가게 마메타쓰의 선대 주인이 오늘 기일이거든."

오늘이 3주기라는 것이다. 생전에 센키치 대장과 친했고 붉은 술 문고의 단골이었으므로 기타이치는 오늘 아침 이곳에 오기 전에 마메타쓰에 들러 불단에 향을 올렸다. 그러자 안주인이,

—아버님이 좋아하시던 거라서 조금 넉넉하게 빚어 봤어요. 괜찮다면 가져가세요. 후유키초 마님께는 제가 따로 드릴 테니까 이건 모두 기타 씨 몫이에요.

그렇게 내준 댓잎꾸러미는 묵직하고 따뜻했다.

"보선 소동 때 다시 네 신세를 졌지. 그 뒤에 너에게 사건 내막은 얘기해 주었지만 지금까지 인사랄까 성의 표시를 못했잖아. 남한테 얻어 온 거라 미안하긴 하지만."

기타지와 나눠 먹자 생각하고 따끈한 떡 꾸러미를 품에 안고 조메이탕까지 서둘러 왔다. 이제 계절은 땀도 안 나고 목덜미를 지나는 바람이 차가울 정도다. 어느새 여기저기 기도반에도 시중의 평민 거주구 '마치'에는 심야 통행금지 등을 위해 마치마다 수위실 혹은 검문소 비슷한 출입문 '기도'를 설치하고 작은 살림집을 지어 문지기가 거주하였는데 이를 '기도반'이라고 한다. 기도반 지키는 이가 부업으로 구멍가게 같은 것을 운영하며 간식거리를 팔았다에서 군고구마나 군밤을 팔고 있다.

"응? 맛있지 않냐니까."

아무리 말이 없는 놈이라지만 칭찬 한 마디 한다고 누가 뭐라나, 싶어서 올려다보니 기타지가 얼굴이 빨개진 채 주먹으로 제 가슴을 쿵쿵 치며 악악거리고 있다.

"목멘 거였냐!"

기타이치가 벌떡 일어났지만, 귀한 콩떡 꾸러미는 내던지지 않고 옆에 있는 빈 나무통 위에 잽싸게 치워 두었다. 그리고 기타지의 뼈가 불거질 만큼 앙상한 등판을 손바닥으로 힘껏 쳐 주었다.

"우엑!"

하는 소리와 함께 기타지가 호흡을 되찾았다.

"……삼켰다."

"토해 내! 걸신들렸냐."

기타지는 벌써 아무렇지도 않은 얼굴이다. 남은 콩떡을 찾아 두리번거리는 것을 보고 기타이치가 얼른 꾸러미를 낚아채서 도망쳤다.

"나머지는 내 몫이야."

마메타쓰의 콩떡은 어린이 손바닥만 한 동그란 떡으로, 고소하게 볶은 검은콩이 듬뿍 들어 있다. 딱딱해진 것을 구워도 맛있지만 막 나온 따끈따끈한 떡은 각별하다.

"동그란 콩떡, 처음 봤네."

기타지가 말했다. 아쉬운 듯 손가락에 남은 떡 냄새를 맡는데, 입가뿐만 아니라 머리에까지 떡가루가 묻어 있다.

"그래, 나도 동그란 떡은 마메타쓰 것밖에 몰라. 대개는 해삼처럼 생겼잖아."

"해삼?"

"이렇게…… 가마니처럼 생겼지만 가마니보단 조금 기다랗지."

손으로 모양을 그려서 보여 주어도 기타지는 감이 잡히지 않는 듯했다.

"네 고향 콩떡은 네모난 판때기처럼 생겼냐?"

"네모난 판때기처럼 생긴 떡을 세모나게 잘라서 만들지."

그 말에 기타이치는 놀랐다. 고향 이야기를 꺼내도 괜찮은 건가?

기타지는 특별히 주저하는 기색이 없었다. "우리 집만 그런 게 아니라 어느 집이나 마찬가지였어. 정월 떡국도 그 콩떡으로 끓여" 하고 계속했다.

오오. 콩떡으로 끓이는 떡국이라니, 기타이치는 본 적도 들은 적도 없다. 도미칸이나 박식한 후유키초 마님이라면 아실까.

"그런 소리는 또 처음 듣네. 네 고향이 엄청 먼 데인가 봐."

이런, 내가 또 묻고 있네.

"우, 우리 집에서는 어떤 떡국을 끓여 먹었는지, 기억이 없어. 세 살 적 여름에 미아가 됐으니까. 센키치 대장 댁에서는 납작한 떡을 요만큼 작게 잘라서 불에 노릇노릇하게 구운 다음 간장 맛 진한 장국에 끓였지. 고명으로는 무와 토란……."

그렇게 말하고 있는데 기타지가 말없이 쓱 다가와 남은 콩떡 두 개를 다 가져가 버렸다. 기타이치의 손에는 떡가루와 댓잎만 남았다.

"나 하나밖에 못 먹었는데!"

"나한테 주는 성의 표시라며."

"그건 그렇지만, 이미 많이 줬잖아!"

"그 사건을 이것으로 마무리 지었으니 됐지."

오, 그렇게 둘러대기냐? 너, 먹는 거에 앙심 품으면 무섭다는 거 모르냐.

시치미 뗀 얼굴로 콩떡을 입 안 가득 우적거리며 기타지가 웅얼웅얼 말했다. "내가 주워 온 칠복신 보선에게 정착할 곳을 찾아 준 사람이 너희 나가야의 고물 노점이지? 좋은 놈이야."

도미칸 나가야의 다쓰키치를 말하는 것이다.

"그래. 나는 여태 다쓰키치 씨를 우습게 보고 있었어. 못 알아 본 거지."

"좋은 놈인지 어떤지는 뭔가 계기가 없으면 모르는 법이니까 어쩔 수 없지."

응? 오늘 이 녀석이 말을 많이 하네. 제법 좋은 소리를 하고 있어. 콩떡의 효과인가.

"그런데 너, 그 마사고로라는 대장한테 제대로 인사는 했냐?"

했어. 했다고! 기타이치는 그만 입을 삐죽거리고 말았다.

"무라타야 주인이 시킨다고 냉큼 인사하러 달려가면, 내가 무슨 심부름하는 애도 아니고, 창피하잖아. 그래서 며칠 상황을 보다가 다녀왔다."

마사고로 대장은 통칭이 말해 주는 대로 에코인 뒷골목의 여염 집에 살고 있다. 소바가게는 다른 데 두고 전부 다른 사람에게 맡겨서 운영하므로, 살림집에 수하들이 왁자지껄 드나드는 일은 없다. 부인과 단둘이 조용히 살고 있고, 짓테는 반납하지 않았지만 거의 은퇴한 거나 다름없이 지낸다. 그런 의미에서 '왕대장'이라고 해도 좋을 것이다.

그 아담한 살림집에, 제일 먼저 이세야 내외가 찾아와 폐를 끼쳤다고 인사했다. 그리고 또 며칠 지나기 전에 다카야와 사사고야 주인이 나란히 찾아가,

—아무 근거 없는 불행한 이야기로 방정맞게 소란을 떨어 부끄럽습니다. 이세야 씨에게 정중하게 사죄하고자 하니 대장께서 화해를 중재해 주셨으면 좋겠습니다만.

하며 머리를 조아렸다고 한다.

"이제야 사건이 정말로 끝난 것 같아서 나도 얌전히 찾아가 인사드렸지. 무라타야 지혜에 씨한테 핀잔을 들었습니다, 이번에 배운 점들을 깊이 명심하겠습니다, 하고 털어놓으며."

—오캇피키가 다루는 분쟁은 이런 종류가 훨씬 많아요.

"그러자 마사고로 대장이 뭐라셨는지 알아?"

갓난아기처럼 맑은 눈을 동그랗게 뜨고, 아기에게 젖을 물린 어머니 같은 자상한 얼굴로,

"무라타야 주인이 너무 앞질러 생각했군. 나는 아무것도 알지 못했다, 라고 하셨어."

—무라타야 주인도 기타이치가 열심히 궁리하고 신경 쓰고 발품을 팔며 뛰어다니니까 좋게 생각해서 타일러 주었겠지.

"그 말씀을 듣고 보니 요만큼도 거짓 없는 말처럼 들리데. 진심으로 그렇게 말씀하시는 것 같았어."

무섭도록 노련한 오캇피키 아닌가.

"그리고 내 활약과 우리 문고를 다시 한 번 칭찬해 주셨어. 센키치 대장도 틀림없이 자랑스럽게 생각할 거라면서."

그 말이 기타이치의 가슴을 적시고 눈까지 적셨다.

"센키치 대장이 건강하실 때는 나, 강아지보다 쓸모없는 조무래기였어."

대장의 붉은 술 문고를 멜대에 메고 다니며 팔고 남은 찬밥을 얻어먹고 대장 집 처마 밑에서 자면서도 행복했다. 센키치 대장의 수하로 지낼 수 있다는 것만으로도 만족했다. 그 이상은 꿈에서도 바란 적이 없었다.

"지금은 조금 달라. 대장이 살아 계실 동안에 지금의 내가 되고 싶었어. 늦었다는 건 알지만, 한스럽고 안타깝기만 해…… 어?"

기타지가 없다. 방금 전까지 눈앞에서 콩떡을 우적우적 먹고 있었는데, 하고 생각하는데,

"미지근해서 마시기 딱 좋다."

불쑥 등 뒤에서 나타났다. 오른손에 질주전자를 들고 왼손에는 찻잔을 두 개 움켜쥐고 있다.

기타이치는 침을 튀기며 말했다. "너, 이러는 거 나빠. 고양이처럼 발소리도 없이 자취를 감추고 나타나고. 여기 노인들이 깜짝 놀라 낙상이라도 하면 어쩌려고."

기타지가 가져온 질주전자는 뚜껑에 금이 가고 찻잔은 두 개모두 톱날처럼 이가 나갔다. 수레를 끌고 다니며 땔감을 모으다

가 어디서 주워 왔을 것이다.

　당연히 백탕인 줄 알았는데 질주전자에 담긴 것은 호지차였다. 찻물이라는 걸 겨우 알 수 있을 만큼 묽었지만, 그래도 향은 남아 있었다.

　"마시고 가. 너, 장사해야지."

　기타이치는 작업장으로 갈 생각이었다. 화로나 고타쓰 같은 초겨울 풍물, 미카와시마로 날아드는 학현재의 도쿄 히가시닛포리에 해당하는 미카와시마는 학이 날아드는 곳으로 유명하여, 매년 11월이면 대울타리를 두르고 학에게 모이를 주었다. 쇼군이 몸소 매를 날려 학을 사로잡아 교토 조정에 헌상하는 수렵장이기도 했다, 상가商家에서 열리는 떠들썩한 에비스코음력 10월 20일 상업 번성의 수호신 에비스에게 상인들이 제사를 올리는 모임 풍경 등 붉은 술 문고의 계절 도안을 만들려면 지금부터 시작해도 시간이 촉박하다.

　느티나무집의 에이카하고는 이미 상의를 끝냈으니 목하 열심히 그리고 있을 것이다. 그림 쪽은 걱정이 없지만, 기타이치는 며칠 전, 저 아름다운 에이카 님에게 은근한 경고를 받은 참이었다.

　—나는 스스로 수련하는 차원에서 문고 그림을 그리는 거다. 그러니까 내 그림이 문고에 쓰이지 않더라도 화내지 않아. 불만이 있을 때는 구체적으로 말해. 속으로는 부족해 보이거나 내키지 않으면서도 본심을 감추고 내 그림을 사용하려고 한다면 나는 그때야말로 진짜 화를 낼 거다. 세토도 가만있지 않겠지. 그리 되면 어떻게 될지 잘 알지?

　기타이치는 너무나 잘 알고 있었기 때문에 납죽 엎드려, 절대로 마음에도 없이 아부하는 일은 없을 겁니다요, 하고 에이카에게 맹세했다.

"아름다운 분이지만 사무라이는 사무라이였어. 잡아 놓은 생선이 아니었어."

기타이치의 혼잣말 뒤에 잠시 침묵이 있었다.

"그게 아니라 잡은 물고기겠지."

기타지가 말하고 모모히키 무릎께에 묻은 떡가루를 팡팡 쳐서 털었다.

"나도 나간다."

기타지는 땔감을 모으기 위해 하루 한 번이 아니라 시간이 비어 수레를 끌 수만 있다면 몇 번이고 나가는 듯하다. 대중탕은 뜨거운 물 없이는 영업이 어려우니 땔감 조달은 생명줄이다.

―이 녀석도 사무라이 같은데.

'일족'이니 '계보'니 하는 말을 아무렇지도 않게 입에 담는다. 기타이치와는 타고난 신분이 다르다. 무슨 사연이 있어서 그 신분을 버리고 에도 변두리 중에서도 변두리인 이곳에서 대중탕 가마지기로 일하며 지저분하게 살고 있을까.

궁금하긴 해도 먼저 꼬치꼬치 물어보려고 하지는 않았다. 언젠가 때가 되면 기타지가 제 입으로 말해 주겠지. 혹은 기타이치 쪽에서 그런 일을 개의치 않게 될지도 모른다. 기타지가 다쓰키치를 '좋은 놈'이라고 평했듯이 기타이치도 '기타지는 (아마) 좋은 놈'이라고 여기니까. 의문은 있지만 불길한 의문은 아니다. 나는 그렇게 생각한다. 암.

자, 그만 돌아갈까. 기타이치도 떡가루 묻은 손을 닦고 옷을 탁 탁 쳐내다가 문득 기억이 났다.

"예전에 마사고로 대장의 수하 중에 기억력이 엄청 좋은 사람이 있었대."

기타지는 쑥대머리를 고쳐 묶고 낡은 수건을 찢어 만든 멜빵으로 소매를 단속하며 "어" 하고 건성으로 대답했다.

"예전 사건을 캐 보고 싶어서 대장에게 물어본 적이 있거든. 그러자 예전 일이라면 그 수하였던 사람한테 물어보라고 하셨어."

두뇌가 굉장해서 한 번 보거나 들은 것은 하나부터 열까지 다기억하는 특기가 있다고 한다.

"고아나 다름없는 처지라 마사고로 대장이 부모처럼 키워 주었는데, 그 특기를 인정받아 관청에서 문서 담당으로 일한대."

기타지가 벌써 성가셔하는 얼굴이라 기타이치도 돌아서고 말았다.

"내가 조만간 만나러 갈까 생각중인데, 너희 아버지에 대해서, 혹은 아버지가 따르셨다는 숙부님…… 어느 다리 밑에서 노점을 하셨다고 했지? 그분에 대해서 말이야. 그렇게 기억력이 좋다니 뭔가 알고 있을지도 모르잖아."

같이 갈래? 하고 물으려다가 기타이치는 입을 다물어 버렸다. 기타지의 수척한 등이,

—시끄럽다.

라고 말하고 있었다. 아, 예에예에.

"그럼 또 보자."

오늘은 조메이탕 주인 내외에게 빈손으로 오고 말았다. 다음에 올 때 만회하자. 그런 기특한 생각을 하며 작업장으로 향하는 기타이치의 마음에는 활짝 갠 날과는 달리 작은 먹구름이 하나 끼어 있었다.

기타이치가 '캐 보고 싶었던' 것은 28년 전 무라타야 지헤에가 겪은 참혹한 사건이었다.

스에조 영감이 지헤에를 좋게 보지 않는다. 손잡고 장사하는 것도 마뜩찮아한다. 지헤에 주위에서 지금까지 두 사람이나 무참하게 죽어 나갔기 때문이라고 하는데, 그렇게 '보기 드문 잔혹한 일'에 휘말릴 만큼 '업이 깊은' 사람이라는 것이다.

첫 번째 사건으로 아내가 죽었고 두 번째 사건에서는 무라타야와 막 교류를 시작한 젊은 낭인이 칼을 맞고 죽었다. 두 번째 사건은 2년쯤 전에 일어났는데, 센키치 대장이 조금 관여한 사건이라 기타이치도 대강의 내용은 기억한다. 복수극이나 무가의 청부살인인 듯하므로 마치 담당이 나설 일이 아니라며 대장은 미련 없이 손을 뗐다^{무가의 범죄는 소속 주군이 해결하는 것이 원칙이므로 평민 담당이 간여할} ^{수 없었다.} 그렇다면 그 점은 지금도 마찬가지이니 기타이치로서는 달리 알아볼 방법이 없다.

그러나 무라타야 사건은 다르다. 대본소 주인이 새로 맞이한 아내가 납치되어 살해된 것이기 때문이다. 온전히 마치 담당이

나서야 할 사건이다. 장벽이라면 30년에 가까운 세월뿐이다.

이 사건은 결국 범인이 밝혀지지 않아, 당시 열아홉이던 지혜에의 아내 오토요가 왜 납치되었는지, 왜 죽어야 했는지도 밝혀지지 않은 채 어둠 속으로 가라앉았다.

그 사건을 다시 조사해서 범인을 찾아내고 숨겨진 진상을 밝혀내고 싶다. 가능할지 어떨지는 알 수 없지만 할 수 있는 일은 다 해 보고 싶었다. 자기가 해야 할 일이라고 생각했다.

무라타야 지혜에는 분명히 독특한 면이 있다. 하지만 선량한 상인이다. 무라타야가 선정한 이야기책을 문고에 담고 그 내용에 어울리는 도안을 붙인 붉은 술 문고를 팔아 보자는 것은 문고라는 물건의 본래 용도를 맞는 흥미로운 제안이다. 해 보지도 않고 접어 버리기는 아깝다. 실제로 에이카와 오우미 신베에게 슬쩍 운을 띄워 보니 두 사람 모두 적극적이었다.

하지만 스에조 영감의 저 완고하고 어두운 표정.

—그런 자와 손잡는 거, 나는 싫네.

스에조 영감은 기타이치의 독립을 도운 은인이다. 그런 사람이 싫다는 일이라면 굳이 하고 싶지는 않다. 기타이치가 무라타야와 계속 이야기를 진행한다면 스에조 영감은 '그만 물러날 때가 됐군' 하며 떠나겠지. 영감의 딸이 시집간 다와라마치의 부채가게 '마루야'의 착한 사람들도 더는 기타이치와 어울려 주지 않을 것이다.

이 난처한 상황을 어떻게 풀어야 할까. 혼자 끙끙거려도 답이 나오지 않자 평소처럼 후유키초 마님에게 털어놓았다. 그러자 마님은 늘 감겨 있는 매끈매끈한 눈꺼풀을 떨며 즐겁게 웃었다.

—그렇다면 기타가 직접 무라타야 오토요 씨 사건을 해결해 보지그래.

30년 가까이 지난 사건이므로 당시 센키치 대장의 나이는 지금의 기타이치와 비슷했다. 대장의 대장 밑에서 일하는 오캇피키의 수하, 아니 그 수하 밑에 있던 수습이었는데, 영리하고 언변이 좋아 귀여움을 받았던 모양이다. 그 소문은 좀처럼 집 밖에 나가지 않던 마님의 귀에까지 전해질 정도였다고 한다. 그때는 대장과 마님이 아직 만나지도 않았을 때였다.

—미안하지만 나는 그 사건과 관련해서는 아무 도움도 줄 수 없어. 대장이 살아 있다고 해도 아마 자세히 기억하지는 못할 거야.

먼저 마사고로 대장에게 도움을 청해 봐. 도미칸도 도움이 되겠지. 그래서 기타이치의 결심이 선다면 지혜에 본인에게 궁금한 걸 물어봐. 마님의 조언은 명쾌했다.

—그리고 이번에는 내가 반드시 범인을 잡아 보겠습니다, 라고 지혜에 씨에게 말해 줘. 그만한 기개 없이 뭘 하겠어.

마님, 말하는 것은 쉽지만, 그게 경솔한 결정이 될까 봐 겁이 납니다.

사건 당시, 실은 지혜에가 아내를 죽여 놓고 납치로 위장한 것 아니냐는 의심이 많았다고 한다. 스에조 영감도 그렇게 말했다.

그렇다면 근방에 그런 소문이 퍼져 있었던 셈이다. 지혜에는 바늘방석 정도가 아니라 지옥불에 타는 심정이었을 게 틀림없다.

그 과거를 지금 새삼 돌이키게 해도 괜찮을까. 기타이치의 장사 욕심에…… 아니, 기타이치가 붉은 술 문고에 건 꿈 때문에.

—언젠가 점포를 갖게 될 거다.

하지만 지혜에 씨도 진상을 알고 싶을 것이다. 이대로 아무것도 알지 못한 채 방치한다면 나중에 저승에 가서 어떻게 아내 얼굴을 보겠는가.

흥분과 망설임과 주저함으로 오락가락하는 자신을 질타하던 기타이치였으므로 문득 그런 생각을 했던 것이다. 예전 사건에 대해 물어보러 갈 때 기타지도 함께 가 주면 든든하겠다고.

—내가 너무 쉽게 생각했나.

부끄럽고 후회도 하고, 콩떡을 한 개밖에 못 먹은 것이 짜증나서 부루퉁하게 작업장으로 걸어가는 기타이치를 9월의 해님이 내려다보고 있었다. 같은 해님 아래, 혼조 후카가와뿐만 아니라 오오카와 건너편 시중까지 뒤흔들 만큼 처참한 사건이 일어나 기타이치의 마음에서 이런 응어리를 일단은 깨끗이 날려 버린 것은 그로부터 불과 이틀 후였다.

2

　도미칸 나가야의 출입구를 지나 혼조로 건너가는 후타쓰메바시 다리를 향해 걸어가다 보면 기와를 얹은 2층집이 왼쪽으로 보인다. 평범한 살림집과 저택의 중간쯤 되는 규모이므로 적당히 '소저택'이라고 부르기로 하자. 재작년 초가을까지는 쪽 염료와 면사를 파는 도매상 아마노야가 있었다.

　아마노야는 쪽 염료를 취급하는 노포인데, 이 가게가 두드러지게 번성한 것은 5대 당주가 쪽 염색에 어울리는 면사를 취급하면서부터다. 그 5대 당주는 센키치 대장과 동갑에다 어릴 때 습자소에서 같이 공부했던 만큼 스스럼없이 어울리는 사이였다. 당시 대장의 문고가게에서 일하는 점원과 직인들이 입는 시루시한텐_{등이나 깃에 옥호나 이름 따위를 염색한 한텐}은 모두 아마노야에서 기증한 것이었다. '나중에 무슨 말썽이 생기면 잘 부탁합니다'라는 뇌물인 셈이다. 아직 한 사람 몫의 일을 해내지 못하던 기타이치도 선배가 물려준 한텐을 하나 갖고 있다.

　아마노야 부부 슬하에는 2남1녀가 있었고, 한 아이도 어긋나지 않고 잘 커서 장남은 결혼해서 아기를 낳고 차남도 조만간 혼담이 정해질 것 같다고 할 즈음—그것이 재작년 초봄이었는데, 5대 당주가 기이한 어지럼증으로 고생하게 되었다.

　일어설 때면 종종 현기증을 느끼고 잠자리에 들어 눈을 감아도 계속 어지러웠다. 똑바로 눕든 엎드리든, 또 무릎을 안고 웅크리든 머리가 사정없이 어지러웠다. 잠을 설치고 밥도 제대로 못 먹어 쇠약해질 대로 쇠약해진 5대 당주는 유난히 무더웠던 그해 여름을 못 넘기고 저승으로 가고 말았다.

그때까지 복통 한 번 앓아 본 적이 없는 사람이었다고 하므로 가족들은 악몽이라도 꾸는 심정이었을 것이다. 그런데 악몽은 거기서 끝나지 않아, 5대 당주의 49재를 맞기도 전에 이번에는 장남이 아버지와 같은 증상을 호소하며 드러눕는 게 아닌가. 큰돈 써서 의원을 부르고 비싼 약을 먹어도 차도가 없는 것까지 똑같았다.

아마노야 사람들은 5대 당주의 생명을 빼앗고 6대 당주가 되려는 장남의 목숨까지 위협하는 이 어지럼증이 모종의 해코지나 저주일 거라고 믿었다. 당시 센키치 대장에게도 찾아와 상담을 했으므로 기타이치도 한 다리 건너서 들은 내용이지만 상황을 잘 알고 있었다.

—면사를 취급하기로 했을 때 중개상 몇 사람과 상의를 했고, 그 가운데 한 사람이 믿을 만한 곳이라며 거래처를 소개했습니다만, 저희가 제안을 거절한 탓에 큰 원망을 샀습니다.

그 상인이 저주를 하는 게 틀림없다고 안주인, 그러니까 5대 당주의 아내가 낯이 파래져서 주장하므로 센키치 대장이 그 중개상을 만나러 갔다. 하치오지까지 걸어가야 하므로,

—먼 길 나서는데 노름판에라도 들르지 않으면 억울하겠는걸

하치오지는 에도 서쪽 경계 밖에 있는 지명. 주사위를 이용하는 하치오지의 도박장은 유명한 만담에 등장한 덕분에 널리 알려져 있었다.

하고 웃으며 길을 나섰던 대장이 고개를 절레절레 흔들며 돌아왔다. 아마노야가 두려워하는 면사 중개상은 토란처럼 매끈하게 생긴 애송이로, 얼마 전에 맞은 아내와 조신하고 행복하게 살고 있었다. 그는 아마노야에 얽힌 갈등에 대하여 묻자 낯이 파랗게 질려서 움츠러들었다.

―그때는 제가 백부에게 이 장사를 막 물려받은 참이라 아마노야에게 거절당하자 내가 젊은 신참이라고 무시하나 싶어 크게 화를 내고 말았습니다. 때문에 백부나 친목회 간사한테 호되게 꾸지람을 들어서 머리 깎고 절에나 들어가 버릴까 생각했을 정도였습니다.

중개상의 아내는 임신해서 슬슬 배가 나오기 시작한 참이었다.

센키치 대장은 처음부터 해코지나 저주 때문이라는 주장을 곧이듣지 않았다. 다만 당사자들이 굳게 확신하므로 충분히 들어준 뒤에 오해를 풀어 주면 될 거라고 생각했다. 여하튼 중개상은 잘못이 없었다.

―이런 자가 누굴 저주할 리 없지.

먼 길을 걷느라 볕에 살짝 그을어 돌아온 센키치 대장은 아마노야 사람들을 모아 놓고 달리 저주하거나 원망할 만한 자가 있느냐고 물었다. 본래 가게가 번창하면 이웃 상인의 질투를 사고 가게가 기울면 집안에 분쟁이 일어난다. 아니, 돈 잘 버는 탓에 식구들끼리 으르렁거리는 일도 있다. 솔직히 말해 보라.

즉 추적의 칼끝을 '원망하며 저주하는 누군가'에서 '원망을 사거나 저주당할 만한 켕기는 기억이 있는 아마노야의 누구'로 바꾸었던 것이다.

—아마노야에 털어서 먼지 안 나는 사람은 없을 거요. 이렇게 변고가 일어나고 있는 만큼 침착하게 털어 보겠소.

그러자 모두가 한목소리로 한탄하는 것이었다. 남들에게 그렇게까지 원한을 산 기억은 없습니다, 가족 간에 화목합니다. 누구도 미움받을 일을 한 적이 없습니다!

—그렇다면 이참에 이사를 해 보는 게 좋겠군요. 방위를 바꿔 재앙을 피하는 오랜 관습이 있지 않습니까.

이렇게 권한 것은 도미칸인데, 물론 이 말을 꺼내기 전에 센키치 대장과 입을 맞춰 둔 상태였다. 아마노야의 장사와 가족들 생활에 어울릴 만한 새로운 건물도 알아봐 주었다.

풍수에 따르면 길한 방위로 이사하여 액운을 피한 다음에 원래 장소로 돌아오면 된다. 그러므로 일단 이사부터 해 보자는 정도의 마음가짐이라도 상관없다. 이럴 때면 도미칸의 언변이 힘을 발휘하므로, 아마노야 사람들은 깨끗이 설득되어 후카가와보다 한산한 혼조 외곽 쪽으로 이사했다.

그래서 어떻게 되었는고 하니, 6대 당주의 어지럼증이 사라져 건강을 되찾고 아마노야의 새 가게도 금세 정착한데다가 안주인은 세 명의 손주에 둘러싸여 남편과 조상을 모신 불단을 지키며 건강하고 살고 있다.

후타쓰메바시 다리 옆의 소저택은 빈집이 되었다. 집주인은 에도에서도 손꼽히는 대지주여서 셋집 한두 채 비워 둔다고 타격을 받지 않는다. 당분간 대문을 활짝 열어 두고 사악한 기운을 빼내기로 했다. 다만 정말로 대문을 밤낮 열어 두면 위험하므로 문단속과 불조심은 빈틈없이 하고 있었다.

도미칸의 부탁으로 기타이치도 몇 번 소저택을 살펴보러 다녀온 적이 있다. 특별히 으스스한 분위기가 있는 것도 아니고 그냥 빈집일 뿐이었다. 사람 손을 타지 않으면 집은 금세 망가지고 마는데, 안됐네…… 하고 생각했을 뿐이다.

그 소저택에 누가 이사하여 살기 시작한 것은 올해 장마가 오기 전이었다. 서른 전후의 부부와 아장아장 걷는 여자아이까지 세 가족이다. 도미칸에 따르면 부인이 집주인의 먼 친척뻘이어서 어릴 때부터 잘 알고 지내는 사이라고 한다.

—남편은 요리사야. 결혼한 직후 집주인이 뒷배를 봐주기도 해서 요쓰야 오오키도 '오오키도'는 직역하자면 '큰 문'. 주요 간선도로를 통해 에도에 출입하는 사람과 짐을 검문하는 기관이다. 요쓰야는 야마나시 현 방면으로 가는 간선도로 고슈가도의 출발점이었다 근처에서 작은 식당을 했는데, 질 나쁜 손님에게 괴롭힘을 당했다지.

과감하게 그 자리를 버리기로 결정하고 오오카와 건너 후카가와로 이사하여 처음부터 다시 식당을 해 보기로 했다.

싸고 맛있는 식당이면 좋겠네…… 하고 기대하고 있는데, 소저택 대문에 쪽 염색 포렴이 걸렸다.

'도시락 모모이'

나무도시락이나 댓잎에 싼 주먹밥을 파는 부담 없는 가게였다. 그래도 기타이치 처지에 자주 사 먹을 수 있는 곳은 아니지만, 주머니가 제법 두둑한 날이면 '모모이' 주먹밥을 스스로에게 선물했다.

남편 이름은 가쿠이치, 부인은 오쓰네, 아장아장 걷는 딸은 오하나. 부부는 가쿠이치가 식당 일을 배우던 아카사카 요릿집에서 만나 주인의 허락 아래 결혼하여 식당을 차렸다. 부부가 금실 좋게 운영하고 있었는데, 단골손님 하나가 오쓰네에게 집요하게 치근덕거려 여러 가지로 힘들게 된 것이 2년 전이었다.

그 손님은 조닌마게^{평민 남성의 머리 모양 가운데 하나. 평민은 사카야키를 넓게 밀고 상투를 짧게 묶고 살쩍도 말끔하게 미는 경향이 있는 반면 사무라이는 사카야키를 좁게 밀고 상투를 길게 묶으며 살쩍도 자연스럽게 놔두는 경향이 있어 차이가 있다}를 한 사십대 남자인데,

—상투는 영락없는 조닌마게였어요. 기술로 먹고사는 직인은 아니고 노동으로 먹고사는 것 같지도 않고, 그렇다고 가게 점원도 아니고 상인도 아니고요. 예인이라고 하기에는 세련된 모습이 없었죠. 그런데도 주머니 사정이 좋은 것을 보면 불법 고리대업자가 아닐까 싶었어요.

—하지만 고리대업자치고는 옷과 소지품이 너무 싸구려였어요.

이렇게 부부 간에도 평가가 달랐다. 외모는 그리 나쁘지 않고 목소리도 좋고 연극배우 같은 어투가 있었다는데 오쓰네가 덧붙였다.

—퇴물 무명배우 아닐까요?

두 사람의 이야기를 들은 기타이치는, 그자가 '허리가 좋지 않은 것 같았다'는 말을 듣고 오쓰네의 의견에 손을 들어 주었다. 배우라면 나이에 관계없이 공중제비를 넘지 못하면 밥을 굶게 된다. 그자도 허리를 다쳐 극단에서 쫓겨나고 만 것이 아닐까. 하지만 그래서는 넉넉한 주머니 사정이 설명되지 않으니 어디까지나 어림짐작이지만.

틈만 나면 오쓰네에게 집적대고, 반응이 시원치 않으면 강압적으로 나오고, 지분거리는 데는 수단을 가리지 않아 딸 오하나를 볼모로 삼는 짓마저 서슴지 않았다. 그런 거머리 같은 자의 짓거리는 이제 견딜 수 없다, 가게를 버리고 달아나자. 그때는 아예 붉은 선 밖^{17세기 초 이후 에도가 지속적으로 영역이 확대되어 관할 영역을 확정할 필요} ^{가 대두되자 1818년 막부가 지도상에 붉은 선을 그어 에도의 범위를 정했다}으로 나가 버릴까도 생각했다고 한다.

—하지만 집주인과 도미칸 씨 덕분에 이곳으로 오게 되었죠. 여기 후카가와가 좋아요. 아침마다 바닷물 냄새에 눈을 뜨고.

지금까지 후카가와를 벗어나 본 적이 없는 기타이치에게는 가쿠이치의 말이 신선했다.

—요쓰야에서 식당을 할 때 아내가 무서운 일을 많이 당해서,

한심하지만 우리 부부의 간이 쪼그라들었나 봅니다. 가게 안에 손님을 앉히고 장사하는 일은 내키지 않았어요. 식당을 하자면 아무래도 술도 팔아야 하고요.

그래서 도시락 가게가 딱 좋았다. 세 식구에게 소저택은 너무 넓어서 1층의 절반만 쓰고 있지만, 지주에게 이 저택의 관리를 부탁받았다 생각하고 청소는 소저택 전체를 꼼꼼하게 하고 있다. 부엌이 넓어서 좋았다.

종종 들르는 기타이치에게 부부는 그런 이야기를 들려주었다.

오쓰네는 손때 묻은 낡은 문고를 보관함으로 귀하게 쓰고 있어서 늘 기타이치에게 미안해했다.

—언젠가는 기타 씨에게 새 문고를 살게요.

그래서 기타이치도 말했다.

—그렇다면 언젠가 제가 모모이 전용 붉은 술 문고를 만들게 해 주세요. 개점 10주년 기념으로 단골들에게 나눠 준다든가, 좋은 생각 아닙니까?

그거 묘안이네, 꼭 부탁드릴게요, 하며 가쿠이치도 눈을 반짝였다.

그 부부가.

부지런하고 금실 좋은 가쿠이치와 오쓰네, 돌아오는 정월이면 세 살이 되는 오하나까지 세 식구가.

9월 10일. 기타이치는 한시도 잊지 못한다. 잊으려야 잊을 수 없다.

아침에 잠이 덜 깬 눈으로 달력을 보았을 때를.

─지난밤부터 바람이 심상치 않네.

그렇게 생각하고 목에 수건을 감았던 것을.

─잘 잤어, 기타 씨? 날이 쌀쌀하네.

이웃집 시카조와 오시카 내외를 우물가에서 만나고, 차디찬 물 온도에 진저리를 치던 것을.

─된장국 좀 드릴까?

오킨이 작은 냄비를 들고 와서는,

─요금은 이거면 돼.

하며 이즈모다이샤出雲大社 사원건물과 대형 도리이 그림이 들어간 붉은 술 문고를 하나 가져간 것을.

오킨은 지금까지 기타이치가 파는 물건을 가지고 싶어 한 적이 한 번도 없었는데…… 하고 고개를 갸웃거리며 된장국을 먹다가 아하, 하며 무릎을 쳤다. 그 그림을 건네주며 에이카가 했던 말이 떠올랐던 것이다.

─다음 달에 전국에서 만신이 이즈모다이샤에 모이신다지. 거기 주신은 혼인을 관장하시는 신이야음력 10월에 전국의 신이 이즈모에 모이는데 이즈모를 제외한 전역은 신이 부재하게 되므로 10월을 '無神月=신이 없는 달'이라고 한다. 이즈모에 모인 신들은 다음 한 해를 계획하는데, 이때 남녀 간의 결혼도 결정한다는 전승이 있다.

오킨에게 어서 '좋은 사람'이 나타나야 할 텐데. 그렇게 생각하며 맛보던 된장국이 조금 짰던 것을.

기타이치는 잊지 못한다. 잊지 않았으니 굳이 기억할 것도 없다. 내내 머릿속 한쪽에 있는 그 광경을—.

"기타이치, 안에 있나?"

나갈 준비를 하는데 근처 습자소의 낭인 훈장 부베 곤자에몬이 찾아온 것이 시작이었다.

"어? 아침부터 어쩐 일이세요?"

이곳 세입자 오카요가 부베 선생의 제자이고, 도미칸과 부베 선생은 알게 된 지 10년이 넘은 사이이며, 독립한 기타이치에게 부베 선생의 습자소는 고마운 단골이었다. 부르면 달려가서 돕는데 인색하지 않았는데 무슨 일로 몸소 오셨을까.

부베 신생은 표정이 어두웠고 벌써 멜빵으로 소매를 단속해 둔 차림이었다. 아침 훈련이라도 하시나.

"근처에 사는 제자 아이가 새벽낚시를 나갔다가 후타쓰메바시 다리에서 돌아오는데 거기 풍경이 좀 이상하더라는군."

무슨 풍경? 어디 풍경이?

"모모이 말이다. 그 시간이 되도록 덧문이 한 장도 치워지지 않고 그대로라는 거야."

새벽낚시를 나간 아이는 손수 만든 낚싯대를 어깨에 메고 잔챙이 물고기로 가득한 바구니를 허리에 차고 모모이 가게 앞까지 가 보았다.

—안녕하세요~.

고시다카 장지비바람에 상하지 않도록 높이 1미터의 징두리널을 댄 장지에 히라가나로 '모모이'라고 적혀 있다. 그 밑에는 복숭아 열매와 우물이 먹으로 그려져 있다. 모모는 복숭아, '이'는 우물. 교토의 3대 명수名水 중에 '모모이'가 유명하다. 이 우물물은 좋은 술과 맛난 음식의 기본 재료가 되어 왔다고 알려졌다. 두 번, 세 번을 불러도 장지 안쪽에서는 아무 대답이 없었다.

"게다가 역한 냄새까지 희미하게 풍겨 왔다면서."

기타이치는 점점 짚이는 바가 있었다.

"어떤 냄새요?"

부베 선생은 기타이치를 응시했다. "열한 살 아이의 말을 그대로 전한다면, 누가 토할 때 나는 냄새라고 하더군."

기타이치도 덩달아 속이 메슥거렸다. 설마 그런 황당한. 어떻게 그런 일이.

"파수막에는―,"

"내가 알렸네. 도미칸에게도 사람을 보냈고. 나와 같이 가 보세."

모모이 내부를 조사해야겠다고 했다.

기타이치는 평범한 문고 행상이고, 센키치 대장의 수하라 해도 맨 끄트머리에 있던 막내일 뿐이라서 오캇피키 일은 흉내 내기도 힘들며―도저히 못한다고 생각했지만, 본의 아니게 몇 번 그 일을 한 적이 있다. 그 사건은 그럭저럭 마무리할 수 있었지만 다분히 요행이었는데.

그럼에도 부베 선생은 막무가내였다.

"지금의 자네라면 충분해. 가세."

거절했어야 했다. 저한테는 무리입니다, 저, 겁쟁이예요, 그런

배짱 없어요.

바보라서 거절하지 못했다. 바보이면서 강한 척했기 때문에. 바보에다 어설프기까지 하지만 모모이의 세 사람이 걱정되어서.

기타이치 따위가 달려가 본들 아무것도 할 수 없는데.

소저택의 넓은 부엌에 세 사람은 죽어 있었다. 가쿠이치는 봉당에 웅크리고 엎드려 큰절하는 듯한 자세였다. 오쓰네는 부엌마루 한가운데 모로 엎드린 듯이 쓰러져 오하나를 품에 안고 있었다. 오하나는 쥐며느리처럼 둥글게 몸을 웅크린 모습이었다.

세 사람 모두 독극물을 마신 듯했다. 피와 가래를 토했고, 괴로움에 몸부림쳤는지 입에 거품을 물고 있었다.

부베 선생은 한 사람 한 사람의 목을 손가락으로 짚고 맥을 찾았다. 그리고 말했다.

"기타이치, 신발을 벗게. 우리 발자국을 남기면 곤란해."

기타이치는 대답도 못하고 조리를 벗고 맨발이 되었다. 걸음을 옮기려고 하면 왜 머리가 어질어질할지?

"토하려면 밖으로 나가. 울지 말고! 센키치 대장 이름을 욕보이지 말게."

칼로 베듯 일갈하고 부베 선생은 하카마 양 옆의 튼 자리를 잡았다.고관절의 움직임을 편하게 하기 위해 하카마의 양 옆을 길게 째 놓는다. 꼼꼼하게 바느질한 흔적이 여러 군데나 보이는 하카마이다. 그러고는 와키자시사무라이가 차는 두 자루의 칼 중에 작은 칼 자루를 잡더니 말했다.

"수상한 자가 숨어 있을지도 모르니 한 바퀴 둘러보고 오겠네."

거기서 망보고 있게."

선생은 고양이처럼 민첩하게 움직였다. 기타이치는 입으로 숨을 쉬며 간신히 구토를 참고 있었다. 버티고 있자니 눈물이 나왔다. 입술이 일그러지도록 꾹 다물자 앙다문 이 사이로 신음이 새어 나왔다. 제 목소리처럼 들리지 않는 소리였다.

잠시 후 부베 선생이 유령처럼 핏기 없는 얼굴에 귀신처럼 눈을 번들거리며 부엌으로 돌아왔다.

"수상한 자는 보이지 않는군. 문 잠금장치도 부서지지 않았고."

선생은 도사린 자세를 풀고 어깨의 힘을 뺐다. 그것을 보고 기타이치를 지탱하던 실이 툭 끊어지고 말았다.

"죄송합니다."

급하게 말하며 통용문을 통해 밖으로 뛰어나가 흐느껴 울었다.

3

혼조 후카가와를 담당하는 도신전국 시대의 졸병 '아시가루'에 상당하는 최하층 무사 사와이 렌타로가 검시의 달인이라는 요리키전국 시대의 졸병 조장에 상당하는 중급 무사 구리야마 슈고로와 함께 나타날 때까지 기타이치는 자기가 무엇을 하고 있었는지 기억하지 못한다.

부리나케 달려온 도미칸과 부베 선생이 시키는 대로 모모이 주위에 줄을 치고, 구경꾼이 몰려들지 않도록 막고, 불안해하며 이것저것 묻는 근처 주민이나 모모이 단골들을 달래는 등 나름 바쁘게 뛰어다니긴 했다. 하지만 머릿속은 내내 새하얗고 코가 막혀 숨이 답답해서 괴로웠다. 왠지 눈도 따끔거렸다.

한편 검시관은 '남부 마치부교쇼평민 구역인 '마치'를 관할하는 막부 산하 관청을 뜻한다. 마치부교쇼 담당 무관들은 '남부' '북부'의 2개조로 편성되어 월번제로 교대근무를 했다. 여기서 '남부' '북부'는 관할 구역과 상관없이 그저 구별을 위한 이름일 뿐이다에서 검시를 제일 잘 한다'는 요리키 구리야마 슈고로. 전에 처음 만났을 때는 과연 동작이 빠르고 정확했지만, '나는 문서 담당인데 귀찮게 이런 일까지 시키냐'는 등 '안경이 없으면 잘 안 보인다'는 둥 이런저런 불평이 많던 사람이다.

오늘도 그렇게 행동한다면 곤란한데. 그렇게 생각하며 기타이치가 얌전히 있자니, 오늘은 일찌감치 사와이가,

"이자가 센키치의 수하입니다. 이름은 기타이치, 아직 목찰을

내줄 만큼 조련되지는 못했지만 잘하고 있습니다."

라고 소개해 주었다.

구리야마는 적당한 살집에 키도 적당하고, 나이는 오십대에 접어들었을까? 반백머리에 주걱턱이 인상적이다. 게다가 가까이서 얼굴을 마주하더니,

"느어지만 센기지 이는 안됐다."

늦었지만 센키치 일은 안됐다.

위로의 말을 건네는데, 한 마디 한 마디가 모두 모호하게 들렸다. 이런 목소리를 뭐라고 해야 할까.

―쉰 목소리? 삭은 목소리?

구리야마는 멍하니 서 있는 기타이치를 두고 모모이 안으로 들어갔다. 사와이 렌타로도 종자들과 월번 유지평민 구역 '마치'는 기본적으로 동네 유지들의 자치로 운영되었으며, 유지들은 마치마다 설치된 파수막에 월번제로 근무했다. 파수막은 요즘의 파출소, 마을회관 등을 합쳐 놓은 것과 같은 곳이다들을 데리고 뒤따라 들어갔다.

"당신과 습자소 선생한테는 나중에 상세히 이야기를 듣겠다. 멀리 가지 말고 기다리도록."

사와이는 시원하게 생긴 눈을 평소처럼 차갑게 반짝이고 있었다. 가게 내부의 참상 앞에서도 저 눈빛이 달라지지 않을까?

"저쪽으로 가서 잠시 앉자."

누가 뒤에서 어깨를 잡는 바람에 기타이치는 정신을 차렸다. 부베 선생이다. 아침에 만났을 때는 몰랐지만 볼과 턱이 수염으

로 파르스름하다. 까만 쇳가루에 섞인 모래처럼 짧은 백발이 반짝이는 게 눈에 띈다.

"도미칸이 벌써 지쳤군. 저 사람도 나이가 들었나. 많이 약해졌어."

누가 눈치껏 가져다 놓았는지(아니면 자기들이 구경할 때 이용하려는 것인지) 길 건너편에 빈 나무통 몇 개가 놓여 있었다. 그중 한가운데 있는 나무통에 도미칸이 앉아—정확히는 맥없이 걸터앉아 어깨를 늘어뜨리고 있었다.

"아, 선생. 기타."

부베 선생에게 자기가 앉은 나무통을 양보하려고 하지만 무릎이 후들거려 얼른 일어서지 못하는 듯하다.

"괜찮소, 그대로, 그대로."

부베 선생은 손을 쳐들어 도미칸을 말리고 가장자리 나무통에 가랑이를 벌리고 앉았다. 소매를 멜빵에 끼워 단속해 두었을 뿐아니라 기운 자리가 많은 하카마를 입고 있었다.

"아침 훈련 중이셨군요, 선생."

도미칸을 가운데 두고 앉은 기타이치는 자신의 힘없는 목소리에 놀랐다. 위장이 텅 비도록 토해서 몸뚱이가 얄팍해진 기분이 든다.

"음. 검술을 잊지 않도록 가끔은 단련해 두어야 하니까."

선생은 그렇게 말하고 몹시 고단한 듯 턱을 문질렀다. 썩썩 소리가 들릴 것 같다.

"······한가롭게 죽도나 휘두르고 있었네."

"말씀을 이리 하셔도 선생은 검술이 뛰어나셔."

도미칸이 말했다. 그 목소리가 맑지 못한 것은 기타이치처럼 토하지는 않았지만 올라오는 것을 꾹 참고 연방 되삼켰기 때문일 것이다.

"뛰어나긴. 이런 참사에는 아무 도움도 안 되는 수준인걸."

아무리 검술이 뛰어난 무사라도 지금은 뾰족한 수가 없다.

"대관절 무슨 일이 있었던 걸까요."

얼이 나가 버린 듯한 기타이치의 물음에 선생도 도미칸도 얼른 대답하지 못했다. 도미칸은 오른손으로 눈을 가린 채 고개를 숙이고, 부베 선생은 아침 해를 등지고 있으면서도 햇살에 눈이 시리기라도 한 양 낯을 찡그리고 있다.

"오랫동안 이 일을 하다 보니 자살이나 동반자살을 여러 번 보았지만."

도미칸이 혼잣말처럼 말하고 떨리는 한숨을 지었다.

"어린애까지 저리 됐으니 정말 참담합니다."

자살? 동반자살? 기타이치의 잘 돌아가지 않는 머리가 헛바퀴를 돈다. "저게 자살이라고요?"

"달리 뭐가 있겠나. 독을 마신 것 같던데. 저런 살인도 있나?"

"그건 모르지만, 모모이는 장사가 잘 됐어요. 가쿠이치 씨와 오쓰네 씨는 언제 봐도 싱글벙글 웃는 낯이었고······."

어린 오하나는 마침 낯을 가릴 때여서 단골이 아닌 손님에게는 울상을 지었지만 기타이치는 잘 따라 주었다.

"나중에 개점 10주년이 되면 모모이 옥호가 그려진 붉은 술 문고를 만들어 주기로 약속했어요."

그런 사람들이 스스로 독을 먹고 목숨을 버릴 이유가 없다. 어찌 그런 일이 있을 수 있나.

"우리끼리 얘기해 봐야 소용없네. 검시가 끝날 때까지 당신들은 여기서 망보고 있게" 하고 부베 선생이 일어섰다.

"어디 가시게요?"

"저 참상을 목격한 제자 아이를 습자소에 기다리게 해 두었네. 가서 달래 줘야지."

새벽낚시 나갔던 아이를 기타이치는 까맣게 잊고 있었다. 역시 선생은 어른이구나. 그렇게 생각하니 또 가슴이 미어져 기타이치는 흠, 흠, 하며 얼버무렸다.

"참지 말고 울어도 돼."

도미칸의 목소리에 힘이 없었다.

"울 수 있는 것도 젊었을 때 얘기지. 나이 먹어서 이렇게 끔찍한 일을 보면 울음보다 먼저 넋이 나가 버리거든."

기타이치는 입을 꽉 다물고 고개를 들었다. 이제는 울지 않겠다. 가장 울고 싶은 사람은 가쿠이치와 오쓰네와 오하나다. 세 사람을 대신해서 울어도 되는 위치에, 나는 없다.

망보는 사람답게 주위를 둘러보았다. 구경꾼들은 대략 2, 30명이나 될까. 모모이 내부 참상이 외부에 얼마나 전해졌는지는 알 수 없지만, 핫초보리 마키바오리에도에서 근무하는 최하급 무사 '도신'은 핫초보리라는 동네에 모여 살았으므로 '핫초보리'라는 지명은 '도신'의 대명사로도 쓰였다. 도신은 겉옷 하오리의 밑자락을 허리띠에 집어넣어 활동하기 편하게 했으므로. 이 복장 '마키바오리' 역시 '도신'의 대명사처럼 쓰였다도 달려와 있었다. 예사로운 사건이 아니라는 것은 모두 알고 있으리라. 처음 모였을 때보다는 다들 주눅이 들어 "뭐야, 뭔데?" 하면서도 앞으로 나서는 자는 없었다.

얼굴이 굳어 있다. 창백하다. 불안스레 귀엣말을 나눈다. 눈물 흘리는 여자들도 있다. 기타이치가 노려본다고 생각했는지 당황하며 목을 움츠리는 자도 있다.

그때―,

시선이 빨려드는 것처럼 한 여자와 눈이 마주쳤다.

도로 이쪽 편의 저쪽, 이 근방에 딱 한 그루밖에 없는 은행나무 뒤에 숨듯이 서 있다. 이 은행나무는 한 아름이나 되는 고목이어서 여자의 얼굴은 절반밖에 보이지 않았고, 해서 기타이치 눈이 포착한 것은 여자의 한쪽 눈뿐이다.

그래도 그 눈빛이 얼마나 강렬하던지.

―왜 나를 보는 거지?

기타이치를 낚아서 뭘 하려는 걸까? 순순히 낚이지 말고 이쪽에서 당겨 보자. 기타이치는 나무통에서 일어섰다.

그러자 여자도 그것을 보았는지 은행나무 뒤에서 선뜻 나섰다.

젊은 여자는 아니다. 머리는 큼지막하게 부풀린 마루마게기혼 여성이 일반적으로 하던 머리 모양이고 옷자락을 따라 단풍무늬가 있는 쑥색 평상복을 입고 있다. 오비는 눈에 잘 띄는 이치마쓰무늬네모난 흑백 무늬를 바둑판처럼 배열한 무늬. 무늬는 같되 색깔이 다른 두루주머니기모노에는 주머니가 없으므로 요즘의 핸드백처럼 두루주머니를 들고 다녔다를 들었다.

쑥색 옷은 아침 햇살 아래 검정에 가까울 정도로 어둡게 가라앉아 보였다.

옷은 세련되었으나 체구는 땅딸막했다. 백분을 아낌없이 썼는지 얼굴만 묘하게 하얗다. 다만 조금 튀어나와 보이는 눈이 두드러졌다. 인형극에 쓰이는 아이 키만 한 인형을 연상케 하는 눈이다. 눈 깜빡임이나 치켜뜨기도 가능한 정교하게 만든 장치 인형.

여자는 두 눈으로 기타이치를 쳐다보았다. 그리고 고양이처럼 가볍게 돌아서서 구경꾼들 사이로 자취를 감추었다.

기타이치는 놀라서 굳어 있었다. 평상복 목깃을 헐렁하게 입어, 등을 돌리자 목덜미에서 견갑골 윗부분까지가 다 보였다에도 시대에는 여인의 목 뒤쪽이 성적 매력을 느끼는 부위여서, 뒷목 아래까지 백분으로 화장을 했다. 목깃을 등 뒤쪽으로 헐렁하게 내려 입는 것은 단정치 못하다고 하여 흔히 유곽 여인의 옷차림으로 알려졌다. 거기에 문신이 있었던 것이다. 동그라미 속에 은행잎이 한 장 들어가 있는 도안이었다. 은행잎의 부채꼴로 퍼진 부분을 위로 가게 하여 오른쪽으로 살짝 기울어 있다. 아니, 어쩌면 샤미센의 발목현악기를 탈 때 쓰는 납작한 도구로, 은행잎처럼 생겼다인지도 모르지만, 여하튼 은행잎을 닮은 모양이었다.

문신하는 여자는 흔치 않다. 이 근방의 무가 부인처럼 보이지만, 실은 유곽에 있는 여자일까? 그렇다면 그 도안에도 뭔가 의미가 있을 것 같았다.

"기타, 왜 그래?"

도미칸이 소매를 당기며 물었다. 여자가 사라진 쪽을 응시한 채 기타이치가 대꾸했다.

"은행나무에 뭔가 불길한 의미가 있나요?"

"응?"

"은행나무귀신이라면 이야기책에서 본 기억이 있습니다만."

"그건 요괴가 되어도 이상할 게 없을 만큼 수백 년 묵은 은행나무 얘기잖아."

그렇게 말하고 도미칸은 짐짓 상체를 내밀어 기타이치의 얼굴을 살폈다.

"괜찮아?"

기타이치는 여자가 숨어 있던 은행나무를 가리켰다. "저 나무도 꽤 오래되었을 것 같은데요."

도미칸은 은행나무 고목을 돌아다보았다가 흩어질 기미가 전혀 없는 구경꾼들에게 조금 언짢은 표정을 지었다.

"예전에 아마노야 주인이 여기서 가게를 열기 전에는 이 길가에 은행나무가 줄지어 있었지."

은행나무는 불에 잘 타지 않아 화재 방지용 나무로 알려져 있다. 나이테가 촘촘한 나뭇결이 보기 좋고 가공하기도 쉬워서 목재로도 애용된다. 다만 가을에 열리는 열매가 다소 번거로운데, 물론 맛도 있고 생약의 재료가 될 만큼 영양분도 풍부하지만 악취가 심하다.

은행 열매는 그 딱딱한 씨앗 형태로 가지에 매달리는 것이 아니다. 그것은 어디까지나 씨앗이다. 열매는 말랑한 과일 형태이며 은행은 과육 속에 씨앗으로 들어 있다. 그런데 이 열매가 독특한 냄새를 풍긴다. 과육 속 씨앗을 얻으려면 땅에 묻어 과육을 썩히는 수고를 해야 하는데, 그렇게 해도 역시 냄새가 심하다. 물론 저절로 땅에 떨어진 열매도 냄새가 심하긴 마찬가지다.

"그 냄새가 싫어서 아마노야 2대 당주가 사람을 사서 베어 버렸지. 다만 저 나무 한 그루만은 당시에도 고목이었으므로 잘라 버리면 은행나무의 원한을 살지 모른다고 해서……."

남겨 둔 한 그루라는 것이다.

"그럼 그 여자는 은행나무귀신은 아니라는 말인가."

그렇게 중얼거리며 기타이치는 손가락으로 미간을 문질렀다.

내 눈이 잘못 봤나? 아이처럼 운 탓에 눈알 속이 이제야 지끈지끈 쑤신다.

"무슨 얘기를 하는 거야?"

"방금 이상한 여자를 봤거든요."

그 이야기를 하고 있는데 사와이가 모모이에서 나왔다.

"어이, 도미칸, 기타이치. 덧문짝 세 개와 사람들을 불러 주게. 사체를 파수막으로 옮겨야겠어."

검시관 구리야마 슈고로는 모모이에 남았다.

사체를 옮기는 일을 거들던 기타이치도 서둘러 모모이로 돌아왔다. 구리야마 나리와 이야기하고 싶었던 것이다. 숙련된 검시관 눈에도 이것이 동반자살로 보일까?

널찍한 봉당에 허리를 짚고 버티고 선 구리야마 슈고로는 어느새 옷을 갈아입은 모습이었다. 검은 하오리와 기하치조노란 바탕에 줄무늬가 있는 비단으로 하치조 섬의 특산물를 벗고 의원 같은 통소매 상의에 모모히키통이 좁은 바지로 작업용으로 입는다 같은 것을 입었다. 가루산포르투갈인 바지를 흉내 내어 만든 '몸빼' 바지로, 평민의 노동복으로 쓰였다도 노바카마무사가 여행할 때 입는 바지로, 바지주름을 깊게 넣어 넓적다리와 무릎 부분을 헐렁하게 하고 밑단에 넓은 단을 둘러 동작을 편하게 했다도 아닌, 정말로 모모히키처럼 얇은 천으로 지은 바지로, 발목 윗부분에서 끈으로 묶게 되어 있다. 조리도 가죽 다비엄지 부분이 독립되어 있는 일본식 버선로 갈아 신었다. 이것이 검시 복장일까.

"도, 도와드릴 일은 없습니까?"

현장을 어지럽히지 않도록 통용문 밖에 무릎을 꿇고 고하자 구리야마는 힐끔 기타이치를 돌아다보고 품에서 뭔가를 끄집어내어 던져 주었다.

"이거 신어."

역시 몹시 쉰 목소리지만 충분히 알아들을 수 있었다.

던져준 것을 받고 보니 구리야마가 신고 있는 가죽 다비였다. 기타이치가 아는 평범한 가죽 다비보다 훨씬 얇고 보드랍다.

"옷자락을 허리춤에 단단히 끼워 넣고 소매를 걷어붙여. 머리카락 떨어지지 않도록…….”

그렇게 말하다가 다시 기타이치를 힐끗 돌아다보고는 덧붙였다. “그런 걱정은 안 해도 되겠구나.”

성긴 머리라서 다행이다. 기타이치는 재빨리 옷차림을 가다듬었다.

“봉당으로 들어와도 좋다. 내 뒤에 서라.”

“예.”

사체를 들어냈지만 흔적과 냄새는 남아 있다. 게다가 봉당 바닥에 시고키오비한 폭의 옷감을 적당한 길이로 잘라 그대로 사용하는 여자 허리띠 같은 부드러운 끈으로 세 구의 사체가 쓰러져 있던 형상을 고스란히 그리고, 끈이 흐트러지지 않도록 곳곳에 가는 못을 박거나 작은 추로 눌러 놓았다.

색이 다른 끈이 세 종류 쓰였는데, 기타이치의 기억이 맞다면 가쿠이치 사체 자리는 흰색, 오쓰네는 빨간색, 오하나는 쪽빛 끈이었다.

호흡이 흐트러지고 손이 떨리기 시작하자 기타이치는 주먹을 꽉 쥐었다.

“모진 걸 봤지?”

구리야마가 우뚝 버티고 선 채 물었다. 탁하고 갈라진 소리에 위로하는 울림이 있었다. 예전에 느꼈던 불평불만 많은 까다로운 인상은 사라지고 그 자리를 빈틈없어 보이는 믿음직함이 대신했다.

"이 사람들과 아는 사이였나?"

"예. 여기 도시락이 제 낙이었습니다. 개점 10주년이 되면 저와 기념 문고를 만들기로 약속도 했고요."

그래? 하고 구리야마 슈고로가 말했다. 그것을 끝으로 입을 다물고 같은 자세로 선 채 꼼짝도 하지 않았다.

기타이치의 인내가 곧 바닥났다.

"가족이 이렇게 죽으면 자살로 판정하나요?"

묻는 목소리가 떨리고 눈 속이 뜨거워졌다.

"독을 먹고 이렇게 죽으면, 자살일까요? 도미칸—관리인 간에 몬 씨는 그렇게 말하지만, 저는 납득이 가지 않습니다. 구리야마 나리는 많은 사례를 보셨……."

구리야마가 오른손을 쳐들자 기타이치는 말을 멈췄다.

"일가족 동반자살치고는 상황이 이상하다고 나도 생각한다."

네, 정말요?

"깊이 생각해 보려면 이 자리에 있는 것이 낫겠지. 그래서 남아 있는 거다."

"아, 죄송합니다, 방해가 되었나요?"

구리야마는 허리를 짚은 채 등을 젖히며 아니다, 라고 했다.

"……가쿠이치는 어디 요리점에서 제대로 수련한 요리사였나?"

"그렇게 들었습니다. 오쓰네 씨도 그 요리점에서 알게 되었다고 합니다."

구리야마 슈고로는 천천히 고개를 끄덕이고 몸을 틀어 기타이
치의 얼굴을 보았다.

"지금부터 이 부엌에 있는 것을 전부 장부에 기록할 것이다. 냄
비에 남아 있는 것, 찻장에 있는 것, 쓰레기통에 든 쓰레기, 항아
리에 있는 물의 양."

네가 도와야겠다, 센키치의 수하.

"이런 참사는 자주 일어나지 않는다. 혼조의 마사고로에게는
두 번쯤 거들게 한 적이 있지만 센키치에게는 한 번도 없었던 것
같다. 급사한 대장 몫까지 네가 해 보거라."

이렇게 배우는 거다—라고 말했다.

기타이치에게 이의가 있을 리 없었다. 이마를 바닥에 찧으며
고맙습니다, 고맙습니다, 하고 절하고 싶을 정도였다.

"확실하게 배우겠습니다!"

그때부터 기타이치는 쉬지 않고 움직였다. 가을 해는 짧다. 구
리야마 슈고로가 시키는 대로 작업에 열중했다. 문득 밖을 보니
석양도 보지 못했는데 이미 밤하늘에 별이 반짝이고 있었다.

구리야마는 검시 견습으로 일하는 젊은 도신과 종자를 거느리
고 왔다. 그들이 의아해하거나 불만스러운 얼굴을 하고 있는데도
아랑곳없이 구리야마는 기타이치를 쉴 새 없이 부렸다. 구리야마
가 말하는 '장부'는 한 종류가 아니라 글을 적는 장부 외에 그림이
나 도면을 그리는 장부가 따로 있었다. 물론 기록은 구리야마 슈
고로가 하고 기타이치는 시키는 대로 그 대상물을 모아 오거나

옮기고, 기록이 끝나면 정리를 했다.

도중에 사와이가 상황을 보러 한 번 얼굴을 내밀고는 쓴웃음을 지으며 이렇게 말했다.

"구리야마 님, 설마 제가 말씀드린 걸 곧이 받아들이신 겁니까?"

그때 기타이치는 하던 작업에 열중하느라 그 말의 뜻을 크게 신경 쓰지 않았다. 마침내 작업이 다 끝나자 구리야마가 설명을 해 주었다.

"사와이가 말하기를 네가 꼼꼼하고 작은 것도 소홀히 하지 않는 기질이라고 하더군."

그래서 기회가 있으면 검시 현장에 조수로 써 보고 싶었다고 했다.

사와이 렌타로가 기타이치를 그렇게 평가해 주는지는 몰랐다. 다만 무엇이 그 평가의 근거가 되었는지는 짐작할 수 있었다.

전에 봄비가 내릴 즈음, 후카가와 주만쓰보의 지주 이구치 하치에몬의 저택 별채 마루 밑에서 인골이 발견되었다. 기타이치는 사와이의 명으로 그 인골을 혼자 발굴하고 뼈에 묻은 흙을 털어 내고 물로 닦아 인체 모양으로 가지런히 늘어놓아야 했다. 그때 뼈 주변의 흙을 채에 거르다가 까마귀천구처럼 생긴 작은 네쓰케 남성들은 담배쌈지 끈이나 지갑 끈을 허리띠에 매달았는데, 이때 끈이 허리띠에서 빠지지 않도록 끈 끝에 다는 작은 세공품이다를 발견했다. 그것이 기타이치와 가마지기 기타지가 맺어지게 된 계기였지만, 뭐, 그건 또 다른 이야기다.

그때 기타이치도 기꺼이 유골을 발굴했던 것은 아니다. 처음에는 너무 싫어 도망쳐 버릴까도 생각했었다. 흙먼지를 뒤집어쓰고 진흙투성이가 되고 비에 젖어 추웠으며 벌레도 싫었고 이구치 가의 일꾼들까지 멀리 모여 서서 구경하고 있으니 정말 죽을 맛이었다.

하지만 끈기 있게 유골을 다루다 보니 점차 의리가 느껴졌다고 할까. 깨끗하게 발굴해서 사람 형태가 될 때까지 남김없이 찾아보자는 생각을 하게 되었다.

그런데 조금 놀랐다. 안경 없이는 잘 보이지 않는다던 구리야마가 기타이치의 활약을 다 보았다가 나중에 칭찬해 주었단 말인가.

사와이든 구리야마든,

—볼 사람은 다 본다는 게 바로 이런 것을 두고 하는 말이구나.

"센키치는 사람 다루는 데는 능하지만 이렇게 끈기가 필요한 작업에는 맞지 않았다"라고 구리야마 슈고로는 말했다.

"너는 대장과는 기질이 다르구나. 내 눈에는 그게 장점으로 보인다."

칭찬을 들었으니 기뻐해야겠지만 센키치 대장에 대한 냉정한 평이 뜻밖이어서 기타이치는 어떤 표정을 지어야 할지 알 수 없었다.

"오늘은 그만 됐다. 돌아가 쉬어라. 그 가죽 다비는 밖에 나가서 벗어야 한다."

냉랭하게 말하고 기타이치를 통용문으로 내보려다가 문득 생각났다는 듯이, "아, 그래, 행하를 줘야지" 하고 말했다.

"괜찮습니다, 나리께 행하를 받을 수는 없습니다."

"돈을 주겠다는 게 아니다."

한나절 대화하면서 알았지만 구리야마 슈고로는 거의 웃지 않았다. 그러나 결코 음험하지는 않았고 근성이 비뚤어진 사람도 아니다. 다만 마치를 관장하는 사무라이답지 않게 장인 같은 고집이 있었다.

"왜 이번 일을 동반자살치고는 이상하다고 보는지 그 이유를 말해 주마."

오, 행하치고는 엄청 후하다!

"이런 사건에서는 세 사람이 독을 마신 순서를 밝혀내는 게 핵심이다."

가족 동반자살일 경우, 먼저 부부와 자식의 조합이라면 남편이 처와 자식에게 독을 먹이고 자신은 마지막에 마시는 경우가 대부분이다. 한편 아비 어미가 아니라 외부모와 자식의 조합이라면 부모가 자식에게 먼저 먹이고 자신은 그다음에 마신다.

"강요된 동반자살이라도 음독을 주도하는 것은 부부라면 대체로 남편이다. 외부모와 자식이라면 부모가 주도하고."

그러므로 모모이 일가 세 사람의 경우도 만약 자살이라면 먼저 자식인 오하나, 다음은 처 오쓰네 두 사람이 독을 마신 것을 확인하고 가쿠이치가 마지막에 음독했을 것이다.

"그런데 아마 가쿠이치가 토한 것으로 보이는 토사물이 오쓰네와 오하나가 입은 옷의 가슴 부분에 튀어 있었다."

그렇다면 제일 먼저 가쿠이치가 음독하고 처자식 앞에서 고통에 몸부림쳤다는 말이 된다.

"정말…… 그거 이상하군요."

하지만 무엇을 근거로 '가쿠이치의 토사물'이라고 추측할 수 있을까.

"오하나는 아직 부모가 먹는 음식을 먹지 않는 듯하다. 화덕에 걸린 냄비에 담겨져 있던 음식이 그 증거다."

뿌리채소와 찹쌀떡을 끓인 죽이 냄비에 조금 남아 있었다. 그것은 기타이치도 보았다.

"부부는 잡곡밥과 순무 된장국, 단무지를 먹었고, 청어조림 반 마리가 찬장 속 뚜껑 덮인 그릇에 담겨 있었다."

이 생선 반 마리를 먹은 것은 가쿠이치뿐이다. 왜냐하면 오쓰네 입가에 남아 있던 토사물에는 생선살이 섞여 있지 않았으니까. 그러나 가쿠이치 쪽에는 있었다. 이것은 처음에 토사물 냄새만 맡고도 알 수 있었다고 한다.

"생선살 섞인 토사물이 오쓰네와 오하나의 옷에 튀었으니 가쿠이치가 먼저 독을 마신 거다."

그때 처자식은 아직 독이 들어가지 않아 온전한 상태였고, 아마도 고통스러워하는 가쿠이치를 안아 주려고 하다가 그의 입에서 나온 토사물이 몸 앞부분에 묻었을 것이다.

"일가족 동반자살에서는 있을 수 없는 순서라고 해야겠지. 자, 알았으면 그만 가라. 너도 장사를 다녀야 할 테니 내일 이후의 경과는 다음에 다시 알려 주마."

기타이치는 연못의 잉어처럼 입을 멍하니 벌린 채 환한 가을 달빛 아래 도미칸 나가야로 돌아갔다.

지금 후유키초 마님을 찾아가 뵐까? 아마 모모이 소식을 벌써 듣고 마음 아파하고 계실 텐데.

하지만 너무 지쳐 팔다리가 막대기로 변한 기분이다. 힘쓰는 일도 아니었는데 내내 긴장하고 있던 탓일까.

하지만 그렇게 고생한 보람은 있었다. 구리야마 나리는 대단한 사람이다. 나는 아직 별 도움이 못 된다. 많이 뛰어다니고 많이 배워야겠다.

주먹을 꽉 쥐고 스스로를 고무하려는데 왠지 허릿심이 빠져 그 자리에 주저앉고 말았다. 눈앞이 한밤보다 캄캄해진다. 이런, 배를 너무 곯고 말았네ー.

"기타, 이봐, 기타."

누군가 찰싹찰싹 뺨을 친다. 귀찮아. 그냥 자게 놔둬.

"하수구덮개에서 자면 어떡해."

나가야의 이웃 세입자 다이치의 목소리다. 술 냄새가 나는 까닭은 생선 행상 도라조도 곁에 있기 때문일 것이다.

"지금 누이가 된장죽 끓이고 있어."

대개 쌀을 아끼려고 감자를 넣어서 끓인다. 한 그릇 먹으면 속

이 든든해. 다이치의 목소리가 귀로 들어오더니 술 냄새를 밀어
내며 된장의 구수한 냄새가 흘러왔다.

기타이치는 천근만근인 눈꺼풀을 들어 올렸다. 다이치의 얼굴
이 내려다보고 있다.

"고단한 하루였구만."

달래듯 다정한 한 마디에 잊고 있던 눈물이 다시 밀고 올라와
기타이치는 눈을 감았다.

4

이튿날 오전, 다카바시에 있는 파수막에서 기타이치는 다시 구리야마 슈고로를 만났다.

"어제는 고생 많았다."

작은 자갈마당에 접한 마루턱에 앉아 탁하고 발음이 둔한 목소리로 그렇게 치하부터 들으니 기분이 좋았다.

"저로서는 분에 넘치는 공부가 되었습니다."

핫초보리 나리다운 평상복도 요리키쯤 되면 견직물의 질이 좋아진다. 하지만 통소매옷으로 활약하는 '검시관 구리야마'가 눈에 각인되어 버린 기타이치에게 그 복장이 아닌 구리야마의 모습은 맥이 빠져 보이니 신기한 일이다.

"오늘도 제가 도울 일이 있습니까?"

"음." 고개를 끄덕인 구리야마가 기타이치에게 가까이 오라고 가만히 손짓하고 목소리를 낮추었다. 파수막지기의 귀를 경계하는 듯했다. 기타이치는 귀를 가까이 댔다.

"관리인한테 듣자 하니 우리가 모모이 안에 있고 자네가 습자소 선생이나 관리인 간에몬과 밖에 있을 때 이상한 여자를 보았다고 하던데."

등 위쪽에 샤미센 발목인지 은행잎인지 모를 문신이 있는 여자를 말하는 것이다.

"예, 분명히 보았습니다. 길 이쪽 편에 있는 은행나무 고목 뒤에 숨어서 모모이 쪽을 살펴보는 것이 수상하더군요. 여자 쪽에서도 저를 의식하고 빤히 쳐다보았던 것 같은데……."

당시 상황을 떠올리면서 상세하게 말했다. 구리야마는 품에서 반으로 접은 장부를 꺼내고 허리띠에 질러 둔 붓통을 뽑아 기타이치가 하는 말을 전부 기록했다.

"옷자락에 단풍잎무늬가 있는 쑥색 평상복, 오비는 이치마쓰무늬. 살짝 튀어나온 눈이 눈에 띄었습니다."

"자세히도 봤구나."

붓 자루를 턱 끝에 대고 구리야마 슈고로가 감탄한 듯 말했다. 입가가 살짝 풀어진다. 이것이 나리의 웃음인가.

"아뇨, 저는 머리가 그리 좋진 않습니다…… 다만 기모노나 오비의 무늬는 붉은 술 문고의 도안을 생각할 때 도움이 되니까 평소에도 잘 보고 기억해 두려 하는 편입니다."

"여자는 몇 살이나 돼 보였지?"

"처음 봤을 때 근방에 사는 무가의 부인일 거라고 생각했으니까 어린 처자는 아닐 겁니다."

나이는 짐작하기 어려웠다. 삼십대와 사십대 사이라고 해야 할까. 그보다 더 어리거나 더 나이가 들었다고 해도 이상하지 않았다.

"등에 있던 것이 틀림없이 문신이었나? 점이나 흉터는 아니고?"

명토 박듯 물으니 확실하게 대답하기가 힘들다. 머뭇거리고 만다.

"……점이나 흉터가 그렇게 생겼을 것 같지는 않은데요."

구리야마는 입을 꾹 다물고 천천히 장부를 넘겨 맨 첫 장을 펼치더니 기타이치에게 내밀었다.

"이걸 봐 봐."

장부 면에 가득 차게 사각형이 그려져 있다. 그 안에 표시된 작은 네모나 동그라미에는 '찬장'이니 '나무통'이니 하는 글자가 적혀 있었다. 그리고 가는 선으로 아주 작은 동그라미를 점점이 그려 놓았다.

"이거, 모모이 부엌 그림이군요. 네모와 동그라미는 도구이고 이쪽의 크고 네모난 것이 화덕, 그 위가 연기창."

"그래. 어제 사와이와 둘이 들어간 직후에 그린 건데, 이 작고 점점이 그려진 것은 무엇이겠나."

하나, 둘, 셋을 세는 시간만큼 생각하던 기타이치가 대답했다.
"발자국인가요?"

구리야마는 고개를 크게 끄덕였다.

"성인 세 명과 아이 한 명의 발자국이 어지럽게 찍혀 있었다."

가쿠이치와 오쓰네로 성인 둘, 딸 오하나로 아이 하나.

"전날 밤 장사를 마치고 비로 쓸어 청소했는지 부엌과 봉당 구석에 빗질 자국도 남아 있었다. 그러므로 이 네 종류의 발자국은 어제 아침, 모모이 일가 세 사람이 잠자리에서 일어나 살해될 때까지 짧은 시간 동안에 찍혔을 것이다."

기타이치의 등을 차가운 무언가가 찌릿, 훑고 지나갔다. "그럼 세 번째 성인의 발자국은 범인……."

숨이 막힌다. 범인이 그날 아침 그 자리에 있었다는 것을 이렇게 확인하다니.

"이 세 번째 발자국의 주인은 여자다" 하고 구리야마 슈고로는 말했다. "오쓰네 발자국보다 길이가 짧고 폭도 좁은 메마른 발이다. 그리고 아침에 일어난 세 사람과 마찬가지로 이 여자도 맨발이었다. 그것은 여러 군데서 확인되는데, 발가락 모양만 선명하게 남은 발자국도 있었다."

그렇게 말하며 구리야마는 발자국 몇 군데를 손가락으로 짚어 주었다. "여기와 여기."

"찬장 앞과 등롱함쉬 파손되는 등롱을 보관해 두는 나무상자이 있는 들보 밑이군요."

고개를 갸웃거리던 기타이치는 모모이의 부엌 풍경을 떠올리며 생각해 보았다. 찬장 위에는 흔히 물건을 올려둔다. 들보에는 뭔가를 걸거나 매달기도 한다.

"이 여자는 이 두 군데에서 까치발을 하고 뭔가를 찾았던 걸까요? 아니면 숨겼을까요?"

구리야마는 아까와 마찬가지로 입가를 늦추고 말했다. "두 장소에 있던 것은 먼지뿐이고 아무것도 숨겨져 있지 않았다. 따라서 이 여자가 뭔가를 찾았지만 찾지 못했거나 기대한 대로 찾아내서 가져갔다는 두 가지 가능성이 남는다."

그렇군. 기타이치는 숨이 답답해졌다. 어려움에 처해서가 아니다. 두려워서도 아니다. 천벌 받을 말인 줄은 알지만, 이렇게 서로 대화하며 추리하고 있다는 사실이 몹시 흥분되고 가슴이 뛰었던 것이다.

"그 '뭔가'를 차지하려고 모모이에 숨어들어 방해가 되는 일가족 세 사람에게 독을 먹였던 걸까요?"

"그렇게까지 단정할 수는 없다. 세 사람을 죽이는 것이 목적이고, 그 일을 마치자 돈이 될 만한 것이 있는지 뒤져 봤을 뿐인지도 모르니까."

그렇구나. 굼뜨고 번거롭지만 이렇게 구체적인 사안까지 감안하며 생각해야 하는 거구나.

"다만 그 여자가 범인으로 가장 의심되는 것은 분명하다. 애초에 독물을 이용한 살인은 여자가 저지르는 경우가 많다."

힘이 약한 여자에게는 독물이 강력하고 안전한 무기이기 때문이다.

—하지만 왜죠? 왜 이 여자가 모모이의 세 사람을 죽여야 했을까요.

가쿠이치는 여자의 원한을 살 만한 남자는 아니었다. 아내 오쓰네와 금실이 좋았고 외동딸 오하나를 아꼈다.

그렇다면, 오쓰네? 오쓰네와 이 여자 사이에 살인으로 연결될 만큼 깊은 갈등이 있었을까? 아니, 만약 그런 불씨를 안고 있었다면 주변의 누군가는 알아챘을 것이다. 모모이는 잘나가는 도시락 가게이고 단골손님이 많다. 주인 부부는 근처 주민들 모두와 친하게 지냈다. 좋은 일이든 나쁜 일이든 숨길 수가 없지.

드러내기 부끄러운 흥분이 가시고 대신 식은땀이 솟아났다. 기타이치는 가만히 숨을 토했다.

"세 사람이 마신 독물은 아마 부자일 거다" 하고 구리야마 슈고로가 말했다.

"부자?"

바꽃이라는 아름다운 꽃이 피는 나무의 어린뿌리에서 채취하는 강력한 독이라고 한다.

"약으로도 효능이 좋아서 생약가게나 도매상에서 흔히 매매되지. 가격은 비싸다. 물론 매우 조심해서 다뤄야 하지만, 그렇게 보자면 쥐약 이와미긴잔시마네 현에 있는 사사가다니 광산에서 구리 등과 함께 채굴된 유비철석을 구워서 만든 비소 성분의 독약. '이와미긴잔石見銀山'은 이와미 은광산을 말하는데, 실제로 이 쥐약은 이와미 은광산에서 채굴되지는 않았지만, 이와미 은광산의 높은 지명도를 이용하기 위해 이름을 이렇게 지었다도 마찬가지야."

구하려고 들면 별로 어렵지 않다는 말인가.

"네가 보았다는 은행잎 문신 여자가 아주 수상해 보인다."

구리야마의 말에 기타이치는 시선을 들며 고개를 크게 끄덕였다.

"찾아내야겠군요."

그때 그 여자의 눈빛. 그것은 자기가 저지른 흉악한 짓을, 일가족 셋을 죽이는 잔인한 짓을, 거기에 벌벌 떠는 세상 사람들을 둘러보며 찬찬히 음미하고 있던 것일까.

─젠장! 그때 잡았어야 하는데. 뭘 했던 거냐, 나는.

"모모이가 이사하기 전에 그 자리에서 장사하던 아마노야라면 사와이가 이미 만나고 왔다. 나는 처음 들었지만, 그 아마노야라는 가게에서는 가족이 연달아 병에 걸리자 악운을 피하기 위해 이사했던 거라고 하더군."

기타이치는 악, 소리를 지를 뻔했다.

"설마, 그것도?"

재작년 초봄, 아마노야 5대 당주가 어지럼증으로 고생한 것이 흉사의 시작 아니었을까.

"어지럼증이라…… 그건 부자로 인한 증상이 아닌데."

"죽지 않을 만큼 희석해서 마시면 머리가 어지럽다거나 하지는 않나요?"

"그런 편리한 얘기가 어딨나. 아마노야와 모모이가 동일한 범인 동일한 독물에 당해야 할 이유가 뭐가 있겠나."

구리야마가 속단은 금물이라고 꾸짖자 기타이치는 목을 움츠렸다.

"죄송합니다. 여하튼 저도 은행잎 문신 여자를 찾아보겠습니다."

"부탁한다. 모모이의 주인 내외에 대해서는 당신들이 더 잘 알겠지."

나는 부자의 출처를 알아보마—라고 말하고 구리야마는 자리에서 일어났다.

가쿠이치 내외의 내력과 소저택에서 모모이를 시작하게 된 전후 사정은 도미칸이 더 잘 안다. 모모이의 단골손님, 거래처, 기타 주변 사람들을 탐문하는 것도 관리인이라는 처지를 활용하면 더 원활할 것이다.

"그 부부가 전에 식당을 운영하던 요쓰야에서는 악질적인 단골손님 때문에 가게를 포기했다고 들었다."

습자소 부베 선생도 나섰다.

"그쪽을 조사하려면 도미칸 씨에게 호위꾼이 필요하겠지. 얼마 전에도 납치되어 봉변을 치른 참이니까."

"그럼 그쪽은 두 분께 맡기겠습니다."

기타이치는 은행잎 문신 여자에만 집중한다. 중요한 단서는 등에 흔치 않은 문신이 있다는 것이다. 아무데서나 볼 수 있는 것이 아니다.

"대중탕이라면 문신을 쉽게 볼 수 있겠지?"

기타지를 찾아가 평소처럼 불쏘시개와 땔감 더미 사이에서 이야기했다.

"은행잎 혹은 샤미센 발목 모양의 문신이 있는 여자가 있는지 찾아봐 주면 좋겠어. 손님 가운데 누가 본 적이 있다든가."

기타지는 평소보다 더 검댕으로 새카매진 얼굴로 흐흠, 하고 말했다.

"나보다 여기 할아버지 할머니한테 부탁하는 게 빠를 거다."

"물론 부탁할 거지만, 너도 신경 써 주면 좋겠다는 거야."

"한 가지 말해 두지만."

"뭔데?"

"여기엔 여탕이 없어."

하나, 둘, 셋, 넷을 헤아리는 시간 동안 기타이치는 뚱한 표정이 되었다.

"남자들이 이런저런 여자 얘기도 할 거 아냐."

기타지는 다시 흐흠, 하고 콧소리를 냈다. "음, 알았다."

뭐야, 이 태도는, 하고 생각하며 기타이치는 후유키초 마님 댁으로 갔다.

"등잔 밑이 어둡다고, 마님이 그런 문신에 대해서 아신다면?"

잘 아시리라 생각합니다만…… 하고 웃으며 말할 수 있는 상황이 아니었다. 모모이라는 이름을 꺼내는 순간, 마님의 닫힌 눈꺼풀 틈새로 눈물이 비쳤다. 마님의 충직한 하녀이자 마음이 잘 통하는 동반이며 심복이기도 한 오미쓰도 함께 울기 시작한다.

"너무 잔인하구나. 어린 아이한테까지 독을 먹이다니, 지옥 옥졸이라도 하지 못할 짓이야."

"기타, 빨리 범인을 잡아. 그자를 묶어 거리를 끌고 다니면 내가 쫓아가 펄펄 끓는 물을 끼얹어 줄 테야!"

기타이치는 말했다. "끓는 물을 끼얹다니, 그럼 범인을 태운 말이 너무 불쌍하잖아…….”

박식한 마님이지만 등에 문신한 여자에 대해서는 아는 바가 없었다.

“무엇보다 나는 내 눈으로 문신을 볼 수 없고, 대장한테도 들은 이야기가 없다.”

센키치 대장은 자기가 다룬 사건뿐만 아니라 세간에서 벌어지는 온갖 사건에 대하여 마님이 안 보이는 눈으로도 훤히 볼 수 있도록 세세히 들려주었다고 하지만,

“대장도 문신은 좋아하지 않던 게지. 불량한 자를 가릴 때는 얼굴보다 문신 도안을 보는 게 더 정확하다고 경멸하듯이 말한 적도 있으니까.”

그리고 문신한 여자는 역시 유곽에서나 볼 수 있다고 했다. 정부와 언약한 증거로, 혹은 큰손 고객이 목돈을 쥐여 주는 바람에 어쩔 수 없이 살갗을 더럽히게 되었다거나.

“좋은 얘기도 아니고 나도 굳이 듣고 싶지 않았어.”

이런 연유로 마님에게 얻은 조언은 하나뿐이었다.

“나보다는 우타촌 씨에게 부탁해 보는 게 어때? 그렇게 희귀한 문신이라면 뭔가 들은 게 있거나 기억하는 게 있을지도 모르지.”

후카가와 모토마치의 이발사 우타촌은, 싹싹하고 나긋나긋한 남자라고 하면 자못 이발사다운 사람인가 보다 생각하겠지만, 어설픈 스모 선수 정도는 맨발로 도망칠 법한 덩치 큰 남자이다.

그런데 이 덩치 커다란 남자도 기타이치가 모모이의 ‘모’ 자를

꺼내기 무섭게 울기 시작했다.

"이러니 신령님이 어딨고 부처님이 어딨냐는 소리들을 하지. 이봐, 기타 씨, 그 살인자 잡으면 몰래 나한테 데려와. 면도칼로 콱 숨통을 째고 발목을 잡고 거꾸로 매달아서 마지막 피 한 방울까지 싹 쥐어 짜낸 다음 들개한테 던져 줘서 뼈까지 아득아득 씹어 먹히게 해 줄 테니까!"

기타이치는 말했다. "……들개한테 사람 고기 맛을 가르치면 곤란하니까 그만두세요."

직업상 우타촌은 온갖 문신을 보아 왔지만,

"은행잎 문신이라니 본 적도 없고 들은 적도 없어. 그게 샤미센 발목이었다고 해도, 아무리 샤미센을 가르쳐서 먹고 사는 강사라도 샤미센 강사는 남성 제자들과 염문이 있는 경우가 많았고, 개중에는 술자리에서 돈을 버는 사람도 있었다 멀쩡한 인간이라면 제 살갗을 더럽히는 짓은 하지 않을 테니까."

흥미롭게도 우타촌과 마님은 모두 (결국은 센키치 대장도) '살갗을 더럽힌다'는 표현을 썼다.

"그 문신 여자가 우연히 평생 딱 한 번 모모이 근처를 지나갔다거나 하는 것은 아니겠지."

"그건 그렇겠죠."

이른바 묻지 마 살인이 아니라면. 게다가 독물을 이용한 묻지 마 살인이란 건 있을 것 같지도 않지만.

"그 전에도 가령 손님으로 온 적이 있다면 누군가 기억하고 있지 않을까. 굳이 목깃을 헐렁하게 내려 입어서 문신이 보이도록 기모노를 입고 있었잖아?"

"어제는 그랬죠. 하지만 다른 날은 문신이 안 보이도록 단정하게 입었을 수도 있고 전에 모모이에 접근했을 때는 아직 문신을 하지 않았을 수도 있으니까요."

이런 세세한 점을 일일이 감안하며 생각해야지. 에헴!

그러나 우타촌은 굵은 눈썹을 움직이며 말했다.

"기타가 뭘 모르네. 하오리 문양만 한정장용 하오리에는 문양이 다섯 군데 들어가며 그 직경은 대체로 2~4센티미터 문신이라도 시술하기가 쉽지 않아. 퉁퉁 붓고 열도 나는 데다 시술하고 한동안은 예쁘게 보이지도 않으니까."

아, 그런가? 기타이치가 머리카락 성긴 머리를 긁적이자 우타촌은 미간을 더욱 찡그리며,

"어린 아이를 포함해서 한꺼번에 세 사람을 해치울 만한 여자라면…… 아니, 남자라고 해도."

살인에 익숙한 게 아닐까, 하고 말했다.

"익숙하다?"

"모모이 건이 처음은 아닐 거라는 얘기지."

전에도 살인한 적이 있다는 것이다.

"어쩌면 그 은행잎 같은 문신에도 뭔가 의미가 있을지 몰라. 밀정이라고 하나? 그 표식. 첩자라면 살인 같은 건 식은 죽 먹기겠지."

우타촌은 특별한 생각 없이 입에 담았겠지만 기타이치는 주먹으로 가슴을 맞은 기분이었다.

—그 녀석.

가마지기 기타지의 오른쪽 어깨에 있는 까마귀천구 문신. 본인은 일족의 문장 같은 거라고 했었다.

—그리고, 그 녀석은 진짜 첩자처럼 움직였잖아.

소리도 없이 달리고 뛰어오르고 노리는 상대를 일격에 제압한다. 아궁이에 불쏘시개 던져 넣듯이 손쉽게.

은행잎 같은 문신도 어느 일족의 문장이라면. 그 일족도 기타지처럼 어떤 특기를 가지고 있다면.

도시락가게의 세 사람을 한꺼번에 죽이는 것 정도는 식은 죽먹기 아닐까.

—상상해 본 적도 없지만 가능한 얘기다.

하지만, 그렇다면 기타지는 왜 그렇게 냉담했을까. 나 같은 부류인지도 모르지, 라고 말해 줄 수는 없었을까.

"아주 오래 전까지 거슬러 올라가 뒤져 보면 시중에 비슷한 사건이 있었지 않을까."

기타이치의 몸이 굳어 버린 것을 알아채지 못한 우타촌이 굵은 팔로 팔짱을 끼고 계속했다.

"센 짱만 살아 있었으면 직접 들을 수 있었을 텐데. 유감이지만 이렇게 되면 의지할 사람은 혼조의 마사고로 대장밖에 없겠지."

그 대장 수하 중에 기억력이 심상치 않게 좋은 수하가 있으니까ㅡ.

"아" 하는 소리를 내며 기타이치는 정신을 차렸다. "우타촌, 그 수하란 사람 얘기를 알고 있었어요?"

"내가 누구야, 정보통 이발사잖아." 우타촌이 커다란 상체를 젖히며 말했다. "나는 오히려 기타도 알고 있다는 게 놀랍네. 여간내기가 아닌걸."

"바로 얼마 전에 들었거든요. 마사고로 대장이 어떤 분쟁을 중재해 주셔서요."

꽤 칭찬 받았어요, 나. 자랑하고 싶어지는 것을 꾹 참았다.

"정말로 왕대장다운 관록이 있는 분이죠."

"나는 센 짱이 더 좋더라."

센키치 대장을 '센 짱'이라고 부르는 것은 이 커다란 남자뿐이다.

"하긴 뭐 센 짱도 마사고로 대장을 알아줬으니까."

센키치 대장이 훨씬 어렸으므로 그 말은 좀 그러네, 하고 생각했지만 아무렴 어떠랴.

"전에 내가…… 무슨 이야기를 하다가 옛날에 있었던 사건에 대해 대장한테 물어본 적이 있거든. 그랬더니 옛날 사건이라면 그 수하라는 사람한테 물어보라고 하셨어."

말 그대로 뭐든지 기억하고 뭐든 떠올릴 수 있는 놈이거든, 이라고 했단다.

"얼굴에 그늘이 질 정도로 멋지게 튀어나온 이마를 가졌다는

데, 어딘지 세상일에 무심하고 도깨비 같은 사람이라나 봐."

우타촌은 그렇게 말하고 커다란 얼굴에서 비어져 나올 것 같은 특대형 히쭉히쭉 웃음을 지었다.

"기타, 너무 놀라서 허리 접질리지 않게 훈도시 단단히 매고 만나러 가라고."

우타촌의 권고를 곧이 받아들인 것은 아니지만 먼저 마사고로 대장에게 양해를 구했다.

—도시락가게 모모이 건인가? 우리 '짱구'의 힘이 도움이 된다면 얼마든지 활용하게.

먼저 약속을 잡아 달라고 부탁해 놓고 드디어 그 사람을 만나러 갈 때 기타이치는 훈도시를 갈아입고 갔다. 왠지 그러는 편이 좋을 것 같았다. 가령…… 기절해서 덧문짝에 실려 나오는 신세가 되더라도 덜 창피할 테니까.

수하의 이름은 산타로. 하지만 그 이름으로 부르는 사람은 없다. 마사고로 대장 밑에서 독립하여 마치부교쇼 문서담당—서기 도신의 조수로 일하기를 대략 25년. 뛰어난 능력 덕분에 지금은 효죠쇼評定所 에도 막부의 중앙기관이며 최고 사법기관 출입까지 허락받았다는 그를 사람들은 '짱구'라고 부른다.

그의 셋집은 핫초보리 구미야시키요리키와 도신이 집단적으로 거주하는 단지. 총 3만 3천 평 정도이며, 요리키는 1인당 300~500평, 도신은 1인당 100평의 부지에 살았다와 길 하나를 사이에 둔 시치켄초에 있다고 한다.

—보관해 둔 문서가 황변하지 않도록 문이나 창을 가려 놓았으니까 금방 알아볼 수 있을 거다. 짱구한테도 잘생겼으나 머리카락이 조금 부족한 센키치 대장의 수하가 찾아갈 거라고 말해 두었다.

저, 잘생겼습니까? 헤헤.

"어서 오세요."

맞아 준 사람도 이목구비가 단정하다. 어릴 때는 귀엽다는 소리를 많이 들었겠고. 청년 시절에는 나름 인기 좀 끌었겠군.

"문고장수 기타이치 씨죠. 안으로 드시지요."

하지만 이 이마 앞에서는 다른 어떤 특징도 무색해진다.

—으악, 진짜 도깨비 같네. 뭐더라? 누라리횬_{에도 시대 민간전승에 등장하는 요괴로, 머리가 기이하게 크다}이었나?

기타이치는 덜컥 놀라 허리를 접질리고 말았다.

5

    짱구 산타로가 사는 셋집은 예전에 이 자리에 있던 전당포의

도조 창고_{도조土墻}는 일본의 전통적 건축양식 가운데 하나로, 주로 창고를 짓는데 적용되었

다. 두께 30센티미터 전후의 흙벽에 회칠을 반복하여 마감하므로 튼튼하고 화재에도 쉬 타지 않

으며 습기에 강하며 창을 높은 위치에 작게 내어 보안에도 유리하다. 부의 상징이기도 했다였다

고 한다.

    "다른 데서 옮겨 붙은 화재로 절반이 타고 말았죠. 날림으로 지

은 도조 창고여서."

    수리할 때 평범한 여염집에 붙여서 다시 지었다고 하는데, 안

에 들어가 보니 '썩어도 준치'라고 도조 창고의 잔영이 남아 있었

다. 우선 바닥 널의 두께가 다르고 기둥이나 들보 굵기도 달랐다.

2층 건물이지만 1층 천장의 절반 이상이 트여 있고 2층에는 좁고

긴 마루가 벽을 따라 ㄷ자 형태로 설치되어 있다. 오르내리는 통

로는 경사가 꽤 급한 사다리 하나뿐이며 계단은 없었다.

    그리고 2층은 거의 전부, 1층도 아담한 부엌과 한 칸 반짜리 벽

장이 자리한 곳 말고는 서가와 문서가로 채워져 있었다.

    기타이치는 입을 멍하니 벌렸다.

    "이것은······."

    말문이 막혔다.

    "미안합니다, 턱이 빠질 것 같아서."

한 손을 머리 위에 한 손은 턱 밑에 대고 입을 꽉 닫는 시늉을 하자 짱구 산타로가 즐겁게 웃었다.

"그렇게 놀라시니 실감 납니다."

"여기 있는 문서나 서류는 모두, 으음, 사, 산……."

나 같은 처지에 있는 자가 산타로 씨라고 무람없이 불러도 되나? 그렇다고 '짱구 씨'라면 너무 불손하게 들리지 않을까.

"그냥 짱구라고 하셔도 괜찮습니다."

짱구는 온화하게 미소 지은 얼굴로 기타이치에게 손짓하며 말했다. "먼저 들어가시죠. 저 책상 옆에 앉으세요. 이 집에는 상석이 따로 없으나 저쪽에는 짚방석이 있으니까요."

안쪽 마루방에 큼지막한 독서대가 있고, 그 주위에는 과연 짚방석이 두세 장 있었다. 바닥은 청소가 잘 되어 있고 솜먼지는 보이지 않았다.

짱구는 기타이치를 먼저 오르게 하고 자신은 부엌 화덕에 걸어둔 냄비를 열었다. 희미한 김이 피어오른다. 냄비에 물을 끓이고 있었던 것이다. 그리고 찬장에서 이치마쓰 문양 찻주전자와 찻잔을 꺼냈다. 차통은 화덕 옆 받침대 위에 있었다.

유유하게 움직이고 있지만 익숙한 손놀림이다. 그렇게 차를 타며 물었다.

"기타이치 씨는 담배 좋아하세요?"

"네? 아뇨, 아뇨, 제가 담배를 피우면 저승에 계신 대장이 꿈에 나타나 엉덩이를 걷어차 버리실 거예요."

아하하, 하고 짱구가 웃었다. 모난 데 없고 온화한 사람이다. 그러나 과연 눈썹 아래로 그늘을 드리울 만큼 이마가 튀어나왔다.

"다행이군요. 이 집은 불쏘시개로 꽉 차 있는 곳이라 세 끼 밥보다 담배를 좋아하는 미와타 님조차 밖에서 피우게 하고 있습니다."

미와타 님이란 짱구를 조수로 쓰는 문서담당 도신이다. 짱구가 오캇피키와 달리 목찰을 받았는지 어떤지는 알 수 없지만, 적어도 '미와타 나리'라고 말하지는 않는다는 것은 알 수 있었다.

"아하, 그래서 찻물도 부엌에서 끓이는군요."

"예. 불은 화덕에서만 쓰고 화로는 하나도 들이지 않습니다. 그래서 겨울엔 몹시 춥습니다."

짱구는 둥근 쟁반에 찻잔 두 개를 얹어서 올라왔다.

"과자도 없는 차입니다만, 우선 목을 축이십시오."

"예, 잘 마시겠습니다."

좋은 향이 나는 차다. 이 향기, 처음 맡아 보지만 어딘지 친숙하다.

"메밀차입니다." 짱구가 또 앞질러 말해 주었다. "마사고로 대장의 소바가게에서 손님에게 내주는 것인데, 저도 거기서 남은 국물을 얻어 마셔 본 뒤로 지금까지 이것만 마시고 있습니다."

기타이치는 찻잔에 코를 대고 김을 들이마셨다. "그러네요, 향이 소바 국물과 비슷해요."

"몸의 냉기를 잡아 줍니다. 추우면 자연히 따뜻한 것을 마시고 싶지만, 백탕이나 반차를 마시면 측간행이 잦아져서 곤란하죠. 그런데 메밀차는 전혀 다르거든요."

아하. 갑자기 격의 없는 대화가 이어졌다.

"하지만 한겨울에 화로가 하나도 없다니 힘드시겠군요."

"그때는 탕파로 견디니까요."

그 모든 것이 집 안에 꽉 차 있는 책과 문서를 지키기 위해서다.

"저어…… 이것들은 전부 짱구 씨가 쓰신 겁니까?"

"에. 마사고로 내장께 제 머리 이야기를 듣고 오셨겠죠?"

물론이다. "아무리 오래되고 소소한 사건이라도 다 기억하고 자유자재로 끄집어내어 가르쳐 주는 분이시라고."

짱구는 손에 든 찻잔을 쟁반에 내려놓고 손가락 세 개를 가지런히 모아 제 이마를 찰싹 쳤다. 좋은 소리가 난다.

"이거, 보시다시피 큰 주전자 같잖아요."

아니, 그건 좀 과장……이 아니다. 닳도록 써서 조금 찌그러졌지만 반짝반짝 빛나는 큰 주전자를 닮았다.

"듬뿍 담아 둘 수 있지만, 이 안에만 넣어 둬서는 제가 죽은 뒤 부교쇼 관리들이 곤란해질 수도 있을 테니까 머리에 든 것을 사본으로 만들어 두고 있습니다."

찬찬히 둘러보니 서가 여기저기에 '이ぃ', '로ろ', '하は'번호를 매길 때 이용하던 일본 시가의 시작 부분, 혹은 '일壱', '이貳', '삼參', 또는 에도 마치

이름이나 거리 이름 등이 적힌 목찰이 끼워져 있었다. 목차 같은 것이리라.

"하지만 이 중에는 저 같은 외부 사람이 보면 곤란한 내용도 있지 않나요?"

기타이치는 정말로 걱정돼서 그렇게 물었다. 친절하게 집 안으로 들어오게 해 준 것은 고맙지만 나중에 혹시 짱구 씨가 곤란해지지는 않을까?

"마사고로 대장께도 들었습니다만 기타이치 씨는 작은 데까지 세심하게 배려하시는군요."

나, 잘생긴 데다 배려심도 있는 겁니까? 에헤헤.

"제가 배려한다고 꼭 보탬이 되란 보장이 없어서 문제입니다만. 그리고 보니 짱구 씨 옷도 격자무늬 칸 안에 한자가 한 글자씩 들어 있군요. 띄엄띄엄 있고 작은 글자이지만, 저도 읽을 수 있는 글자네요. '술戌' 자도 보이고 '사巳' 자도 보이고, 간지로군요."

"십간십이지입니다."

씩 웃으며 대답하고는 기타이치의 왼쪽 팔꿈치 뒤쪽을 가리키며 말했다.

"저쪽 서가에 꽂혀 있는 상자에 담긴 문서들, 괜찮으니까 얼마든지 뽑아서 펴 보세요."

와! 기타이치는 당황했다. "아까도 말했지만, 저 같은 게 봐도 문제 없을까요?"

"상관없습니다. 자, 마음껏 보시죠."

짱구의 환한 웃음은 흔들리지 않았다. 기타이치는 그 웃음에 눌려 양손을 자기 옷 앞쪽에 문질러 닦았다. 땀이나 먼지는 다 닦였나?

좋아, 제일 가까운 곳에 있는 연둣빛 얇은 상자에 든 문서부터 보자. 이 서가에는 목차 목찰이 보이지 않는다. 그다지 귀중한 문서는 아닌지도 모르겠다.

상자를 뽑아내고 문서를 꺼내 한 장 한 장 넘겼다.

어? 기타이치는 또 당황했다.

뭐지, 이거?

"한자……가 아니네요." 저도 모르게 그렇게 말하고 말았다. "아하, 남만 문자죠?"

"틀렸습니다!" 짱구가 쾌활하게 가락을 붙여 대답했다. "하지만 금세 남만 문자를 생각해 내다니, 그리 나쁘진 않군요. 자, 한 권만이 아니라 거기 서가에 꽂혀 있는 것을 전부 꺼내서 살펴보세요."

기타이치는 더욱 궁금해져서 사양 따위는 젖혀 두고 내처 두 권 세 권 뽑아내어 펼쳐보았다. 전부 다 살펴볼 것도 없이 기함하고 말았다. 전혀 읽을 수 없다. 무슨 뜻인지 알 수가 없다.

"졌습니다. 대체 이게 뭐죠?"

"암호입니다" 하고 짱구는 말했다. "미와타 님과 상의하며 하나하나 궁리하고 또 궁리해서 만들었죠. 현재 다섯 종류가 있는데,

기타이치 씨가 처음 본 것은 거울 문자입니다."

평범한 한자나 가나 문자를 뒤집어 쓴 것이라고 한다.

"두 번째 보신 것은 문자의 음을 부호로 바꾼 암호, 세 번째가 배치 순서를 바꾼 암호이고, 그것들을 해독하는 데 필요한 열쇠에 해당하는 내용을 미와타 님에게 드렸습니다."

기타이치는 경탄의 맞장구 '헐'조차 나오지 않았다.

"2층에는 내가 기억하고 있는 내용뿐만 아니라 부교쇼 문서도 있는데, 그것들은 암호를 이중으로 해 두었습니다."

열쇠가 없는 사람은 아무리 뚫어져라 들여다봐도 뭐가 뭔지 알 수 없다. 불경보다 난해한 문자열만 이어져 있을 뿐이다.

"이것들을 안전하게 지키려면 내 조심만으로는 부족합니다. 부교쇼나 효죠쇼 내부 문서는 나리들께 맡겨 두고 있지만, 미와타 님은 늘,"

—내가 갑자기 죽어도 걱정이 없도록 준비해 두었다.

"그러니 안심하라고 말씀하십니다."

한편 홍수나 대화재로 이 문서들이 사라져 버리는 사태라면 그다지 걱정하지 않는다고 한다. 문서가 사라지는 것보다 기록이 누출되는 것이 훨씬 곤란하기 때문이다.

"나도 젊을 때는 이 큰 주전자에 있는 내용을 문서로 남긴다는 생각은 해 본 적도 없지만, 신선처럼 장수할 줄만 알았던 모시치 대장이 타계했을 때 크게 호통을 들은 것처럼 깨달았지요."

"해서 기록을 만들어 두기로 했던 겁니다. 그렇지만—,"

짱구는 문득 먼 데 있는 환한 것을 쳐다보는 눈빛이 되었다.

"지금의 이 부호와 암호의 바탕이 되는 것은 당시 친하게 지내던 친구가 만들어 주었습니다."

어릴 때부터 그 친구는 눈에 들어오는 것은 뭐든지 재 보는 버릇이 있었고, 커서도 산술을 몹시 좋아해서 결국은 그 학문을 배우러 나가사키로 갔다가 거기 정착해서 학자가 되어 버렸다고 한다.

기타이치는 이야기를 따라가기가 조금 벅찼다. "모시치 대장이란 분은 마사고로 대장의 대장?"

짱구는 "정답" 하며 이번에는 손가락 하나로 이마를 톡 쳤다.

"그렇습니다. 모시치 대장에게 수많은 예전 일화를 듣고 이 큰 주전자에 담아 두는 것도 내 소임이었기 때문에 왕대장이 돌아가시자 추수 끝난 논에 방치된 허수아비 같은 기분이었습니다."

1년 정도 무위도식으로 마사고로 대장과 마님께 폐를 끼쳤다. 그때도 산술을 좋아한다는 그 친구가 위로하고 격려하는 등 큰 힘이 되어 주었다고 한다.

"기타이치 씨는 묘하게 그 친구를 떠올리게 하는 구석이 있어서……"

눈을 가늘게 뜨고 온화한 목소리로 말한다 싶더니 갑자기 반듯하게 고쳐 앉아 목소리에 힘을 주었다. "아뇨, 얼굴은 전혀, 요만큼도, 하나도, 아무 데도 닮지 않았습니다만!"

제 입으로 말해 놓고 왜 그렇게 힘주어 부정하는 거지?

"저는 산술엔 젬병이고 곱자를 쥐여 줘도 한 척이나 제대로 잴 수 있을지 의심스럽습니다."

"그래도 문고를 만들어 파는 것이 생업이신데 그렇게 서툴 리는 없겠죠."

뭐, 그건 그렇다 치고— 하며 짱구는 기타이치의 얼굴을 똑바로 보았다.

"본제로 들어가실까요. 후타쓰메바시 옆 도시락가게에서 일어난 참혹한 사건을 조사하고 있다고요?"

다시 기억을 되살리며 들려주기에는 여전히 고통스러운 세 구의 사체. 구경꾼들 사이에 있던 거동이 수상한 여자. 그녀의 등에 있던 별난 문신. 이 집의 특별한 정경과 메밀차 향과 걸출한 짱구 덕분에 기타이치는 다행히 막히지 않고 설명할 수 있었다.

"오호."

다 듣고 나자 짱구가 볼 한쪽만 부풀리며 말했다. 그러더니 이번에는 반대쪽 볼을 부풀리며,

"자, 그럼" 하고 말하자마자 갑자기 자기 옷의 목깃을 늦추어 한쪽 어깨를 드러내려고 했다. 어? 어? 뭘 하려고?

"뭐 하세요?"

"말씀해 보세요. 그 여자 등의 정확히 어디에 은행잎처럼 생긴 문신이 있었습니까."

짱구는 그에게 등을 돌리고 앉았다. 기타이치는 엉덩이를 들고 자기가 기억하는 자리를 손가락으로 짚었다.

"등이라기보다 목 아래라고 할까요."

"견갑골 사이는 아니죠?"

"그렇게까지 아래는 아니었어요. 기모노 목깃으로 들여다보았으니까…… 목 밑의 여기, 이렇게 조금 튀어나온 뼈 바로 밑."

"아, 아, 그렇군요."

짱구는 옷매무시를 가다듬고 이번에는 기타이치의 등 뒤로 돌아가더니 기타이치의 목깃을 뒤로 휙 당겨(다행히 기운 자리가 없는 외출복을 입고 왔다) 목 주위를 헐렁하게 해 놓고,

"여기로군요." 기타이치 목 밑을 손가락으로 짚었다. "안마사에게 물으면 잘 설명해 주겠지만, 여기에는 '풍문風門'이란 한방 혈자리가 있습니다."

바람 그리고 문. 허공에 한자를 써 보여 준다. 흔한 한자여서 기타이치도 읽을 수 있었다.

"더위도 추위도 이 자리를 통해 사람 몸으로 들어간다는 중요한 혈자리입니다. 고뿔도 여기서 일어나는데 따뜻하게 해 주면 치료가 빨라집니다. 역으로 열병에 걸렸을 때는 여기와 옆구리 아래를 차게 해 주면 좋습니다."

유용할 것 같은 지식이지만 그게 여자와 어떤 관계가 있다는 걸까.

"굳이 이 혈자리에 문신을 한다는 것은, 자."

기타이치의 등 뒤에서 짱구가 큼지막한 머리를 갸웃거렸다. 그렇다, 이마는 툭 튀어나왔지만 머리 자체는 남들보다 조금 큰 정

도였다.

"기타이치 씨가 본 것은 문신이 틀림없다고 생각하긴 하지만……."

언제나 보이는 문신은 아닐 거라고 한다.

"어떤 조건에서만 드러나는 문신. 그게 아니라면, 그 여자가 아무리 여간내기가 아니라도 사람들 눈에 너무 잘 띄어서 살아가기 힘들 테니까요."

"그런 문신도 있나요?"

짱구는 고개를 끄덕였다. "백분 문신이라는 게 있습니다."

간단히 말하면 흠집에 먹을 넣지 않고 흠집만 내는 방식이라고 한다.

"그런 문신은 평소에는 보이지 않습니다. 그 사람이 더워서 땀을 흘리거나 더운 물을 끼얹거나 뜨거운 음식을 먹거나 해서 혈액 순환이 좋아지고 피부가 데워지면 떠오르게 됩니다."

기타이치는 또 입을 멍하니 벌렸다. 이번에는 양손으로 턱을 닫는 척하는 장난을 삼가고 있자,

"입을 닫아 주시죠. 먼지 들어갑니다."

"아, 예, 예."

짱구는 다시 한 번 기타이치의 풍문 혈자리를 손가락으로 눌렀다. "아까 말한 것처럼 여기는 사람 몸에 열이 드나드는 혈자리입니다. 더위나 추위를 잘 느껴요. 즉 문신이 떠오르기 쉬운 자리죠."

그 문신은 하오리 문양만 한 크기여도 선명하게 떠오른다.

"내게 기억이 있습니다."

분명히 있어요, 있습니다. 짱구는 기타이치 뒤에 털썩 주저앉아 뭐라고 중얼거리기 시작했다.

"기억납니다. 어떤 사건 이야기를 들을 때 백분 문신에 대하여 들은 얘기가 있어요."

기타이치는 조심스레 고개를 돌려 뒤에 있는 짱구의 얼굴을 살폈다. 고개를 숙인 상태라 얼굴이 이마 그늘에 완전히 가려서 표정이 보이지 않았다. 다만 염불하듯 웅얼거리는 소리, 혹은 고양이가 갸르릉거리는 것 같은 소리만 들려올 뿐이다.

"중얼중얼웅얼웅얼 중얼중얼웅얼웅얼."

짱구가 입술을 움직여 뭔가를 외우는 듯했다. 종종 사람 이름이나 지명 같은 소리도 일부 들렸다.

"저기, 짱구 씨."

기타이치가 불러도 들은 척도 안 한다.

"짱구 씨, 괜찮으세요?"

어깨를 손으로 가볍게 건드리자, '중얼중얼웅얼웅얼'이 끊기고 짱구가 고개를 휙 쳐들었다.

"아아, 처음부터 다시 해야겠네."

"네?"

"다 헝클어져 버리니까 중간에 말 걸지 말아 주세요!"

"아, 정말 미안합니다."

기타이치는 무릎에 손을 놓고 훈계를 듣는 것처럼 단정하게 앉았다. 짱구는 다시 고개를 숙이고 오른쪽 검지를 돌출된 이마 중간에 세우더니,

"나 이런" 하고 말했다. 싸우려는 사람 같다.

"그럼 다시 한 번. 중얼중얼웅얼웅얼."

그 모습을 보고 있던 기타이치도 얼마간 이해가 되었다. 뭐든 기억하고 생각해 낼 수는 있지만, 그러려면 어떤 절차가 있는 걸까.

—기억한 순서대로 끄집어내지 않으면 뒤죽박죽이 되고 마는구나.

편리한 것 같지만 불편하기 짝이 없다. 짱구 본인도 잘 알고 있기 때문에 머릿속 내용을 끄집어내어 문서로 만들어 놓고 목차를 다는 작업을 시작했을 것이다.

대략 4반각30분 정도 그렇게 기다리고 있었을까. 짱구가 웅얼거리는 소리가 그치고 숨을 헐떡이기 시작했다.

"하아, 더운 물, 더운 물을."

부엌 냄비에 있는 더운 물은 마침 마시기 좋게 식어 있었다.

짱구는 찻잔 가득 두 잔을 마시고 숨을 크게 쉬었다.

"34년 전 시나가와 역참마을 외곽에 '모미지야'라는 활터가 있었습니다."

활터는 손님에게 활과 화살을 주고 과녁을 맞히는 놀이를 제공하는 장사이다. 술도 제공한다.

"그 근방은 가을 단풍놀이의 명소여서 단풍놀이 온 손님을 대상으로 하는 장사였지요. 장사가 잘 되었는데, 이 가게는 활쏘기보다 색을 파는 가게로 더 알려졌어요."

활터 여자라고 하면 손님을 상대로 웃음을 팔 뿐 아니라 몸을 파는 일도 많다. 아니, 몸이 팔리는 일이 많다고 해야 할까.

"이 활터 주인이 손님을 즐겁게 하는 일이라면 뭐든지 하는 말 좋이어서……."

어느 날 그는 자기가 고용한 활터 여자의 몸에 표식을 해 두자는 생각을 떠올렸다.

"목 뒤 아래, 백분 문신으로 단풍잎 도안을 넣게 한 겁니다."

활터 여자가 술을 마시고 손님을 상대하다가 피부가 상기되면 그 문신이 떠오르게 된다. 그러면, 이 아이가 모미지야의 자랑입니다, 라고 가게 자랑을 했던 것이다.

"몹쓸 짓이군요."

기타이치는 저도 모르게 말했다가 얼른 제 입을 막았다. 지금 이 말은 괜찮나? 또 망쳐 놔서 처음부터 다시 해야 하는 거 아닐까.

"이제 완전히 기억해 냈으니 괜찮습니다" 하고 짱구가 웃었다. "이 못된 짓이 관에 적발된 것은 은밀히 문신을 내세워 장사를 한 지 2년쯤 지났을 때, 단골손님 가운데 하나가 활터 여자에게 돈을 탕진한 끝에 동반자살을 해 버렸기 때문입니다."

사실 활터 주인이 처벌을 받은 것은 동반자살을 막지 못한 죄

때문이며, 고용한 여자들 몸에 백분 문신을 하게 만든 것에 대해서는 '풍기문란'으로 훈계만 듣고 끝났다.

"이제 널리 알려지는 바람에 신선미가 떨어져 버렸겠지요. 모미지야는 이 문신을 그만두었지만……."

고용한 여자에게 표식을 해 두는 몹쓸 짓은 하나의 취향이 되어 남았다.

"그 후 시나가와 역참마을 외곽에서도 몇 개 업소가 그런 짓을 하게 되었습니다. 붉은 선 안쪽에도 그런 가게가 있었습니다. 그래서 모시치 왕대장도 아시게 된 것이고."

물론 드러내 놓고 할 수 있는 장사는 아니었다. 선술집이나 요리점, 목욕탕, 여인숙 간판을 달아 놓고 몰래 여자를 파는 곳에서 이런 문신이 살아남았다.

"기타이치 씨가 보았던 그 여자도 아마 은행잎 도안과 뭔가 관계가 있는 가게에서 일하고 있는 게 아닐까 생각됩니다."

용모파기를 만들어 널리 뿌려 놓고 찾아보는 수밖에 없다고 했다.

"가까이 사는 여자라면 누군가 알고 있는 사람이 있을 테니까, 아마 타지에서 왔겠지요. 싸구려 여인숙에도 용모파기를 돌리는 게 좋을 겁니다."

귀담아 들어 둘 만한 조언이 이어지고 있는데도 기타이치는 가슴 속에 소용돌이치는 것에 정신이 팔려 있었다.

"그 여자의 등에 있던…… 은행잎 도안이…… 만약 정말로 백분 문신이었다면…….”

그날 아침, 모모이의 세 사람이 무참한 사체가 되었음을 알면서도 그 여자는 피부가 상기될 만큼 흥분해 있었다는 말이 된다.

부글부글. 기타이치는 눈을 감았다. 끓어오르는 분노가 망막에서 붉은 소용돌이가 되었다. 가쿠이치의 주검. 어린 오하나를 품에 안고 모로 쓰러져 있던 오쓰네의 얼굴. 원통함과 공포와 고통.

“……씨.”

짱구가 부른다. 어깨를 두드린다.

“기타 씨, 고개를 드시죠.”

시키는 대로 고개를 들자 기타이치의 관자놀이에서 땀이 한 줄기, 그리고 눈초리에서 눈물 한 줄기가 흘러내렸다.

짱구 씨. 커다란 머리와 멋지게 돌출한 이마, 그 이마 때문에 그늘이 드리운 온화한 얼굴.

“모모이 건으로 몹시 힘겨우셨을 겁니다.”

그 목소리가 기타이치 내면에 돌고 있는 새빨간 소용돌이를 흡수하고 있다.

“당신은 아직 젊어요. 이런 끔찍한 사건을 목도하면 속이 뒤집히고 뜨거운 눈물을 흘리는 게 당연합니다.”

금세 강해질 수 있는 사람은 없다—.

“이 건도 그렇지만, 범인을 잡을 때까지는 그저 버티는 수밖에 없습니다. 힘겨운 일이 앞으로도 많을 거예요. 그런 고비들을 넘기고 어엿한 짓테 주인이 되는 겁니다.”

나, 어엿한 오캇피키가 되고 싶은 걸까. 기타이치는 생각했다. 그런 꿈보다는, 장래야 어찌 됐든 당장 은행잎 문신 여자가 어디 있는지 알고 싶다. 그곳에 달려가 내 손으로 오라를 던지고 싶다.

"먼저 부러지면 안 됩니다. 뻔뻔해지세요. 내 머릿속에 든 것들이 도움이 된다면 언제든지 드리겠습니다."

그렇게 말하고 짱구는 기타이치의 양 어깨를 탁 쳐 주었다. 마르고 뼈가 불거지긴 했어도 매일 멜대를 메느라 여느 행상 못지않은 굳은살이 박혀 버린 기타이치의 어깨에서는 매우 좋은 소리가 났다.

제 3 화

인 어 의 독

1

오캇피키는 생계를 해결해 줄 직업이 못 된다. 막부로부터 방범 공무를 위임받아 일한다고는 해도 충분한 수입이 보장되는 건 아니니까.

거슬러 올라가 보면 이들은 본래 수상쩍은 자들이었다. 뒤가 구린 불량배들은 끼리끼리의 소식이나 동정을 잘 알게 마련인데, 마치부교쇼의 요리키나 도신이 그런 불량배를 끄나풀로 발탁하여 용돈을 주고 심부름을 시킨 것이 시작이었다. 그렇게 일 같지도 않은 일이 어디 내놔도 떳떳한 직책이 되고 '대장' 소리도 듣고 담당 구역을 위임받고 수하들 생계를 챙겨 줄 수 있는 지위를 얻기까지는 성실한 남자들의 오랜 세월에 걸친 허다한 노력이 필요했다.

그런 내력의 영향인지 요즘도 에도 시중의 오캇피키들 중에는 따로 생업을 가진 자가 많다. 센키치 대장의 문고가게나 마사고로 대장의 소바가게가 그렇다. '에코인의 모시치'라는 별명으로 알려진 모시치 왕대장도 젊을 때는 이쑤시개 공방이 생업이었는데, 너무 바빠 일손을 고용할 정도로 평판이 좋았다고 한다.

기타이치는 센키치 대장이 타계한 뒤 문고 행상을 계속할 수 있는 것만도 다행이라고 할 정도였는데, 어쩌다 오캇피키 흉내 비슷한 일을 하게 되었고, 또 어쩌다 문고장수로 독립도 하게 되었다. 소가 뒷걸음질을 하다가 쥐를 잡는 격으로 살아 온 미숙한 놈이어서 건방진 소리를 할 처지는 아니지만 그래도 내심 느낀 바가 있었다. 흉내만으로도 이렇게 안타깝고 속이 끓는 오캇피키 일인데 따로 생업을 가지고 기분전환이라도 할 수 있기에 망정이지 그것마저 없으면 힘들어서 못 버티겠구나, 라고.

도시락가게 '모모이'의 일가족 세 사람이 살해된 사건은 그 뒤로 아무 진전이 없다. 은행잎 문신을 한 여자에 대해서는 용모파기를 만들어 혼조 후카가와뿐만 아니라 오오카와 강 건너에 있는 많은 파수막에도 돌렸다. 그 독특한 문신에 관해서는 따로 설명해 두었으므로 어디서 누구의 눈에 띄기만 하면 연락이 올 것이다. 지금은 그저 인내하며 기다리는 수밖에 없다.

후타쓰메바시 다리 밑의 소저택도 그날 아침의 상태 그대로 방치되어 있다. 도미칸에 따르면,

"범인이 잡힐 때까지 단서를 남겨 둬야 하니 청소를 하지 맙시다"라는 집주인의 결정이 있었다고 한다.

봉당이나 마루에 묻은 혈흔까지 그대로 두었으니 자칫 벌레가 끓거나 곰팡이가 필 수 있다. 그래서 자주 가서 창문을 열어 환기한다고 하므로 기타이치도 가끔 소저택을 들르려 신경 쓰고 있었다.

재작년 초가을까지 이곳에서 장사하던 '아마노야'는 혼조 외곽으로 이사한 상태지만 사건이 사건인 만큼 바로 소식이 전해져 온가족이 두려움에 떨고 있었다. 마사고로 대장은 지체 없이 영리한 수하를 보내 아마노야 사람들의 신변을 지켜 주며 안심시키는 한편 뭔가 원한을 산 기억이 있는지, 지난 십여 년 사이에 누구와 다툰 일은 없는지, 아무리 사소한 일이라도 좋으니 최근에 이상한 일이 벌어지진 않았는지— 등을 탐문하게 했다.

장사가 잘 되었다고 해도 모모이는 작은 도시락가게이다. 염료와 면사로 크게 장사하는 아마노야하고는 규모부터가 다르다. 이 사건을 저지른 자의 진짜 표적은 아마노야이며 모모이에서 일어난 세 사람의 죽음은 불행한 착각과 오해로 일어난 사건이 아닐까. 마사고로 대장은 그렇게 파악했던 모양이다.

그러나 아마노야 사람들은 이렇게 무도하고 잔혹한 보복을 당

할 만한 일은 없다고 입을 모아 호소했다. 우리 장사는 사람을 죽여야 할 정도로 치열한 분쟁이 없습니다. 집안에서 서로 원한을 품을 만한 다툼이 일어난 적도 없었습니다! 하물며 몸에 문신을 하는 여자와 엮였던 기억은 요만큼도 없습니다! 마사고로 대장 밑에서 단련될 만큼 단련되어 오감과 육감이 모두 뛰어난 수하도 그들의 주장에서 거짓이나 은폐의 냄새를 전혀 맡을 수 없었다.

마침내 대장은,

"아무래도 오해나 착각에 따른 살해의 가능성은 접는 게 좋을 것 같다."

라고 결론지었고, 모모이의 가쿠이치, 오쓰네, 오하나 세 사람은 뭔가 이유가 있어서 계획적 살인에 희생된 거라고 생각할 수밖에 없게 되었다.

참고로 5대 당주가 죽은 뒤 아마노야가 이사하게 된 계기였던 6대 당주의 어지럼증은 새 집에 정착하고 나서는 한 번도 나타나지 않았다. 다만 올 한여름에 6대 당주가 심한 두통을 몇 번 앓았다고 했다. 진맥한 의원은 더위를 먹은 탓이라고 진단한 모양이다.

"원래 기가 조금 허해지면 어지럼증이나 두통이 오기 쉽다, 아비와 자식이 다 그런 체질을 갖고 있었던 게 아니겠냐는 말이지."

모모이의 세 사람이 마신 독물 부자는 그런 증상과 전혀 관련이 없었다.

실은 나도 그렇게 짐작하고 있었거든, 하며 도미칸이 의기양양한 얼굴로 말했다.

"아마노야 사람들이 하도 저주니 해코지니 하며 무서워해서 내가 차마 말을 못했던 거야."

기타이치는 사건이 있던 날 아침의 충격에서 헤어나지 못한 채 은행잎 문신을 한 여자를 찾아야 한다는 초조감에 매일 이를 갈고 있었다. 도미칸이 그 사건을 잊지 않고 새로운 정보가 들어올 때마다 냉큼 알려 주는 것은 고마웠지만, 그때마다 가슴을 짓누르는 누름돌이 하나씩 늘어 가는 기분도 드는 것이었다.

와중에 기타이치의 신상—아니, 요란스러우니까 그냥 처지라고 하자, 거기에 작은 변화가 있었다. 요리키 검시관 구리야마 슈고로와 관련된 일이다.

구리야마가 그 뒤 후카가와 파수막에 불쑥 나타나 기타이치에게 소식을 전해 준 일이 있어서,

"나리께서 몸소 찾아 주시니 너무 황공합니다. 저 같은 지저분한 놈이라도 괜찮으시다면 핫초보리 댁으로 제가 찾아뵙겠습니다만……."

이라고 하니 탁한 목소리를 가진 요리키가 걸걸한 소리로 대답했다.

"핫초보리 구미야시키에 있는 집은 세를 주고 나는 고부나초 2가에 산다. 노점보다 나을 게 없는 '아즈사'라는 끈목가게다. 문고행상을 다니다가 근처에 오면 들러 봐라. 네 장사에도 도움이 될거다. 아침보다는 저녁 시간이 좋다."

마치부교쇼의 요리키나 도신이 막부가 할당해 준 집을 남에게 세주고 자신은 다른 곳에 사는 것은 드문 일도 아니다. 하지만 고지식해 뵈는 구리야마 나리가? 기타이치는 생각도 못해 본 일이었다.

이튿날 해가 질 무렵, 지체 없이 아즈사로 인사하러 들른 기타이치는 더욱 생각도 못한 것을 보았다. 가게는 구리야마가 말한 대로 전체를 번쩍 들어 노점 수레에 실을 수 있을 법한 크기였는데, 어둠 저편에 희미하게 불을 밝힌 듯 은은하게 빛나는 미인이 그 가게를 지키고 있었던 것이다. 선반에 진열해 놓고 파는 끈목도 그녀가 손수 만드는지 가게 안 봉당에 올을 거는 원통형 끈틀 실이나 천 끈이 감긴 고드랫돌들을 원통형 끈틀 둘레에 필요한 올 수만큼 걸어 놓고 고드랫돌을 서로 교차시키면 원통형 끈틀 가운데서 여러 올이 꼬이며 한 가닥의 끈목이 만들어진다 두 개가 나란히 있었다. 허리 높이의 분류용 선반에 색색가지 실타래가 들어 있고 그 옆에는 물레도 놓여 있었다.

"오, 문고장수 기타이치 씨군요."

목소리를 들으니 나이는 서른 전후일 것으로 짐작되었다.

"구리야마 님께 들었어요. 여기서 기다려 줘요. 팔 물건이 남았다면 오신 김에 구경시켜 주셨으면 좋겠네요."

더 들어 볼 것도 없이 무가 여인의 말본새가 아니다. 무람없고 온기 넘치는 말투였다.

구리야마 슈고로가 돌아오기까지는 4반각30분도 걸리지 않았다. 그동안 단풍무늬와 나무열매무늬가 들어간 문고를 하나 팔았고, 엽차를 한 잔 얻어 마셨고, 여자 이름이 오사토라는 걸 알 수 있었다. 가까이서 이야기해 보니 오른쪽 눈에 살짝 사시 기운이 있는 것이 묘하게 매력적이고 말소리도 기분 좋게 들렸다.

"나 왔다."

"어서 오세요, 나리."

"아, 기타이치. 와 있었군."

검은 하오리를 걸친 구리야마가 허리에 찬 칼 두 자루를 거두어 오사토에게 내밀자 그녀는 익숙한 손놀림으로 받아들고 둘이 나란히 안으로 들어갔다. 그 모습만 봐도 하루 이틀 된 사이가 아님을 알 수 있었다.

오사토가 잠깐 얼굴을 비치며 말했다.

"기타이치 씨, 정원 쪽으로 돌아 와 주세요."

"예."

요쓰메가키대울타리의 일종으로, 칸살이 네모나게 나오도록 대를 일정한 간격으로 띄어서 엮는다를 두른 손바닥만 한 정원은 나무가 한 그루도 없고 징검돌과 섬돌 말고는 온통 진갈색 이끼로 덮여 있었다. 곳곳에 이끼공이 놓여 있는 것도 흥미롭고 별난 취향이었다.

여러 가지로 수수께끼가 많은 나리로군.

"수고가 많다. 실은 너에게 좀 얘기해 두고 싶은 게 있다."

평상복으로 갈아입은 구리야마의 주걱턱이나 갈라진 목소리는 평소와 똑같았다. 오사토의 존재를 부끄러워하는 것도 아니고 변명하고 싶어 하는 기미도 없었다. 기타이치도 개의치 않기로 했다. 조만간 사연을 들어 볼 기회가 있겠지.

"내가 사와이에게 몇 번 이야기해 보았지만 사와이는 너를 센키치의 후계자로 삼을 생각이 없는 것 같았다."

사와이 렌타로는 센키치 대장에게 목찰을 주었던 혼조 후카가와 담당 도신이다.

"사와이 나리의 생각은 저희 수하들이라면 전부 알고 있었습니다. 애초에 센키치 대장 역시 어느 누구도 후계자로 삼지 않을 요량이었다니까요. 게다가 저 같은 건 수하 축에도 끼지 못하는 그냥 식객이었습니다."

흠, 하며 구리야마는 코끝으로만 주억거렸다. "사와이는 혼조의 마사고로와 그쪽 수하들이면 충분하다고 여기는 모양이다."

기타이치도 후카가와의 일개 문고장수로서 그렇게 생각하고 있다.

"너는 어떠냐. 앞으로 오캇피키가 될 마음은 없냐?"

"그게……."

초여름 전이었다면 기타이치도 이 물음에 망설임 없이 '예'라고 대답했으리라. 지금은 조금 달라졌다.

"그건 제가 정할 수 있는 일이 아닙니다."

그러자 구리야마는 한쪽 입가를 쓱 휘어 올렸다. 재미있어하는 것이다.

"그렇지. 앞일은 모르는 거니까. 하지만 내 말은…… 일단 모모이 건이 제대로 해결될 때까지 아무 생각 말고 내 밑에서 뛰어 보면 어떻겠냐는 거다."

네? 하고 얼빠진 목소리로 대답한 기타이치의 몸이 굳어 버렸다.

"종종 여기서 나와 연락을 취하고, 조사할 게 있으면 조사하고, 누굴 만나서 이야기도 듣고, 필요하면 그날 모모이에서 했던 것처럼 내가 검시할 때 조수 일을 하고. 목찰이니 뭐니 하는 딱딱한 얘기는 잊고. 구두 약속뿐이지만 내 손발이 돼서 뛰어 보라는 말인데, 해 볼 텐가?"

기타이치는 팔짝 뛰어오르듯 얼른 자세를 바로하고 큰소리로 말했다. "예, 기꺼이 손발이 돼 드리겠습니다!"

구리야마 뒤에서 살짝 웃는 소리가 들렸다. 오사토가 담배합을 들고 나온 것이다. 그것을 옆에 내려놓은 오사토는 단정하게 앉아 기타이치를 향해 정중히 고개를 숙였다.

"변덕스럽고 내키지 않는 일에는 몹시 냉담한 나리지만 부디 잘 대해 주셔요."

기타이치는 낯이 뜨거워지고 몸이 오그라들어 머리카락 성긴 머리를 박박 긁적였다.

구리야마는 골동품처럼 보이는 담뱃대로 유유히 한 대 피우고는 "그럼 본제로 들어갈까"라며 담배 연기에 한쪽 눈을 가늘게 떴다.

"2년 전, 모모이 주인 내외를 집요하게 괴롭혔다는 자의 정체는 알아냈다. 조금 수고스러웠지만 바로 어제 사와이가 종자들을 데리고 그자의 거처에 쳐들어가 체포했다고 한다.”

가쿠이치 내외는 후카가와로 이주하여 모모이를 개업하기 전에 요쓰야 오오키도 옆에서 식당을 운영했다. 그때 오쓰네에게 집요하다 싶을 만큼 추근거리며 부부를 몹시 괴롭힌 손님이 있었다. 머리 모양과 옷차림으로 볼 때 평민 같다는 점 말고는 이름도 내력도 알 수 없는 사십대 남자였다. 처음부터 오쓰네에게 부정한 마음을 품고 있었기 때문이겠지만, 자신을 소개할 때 상대에 따라 다른 이름과 내력을 대는지, 이름을 묻자 ‘여기 주인과 똑같이 가쿠이치요’라고 대답하거나 ‘나도 식당을 하고 있소’라고 실없이 허풍을 떤 일도 있다고 한다.

가쿠이치 내외가 요쓰야의 식당을 접고 도망친 것은 이자를 떼어 내기 위해서였다. 그 사정은 도미칸을 비롯하여 부부와 친하게 지내던 사람들은 다 알고 있다. 해서 일가족 세 사람이 죽었을 때 당연히 그 정체불명의 남자를 의심했다.

“다행이군요. 어떤 자입니까?”

구리야마 슈고로는 이번에는 반대쪽 눈을 가늘게 뜨며 말했다.

“가쿠이치 내외가 하던 식당은 요쓰야 관문 바로 바깥인 시오초 2가에 있었다. 상가보다는 무가저택과 사찰이 더 많은 구역이지. 이 말을 듣고 뭐 떠오르는 것 없나?”

오오키도 밖에는 오와리 번의 엄청나게 큰 저택이 있었지. 그리고 덴마초라는 마치가 있다. 감옥으로 유명한 덴마초와는 다른 동네지만…… 그렇다면 혹시? 기타이치는 머릿속에 문득 떠오른 생각을 말해 보았다.

"도박장, 인가요?"

무가저택의 종자들이 기거하는 저택 내 별채는 종종 비밀 도박장으로 쓰인다. 마치부교쇼의 손길이 닿지 못하는 곳이기 때문이다.무가저택은 해당 번주의 치외법권과 같은 권리가 인정되는 영역으로, 평민을 담당하는 마치부교쇼는 단속 권한이 없었다.

"음." 구리야마는 주걱턱을 끄덕였다. "그자의 이름은 히사주, 나이는 서른여덟. 오와리 번저 남쪽 일대에 있는 도박장을 관리하던 건달이야. 도박장 수괴의 졸개지에도 시대의 도박장은 일종의 조직폭력배에 의해 운영되었다."

아하. 그래서 '기술로 먹고사는 직인은 아니고 노동으로 먹고사는 것 같지도 않고, 그렇다고 가게 점원도 아니고 상인도 아니고요. 예인이라고 하기에는 세련된 모습이 없었죠. 그런데도 주머니 사정이 좋은 것을 보면 불법 고리대업자가 아닐까 싶었어요'라고 했던 것이다.

기타이치는 전에 가쿠이치 내외와 그런 이야기를 했었다. "오쓰네 씨는 그자의 목소리가 낭랑하고 말투도 연극 투가 있다며 퇴물 무명배우가 아닐까 하더군요. 그자의 허리가 좋지 않았다는 말을 듣고 저도 그쪽일 거라고 짐작했었습니다. 나이가 들어 공중제비를 돌 수 없게 된 배우일지도 모르겠다 싶어서."

구리야마는 담뱃대를 잡은 채 고개를 두어 번 천천히 끄덕였다. "제법 예리한 생각이군. 오쓰네라는 처자가 사람 보는 눈이 꽤 좋았던 모양이구나."

하지만 배우 출신일 거라는 짐작은 틀렸다.

"히사주가 젊어서부터 건달이었던 건 아니다. 오랫동안 쓰보후리로 살았지종지에 주사위 두 개를 넣고 허공에서 흔들다가 바닥에 종지를 탁 엎어 놓고 두 주사위의 눈을 합친 수가 홀수인지 짝수인지를 놓고 판돈을 건 다음, 종지를 쳐들어 주사위 눈을 확인하여 승부를 가렸다. 이때 종지〈쓰보〉를 흔들며〈후리〉 도박을 진행하는 자를 쓰보후리라고 했다."

주사위 도박장의 쓰보후리는 허리가 몹시 안 좋아질 수밖에 없다고 한다. 그리고 승부가 날 때마다 결과를 고하기 때문에 낭랑한 목소리를 훈련하게 된다.

"그렇군요…… 잘 기억해 두겠습니다."

다음부터는 종이와 휴대용 붓통도 가지고 다니자.

"식당 단골 중에 히사주가 그쪽 패거리일 거라며 정체를 눈치챈 사람도 있었다고 하지만 발설하지 않았던 게지."

어디까지나 짐작일 뿐 근거가 없었기 때문이다. 오쓰네에게 집요하게 치근덕거려 식당 운영이 어려움에 처한 사실을 알고 있었을 터이니 그런 추측을 꺼내기가 더욱 어려웠으리라. 누구라도 노름판 건달과 엮이고 싶지 않았을 테고, 쓸데없는 참견을 했다가 원한을 사는 것은 어리석은 짓이니까.

"도박장이 장소를 바꿀 때마다 함께 옮겨 다니므로 그자는 거처가 일정치 않았지. 해서 단골 식당에도 뿌리 없는 풀이 바람에 쓸려 오듯이 불쑥불쑥 얼굴을 비췄던 거다."

가쿠이치와 오쓰네도 영 느낌이 안 좋았을 것이 틀림없다.

"이번 건은 마치부교쇼가 손을 댈 수 없어서 지샤부교_{寺社奉行} _{사찰}_{과 신사 등 종교에 관련된 다양한 사안을 관장하는 직. 쇼군의 비서 역할도 일부 하고 있었으므로} _{번주나 고위 무사에게 큰 영향력을 가진 직이며, 막부의 최고의결기관인 효조쇼}評定所_{를 주도하} _{는 직이기도 하다}의 협조를 얻었는데, 사와이가 부친 대부터 그쪽과 친하게 지낸 덕분에 이번에 정말 큰 힘이 되었지."

사와이 렌타로가 '신임 나리'라 불리는 데는 이유가 있다. 지금은 은퇴한 부친 사와이 렌주로도 혼조 후카가와 담당 도신으로 이 지역 사람들에게 '나리'라 불리며 신뢰를 받았기 때문이다(사실 '신임 나리'의 어설픈 점이라고는 요만큼도 없는 요즘의 활약상을 보면 머지않아 렌타로가 '나리'라 불리고 은퇴한 렌주로 쪽이 '전임 나리'라 불리게 될 것 같지만). 부친도 유능한 마치 도신이었으니 지샤부교 쪽에 튼튼한 연줄이 있다고 해도 이상할 게 없다.

"그렇다면, 히사주라는 자는 지금 파수막에 있겠군요."

"아니, 덴마초에 가둬 두고 조사하는 중이다."

그래서 골치가 아픈 거다, 라며 구리야마는 주걱턱을 당기고 입이 일그러지도록 꾹 다물었다.

"어제 잡아 가두었으니 하루가 지났지. 그자가 그리 오래 버틸 것 같지 않다. 이미 자백했다고 해도 이상할 게 없어."

기타이치는 무슨 말인지 얼른 이해되지 않았다.

"무엇을…… 버틴다는 거죠?"

"고문을 하고 있거든."

아아, 그런가. "그럼, 자백하겠군요. 비밀 도박장 두목에 관해서……."

구리야마는 두 눈을 가늘게 뜨고 기타이치를 바라보았다.

"너는 눈치도 빠르고 성실하고 세세한 걸 배려할 줄 아는 것은 분명하지만 생각이 좀 짧은 구석이 있구나."

네?

"조사관 요리키와 사와이가 히사주에게 자백을 다그치는 대상은 모모이 일가 세 사람의 살인 사건이다. 도박에 관해서라면 그런 건달은 피라미에 불과하니까."

아하. 히사주라는 건달이 가쿠이치 일가를 죽였다고 자백할 것이란 말인가.

"그렇다면 히사주가 범인이라는."

구리야마는 기타이치 얼굴을 지그시 응시한 채 대답이 없었다.

그 안광에 기타이치는 뺨을 맞은 것처럼 정신이 번쩍 들었다. 아, 그렇구나!

"놈이 죽이지 않고도 고문에 못 이겨 자기가 죽였다고 자백해 버릴 거라는 말씀이군요!"

이로써 모모이 사건은 해결되었다, 만만세! 라는 것이다. 하지만 그렇게 되면 기타이치가 본 은행잎 문신은 어떻게 되지? 구리야마 나리가 발견한 족적은?

"쓸모없게 된다." 구리야마 슈고로는 대답했다. "의미 없고 필요도 없는 거다. 기록에 남기지도 못한 채 폐기되고 망각되겠지."

그러더니 한숨을 토하듯이 담배 연기를 뿜었다.

"내가 지금까지 해 온 많은 검시에서 찾아낸 단서도 7할은 그렇게 폐기되어 왔다."

조사 과정에서 얻은 자백이 더 중시되기 때문이다. 제아무리 처참한 고문의 결과이고 제대로 된 자백이 아니라 해도 '용서해 주세요, 제가 저질렀습니다'라는 한 마디가 더 가치 있다.

기타이치는 숨을 삼키고 할 말을 찾지 못했다. 노련한 검시관 입에서 이런 한탄을 듣게 될 줄이야.

센키치 대장도 마사고로 대장도 비슷한 일을 경험했을까.

그리고 아까 구리야마가 한 말을 떠올렸다.

'모모이 건이 제대로 해결될 때까지 아무 생각 말고 내 밑에서 뛰어 보면 어떻겠냐는 거다.'

그냥 해결이 아니라 '제대로 해결'이라고 했던 뜻을.

"하지만 나리는 이번만큼은 내가 찾아낸 것이 폐기되게 놔둘 수 없다, 네가 함께 뛰어 볼 생각이 있다면 각오하고 따라와라, 그런 말씀이시군요."

구리야마는 담뱃대를 담배함 테두리에 툭 두드렸다. 땅, 하는 맑은 소리가 났다. 그 잔향 속에서 다시 한쪽 입가를 휘어 올리고 말했다.

"그렇다. 사와이는 달가워하지 않겠지. 능력 있는 사람이고 조사관 요리키와는 달리 나를 무시한 적은 없었지만……."

네? 구리야마 나리가 조사관에게 무시를 당한다고? 그만한 검시 기술을 가지고 있는데? 혼신의 힘을 다하는 사건과 그렇지 않은 사건을 너무 가리기 때문일까.

"이 건에 대해서는 네가 딱 한 번 보았다는 은행잎 문신을 한 여자나 언제 찍힌 건지 확증을 잡지 못한 여자 발자국 등에 주목할 마음이 털끝만치도 없는 듯하다."

사와이 신임 나리는 히사주를 붙잡아 덴마초에 가둔 시점에서 모모이 건은 해결했다고 생각하는구나.

"그걸 뒤집자는 것이니 기타이치, 더욱 강한 근성과 끈기가 필요하다."

아아, 그렇다면……,

알아 모시겠습니다요!

2

물은 계절을 앞지른다. 어느새 가을, 에도에 있는 단풍 명소들
이 딱 제철을 맞았는데 우물물은 진저리가 나도록 차갑다. 기타
이치는 후유키초 마님의 목욕물을 길으며 몇 번이나 요란한 재채
기를 했다. 해서 이윽고 가마에 불을 지피자 그 따스함에 몸이 풀
어져 그만 꾸벅꾸벅 졸고 말았다.

목욕을 마친 마님이 온화하게 웃으며 말했다.

"고생했다. 해서 오늘 저녁은 맛난 걸 준비해 놓았으니 마음껏
들어."

마님과 함께 생활하며 먹고 자는 것 일거수일투족까지 시중드
는 하녀 오미쓰는 뭘 숨길 줄 모르는 관대한 사람이다. 기타이치
에게는 누님과 숙모의 중간쯤에 해당하는 나이지만, 좋은 일이
있으면 어린애처럼 표정에 다 드러난다.

밥상을 나르는 오미쓰의 방긋방긋 웃는 얼굴과, 화로를 둔 마
님의 거실에 희미하게 감도는 좋은 냄새에 기타이치의 기대감은
한껏 부풀었다.

"맛있는 냄새네."

"그럼, 얼마나 맛있는데."

옥빛 멜빵으로 소매를 단속하고 있어서 오미쓰의 팔뚝이 훤히
보인다. 어? 오미쓰 씨, 제법 통통해졌네?

"오늘 저녁은, 우선 뉴멘물국수의 일종으로 소면을 간장 국물이나 된장 국물에 끓인 것부터."

소면은 에도 토박이들이 좋아하는 먹거리지만 역시 여름에 찾는 음식이고 뉴멘은 여름에 먹다 남은 소면을 처리하는 뒤처리 음식이다—라고 기타이치는 생각해 왔다. 소바가 훨씬 더 격이 높지, 하며.

그런데 웬걸, 마님 댁에서 오미쓰가 해 준 뉴멘을 먹고 그 생각이 확 뒤집혔다. 신슈된장나가노 현에서 쌀누룩과 콩을 주원료로 만드는 된장으로, 엷은 색깔과 짠맛이 특징이다을 진하게 풀고 산채나 버섯이 듬뿍 들어간 국물로 살짝 삶아 낸 뉴멘은 정말이지 울고 싶을 만큼 맛있다. 기타이치는 늘 첫 그릇이 어디로 들어갔는지 모를 만큼 후딱 해치우고 두 그릇째부터 제정신으로 먹는다. 그럴 정도로 좋아하게 되었다.

"많이 삶아 놨어. 얼마든지 먹어도 돼."

오미쓰는 큰 쟁반을 가져왔다. 그 위에 꼬치에 꿴 튀김이 쌓여 있었다. 보리멸, 전어, 대하, 붕장어, 고구마, 연근에 가을가지. 아이 주먹만 한 둥근 것은,

"조개 관자와 어린 채소를 섞어서 튀긴 거야."

눈만 끔뻑거리고 있는 기타이치에게 마님이 웃으며 말했다. "솎아 낸 어린 채소는 기름에 튀기면 향이 살지. 선명한 초록색이 내 눈에도 보이는 것 같네."

닫힌 눈꺼풀이 부드럽게 떨린다.

"오후나구라마에초에 새로 튀김가게가 생겼어요" 하며 오미쓰가 마지막으로 가져온 쟁반에는 커다란 주발이 놓여 있었다. 껍질을 벗겨 볏 모양으로 칼질한 감이 듬뿍 들어 있다.

"개점 후 열흘간은 헐값에 팔아요. 접시 들고 가서 기다렸다가 받아 왔어요."

튀김이라면 한두 꼬치를 앗 뜨거워라, 하며 서서 먹어 본 적밖에 없는 기타이치인데 집에서 이렇게 밥상에 오른 것을 먹다니,

"꿈만 같아요. 잘 먹겠습니다!"

"얼른 볼 한번 꼬집어 보고 뉴멘 부니까 빨리 먹어."

"마님, 기타 씨는 벌써 두 그릇째니까 염려 마셔요."

밝은 웃음소리에 싸여 기타이치는 꿀 같은 저녁을 먹었다.

"……요즘 기타 씨, 우울했지?"

튀김을 안주 삼아 데운 술을 마시며 뉴멘은 입가심으로 한 입 정도만 먹은 마님이 담뱃대에 애호하는 각연을 채워 느긋하게 피우면서 말했다.

"그렇게 끔찍한 장면을 보고 말았으니 무리도 아니지. 오미쓰가 기타 씨 좋아하는 걸 차려서 기운을 북돋아 주자고 했어."

오미쓰 씨가 변천 님이구나.

"고맙습니다."

기타이치는 다다미에 손을 짚고 마님과 오미쓰에게 고개를 숙였다. 그리고 말했다.

"실은 저도 마님께 들려드리고 싶은 얘기가 있습니다."

마사고로 대장의 알선으로 짱구를 만났다는 것과 검시관 요리키 구리야마 슈고로 밑에서 일하게 되었다는 것 등 지금까지의 경위를 모두 털어놓았다.

"먼저 마님 허락을 받지 않고 나리 제안을 받아들인 것은 경솔했습니다. 센키치 대장께도 아마 꾸중을 들을 일이라고 생각해요."

사와이 렌타로를 젖혀 놓고 요리키라고는 해도 혼조 후카가와 담당이 아닌 구리야마 슈고로의 수하가 되는 것이다.

"대장에게 들은 적이 있지만."

마님이 고개를 갸웃거리자 느슨하게 틀어 올린 까만 머리도 스르륵 기운다.

"그런 식으로 부교쇼 관리 밑에서 일하는 자를 종자라고들 하지. 오캇피키도 아니고 그 수하도 아닌 보잘것없는 종자."

일개미 같은, 이라고 덧붙였다.

"뭐라고 할 사람 아무도 없어. 나에게 사과할 필요도 없고 대장이라도 꾸짖지 않았을 거다. 대신 앞으로 보탬이 될 만한 것들을 많이 배워 와."

기타이치는 울컥하다가 트림을 터뜨리고 말았다. 과식한 탓이다. 마님은 웃다가 담배 연기에 사레가 들리고 오미쓰는 쟁반으로 얼굴을 가리고 폭소를 터뜨렸다.

"자, 그럼 이제 오미쓰, 그걸 내줘."

"예, 마님."

오미쓰는 옷장이 있는 안쪽 방으로 들어갔다가 바로 돌아왔다. 가장자리를 잡고 가볍게 들고 나온 것은 은행잎 문신을 한 여자의 용모파기였다.

"범인이 히사주라는 자로 정해져 버리면 이 용모파기는 쓸모가 없어져서 다 폐기되겠지. 그 전에 지금 기타 씨가 손을 써서 매수를 늘려 두는 게 좋아."

그렇구나. 거기까지는 생각하지 못했다. 마님이 말한 대로 곧 파수막이나 마치 기도반에서도 이 용모파기는 필요 없는 것이 된다. 하지만 구리야마와 기타이치에게는 은행잎 문신을 찾아내기 위한 중요한 단서이다.

"마님, 이런 회람장이나 용모파기는 일일이 보관해 두십니까?"

마님은 고개를 끄덕였다. "음. 대장이 부탁한 뒤로 늘 그래 왔지."

—이런 것들이 나중에 필요해질 수도 있으니까. 마쓰바, 부탁해.

센키치 대장의 생각이었다는 것이다.

"까만 장식철물 달린 옷장의 제일 아래 서랍에 있는 다토가미_옷<small>을 간수하는 데 쓰는. 넷으로 접은 두꺼운 포장지. 옻 따위를 칠해서 질기게 만들었다</small>에 넣어 두었다."

그렇게 말하고 마님은 입술을 쏙 오므렸다.

"좋은 인연을 맺었으니, 내가 보관해 온 모든 문서도 짱구 씨에게 맡겨 둘까? 센키치 대장의 방범 일에 도움이 되었던 문서와 해결 못한 사건에 관한 문서가 뒤섞여 있지만."

묘안이네요, 마님, 하고 오미쓰가 맞장구쳤다.

"다음에 짱구 씨 만나면 의향을 물어봐 줘."

네, 알겠습니다, 하고 꾸뻑 고개를 숙이던 기타이치 머리에 문득 떠오른 것이 있었다.

"마님은 짱구 씨를 만나서 얘기해 보신 적이 있습니까?"

"그럴 리가. 한 번도 없어." 마님은 고개를 저었다. "센키치 대장한테 소문을 전해 들은 적은 있지만."

'우타촌'도 그런 듯했다.

"저는 직접 만나 보았지만…… 왠지 지금도 잘 믿어지지가 않습니다. 짱구 씨는 정말 뭐든지 귀신처럼 기억하고 또 그걸 끄집어낼 수도 있지만, 도중에 무엇이 방해하면 처음부터 다시 시작해야 하거든요."

기타이치가 그 이야기를 하자 마님은 매우 진지하게 고개를 끄덕이고 오미쓰는 또 웃었다.

기타이치는 조심스레 말을 이었다. "마님도 기억력이 굉장히 좋으신데."

"짱구 씨만큼은 아니지."

"하지만 마님은 뭐가 방해한다고 처음부터 다시 시작하거나 하진 않잖아요. 두 분은 무엇이 다른 건지……."

"그렇다면 마님이 더 윗길이네요."

오미쓰가 끼어들었다. 그러자 마님은 그 말에 단호하게 고개를 저었다.

"그런 게 아니야. 짱구 씨와 나의 차이는 무엇을 기억하고 있느냐에 있다고 봐."

기타이치는 오미쓰와 얼굴을 마주 보았다. "무엇을, 이라고요?"

마님은 말했다. "누구에게 들은 이야기는 나도 남들과 비슷하게 기억할 뿐이지. 센키치 대장의 말은 그립고 쓸쓸해서 자꾸 떠올리고 곱씹으니까 보통 사람보다는 잘 기억하는지 모르지만, 그렇다고 해도 그다지 믿을 건 못 돼. 내가 기억하기 쉽도록 말을 바꾸고 있는지도 모르니까."

마님이 보통사람 이상으로 잘 기억하는 것은 서책의 내용이라고 한다.

"수필로 읽은 것들, 이야기책의 줄거리나 결정적인 대사, 주역의 튀는 매력이나 악역의 사악함 같은 것들. 조리가 서고 이야기가 연결되어 있고 호흡이 느껴지니까 기억하기가 쉽지."

하지만 짱구는 다르다.

"짱구 씨는 세상에서 일어난 일들을 들으면 그걸 고스란히 머릿속에 담는 거야. 실제로 있었던 일들은 지어낸 이야기와 달리 어중간하기도 하고 조리가 맞지 않기도 하고 결말이 없기도 하고 기억하기 불편한 것들이 훨씬 많아. 그래도 크고 작은 조각들을 산더미처럼 모아서 그 조각난 상태 그대로 기억해 두지. 어설프게 손을 대서 연관 없는 것들을 이어 붙여 기억하기 쉽게 만드는 짓은 결코 하지 않아. 기억하기 번거로운 모서리들을 쳐내거나 하지도 않고."

그래서 떠올리는(끄집어내는) 데도 힘이 들고 중간에 방해를 받으면 그 조각을 꿰던 실을 잃어버리기도 할 거라고 마님은 말했다.

"하아." 기타이치는 한숨을 토했다.

"알겠어?"

"저에게는 두 분 다 대단할 뿐입니다."

"그래도 짱구 씨가 더 윗길이지. 다만 서책과 관련해서 물어보고 싶은 게 생기면 나도 쓸 만하다는 걸 기억해 둬."

감사합니다. 전에도 그런 일이 있었지. 『잡담덩굴』이었나?

"그런데 용모파기 매수를 늘리려면 그려 줄 사람이 있어야 하는데, 그런 사람이 있을까?"

마님의 물음에 기타이치는 얄팍한 가슴을 펴며 대답했다.

"물론이죠!"

이튿날 후카가와 사루에에 있는 느티나무집 2층의 어느 방.

볕이 잘 드는 창가의 책상에 에이카가 앉아 있다. 끝이 가는 붓에 먹 한 방울을 묻혀 그 수상한 여자의 목덜미 밑에 있던 은행잎 문신을 그리는 중이다. 용모파기의 빈자리에 넣는 확대도여서 직경이 두 치약 6센티미터 정도 되는데, 에이카의 붓은 지금 은행잎의 윤곽을 그리고 있다. 먹이 번지지 않도록, 선이 비뚤어지지 않도록 주의해야 한다.

옆에서 들여다보는 기타이치가 저도 모르게 숨을 참았다가 답답해져서 흐읍, 하고 들이마신다.

"그거, 아까부터 꽤 거슬려."

붓을 멈추고 시선은 그리고 있는 선에 딱 고정한 채 에이카가 날카롭게 말했다.

"네? 저 말입니까?"

"자꾸 숨 참지 마. 코로 쉬라고."

죄송해요. 기타이치는 목을 움츠렸다.

에이카는 오늘 아침도 앞머리를 세운 어린 사무라이 차림이다 관례를 치르면 앞머리를 면도로 민다. 긴 머리를 하나로 묶어 등 뒤로 늘어뜨리고 작은 국화무늬 평상복에 도잔 한바카마도잔唐桟은 인도에서 도래한 고급 무명 직물. 한바카마는 발목까지 내려오는 하카마. 예복 하카마는 바닥에 질질 끌릴 정도로 길다를 입었다. 한쪽만 두른 멜빵은 선명한 붉은색으로, 작업에 들어가기 전에 기타이치가 보는 앞에서 착 소리를 내며 조여졌다. 그때 잠깐 드러난 팔뚝은 오미쓰처럼 통통하지만 비교가 안 될 만큼 탄탄해 보였다.

—오래 앉아 있으면 혈액과 기의 순환이 나빠져서 뜻대로 선을 긋지 못하게 돼. 그러니까 그림에 뜻이 있다면 하체도 단련해야 해.

처음 만났을 때 에이카는 그런 말을 했었다. 외출할 때는 칼 두 자루를 차는데, 평소 검술 훈련도 게을리하지 않을 것이다.

"어디 볼까……."

에이카가 눈을 가늘게 뜨며 자기 손 맡을 내려다본다. 매수를 늘리기로 한 용모파기에는 사와이 신임 나리의 체면을 생각해서 모모이 사건의 경위는 적어 넣을 수 없다. 단순히 개인적으로 '찾는 사람'일 뿐이다. 글자가 줄어드는 만큼 넓어진 빈자리에 문신 확대도를 곁들이자는 것은 에이카의 생각이었다.

여자의 얼굴은 후유키초 마님이 보관했다가 내준 용모파기 원본과 똑같아서…… 똑같게 베껴 그렸으니 당연한 일이지만, 역시 작은 나리의 기량은 대단하다고 기타이치는 감탄했다. 때문에 또 콧숨을 흘릴 뻔했다. 콧방울에 힘을 주고 숨을 참자 배에서 꾸르륵 소리가 나고 말았다.

"좋아"라고 짧게 말하고 에이카는 상체를 일으켜 기타이치 쪽을 돌아보았다. "이 정도면 됐어?"

그 여자 얼굴과, 기타이치가 보았던 은행잎 문신. 신선한 묵향.

"고맙습니다."

"매수는 많으면 많을수록 좋겠지. 내가 목판을 팔 수 있다면 한꺼번에 여러 매를 찍을 수 있을 텐데…… 그냥 손그림으로 일일이 그리는 수밖에 없지만, 뭐, 한번 해 보자고."

전혀 싫은 기색이 없다. 에이카 님은 이런 그림이라도 즐거운 걸까. 두말없이 수락해서 고맙기 한이 없지만 의아하기는 하다.

"제가 뭐 도와드릴 일 없습니까?"

"없어." 에이카는 짧게 대답했다.

"먹을 갈거나 완성된 그림을 널어 말린다거나……."

"그건 신베에한테 시킨다."

에이카를 모시는 요닌 오우미 신베에는 이른 아침에 기타이치를 맞아 줄 때 대빗자루로 마당에 떨어진 낙엽을 쓸고 있었다.

느티나무집이라는 이름은 잘생긴 느티나무 거목이 있다고 해서 기타이치가 멋대로 붙인 이름이다. 이곳은 하타모토 쓰바키야마 가쓰모토 나리의 별저이다. 그 이름대로 정원에 동백나무도 자라고 있다.

꽃이 질 때 송이째 떨어지는 모습이 참수되어 툭 떨어지는 사람 머리를 연상케 한다고 해서 무가에서는 좋아하지 않는 '동백'. 그 나무를 이름에 집어넣고 마당에 동백꽃을 키우다니, 하타모토치고는 좀 그렇지 않은가? 배움이 없는 기타이치는 이런 의문을 품을 일이 없지만, 도미칸은 문득 의아하다는 얼굴로 신베에에게 슬쩍 물어본 적이 있다.

충직한 요닌은 웃는 낯으로 "나도 모른다"라고 대답했다. "다만 툭 떨어져 데구루루 구르는 동백꽃송이를 주워 모아 산더미처럼 쌓아 올리듯이 적장의 목을 산더미처럼 쌓아 버리겠다는 용맹과 감한 이름이라고 생각한다면 오히려 믿음직스럽지 않은가."

듣고 보니 그러네, 하고 기타이치도 도미칸도 납득했다. 오우미 신베에는 그런 사람이다. 언제나 밝고 활기차다. 오늘 아침도 창술 훈련하듯 대빗자루를 휘두르고 있었는데, 인사를 나누고 나서는 모습이 보이지 않았다.

"이런 부탁을 불쑥 들고 와서 오우미 님까지 번거러, 번거럽, 어? 번거러르게."

혀가 잘 돌아가지 않는 기타이치를 보고 에이카가 아하하, 웃었다. "신베에라면 모밀잣밤나무 열매와 은행을 줍겠다고 목재창고 뒷동네에 갔다. 그 근처 농가 꼬마들한테 질세라 하카마를 걷어잡고 뛰어갔어."

무가저택 요닌은 만능꾼이라고 한다지만 꼬마들과 나무열매 줍기 경쟁까지 하다니.

"에이카 님도 은행을 좋아하십니까?"

"좋아해. 세토가 질냄비에 볶아 줘. 튀김도 맛있어"라고 말하고 막 끝낸 은행잎 여자 용모파기로 시선을 떨어뜨렸다. "만약 이 여자가 모모이 사건의 범인이라면 한동안은 은행 구린내가 무척 거슬릴 것 같은데."

말씀하신 대로입니다.

"그런데 기타이치는 눈썰미가 좋아. 이 문신, 실물은 1몬짜리 엽전만 하겠지? 용케 자세히도 보았네."

1몬 엽전보다는 컸던 것 같고 목덜미 아래 평평한 자리에 선명하게 자리 잡고 있어서 잘 보였던 것이다.

"백분 문신이라고, 피부가 달아올라야 떠오르는 문신 같다고 하더군요."

어린 사무라이 차림을 하고 있어도 에이카는 젊은 아씨다. '달아오르다'라는 말조차 기타이치로서는 말하기 힘들다. 하지만 에이카는 그걸 의식하는 기색이 없다.

"이것은 모모이 살해와는 무관하게 그냥 찾는 사람의 용모파기로 뿌리는 거니까 파수막이나 기도반만 고집할 필요는 없겠지. 상가나 노점 등 최대한 널리 나눠 주어서 많은 사람들 눈에 띄게하는 게 중요해."

기타이치도 행상 다니는 곳에 배포하고 싶었다. 그러자면 상당한 매수가 필요한데, 에이카 혼자서는 힘들 것이다.

미안해하는 표정을 읽었는지 에이카는 가만히, "이 용모파기로 바쁠 동안 붉은 술 문고 그림은 쉬겠어. 지금까지 그린 소재를 변통해서 어떻게든 계속 만들고 있어."

물론 어떻게든 해 봐야죠. 암요.

"전에 전단지를 만들고 싶다고 했었지?"

에이카의 귀에도 들어간 모양이다.

"착상은 했습니다만……."

의외로 돈도 수고도 많이 든다는 것을 알았다.

"앞으로 팔 예정인 문고 도안을 전단지에 실어서 미리 배포하려면 당장 지금부터 초봄용 전단지를 만들지 않으면 제 시기에 댈 수 없을 만큼 시간 여유가 없어요. 그리고 하나 배포했다 싶으면 바로 다음 전단지도 준비해야 합니다. 지금 우리 힘으로는 도저히 감당할 수 없습니다."

목을 움츠리는 기타이치에게 에이카는 "흐음" 하고 말했다. 더 정확하게는,

"흐ㅇㅇㅇ음."

이라고 해야 할 만큼 길게 끌었다. 뭔가 생각하는 듯했다. 마침내,

"그때그때 잠깐밖에 통하지 않는 전단지를 뿌리자면 너무 일이 많아지겠지."

라며 고개를 갸웃거리더니 중얼거렸다. 하나로 묶은 윤기 있는 검은 머리가 아침해를 받아 빛난다. 부드러운 목선과 아름다운 꼬리를 가진 망아지 같다.

"……이참에, 전단지가 아니라 목록을 만들면 어떨까."

목록'?

"지금까지 붉은 술 문고에 넣었던 도안을 전부 소개하는 견본첩 말이야. 분류는 월별로 해도 좋고 24절기별로 해도 좋아. 1년분을 싣는 전책과 월별로 따로 만드는 분책으로 나누어도 재미있지 않을까."

에이카의 목소리가 활기를 띤다.

"그야 도록이면 더욱 좋겠지만, 일일이 도판을 넣자면 나 혼자서는 도저히 감당이 안 돼. 기타이치가 도록의 작은 도안을 그려줄 화가를 따로 구한다면 얘기가 달라지지만."

어떨까. 지금 당장 기타이치 머리에 떠오르는 화가는 없었다. 대본소의 무라타야 지혜에도 이야기책 사본을 만들 때 삽화 그릴 화가를 좀처럼 구할 수 없고 돈도 많이 든다고 불평하지 않았던가.

"목록을 만들어도 한두 부 가지고는 소용도 없지만, 그냥 문서라면 목판으로 인쇄할 수 있으니까."

"대량으로 인쇄해서 어떻게 활용하면 좋을까요?"

뭐야, 몰라서 물어? 라는 투로 에이카가 눈알을 뱅글 돌렸다.

"동네방네 다 나눠 줘야지. 행상 다니며 손님들에게 보여 주고. 마음에 드는 도안을 고르게 해서 주문을 받아다가 문고를 만드는 거야."

이런 방식이라면 철철이 전단지를 만드느라 휘둘리지 않고, 늘 만드는 문고와 주문 받고 만드는 문고 두 가지로 가면 된다.

"이럴 경우 화가는 나 혼자서도 되지만 문고 만드는 인원은 늘리는 게 좋겠지. 행상도 이제 기타이치 혼자 하지 말고 누군가 고용해도 좋지 않을까."

이야기가 점점 커지고 있다.

"그것은, 스에조 영감하고도 상의해 보겠습니다. 지금은 어쨌든—."

에이카도 흥분을 다잡는 표정이었다. "그래, 일단은 이 용모파기지."

그때 창문 아래 마당에서 오우미 신베에의 목소리가 들렸다. 세토 님과 이야기를 나누는 듯했다.

"오우미 님이 또 혼나는 건가요?"

세토 님은 기운이 정정한 은발 노파로, 이 저택에서 제일 세다. 오우미 신베에는 물론이고, 이 저택에 드나드는 문고장수(그래도

'놈'보다는 격상된 호칭이다) 기타이치 따위는 감히 고개도 들지 못할 뿐 아니라 땅바닥에 구멍을 파고 머리를 박아도 모자랄 정도다.

에이카는 가볍게 윗몸을 기울여 격자창을 열고 고개를 내밀었다. 천녀가 날아오르는 듯한 동작이다. 희미하게 좋은 향기까지 풍겨 왔다. 평상복에 향 연기라도 쐬었나?

"오오, 월척이네. 기타이치도 봐 봐."

실례합니다, 하며 조금 떨어진 자리에서 창밖을 내려다보았다. 마침 신베에가 이쪽을 올려다보며 은행이 가득 담긴 큰 소쿠리를 번쩍 쳐들어 보였다.

"⋯⋯윽, 냄새."

"진짜."

코를 쥐고 웃으며 다시 신베에 쪽으로 시선을 돌렸을 때 기타이치는 보았다. 서쪽 기쿠카와바시 쪽에서 누가 급하게 뛰어오고 있었다. 분명히 느티나무집으로 오는 것이다. 신베에도 그것을 알아채고 뒤를 돌아다보았다.

—다이치다.

도미칸 나가야에 사는 기타이치의 동료 세입자다. 아버지 도라조와 함께 생선행상을 한다. 그러나 지금 다이치는 멜대 없이 맨손으로 달려오고 있다.

"실례합니다, 에이카 님."

기타이치는 얼른 계단을 내려가 느티나무집 정원으로 뛰어나갔다. 세토 님이 있으니 허리를 숙이고 미끄러지듯이.

"아, 기타 씨."

역시 있었네, 하며 다이치가 숨을 몰아쉬었다. "아버지랑 구역을 나눠서 찾아다녔잖아."

"도라조 씨는?"

"기타 씨의 작업장으로 갔어."

"이런, 미안해."

"도미칸 씨가, 부탁해서, 그래서."

허억허억, 끊어 말하지만 다이치의 표정은 굳어 있었다. 무슨 소식을 가져왔는지 기타이치도 짐작이 갔다.

"고생했다. 물 한 잔 줄까."

신베에가 다이치를 위로하자 세토 님이 얼른 안으로 들어갔다.

"저어, 기타 씨" 하고 다이치가 말했다. "모모이의…… 끔찍한 살인을 저지른 자가 잡혔다고?"

잡힌 것은 어제 일이다. 오늘 아침에야 소식이 알려졌다면 그 놈이 고문을 못 이기고 자백해 버렸다는 말일 것이다.

"그래? 어디 사는 어떤 놈인데?" 하고 신베에가 물었다.

"도박장 건달로 이름은 히사주. 모모이 안주인을 짝사랑해서 집요하게 치근덕거리던 단골손님이었답니다."

차차 숨을 고르던 다이치가 기타이치의 얼굴을 보았다.

"기타 씨가 직접 잡고 싶었겠지만, 그래도 다행이네."

구리야마의 검시 작업을 거들고 나가야에 돌아오기 무섭게 혼절하듯 쓰러진 기타이치를 보살펴 준 것은 도라조와 오킨과 다이치 일가였다. 그 뒤로 기타이치가 내내 우울해하는 것을 다이치는 알고 있었다. 그가 말한 '다행이네'에는 따뜻한 마음과 배려가 담겨 있었다.

해서 '그러게'라고 대답하려 했지만 그보다 먼저 다이치가 내처 말했다.

"그놈이 덴마초 감옥에 갇혀 있는데 조사가 어지간히 혹독했나 봐. 깡그리 털어놓자마자 죽어 버렸대."

꼴좋게 됐지, 하고 다이치가 말했다.

죽어 버렸다.

이로써 사건도 끝났다. 이제 무엇을 어떻게 해도 뒤집을 수 없게 되고 말았다. 히사주가 살아 있지 않으면 이쪽에서 어떤 증거를 찾아내도, 설사 범인을 끌고 오더라도 소용이 없다.

―그 자백은 허위였습니다.

그렇게 말할 히사주가 더는 없는 것이다.

기타이치는 입술을 깨물었다. 할 말이 없어 땅바닥을 내려다보았다.

"다이치, 부엌으로 와. 물 한 잔으로는 안 되겠다. 물말이라도 먹고 가라."

큰 소쿠리를 옆에 끼고 신베에가 다이치의 등을 밀더니 "세토 님, 세토 님, 부탁합니다"라고 소리치며 저택 안으로 들어갔다.

은행을 줍느라 바빴던 신베에는 자세한 사정을 아직 모른다.

모르지만 기타이치의 안색을 보고 심상치 않다고 짐작했으리라.

"기타이치."

에이카가 불렀다. 어느새 옆에 와 있다.

"그런 얼굴로 뭘 하겠다는 거야."

에이카의 눈빛은 날카롭고 등은 세토 님처럼 꼿꼿하다.

"히사주가 죽었든 살았든 네가 할 일은 달라지지 않아."

그렇다. 달라지지 않는다. 기타이치는 고개를 들었다. 그때 코끝이 따끔했다. 아까는 신베에도 당황했던 것인지 발치에 은행이 떨어져 있었다. 썩혀서 내다 버려야 하는 먹지도 못할 열매.

"으, 냄새" 하고 에이카가 말했다. "정말 지긋지긋한 은행이야."

그때 보았던 은행잎 문신을 한 여자의 얼굴. 미소를 그리던 얇은 입술.

어디 사는 작자이고, 지금 어디 처박혀 있는가.

3

멜대를 메고 사가초 무라타야로 가다가 경단 노점을 하는 자그
마한 아주머니와 마주쳤다. 늘 영업하는 장소로 지금 막 나가는
중인가 보다. 향긋한 냄새에 끌려 지혜에에게 선물로 사 들고 가
자고 생각했다. 달콤 짭짤한 팥소를 넉넉하게 감은 미타라시당고
쌀가루에 설탕과 간장을 넣고 칡가루를 넣어서 빚은 꼬치구이 경단였다.

"방금 쪄 낸 거라 맛나요. 담에 또 만나면 그때도 부탁해요."

"그럼요. 그런데 아주머니, 작은 부탁이 있는데, 들어주실래
요?"

오늘은 상강. 가을은 빠르게 깊어 가는데 경단 노점 아주머니
얼굴에는 여름 볕에 그을린 자국이 깊이 배어 있다. 아마 기타이
치의 얼굴도 마찬가지일 것이다.

"뭔데요."

"이 용모파기, 아주머니 노점에 붙여 주실래요? 제가 찾고 있
는 사람인데요."

에이카가 그려 준 은행잎 문신의 용모파기는 족히 1백 매가 넘
는다. 기타이치는 떠올릴 수 있는 모든 장소에 배포하고, 떠올릴
수 있는 모든 지인에게 부탁해서 사람들 눈에 잘 띄는 자리에 붙
이게 했다. 오우미 신베에는 물론이고 도미칸, 이발사 우타촌, 기
타지가 있는 오기바시의 조메이탕, 나가야의 이웃 세입자이며 고

물 노점을 하는 다쓰키치, 바느질가게에서 부업거리와 함께 이런 저런 삯일도 받아다 하는 오히데, 채소장수 노부부 시카조와 오시카, 생선행상 도라조와 아들 다이치, 근처 식당에서 일하는 딸 오킨. 습자소의 부베 선생. 선생이 단골로 드나든다는 아이오이바시 너머의 '도네이'라는 주점(한번은 선생이 기타이치를 데려간 적도 있다). 그리고 대본소 무라타야. 그러고 보니 기타이치가 용모파기를 들고 지혜에를 찾아갔을 때 마침 거기 와 있던 필묵가게 '쇼분도'의 로쿠스케라는(얼굴이 수세미처럼 긴) 데다이에게도 부탁했다. 쇼분도는 니혼바시거리 4가에 있어서 문신을 한 여자의 용모파기는 오오카와 강 건너편에도 확실하게 전해지게 되었다.

—부족하면 더 그리지, 뭐.

에이카는 그렇게 말해 주었지만 그 일에만 매달리다가는 새로운 문고 도안이 나오질 않는다. 은행잎 문신을 하릴없이 기다리는 일도 벌써 보름이 지나려 한다. 에이카가 제안한 목록 건은 스에조 영감도 크게 찬성했다. 에이카 님을 슬슬 본업에 집중하게 하지 않으면 일거리가 밀리게 된다…… 어? 본업이라니, 세토 님이 들으면 부레이우치無礼討ち 사무라이를 모욕하는 평민을 베어 죽일 수 있는 권리를 당할라.

"이 사람 찾기는 찾을 때까지 계속할 생각이지? 용모파기 정도는 화가가 아니라도 어깨너머 배운 솜씨로 그릴 수 있는 거 아닌가. 우리 손님 중에 그려 줄 만한 사람을 찾아봐 줄까?"

얼마 전에 알게 된 로쿠스케가 이렇게 친절한 말을 해 주어서 놀랐지만, 아 그래요? 하며 덥석 달려들 수는 없다는 것을 기타이치도 잘 알고 있다.

"실은 이거, 혼조 후카가와 담당 도신 나리에게 호되게 경을 쳐도 할 말이 없는 용모파기입니다. 그래서 도신 나리의 손길이 닿지 않는 데서 그린 겁니다."

에이카에게 부탁한 데는 그런 의미도 있었던 것이다.

"내 지인이라면 어떻게든 내가 책임지겠지만 쇼분도가 소개한 사람이라면 제가 책임지기 힘들겠죠. 하지만 말씀만으로도 고맙습니다."

꾸뻑 고개를 숙이는 기타이치 앞에서 숯검댕 눈썹이란 별명이 있는 무라타야 지헤에와 수세미처럼 긴 얼굴을 가진 로쿠스케는 나란히 빙글빙글 웃었다.

"오, 사람 참하네" 하고 로쿠스케가 말했다.

"내가 장사를 같이해 보려고 할 정도니까 당연히 참한 사람이지" 하고 지헤에가 가슴을 편다. 빨래장대처럼 큰 키여서 앉아 있어도 허리가 길다.

"센키치 대장이란 사람은 탐탁지 못한 소문도 있더만, 수하 중에 이런 참한 사람도 있구먼."

응? 이건 기타이치가 흘려들을 수 없는 말이었다. "대장에게 탐탁지 못한 소문이 있었다니, 어떤 소문이죠?"

로쿠스케는 당황하는 기색도 없이 주걱턱을 손으로 비틀며 말했다. "여자를 엄청 밝혔다더만."

"그건 사실이지만…… 그렇다고 사람들한테 손가락질 당할 분
은 아니었죠."

"그야 당시 기타이치 씨는 어렸으니까 잘 몰랐겠지."

그만두세요, 하고 지헤에가 끼어들었다.

"자, 두 분, 그만 노닥거리고 돌아들 가시죠."

무라타야 방문은 그날 이후 처음이다. 용모파기를 붙여 달라고
부탁해 둔 곳에서는 아무 소식도 없다. 기타이치가 지금 무라타
야로 가고 있는 것도 목록이 나오면 무라타야가 빌려주는 대본으
로 취급해 줄 수 있는지 상의하기 위해서였다.

스에조 영감이 달가워하지 않는 이상 지헤에가 제안한 '읽을거
리 문고' 건에는 응할 수 없었다. 하지만 기타이치는 지헤에와 제
휴하는 것을 포기하고 싶지 않았다.

반가운 소식이 없는 나날이지만 장사 쪽에서라도 적극적으로
움직여 보자 생각하고 걸음을 옮기는 중인데, 도착하고 보니 무
라타야에 손님이 두 사람 와 있었다. 아마 지헤에와 가까운 사이
인지, 즐겁게 이야기하는 소리가 밖에까지 들릴 정도였다. 두 손
님은 부유한 상인 차림으로, 부자지간이 아닐까 싶을 만큼 나이
차이가 나 보였다. 어쩌면 정말 부자지간인지도 모른다.

기타이치가 대본소 안을 슬쩍 들여다보는데 한 명밖에 없는 무
라타야 지배인이 다과 쟁반을 들고 나왔다. 이 지배인은 안개만
먹고 사나 싶을 만큼 빼빼 말라서 신선처럼 보이는 노인이다. 기

타이치는 그와 직접 이야기를 나눈 적이 없었다. 언제 봐도 빗자루로 청소를 하거나 서책의 먼지를 털거나 길바닥에 물을 뿌리고 있었다. 그 지배인이 지금은 싱글벙글 웃는 낯으로 두 손님에게 인사를 한다.

틀렸네. 오늘은 불청객 신세군, 기타 씨. 다음에 다시 오자고.

사가초는 넓어서 오오카와 강에 연결되는 운하에 의해 몇 개 구역으로 나뉘어 있는데, 무라타야가 있는 구역은 가미노하시 다리 맡이다. 센다이보리 운하를 따라 동쪽으로 걸으면 후유키초가 나온다. 마님 댁에 가서 미타라시당고를 드리자. 운하를 건너오는 바람은 쌀쌀하지만 경단 꾸러미를 품에 넣으니 딱 알맞게 따뜻하다. 기타이치는 멜대를 고쳐 메고 걷기 시작했다.

그때였다. 기타이치가 향한 쪽에 있는 아이오이바시 다리를 건너 이쪽으로 걸어오는 사람이 보였다. 오미쓰였다. 멜빵과 앞치마를 벗은 옷차림으로 보자기꾸러미를 들고 있다.

기타이치는 그녀가 걸어오는 모습을 바라보다가 재빨리 몸을 돌려 상가 모퉁이에 숨었다. 심장이 쿵쿵 뛰었다.

—왜 숨는 거지?

오미쓰는 후유키초 마님의 충직한 하녀이며 시키지 않아도 자잘한 시중까지 들어 주고 있다. 좋은 사람이다. 기타이치와는(누이뻘인지 숙모뻘인지 미묘하지만) 가족이나 다름없는 사이다.

그런데 왜 손을 흔들며 반가워하지 않고 몸을 숨겼을까.

두근두근. 심장이 그제야 안정되고 분별심도 돌아왔다. 비로소 기타이치는 제 마음을 들여다보았다.

—이쪽으로 걸어오는 오미쓰 씨, 정말 예뻤다.

얼마 전에도 식사 시중을 드는 오미쓰의 팔뚝을 보고 통통해졌다고 느꼈는데, 그렇다고 무슨 불량한 생각을 한 것은 아니었다. 그 뒤 에이카의 탄탄한 팔뚝에 견준 적도 있지만, 오미쓰에게 조금 실례였는지 몰라도 결코 엉큼한 생각은 하지 않았다.

그런데 아까는 오미쓰의 얼굴을 보고 '어디 가는 거야?'라고 알은척을 할 수 없었다. 그만큼 오미쓰는 기타이치가 지금까지 본 적이 없을 만큼 한껏 여성스러웠던 것이다.

몸단장을 하고 나온 것을 보면 마님 심부름을 가는 중이었으리라. 보기 흉하지 않게 살짝 화장을 했다고 해도 이상하진 않다. 하지만 그것만은 아니었다. 지금까지와는 느낌이 달랐다고 해야 할까.

멜대에 있는 물건이 떨어지지 않게 조심하며 기타이치는 최대한 빠르게 후유키초로 향했다. 마님을 만나 오미쓰를 어디로 보냈는지 알아보자. 그리고…… 요즘 오미쓰 씨가 웬일로 예뻐졌네요, 라고 묻는다?

미쳤냐, 어떻게 그런 말을! 그럼 뭐라고 묻지? 오미쓰 씨한테 괜찮은 남자가 생겼나요? 아니면, 오미쓰 씨에게 혼담이라도 들어왔나요? 아뇨, 왠지 예뻐진 것 같아서요…… 에헤헤.

무슨 말로 물어도 어색할 것 같다. 엉큼한 속셈은 없으며 그저 오미쓰가 예뻐졌음을 알아채고 놀랐다는 느낌만 전하려면 어떻게 말해야 좋을까.

답을 내지 못한 채 도착해 버려서 뒷문으로 들어가 멜대를 내려놓고 호흡을 두어 번 골랐다. 좋아, 뒷간에서 손을 씻고 마님께 인사드리자. 그렇게 생각하고 발소리 죽여 뜰을 가로지르는데 툇마루에 면한 장지 너머에서 마님 목소리가 들렸다.

장지 네 장 중에 가운데 두 장이 만나는 곳만 주먹 하나 정도 열려 있었다. 담배를 좋아하는 마님은 담뱃불을 붙이면 반드시 저렇게 환기를 한다.

"……정말 나리께서 말씀하신 대로입니다."

기타이치는 발에 밟힌 개구리처럼 납작 엎드렸다. 마님 댁에 손님이 와 있다. 두 사람이 이야기하고 있나 보다. '나리'라면 많은 사람을 떠올릴 수 있다. 어느 나리일까.

"그래도 기타이치는 나리를 거스를 생각이 털끝만치도 없다는 것은 부디 믿어 주십시오. 그 아이가 아직 세상 물정에는 어둡지만 분수를 모르는 바보는 결코 아닙니다. 윗사람 공경할 줄 알고 스스로 부족한 점이 있으면 배우고자 하는 아이입니다. 죽은 센키치가 그렇게 가르치며 키웠다는 것은 이 마쓰바가 잘 압니다."

마님 이름은 '마쓰바'. 우타이가면음악극 노가쿠에 등장하는 가사에 가락을 붙인 노래. 조닌들 사이에 활발하게 교수되고 노래되었다나 무용 사범 같은 세련된 이름이지만, 평소 그 이름으로 불리는 일은 거의 없다.

"센키치 이름을 꺼내면 내 입장이 약해지지."

대답하는 목소리는 혼조 후카가와 담당 도신 사와이 렌타로였다. 은퇴한 사와이 렌주로의 뒤를 이은 신임 나리이다. 기타이치는 너무 놀라 딸꾹질이 나오려 하자 양손으로 입을 틀어막았다.

"아버지 밑에서 열심히 일해 준 사람이고 내가 몇 년간 수습으로 일할 때도 여러 번 신세진 빚이 있으니까."

센키치 대장은 오캇피키가 된 뒤로 혼조 후카가와 담당 도신이던 사와이 렌주로에게 오캇피키 목찰을 받아 일해 왔다. 그가 은퇴하고 아들 렌타로가 도신 자리를 상속하자 센키치 대장도 자연히 신임 나리 밑에서 방범 일을 해 왔는데, 방금 신임 나리 본인이 말했다시피 젊은 사무라이가 노련한 오캇피키를 얻은 셈이니 도움을 받은 일이 많았다고 해도 이상할 것이 없다.

"여기 후카가와에서 어느 누가 사와이 가에 도움을 줬느니 빚이 있느니 하는 불손한 말을 하겠습니까."

평소 듣던 마님의 온화한 음성이다. 화로 앞에 반듯하게 앉아 양손을 무릎 위에 포개고 감긴 눈꺼풀을 희미하게 떨며 이야기하는 마님 모습이 기타이치 눈앞에 보이는 듯했다.

"그러니 센키치 묘에 향 한 자루 공양해 주시는 셈치고 기타이치가 하는 일을 잠시만 눈감아 주실 수 없으신지요."

기타이치가 하는 일. 그 용모파기가 신임 나리의 눈에 띄었나? 개인적으로 '찾는 사람'이라고 딴청을 피웠지만 역시 들통난 건가.

"그렇게나 많은 용모파기를 기타이치 혼자 마련할 수는 없지."

흐흠, 하며 젊은 나리가 콧김 소리를 냈다.

"그 아이 혼자 하는 일은 아니라는 것 정도는 나도 짐작하고 있네. 그렇기 때문에 확실하게 못을 박아 두지 않으면 나쁜 선례가 될 터라서 이러는 거야."

사와이 렌타로는 기타이치가 검시관 구리야마 슈고로의 요청을 받았으리라는 것까지 짐작하는 듯했다.

―구리야마 나리는 동료들 사이에서 별종 소리를 듣는다고 하니까.

그래서 더욱 신임 나리의 심기가 불편한 걸까.

나쁜 선례가 될 거라니, 너무나 두려운 말이다. 센키치 대장 생전에 오캇피키 수하로 일해 본 적이 없는 기타이치가 새로 도신이 된 자신을 건너뛰고 감히(아무리 별종이라고는 해도) 상사인 요리키 나리에게 들러붙어 수족처럼 움직인다는 점이 거슬렸는지 모른다.

"그럼 그 못은 제가 받게 해 주십시오" 하고 마님이 대답했다. "제가 그 못을 받아 두었다가 그럴 필요가 있을 때 신임 나리를 귀찮게 하지 않고 제 손으로 기타이치 목덜미에 박겠습니다. 그때는 그 아이 숨통이 끊어지도록 확실하게 박아 드리겠습니다."

우와, 무섭다. 제발 봐주세요, 마님. 기타이치는 제 입을 더욱 단단히 틀어막고 정원 징검돌처럼 조그맣게 움츠러들었다.

"또 가차 없이 말하는군."

사와이의 엷은 웃음. 제발 씁쓸한 웃음이기를.

"센키치 부인에게 직접 이야기할 기회는 없었지만, 내가 수습

딱지 떼고 도신이 되어 센키치에게 목찰을 내줄 때, 장차 센키치 신상에 변고가 생기면 누구에게 오캇피키 자리를 물려줄 생각이냐고 물어본 적이 있네."

그러자 마님이 말했다. "신임 나리와 그런 이야기를 했다고 센키치에게 들었습니다. 아무에게도 짓테를 물려주지 않겠다고 분명하게 말씀드렸다더군요."

—그렇구나. 마님도 알고 계셨구나.

기타이치는 똑똑히 기억하고 있다. 센키치 대장이 급사하자 문고가게와 오캇피키 자리를 누구에게 물려줄 것인지를 놓고 사와이 부자, 도미칸, 기타이치의 선배들이 모여 이야기하는 자리에서 사와이 렌타로는 이렇게 말했던 것이다.

—나는 센키치의 수하 누구에게도 목패를 내줄 생각이 없다. 붉은 술 짓테는 반납하도록!

그것은 은퇴한 사와이 렌주로도 처음 듣는 이야기인지 깜짝 놀라는 얼굴이었다.

—이것은 센키치하고도 이미 얘기가 된 일입니다. 자기 수하에게는 짓테를 물려주지 않겠다고 제 손으로 써 준 증서도 있습니다.

이때 어깨를 떨어뜨리고 분노의 눈물을 흘리는 선배들 옆에서 은퇴한 사와이 렌주로가,

—그럼 누가 마쓰바를 지켜 줄 거냐!

하고 큰소리로 호통친 덕분에 마님의(더불어 기타이치의) 현재

생활이 가능했다. 그것은 정말로 감사한 일이지만, 그때는 수하
축에도 끼지 못하던 기타이치도 아연했으니 선배들은 얼마나 분
했을까. 그 후 후카가와를 떠나 버린 선배들이 나온 것도 무리는
아니라고 기타이치 나름대로 추측하고 있다.

　—우리는 다 쓰레기라고 생각했었지.

　그것이 초봄의 꽃샘추위 즈음이었다. 그 뒤로 두 계절이 지났
으니 기타이치도 조금은 쓰레기 더미에서 벗어난 것일까. 문고
장사든 오캇피키 흉내든 지금 하는 일들이, 쓰레기 같은 게 한 마
리가 게거품 물고 혼자 용쓰는 것이 아니라 세상에 조금은 보탬
이 되고 있을까.

　"그렇다면 저렇게 오캇피키나 된 것처럼 시중을 뛰어다니는 기
타이치를 가만히 놔두는 것은 센키치의 유지를 무시하는 거라고
생각하지 않나?"

　기타이치는 진심으로 정원석이 되고 싶었다. 바위라면 아무것
도 느끼지 않을 테니까.

　"나리 말씀에 말대꾸하는 것 같습니다만, 저는 그렇게 생각하
지 않습니다."

　마님 말투에 미소가 묻어나고 있다.

　"그 아이도 나름대로 소견이 있고 계획이 있어서 시중을 뛰어
다니는 것입니다. 그 아이를 도와주시는 분들도 기타이치에게서
센키치의 후광을 보고 돕는 것이 아닙니다. 오히려 후광을 받기
에는 부족한 기타이치의 어수룩함에 저도 모르게 도움의 손길을

내밀어 주는 것이겠지요."

지금의 기타이치는 오캇피키감이 아닙니다, 라고 말했다.

"무슨 일이든 맨손으로 맞서고, 세상일을 겪으며 상처 받고 피 흘리고 물집도 생기고 손바닥에 못도 박이고 얼굴 가죽 손 가죽 을 두껍게 만들며 수련을 쌓고 있는, 이곳 후카가와 지역의 잔심 부름꾼입니다."

두 사람의 말소리가 끊긴 사이에 정원의 나무들이 수런거리는 소리가 들린다. 기타이치는 자신의 심장이 뛰는 소리를 듣고 있 었다.

"—아무래도 어쩔 수 없겠군. 센키치 부인이 그렇게까지 말한 다면 나도 잠시 지켜보기로 하지."

흐흠. 신임 나리의 두 번째 콧김 소리는 아까보다 조금 부드러 워진 것 같은데. 칼을 잡고 자리에서 일어서는 듯했다.

"배웅할 필요 없네. 건강에 유의하게. 아버지가 늘 걱정하시 네."

"황송합니다."

사와이 렌타로는 현관을 통해 돌아갔다. 기타이치는 정원석 흉 내를 내며 굳어 있었다.

"이제 됐다" 하고 마님이 불렀다. "기타이치, 거기 있지? 그만 나와. 맛있는 냄새가 나는걸."

눈이 보이지 않는 만큼 마님은 다른 감각들이 무척 예민하다. 소리나 기척, 냄새, 감촉 등으로 하나부터 열까지 알아낸다.

"미타라시당고를 사 왔는데요······."

기타이치가 그제야 일어나 팔다리를 폈다. 한심하게도 무릎에서 두둑, 하는 뼈 소리가 났다.

"여기 쪼그리고 있었더니 경단 꾸러미가 납작해져 버렸습니다."

"맛은 변하지 않았겠지. 어서 들어와."

"그럼 실례하겠습니다." 기타이치는 꼬마처럼 울상이 비어져 나오려는 것을 애써 참았다.

옷에 묻은 흙먼지를 잘 털어 내고 툇마루를 통해 방으로 들어가, 장식불처럼 조용히 앉아 있는 마님을 보았다. 느슨하게 구시마키머리를 끈으로 묶지 않고 빗에 감아 머리 위로 틀어 올리는 간단한 머리 모양로 올린 머리에 흰머리가 한 줌 섞여 있었다. 쓰유시바무늬이슬 맺힌 풀잎을 일정하게 배치한 무늬 옷에 지가이이초잎자루가 긴 은행잎 두 장을 X자로 배치한 무늬가 자수된 오비를 두른 멋진 가을 옷차림이다.

기타이치가 그 모습에 감탄하는 것도 마님은 다 알고 있다.

"은행이라니, 요즘 기타이치에게는 웬수 같겠지. 오늘 아침 오미쓰가, 기타 씨가 빨리 범인을 찾아 올 수 있도록 기원하자는 의미에서 이 오비를 골라 주었다."

그렇게 말하며 손바닥으로 오비 앞쪽을 탕 쳤다.

"아, 예, 은행잎 무늬가 꽤 크네요."

"본래 은행은 사람에게 여러 가지로 이로운 나무지. 어릴 때 이불에 지도를 그렸다가 쓰게 달인 약을 마신 기억이 있지? 그게 바로 은행으로 만든 생약이다."

기타이치는 무쇠주전자로 끓인 물로 엽차를 타고 짜부라진 경단 꾸러미를 펼쳐 놓았다.

"이거 드세요, 마님. 근데, 저어."

마님은 경단 쪽으로 목을 늘이며 손을 내밀었다. "자, 얘기는 그만 됐고, 경단꼬치 하나 집어 줘."

저를 감싸 주셔서 고맙습니다. 마님 은혜가 헛되지 않도록 열심히 노력하겠습니다. 기타이치는 마음속으로 두 손을 모았다.

화로를 가운데 두고 쫄깃하게 씹히는 경단을 먹었다.

"여기로 오는 길에 아이오이바시 밑에서 오미쓰 씨를 보았는데요……."

아마 사와이 신임 나리가 방문하자 그런 이야기가 나오리라 짐작한 마님이 오미쓰 씨에게 심부름을 시켜 자리를 비키게 했겠구나.

"저번에 조금 신세를 진 댁이 있어서 과자상자를 들려 보낸 거다."

시원하게 대답하고 마님이 경단을 깨물었다. "맛있네."

달콤 짭짤한 맛이 기타이치 가슴속까지 번져 온다. 울면서 웃는 것 같은 맛.

"오미쓰 씨 몫을 남겨 두어야겠군요."

"가끔은 괜찮아. 그 아이, 요즘 조금 살찐 것 같기도 하고."

오. 마님도 알고 있었구나.

"저도 그렇게 생각했어요. 마님은 어떻게 아셨어요?"

"매일 시중 받고 있는걸. 만져 보면 알지."

꼬치 하나를 해치우고 두 개째를 먹기 시작한다. "나에게는 오미쓰도 '그 아이' 기타도 '그 아이'지. 하지만 두 사람 다 이제 어린 애는 아니야."

마님은 감겨 있는 눈꺼풀 속에서 눈동자를 데굴 굴린 듯하다.

"그러니 나도 곧 할머니가 되겠지. 어쩔 수 없는 일이지만 착잡하구나."

마님 눈가에 웃음과 함께 깊은 주름살이 잡힌다. 볼이나 입가에는 산주름도 보인다. 하지만 그게 뭐 어때서? 라고 할 정도로 곱다.

"마님은 언제나 마님이십니다. 할머니가 되는 일은 없을 거예요."

"어머, 기타 씨도 제법 여자들이 좋아할 말을 할 줄 아네."

기타이치는 부엌으로 도망쳐 나와 수건을 들고 돌아왔다. 마님은 만족스럽게 입가를 닦고 손가락에 묻은 팥소를 닦아내며 아까하던 말을 잇는 말투로 말했다.

"그럼 나도 상으로 좋은 걸 알려 줘야지."

기타이치 쪽으로 똑바로 돌아앉았다. 마님은 지금처럼 일대일이 아니라 여러 사람이 있을 때도 말을 건네고 싶은 상대방에게 정확히 얼굴을 향한다.

"대장이 죽고 사와이 신임 나리가 아까 그 이야기를 하던 자리에는 기타 씨도 있었지."

"네, 맨 끝자리에 앉아 있었죠."

"대장이 수하 가운데 누구에게도 오캇피키 자리를 물려주지 않
겠다고 결심하고 증서까지 남겼다고 했으니 크게 실망했을 거야.
화도 났을 테고."

"애초에 저는 해당되지 않는 얘기였는걸요."

"그렇지 않아. 그랬다면 대장이 기타를 키웠을 리 없지."

천천히 고개를 젓고 나서 마님은 먼 소리에 귀를 기울이는 양
고개를 갸웃했다. 추억 속에 있는 그리운 센키치 대장의 목소리
를 들으려고 하는 듯하다.

"사와이 신임 나리 귀에는 절대 들어가서는 안 되는 이야기지
만……."

센키치 대장은 마님에게 어느 수하도 후계자로 삼지 않겠다는
이야기를 할 때, 더 깊숙한 이야기도 했었다고 한다.

"대장은 말이야, 처음부터 오캇피키라는 것 자체를 의심하고
있었어."

―이런 모호한 자들이 방범 공무를 담당하는 세상이어서는 안
돼.

"범죄를 저지른 켕기는 이력을 가진 자들은 뒷골목 세계에 밝
게 마련인데, 그 점을 보고 부교쇼 나리가 푼돈으로 그런 자를 고
용하면서 시작된 것이 오캇피키였다."

시작부터 백주에 떳떳하게 돌아다닐 수 있는 처지는 아니었다.

"독으로 독을 잡고 뱀의 길은 뱀이 안다고 하지. 편리하니까 어느새 요긴하게 쓰이게 되었어. 하지만 기타이치, 에도 마치가 언제까지나 이런 위태로운 체제에 의지하고 있다가는 점점 토대부터 썩어서 머지않아 선량하고 성실한 사람들이 안심하고 살 수 없는 곳이 돼 버릴 거다."

센키치 대장은 그렇게 걱정하고 있었다고 한다.

"혼조 후카가와에는 마사고로 대장과 센키치 대장이 있었지. 마사고로 대장 전에는 모시치 대장이 있었고. 세 사람 모두 약자를 괴롭히는 사람이나 부정한 일을 몹시 싫어하는 분이었으니까 우리 혼조 후카가와 사람들도 무사히 지낼 수 있었던 거다. 하지만 세상은 넓어서 사실은 비뚤어진 오캇피키가 더 많다."

마님 목소리에는 냉정하고 묵직한 실감이 담겨 있었다. 기타이치가 조금 불안해질 만큼. 마님, 그렇게 사악한 오캇피키를 만나 본 일이 있으셨나요?

"짓테를 믿고 푼돈을 우려내거나 술과 음식을 갈취하거나 여자를 차지하려고 하는 썩어 빠진 오캇피키는, 이렇게 썩었으니까 오캇피키가 될 수 있었던 거다, 라며 도리어 큰소리를 친다. 물론 틀린 얘기도 아니니 대꾸할 말이 없지."

그런 체제를 토대부터 바꿔 나가야 해―.

"그래서 대장은 자기 후계자를 남기지 않기로 결심했던 거야."

수하들을 포기하고 믿지 않았던 게 아니다.

"뭐, 대장 본인도 자기가 그렇게 갑자기 죽을 줄은 몰랐을 테니까 그 점에는 계산 착오도 있었겠지만."

후계자를 정하지 않고 자신이 사라진 자리를 공백으로 남겨 둔다. 그리하면 후카가와라는 좁은 지역에 한정된 이야기이기는 하지만, 기존과는 다른 수가 생겨날지 모른다고 기대했던 것이다.

"다른 수라면……."

"오캇피키가 필요 없는 마치 체제."

마님의 말투에는 주저함이 없었다. 지금 기타이치 귀에 들어오는 것은 센키치 대장이 했던 말이다.

"마치를 관할하는 나리가 오캇피키 따위에 의지하지 않고도 법을 수호하는 체제. 그것을 쌓아 올리려면 먼저 나리 쪽에서 변해야 하겠지만."

어려운 문제겠지, 하고 신음하듯 말했다.

"무슨 사건이 일어나면 오캇피키를 암흑세계에 보내서 킁킁거리며 돌아다니게 하고 수상한 자를 잡아다가 족쳐서 자백을 받아 내면 이자가 범인이다, 라고 선언하지. 어쨌든 자백만 받아 내면 진상이 되는 거다."

마님 목소리가 열기를 띤다. 과연 이런 이야기라면 당연히 사와이 신임 나리의 귀에 들어가지 않게 해야 한다. 자칫 목이 달아날 수 있으니까.

"그런 엉성한 방식을 오랜 세월 계속해 왔어. 그렇기 때문에 수상쩍고 위험한 오캇피키도 위세를 부릴 수 있었던 셈이지만, 오래도록 계속되어 온 방식이니 그냥 두자, 괜히 건드리지 말자는 것이 사람의 본성이어서……."

그 대목에서 문득 정신을 차린 듯 마님은 입을 다물었다. 화로 테두리에 손가락을 미끄러뜨려 잔을 찾았다. 기타이치가 도와주지 않아도 마님은 잔을 쥐고 미지근해진 엽차로 목을 축였다.

"센키치 대장은 뜻밖의 인연으로 짓테를 품게 되었지만 떳떳치 못한 이력 같은 것은 요만큼도 없었다. 모시치 대장도 그런 분이었다고 한다. 보기 드문 분들이 혼조 후카가와에 모여 있던 셈이지."

기타이치는 깊이 생각지 않고 또 한 사람의 이름을 말했다. "마사고로 대장도 계시죠."

그러자 마님 눈가가 움직였다. 닫힌 눈꺼풀이 경련한 듯했다.

"아, 기타이치는 모르는구나."

"네?"

"퍼뜨릴 만한 이야기는 아니지만 아는 사람은 다 아는 이야기니까 언젠가 기타도 듣게 되겠지. 그러니 내가 지금 기타에게 말해 준다고 경칠 일은 아닐 거야."

왜 이러세요, 뭔데 그러세요?

"마사고로 대장은 젊을 때 사람을 죽이고 덴마초 감옥에 갇힌 적이 있는 분이야."

그 사건으로 모시치 대장을 만났다가 수하로 일하겠다는 약속을 하는 대신 처벌을 면하고 풀려난 과거가 있다는 것이다.

"피치 못할 이유가 있어서 저지른 살인인지도 모르고, 혈기왕

성할 때라 선악을 분간하지 못하고 무모했던 탓인지도 모르지. 어쨌든 그분은 전과자였다. 어떻게 보면 전형적인 오캇피키였던 셈이야."

마님은 비아냥거린 것이 아니다. 야유하는 것도 아니다. 목소리는 착잡하고 입술은 떫은 감을 깨문 양 일그러졌다.

"센키치 대장은 마사고로 대장을 존경하고 인정하고 있었고 의지하기도 했다. 하지만 그런 좋은 감정 못지않게 크게 안타까워도 했지."

―그런 분도 한 번 죄를 저지르지 않고서는 법을 수호하는 편에서 일할 수 없다니, 이건 잘못된 거다.

기타이치의 귀에 대장의 목소리가 살아났다. 맛있게 넘긴 미타라시당고가 문득 목에 걸린 기분이었다.

그날 저녁 기타이치는 잠을 이루지 못하고 조각조각 어슴푸레한 꿈을 꾸었다. 눈을 뜨는 순간 사라져 버리는 희미한 꿈인데도 다시 자려고 눈을 감으면 사라졌던 꿈의 파편이 어른거려 잠을 방해한다.

센키치 대장이 꿈에 몇 번이나 나타났다. 등을 돌리고 있어 기타이치가 아무리 불러도 돌아봐 주지 않는다. 대장은 어둠 속에서 누구와 열심히 이야기하고 있었다. 그 오똑한 콧날을 가진 옆얼굴이 선뜩한 빛에 싸여 있는 것처럼 보여서 신기했다.

―부처님 같아.

결국 잠을 설쳐서 이튿날은 한참 늦잠을 자고 말았다. 기겁해서 벌떡 일어났지만 나오는 것은 요란한 하품뿐이었다. 얼굴을 문지르며 장지를 열고 한 발 밖으로 내디딘 순간,

"기타 씨!"

날카롭게 부르는 소리는 나가야 출입문 가까이에 사는 오히데의 목소리였다.

"소, 손님이 오셔."

기타이치는 머리카락 성긴 머리를 긁적이며 오히데가 나무대야를 안고 못 박히듯 서 있는 쪽으로 얼굴을 돌렸다. 눈곱 때문에 눈초리가 서걱거린다.

―어?

체격, 옷차림, 끝을 휙 구부려 올린 상투 모양. 어디를 봐도 낯선 남자가 도미칸 나가야 출입문 밖에 서 있었다.

"이쪽이 찾으시는 기타이치 씨예요."

남자에게 붙임성 있는 웃음을 던지며 오히데가 나무대야를 안고 게걸음으로 기타이치에게 슬금슬금 다가왔다.

"저기, 기타 씨, 정신 차려!"

낯선 남자는 기타이치보다는 연상이고 오우미 신베에보다는 연하라고 보면 틀림없을 것 같았다. 자라목에 어깨가 넓고 전체적으로 몸집이 두텁다. 넓적다리가 굵고 슬개골도 크다. 윗도리는 녹회색 바탕에 검은색 고모치지마_{굵은 줄과 가는 줄이 규칙적으로 반복되는 무늬} 평상복을 입고 옷자락을 허리춤에 끼워 넣었으며, 아랫도리

는 모모히키를 입고 각반을 차고 짚신을 신었다. 후리와케 봇짐봇
짐 두 개를 줄로 연결하여 어깨에 거는 것을 보지 않아도 먼 길을 걸어온 차림
이다. 등에는 삿갓도 매달려 있다.

"거 실례합시다."

남자가 칼칼한 목소리를 냈다. 구리야마 슈고로와 같은 갈라진
목소리와는 다르다. 고추의 매운맛이 연상되는 목소리였다.

"그쪽이 문고장수 기타이치 씨로군. 잠깐 나 좀 볼 수 있을까?"

저쪽으로 가자는 뜻일 것이다. 오른손 엄지를 세워 어깨 너머
뒤쪽을 가리킨다. 그 동작에 평상복 소매가 흘러내려 팔꿈치께까
지 드러났다.

팔뚝에 문신이 있었다. 도안까지는 알아볼 수 없었지만 멍이나
흉터는 분명 아니었다. 기타이치는 졸음이 확 달아났다.

오히데도 그 문신을 보았는지 나무대야에 담긴 밥공기와 접시
가 달달달 소리를 내기 시작했다.

정체불명의 남자는 누가 봐도 겁에 질린 기타이치와 오히데 모
습에 몹시 미안한 표정이었다. 굵은 눈썹을 찡그리고,

"미안하이. 내가 행색은 이래도 결코 못된 놈은 아니야. 게다가
당신한테도 나쁜 이야기가 아닐 텐데."

그렇게 말하며 품에서 뭔가를 꺼내 가볍게 펼쳐보였다.

"이 여자 얘기니까."

은행잎 문신의 용모파기였다.

4

주점 '도네이'는 전에 장어집이었다고 한다. 기타이치는 도네이가 왜 장사 종목을 바꾸었는지는 모르지만, 오히데의 딸 오카요에게 흥미로운 이야기를 들은 적은 있다. 2년쯤 전에 부베 선생이 습자소 제자들을 이 가게 2층 객실에 모아 놓고 가게에 있는 장지, 칸막이, 맹장지에 커다란 글자를 쓰는 수업을 한 적이 있다는 이야기다.

재미있는 수업이군, 무슨 주술적인 의미라도 있는 걸까? 하고 생각했었는데, 도네이 2층 객실에 들어가 보니 그 수업의 흔적이 지금도 맹장지 두 장에 남아 있었다.

한자를 잘 모르는 기타이치지만, 아이들 글씨로 적혀 있는 글자가 한자를 닮기는 했어도 어딘지 한자 같지 않다는 것은 느낄 수 있었다.

팔에 문신이 있는 정체불명의 남자도 이 두 장의 맹장지를 찬찬히 바라보며 물었다.

"이건 뭐지? 한자 같지는 않고, 한지모노_{문자나 삽화에 숨겨진 뜻을 읽어내는 일종의 난센스 퀴즈. 가령 '春夏冬中'을 '영업 중'으로 풀이하는 것. 풀이하자면 春夏冬에는 '가을이 빠졌다' → '아키〈가을〉 나이〈없다〉로 풀고, '아키나이'는 영업商이라는 말이므로 '春夏冬中'은 '영업 중'이라는 것}인가?"

호기심을 솔직하게 드러내는 남자의 모습에 기타이치도 두려움이 조금 가셨다. 사실 남자는 기타이치가 아니라 맞은편에 떡하니 앉은 부베 곤자에몬에게 물었던 것이다.

그 물음에 부베 선생도 "호, 역시 감이 좋군. 실은 이건 수수께끼 문자요"라고 대답했다.

"무슨 의미가 있는 거요?"

"글쎄, 나도 모르겠군. 뜻은 몰라도 재미있으니까 이렇게 남겨두었겠지."

누가 봐도 겁을 집어먹은 게 분명한 기타이치는 그 남자와 대화하기 전에 지원군부터 찾았다. 도미칸은 이쪽에서 필요하다고 금방 불러올 수 있는 사람이 아니고, 오우미 신베에는 너무 멀리 산다. 도미칸 나가야 근처에 사는 부베 선생이 딱 좋았다. 늦잠을 잔 기타이치가 습자소에 가 보니 마침 점심시간이어서 다행히 수업이 쉬는 중이었다.

부베 곤자에몬은 낭인이 된 지 오래지만 습자소 선생으로서 후카가와 주민들에게 존경을 받고 처 사토미와 자식을 다섯이나 낳아서 잘 키우고 있다. 선생은 그 처자식이 낯선 남자를 보고 공연히 걱정할까 봐,

─여기보다는 조용히 얘기할 수 있는 곳으로 가지.

라며 기타이치와 정체불명의 남자를 도네이 2층으로 데려갔던 것이다. 세 사람은 용모파기를 가운데 놓고 둘러앉았다. 이 주점의 주인 내외는 부베 선생과 매우 친한지, 미안하지만 잠깐 2층 객실을 빌리세, 아무것도 내오지 말게, 라는 선생의 청에도 전혀

당황하는 기색이 없었다.

그리고 선생이 기타이치와 오히데를 떨게 만든 이 남자에게, '역시 감이 좋군' 하고 칭찬한 것은 그가 센키치 대장과 같은 일을 하는 사람이었기 때문이다.

다만 에도에서 일하는 오캇피키는 아니다. 이름은 한지로, 나이는 서른여섯.

"나는 가즈사국지금의 지바 현 중앙부 기사라즈항에서 기사라즈선 선착장과 하역장을 관리하고 있소. 말 대신 배가 있는 돈야바역참에서 인마에 관한 사무를 보던 곳의 조장 같은 자리라고 생각하면 될 거요. 그일을 하는 한편 방범 일도 맡아서 하고 있고."

바닷물 냄새 나는 동네에서 왔다는 한지로의 목소리는 자꾸 들어 봐도 역시 갈라진 목소리라기보다 짠 내 나는 칼칼한 목소리다.

"내가 모시는 나리는 에도와 달리 마치부교쇼 도신이 아니오. 습자소 선생 앞이라 부처님에게 설법하는 격이지만, 기타 씨를 위해 설명하자면, 사가미, 무사시, 고즈케, 시모즈케, 히타치, 가즈사, 시모사, 아와 등 관동팔주에도 주변의 8개국으로, 쇼군의 지근거리에 있는 만큼 막부가 각별히 관리하던 곳이다. 현재의 가나가와 현, 사이타마 현, 지바 현, 이바라키 현, 도치기 현에 상당하는 영역이다에서 무법자를 단속하는 것은 핫슈마와리, 즉 핫슈八州 나리의 소관이오."

핫슈마와리라면 기타이치도 처음 듣는 직책은 아니다.

"격식대로 한자로 쓰자면 관동취체출역關東取締出役이지"라고 거

드는 부베 선생의 말에 기타이치는 고개를 끄덕이고 한지로에게
물었다.

"기사라즈선이라면 니혼바시 기사라즈 선착장도요토미 가와 도쿠가와
이에야스가 싸운 오사카 전투 당시 기사라즈 뱃사람들이 도쿠가와 측에 협조한 공이 있다고 하
여 에도 막부는 기사라즈 뱃사람들에게 기사라즈와 에도 사이의 해운을 독점할 수 있는 특권을 주
고 에도의 물류 중심지 니혼바시에 특별히 기사라즈선 선착장을 지정해 주었다에 드나드는
고다이리키선五大力船 에도 근해에서 쓰이던 수송선으로, 바다에서는 돛을 쓸 수 있으며
강이나 운하에서는 장대로 물 밑바닥을 밀어서 운행했다이나 오쇼쿠리선押送船 길이 11
미터 전후에 돛과 노를 병용할 수 있는 고속선으로, 돛을 거는 마스트는 탈착식이고, 노는 7개를
운용할 수 있었다. 에도 주변에서 잡는 생선 등을 에도 시중으로 빠르게 실어 나르는 데 썼다 말
인가요?"

고다이리키선이란 1백 석에서 3백 석의 짐을 나르는 수송선으
로, 흘수가 얕아 강에서도 운행할 수 있다. 오쇼쿠리선은 노를 젓
는 작은 배로, 생선이나 소금, 간장 등을 실어 나르는 배이다.

"짐과 함께 사람들 왕래도 잦으니 싸움이나 도난 같은 사고도
일어나게 마련이죠. 니혼바시는 센키치 대장 관할은 아니었지만
운하나 강은 어느 오캇피키 관할인지 똑 부러지게 구분할 수가
없어요. 대장도 무슨 일이 생기면 니혼바시 선착장까지 달려가셨
고, 나도 기사라즈선이 향하는 지방은 에도와는 여러 가지로 사
정이 다르다는 걸 들은 적이 있습니다."

기타이치가 그렇게 말하자 한지로가 빙긋이 웃었다. 이 남자는
신기하게도 눈초리와 콧방울과 입가를 한쪽만 움직여서 미소를

만들었다. 얼굴 절반은 조금도 움직이지 않았다.

"그만큼 안다니 얘기가 쉽군. 나는 기사라즈항에서 돈이나 짐뿐만 아니라 에도의 골칫거리까지 배를 타고 숨어들지 않는지 감시하고 있소. 눈에 띄면 즉시 끄집어내서 바다로 흘려보내야 하니까."

눈을 가늘게 뜨고 빙긋이 웃으며 턱을 쓱 내민다. 목소리가 한층 칼칼해진다.

"에도 마치를 관할하는 도신 나리와는 달리 핫슈 나리는 한 지역에만 묶여 있는 게 아니오."

핫슈마와리는 간조부교에도 막부의 직제로, 막부의 재정과 막부직할령을 관장했다 소속이고 관동팔주를 통괄하는 지방관의 수하 중에서 선발된다. 2인 1조가 되어 미토 번이나 가와고에 번을 제외한미토 번의 번주 미토 도쿠가와 가문은 고산케御三家의 일원으로 쇼군 일가에 버금가는 특별한 가문이고, 가와고에 번의 초대 번주 사카이 시게타다酒井重忠는 도쿠가와 이에야스를 어릴 때부터 주군으로 받들며 숱한 전투를 함께하고 주군의 목숨을 구한 최고 공신이므로 특별대우를 받았던 것. '핫슈마와리'는 우는 아이도 울음을 그친다고 할 만큼 두려움의 대상이고 폐해도 적지 않은 직책이므로 이 두 번에는 개입하지 못하게 했다 각지를 순시하게 된다. 그래서 '마와리순회, 순찰'이다.

"때문에 핫슈마와리가 어떤 지역을 비울 동안 방범 일을 맡아줄 오캇피키가 중요해지는 거요. 해서, 나도 그렇지만 에도에 있는 오캇피키들보다 기질도 드세고 하는 일도 거칠지. 아, 우리는 짓테를 들고 다니지 않소."

그 대신 팔에 문신이 있다고 했다. 아까는 얼핏 스치는 바람에 확실히 보지 못했지만, 어떤 도안일까. 두렵기에 더욱 궁금해져서 기타이치는 한지로의 오른쪽 소매에 자꾸 신경이 쓰였다.

"원래 관동팔주는 에도에서 지내기 곤란한 무숙자현대의 호적대장에 해당하는 서류에서 말소된 자. 주로 대기근 등으로 농촌에서 먹고살기 힘들어 에도로 모여든 사람들이 많았는데, 이들 중에 범죄를 일으키는 자가 많아 막부가 늘 단속했다나 도박장 패거리나 전과자들이 흘러드는 곳이기도 하고, 에도에서 범죄를 저지른 도적, 가짜 금화 만드는 일당이 은신하는 곳이기도 하지."

태평하게 양손을 품속에 찌른 채 부베 선생이 말했다. 제발 그렇게 천연덕스럽게 대놓고 까발리지 마세요. 기타이치는 (아마도) 낯이 파래졌다. 한지로라는 자의 눈 속에서 번쩍, 하는 빛이 스치잖아요.

"이걸 보면 알겠지만, 습자소 선생 말씀대로 나도 선원 출신의 노름패였소."

한지로는 거침없이 소매를 걷어붙이고 오른팔의 문신을 보여주었다. 팔꿈치부터 어깻죽지까지 커다란 그림 하나가 그려져 있다. 커다란 물고기……가 아니네. 허리 아래는 물고기지만 가슴부터 위로는 여자다. 풍성한 머리카락을 풀어헤치고 얼굴에 웃음을 짓고 양팔로 가슴을 가리며 몸을 꼬고 있다. 위쪽을 쳐다보는 얼굴은 한지로의 목덜미에 있고, 꼬리는 옆구리 밑까지 내려와 있으니 곤두서 있는 모습이다.

"아, 기타이치 씨는 모르나 보군."

이건 인어요, 라고 한지로는 말했다.

"내가 나고 자란 바닷가 마을에서는 이게 그물에 걸리면 집에 데려다가 귀하게 길러 주어야 99일 동안 풍어가 계속된다는 전설이 있지."

단, 백 일째 되는 날 인어를 바다로 돌려보내 주지 않으면 그 마을은 갑자기 거대한 파도에 휩쓸려 버리게 된다고 한다.

"인어의 입술에만 붉은색을 넣었군."

부베 선생은 조금도 동요하지 않고 흥미진진하게 구경하고 있다.

"비늘까지 일일이 농담을 주며 그렸네. 이만큼 공을 들였으니 문신 값이 상당하겠는걸. 왼팔이나 등에도 있나?"

그만 좀 하세요. 이자가 여기서 웃통을 벗어 버리면 기타이치는 오줌을 지려 버릴 것 같았다.

"선생도 짓궂으시네."

소매를 내려 팔뚝의 인어를 감추고 한지로는 한쪽 눈초리만 쳐들며 웃었다.

"이건 내 소싯적 못 말리던 유치함의 흔적이오. 남에게 보여 줄 만한 게 못 되지."

"하지만 당신 관할에서는 그 문신에 설설 기는 자도 많을 텐데." 부베 선생이 담담하게 말했다. "그런데 미안하지만 나나 여기 기타이치 씨, 그리고 기타이치 씨를 공무에 불러다 쓰는 관리도 그런 부류가 아니오. 자, 그만 본제로 들어가지."

하고 싶은 말을 부베 선생이 대변해 주었지만 기타이치는 여전히 지릴 것 같은 오줌을 꾹 참고 있다. 한심하고 딱하다—라고 생각하는데 그만 입에서 말이 튀어나가고 말았다.

"이 용모파기의 여자는 성실하고 착한 도시락가게 주인 내외와 아장아장 걷는 딸을 죽인 범인인지도 몰라요."

기타이치의 말에 한지로의 표정이 변했다. 일그러져 있던 눈썹이 곧게 펴지고 내밀었던 턱이 쓱 당겨졌다.

"왜, 어떻게 죽였지?"

송곳처럼 날카로운 표정으로 묻는다.

"독을 먹였소. 부자를."

"세 명 모두?"

"음."

한지로의 미간에 살짝 주름이 잡혔다. 그곳에서부터 핏기가 가시기 시작한다. 곧 얼굴 전체가 창백해졌다.

"젠장…… 최악의 상황이군."

이를 가는 듯이 중얼거리던 한지로가 말했다.

"어디 자세히 들어 봅시다."

기사라즈에서 온 오캇피키는 이때 표정이 분명하게 바뀌었다. 바닷물 냄새와 인어 문신 외에 또 무엇을 가져왔을까.

기타이치는 이야기를 시작했다. 내용이 복잡해서 순서대로 말하기가 의외로 어려워 종종 말이 꼬였고, 그때마다 부베 선생이 끼어들어 풀어 주었다.

"……잘 그린 용모파기인데, 사람을 찾는 의뢰인이 문고장수 기타이치라고만 적혀 있는 게 어째 이상하다 했더니."

경위를 다 듣고 나자 한지로가 낮은 소리로 말했다.

"범인이라고 자백한 히사주라는 놈이 덴마초에서 죽는 바람에 도시락가게 사건은 종결되고 말았습니다. 하지만 나는 그 자백을 믿을 수 없어요."

거기까지 힘주어 말한 기타이치는 목이 칼칼해 기침을 연발했다. 부베 선생이 왠지 가만히 일어나 아래층으로 내려갔다.

"말하기 뭣하지만 그런 일은 드물지도 않아."

기타이치의 말꼬리를 잡으며 한지로가 말했다. 그의 눈에 희롱하는 기미는 없었다.

"오히려 당연하다고 해야겠지."

"핫슈 나리 관할에서도 그렇다는 거예요?"

"나리들 하는 일이 어디나 마찬가지지. 법이란 게 그런 식으로 유지되는 것이고."

그렇다면 그것은 잘못된 일 아닌가? 그렇게 생각한 순간 간밤의 조각난 꿈에 나타났던 센키치 대장의 옆얼굴이 떠올랐다. 그 부조리를 느끼고 어떻게든 해결하고 싶다고 생각했던 사람이었다. 오캇피키 없는 마치를 만드는 것이 곧 법을 바르게 수호하는 일이라 믿었던 오캇피키.

"이봐, 기타이치 씨."

한지로는 기타이치 얼굴을 들여다보았다. 그 이글거리는 눈빛에 기타이치는 한순간 소름이 돋았다.

"당신, 고생고생해서 이 여자를 찾아내면 어떻게 할 생각이
지?"

"어떻게 하다니……."

"붙잡았다고 오시라스마치부교쇼에서 재판을 주재하는 부교가 앉는 마루 앞에는 하
얀 자갈을 깐 마당이 있는데, 재판을 받는 평민은 이 자갈 마당에 거적을 깔고 그 위에 앉아 문초
와 처분을 받았다. 이렇게 흰 자갈을 깐 마당을 오시라스お白州라고 하며, 재판정의 별칭으로 쓰
인다로 끌고 갈 수도 없잖아. 검시관이라고 했나? 그 나리가 뭐라
고 주장한들 이미 정해진 결론이 뒤집혀지진 않아. 고집을 피우
다가는 당신들이 오라를 받는 수가 있어."

기타이치는 칼칼한 목으로 침을 꿀꺽 삼켰다. 어떻게 할 생각
이었지, 기타 씨? 여자를 잡아다가 자백을 받아 내서 내 마음만
후련해지면 다야?

"실은 나도 미리 조사 방향도 정해 두지 않고 기분만으로 사건
을 파헤치다가 나중에 물먹은 적이 있어."

당신 얘기를 남 일이라고 웃을 수 없지—라며 한지로는 얼굴
절반만으로 웃었다.

부베 선생이 좁은 계단을 삐걱삐걱 소리 내며 올라왔다. 양손
으로 받쳐 든 쟁반 위에 찻잔 세 개와 질주전자 하나가 놓여 있었
다.

"주인장이 인심 썼네."

부베 선생이 그렇게 말하며 쟁반을 내려놓고 제 자리에 당당하

게 앉아 질주전자의 백탕을 찻잔에 따랐다. 따끈한 김이 피어오른다.

"한지로 대장이라고 부르면 되겠군."

한지로는 얼굴 절반의 웃음을 지우고 눈썹을 곧게 폈다. "관할 밖에서 대장 소리 듣는 건 부끄러운 일이오. 한지로—아니, 그냥 한이라고만 해도 상관없소."

"그렇다면 한 씨." 부베 선생은 제 찻잔을 들어 한 번에 비웠다. "우리에게도 나쁘지 않은 이야기라는 거나 들어 봅시다."

"그럼, 한 잔 들면서."

한지로도 찻잔을 들어 한입에 마셨다. 얼굴에는 아직 핏기가 돌아오지 않았다.

"이 용모파기의 여자는 내가 아는 사람이오. 지금 어디서 뭘 하며 사는지는 모르지만, 이 여자가 열다섯 살 시절에는 어떤 이름으로 어디에 살고 있었는지 잘 알지. 그리고 그 어린 처자가 저지른 일도 알고 있소. 말이 나온 김에, 용모파기 여자의 등에 있다는 은행잎 그림도 내가 익히 보던 거요."

그렇게 말머리를 놓고 한지로는 긴 이야기를 시작했다.

"니혼바시 선착장에서 18리1리는 4킬로미터. 니혼바시는 전국 각지로 연결되는 5대 가로의 기점이고 수많은 운하와 연결된 오오카와 하구에 있어 물류의 허브 같은 곳이었다. 에도와 전국 각지의 거리도 니혼바시가 기준이었다 떨어진 아와지금의 지바 현에 속한 보소반도의 남쪽 끝 지역의 서쪽 해안에 구자키라는 마을이 있소."

그곳이 한지로가 태어난 어촌이다. 생선을 출하하는 항구도 있었다.

"가즈사국현재의 보소반도의 중부 지역이나 아와국의 서쪽 해안에는 지도에도 없는 작은 어촌과 어항이 많이 있지. 구자키도 그 가운데 하나였소."

풍족한 마을은 아니었다. 구자키는 한자로 아홉 곳九崎으로 표기하지만 원래는 괴로운 곳苦崎이었다는 말이 있을 정도로 살림이 어려웠다. 마을을 장악한 선주가 대대로 인색해서 선원에게는 물론이고 마을 주민들에게도 냉혹하고 잔인했던 것이 가난의 주된 원인이었다.

한지로의 부친은 선원은 아니고 작은 배를 타고 고기잡이를 하는 어부였다. 손바닥만 한 밭은 종종 염해를 입는 척박한 땅이라 고구마나 콩을 키우는 것이 고작이지만, 여자들은 밭을 가진 집으로 삯일을 다니며 간신히 입에 풀칠이나 하고 있었다.

하늘도 바다도 파랗고 수평선은 아득한 데까지 탁 트인 곳이지만 살림살이는 숨이 막힐 정도로 힘들었다. 네 형제의 막내였던 한지로는 그런 마을에 계속 살 생각이 없어 어릴 때부터 탈출할 궁리만 하고 있었다.

그런데 한지로가 청년으로 크기 전, 구자키 마을에 생각지도 못한 변화가 일어났다. 시모사현재의 지바 현 북부 및 이바라키 현의 일부 조시 항에서 염색과 직물을 취급하며 번창하던 '소메요시'라는 상가가 가즈사에서도 영업하기 위해 구자키 마을에 분점을 차린 것이다.

보소반도에는 작은 다이묘가 많고, 에도에서 멀리 떨어진 다이묘의 도비치변주의 본토에서 멀리 떨어져 있는 영지도 섞여 있다. 일정한 구역을 여러 영주가 나눠 갖고 있는 경우도 드물지 않다. 소메요시는 시모사에 있는 가게이기는 하지만, 보소반도에서 가장 번창한 항구에서 영업하고 있었으므로 고객이나 거래처를 통해 가즈사에도 모종의 강한 연줄을 갖고 있었다고 해도 이상할 것이 없다. 구자키 마을을 택한 이유도 미리 마을 사정을 파악하고, 주민들이 탐욕스러운 선주에게 착취당하고 있어서 염색과 직물이라는 전혀 새로운 생계 수단을 제시하면 기꺼이 일해 주리라 기대했기 때문이 아니었을까. 가난한 항구를 고스란히 소메요시의 항구로 장악하는 것도 가능할지 모른다고 말이다.

실제로 그 바람은 2년 만에 이루어졌다. 소메요시의 염색공방과 직물공방과 저택이 지어진 것은 한지로가 여덟 살 나던 봄이었다. 열 살이 되던 정월 초에는 이미 선주가 소메요시에게 빚을 내고 있다는 소문이 나돌았다. 마을 일손들이 다들 선주를 외면하고 품삯 좋은 소메요시에서 일하게 되자 고기잡이배는 방치되고 그물은 해변에 쌓인 채 썩은 내나 풍기게 되었다.

소메요시는 두 종류의 사업을 했다. 우선 그 근방에서도 보다 질이 좋은 삼과 면사를 사입하고, 독자적으로 궁리한 염료로 염색하고, 다양한 무늬의 천으로 직조하여 고다이리키선에 싣고 에도나 우라가, 가나가와에 건너가 팔아 치우는 제조 도매가 하나. 또 하나는 자체 생산한 옷감에 학, 거북, 참돔, 보선 같은 길조 도안을 염색하여 때깔 선명한 나가반텐기장이 긴 한텐을 만들어서 파는 것이다.

이 나가반텐을 '마이와이'라고 한다. 보소반도의 선주나 망주그 물 주인이라는 뜻으로, 고기잡이에 필요한 자본을 대는 사람들이 풍어에 대한 답례품으로 어부들에게 마이와이를 나눠 준다. 소메요시는 조시항에서도 마이와이 제작으로 이름난 가게였다. 오랜 세월에 걸쳐 기술을 닦고, 필요한 실과 염료를 조달할 수 있는 자본력을 키워서 흡사 나가반텐에 극락을 그려 놓은 듯한 마이와이를 만들어 내는 등 어떤 주문에도 응할 수 있게 되었던 것이다.

마을을 탈출할 꿈만 꾸던 한지로이지만 바다를 떠날 생각은 없었다. 기사라즈든 가나야든, 그곳이 너무 가깝다면 멀리 조시로 도망치는 것도 좋겠다고 생각했지만 어부가 되겠다는 마음만은 버린 적이 없었다. 그 일 아니면 살아갈 수 없다고 생각하고 있었는데, 주위를 둘러보니 아버지와 형들은 소메요시 깃발을 단 고다이리키센을 타고 있고, 어머니와 이웃 여인들은 소메요시의 베틀공방에서 일하고 있었다. 소메요시 물건을 배에 싣고 파도를 가르며 에도로 가는 아버지들은, 돌아올 때는 에도만 건너 항구 마을에서 실이나 염료를 싣고 온다. 그 참에 진귀한 선물을 사 올 때도 있었다. 마을 사람들의 형편은 근본적으로 바뀌었다.

구자키 마을의 소메요시 분점은 마침내 장사가 완전히 궤도에 오르자 본점에서 빌린 간판을 반납하고 독립했다.

새 간판을 내걸고 옥호도 새로 정했다.

조시 본점의 소메요시는 선명한 붉은색 발색을 자랑거리로 장사하고 있었다. 한편 구자키의 분점은 황금처럼 빛나는 노란색 발색이 자랑이었다. 그러나 옥호를 '소메긴染め金'이라고 하자니 품위가 떨어진다. 노골적으로 금을 내세우는 것은 운치 없는 짓이다.

그래서 선택된 옥호가 가을이 깊으면 황금 같은 낙엽을 뿌리는 은행이었다.

"옥호는, 간단히 줄여서 '소메초'였지."

한지로는 이야기를 하며 종종 귓불을 만지는 버릇이 있었다.

"간판에도, 팔 물건을 보관해 두는 나무상자에 찍는 낙인에도 동그라미 속에 은행잎이 있는 그림이 사용되고 있었소."

기타이치와 부베 선생은 입이라도 맞춘 듯 거스러미 일어난 다다미에 놓인 '찾는 사람'에게 시선을 떨어뜨렸다. 여자의 용모파기 옆에는 동그라미 안에 은행잎이 들어간 그림이 곁들여져 있었다.

한지로는 손을 뻗어 그곳을 손가락으로 짚었다.

"바로 이렇게 생겼소. 내가 똑똑히 기억하고 있소."

똑같이 생겼다고 힘주어 말했다. 그러나 동그라미와 식물의 잎을 조합한 도안이라면 가문家紋이나 옥호 중에도 흔하다.

"단순한 도안이야. 우연히 비슷한 것뿐일 수도 있지 않을까."

"은행잎의 방향도 샤미센 발목처럼 좍 벌어진 모양도 꼭 요렇게 생겼소. 우연이라고 보기 힘들지."

한지로의 말투에서 강한 확신이 느껴졌다. 기타이치는 부베 선생의 옆얼굴을 살피고, 선생은 품에 손을 찌른 채 눈길을 들었다.

"그래서? 계속해 보게."

한지로는 옷소매를 뒤집어 코끝을 닦고 용모파기를 노려보았다. 그의 눈에 어두운 잉걸 같은 빛이 깃들어 있었다.

"이제부터 사건 얘기로 들어갑시다. 선생은 몰라도 기타이치 씨는 너무 놀라 간 떨어지지 않게 조심하쇼."

기타이치는 업신여김을 당했다고 받아들이지 않고 순순히 입을 꾹 다물었다.

"21년 전 내가 열다섯 살 나던 해 8월 중순의 어느 날 아침, 이소메초 주인 내외와 자식들—장남, 장녀, 차남, 거기에 직조공방 관리를 맡은 직조장 노인 등 모두 여섯 명이 아침밥을 먹은 뒤 잇달아 복통을 앓아 한나절이나 끙끙대다가 여섯 명 다 죽어 버렸소."

허어.

"처음에는 식중독인 줄 알았지. 그 마을에서는 부잣집이든 가난뱅이든 된장국 국물을 내는 데 작은 생선을 통째로 넣으니까 그중에 뭔가 안 좋은 게 섞여 들어간 게 아닌가 했소."

소메초 일가 다섯 명과 직조장은 매일 식사를 같이 했다. 직조장은 조시항의 본점에서 따라와 준 숙련된 장인으로, 주인 내외가 부모처럼 존중하는 사람이었다.

"그런데 그 즈음 근처 가나야항에서 대대적인 단속이 있었소.

해서 히쓰케토조쿠아라타메火付盜賊改 나리가 체포한 도둑 일당을 이송하며 여인숙에 묵었다가 소식을 듣고 검시하러 달려왔던 거요."

가토아라타메'히쓰케토조쿠아라타메'의 줄임말는 마치부교쇼나 핫슈마와리와는 별개로 법을 수호하고 범죄자를 단속하기 위한 조직이다. 저 요란한 이름대로 방화범이나, 떼강도와 같은 흉악범을 전담하며, 그들을 체포하기 위해서는 소속 도신이 에도 시중뿐만 아니라 관동팔주까지 출장을 가기도 한다. 이때도 구자키 마을을 장악한 부호 소메초의 참사를 전해 듣자 자신들이 나서야 할 사안이라고 판단했을 것이다.

"덕분에 식중독이 아니고 살인이라는 것을 알게 되었소."

목숨을 잃은 여섯 사람이 부자를 먹었던 것이다.

"부자라고!"

기타이치가 소리쳤다. 영혼이 뒤집힐 만큼 놀라는 바람에 속에 든 것이 올라와 황급히 입을 틀어막았다.

한지로는 기타이치 얼굴을 쳐다보며 고개를 한 번 강하게 끄덕여 보였다.

"그래. 된장국에 해초를 넣는데, 거기에 말린 부자를 잘게 썬 것이 섞여 있었던 거지."

여섯 사람 중에 제일 먼저 복통이 시작된 것은 직조장 노인이고 다음이 당시 다섯 살이던 차남이었다. 노인과 몸집이 작은 아이여서 독이 빨리 돌았을 것이다.

"여섯 사람이 고통스러워하다가 숨이 끊어질 때까지 거기 있던 사람들이 상황을 다 보고 있었고, 가토아라타메 나리는 그 목격자들 얘기만 듣고 바로 부자라고 판단했을 거요. 우선 숨을 제대로 쉬지 못하고 꾸역꾸역 토하다가 끝내 심장이 멎어 버리지. 구토물 냄새에도 특징이 있다고 하더군."

모모이의 세 사람의 경우에도 구리야마는 주저 없이 '부자일 것이다'라고 간파했었다.

부베 선생이 물었다. "여섯 사람 모두가 전혀 눈치 채지 못하고 먹었다면, 부자 자체에는 쓴맛이나 매운맛이 없는 모양이군."

"약으로 달여 먹기도 한다니까 상당히 쓰다고 합디다. 다만 어부 마을의 된장국은 워낙 진하니까" 하고 한지로는 진지한 얼굴로 말했다. "된장 냄새도 강하고 짜기도 짜고. 게다가 건더기가 해초여서 그 바다 냄새에 가려지지 않았겠수?"

기타이치 입안에는 짠 된장 맛과 바다 냄새 나는 해초를 씹는 느낌이 번졌다. 평소라면 '맛있겠다' 하며 군침을 흘리겠지만 지금은 그럴 수가 없다.

"그리고 이게 좋은 건지 나쁜 건지 모르겠지만…… 부자는 바꽃이라는 풀에서 채취한다는데, 꽃, 싹, 줄기, 잎, 뿌리에도 다 독이 있다고 합디다. 그냥 먹으면 금방 숨이 끊어질 만큼 무서운 독이. 해독하는 방법은 없고 그냥 토하게 하는 수밖에 없지."

살릴 길이 없다는 것이다.

"다만 열을 가하면 독 기운이 약해지는데, 소메초의 여섯 사람이 그럭저럭 한나절이나 버틴 까닭도 된장국이 뜨거웠던 덕분일 거라는군."

버티는 사람을 살릴 수 없었으니 더 가혹했는지도 모른다.

"독살이라면 범인 찾기는 일도 아니지."

이 대목에서 한지로의 말투가 비로소 어두워졌다. "죽은 여섯 사람의 아침밥을 짓던 부엌 하녀를 시작으로 소메초 식솔들이 줄줄이 끌려가는 처지가 되었소."

만약 식솔 중에 범인이 있다면 이는 주인 살해이다. 극형을 면키 어렵다에도 시대에는 사형에도 등급이 있어서, 주인 살해는 부모 살해 이상의 흉악 범죄로 간주하여 당시 최고 극형인 '톱질형', 즉 양 어깨에 칼집을 내고 그 자리를 대나무 톱으로 잘라 죽이고 길거리에 전시하는 형에 처하고 전 재산을 몰수했다.

"늘 여섯 사람 가까이에 있으며 부엌에 접근할 기회가 있던 자라면 다 잡아들였지. 대개 점원은 누구든지 주인이나 안주인에게 불만이 있게 마련이니까. 잡아다 족쳐서 자백하면 그자가 범인이 되는 거요."

히사주와 마찬가지였다. 기타이치는 앉아 있는 도네이 객실 바닥이 천천히 아래로 꺼지는 기분을 느꼈다.

"누군가 자백을 했군?"

부베 선생의 물음에 한지로는 눈을 끔뻑이고 고개를 끄덕였다.

"다섯 번째 사람까지는 고문을 받다 죽어 버리고 기이하게도 살해된 인원와 같은 여섯 번째 사람이, 죄송합니다, 제가 냄비에 넣었습니다, 라고 자백했소. 직조공방에서 일하던 서른 넘은 과부가."

보름 전, 자투리 천이나 쓰다 남은 실타래를 몰래 빼내 기사라즈에서 오는 행상에게 팔려고 하다가 들켜서 호되게 얻어맞게 된 상황이었는데,

—남편이 바다에서 고기 잡다 죽은 뒤로 여자 혼자 몸으로 세 자식을 키우고 있으니.

하고 동정한 직조장이 중재해 주어서 간신히 계속 일할 수 있게 되었다는 내력을 가진 베 짜는 여자였다.

"그야말로 만만한 여자가 있었던 거군요."

"하지만 그런 여자가 어떻게 부자를 구했을까."

그 의문에 한지로는 왠지 눈가를 찔끔 떨었다. "바꽃은 시골 아무데나 자라니까."

기타이치도 전에 구리야마 슈고로에게 들은 말을 떠올렸다. 바꽃은 계곡이나 습지처럼 축축한 땅에서 자란다. 알기만 하면 쉽게 구할 수 있지만, 역으로 지식이 없어서 다른 풀꽃과 헷갈려(특히 싹이 날 철에) 산나물인 줄 알고 먹었다가 죽는 사람이 끊이지 않는다고 한다.

"그런 의문이라면 나리들이 구미에 맞게 자백을 받아 내지."

"하지만, 그렇다면 정말 그 베 짜는 여자가 범인인지 어떤지는 알 수 없을 텐데."

저도 모르게 흘린 기타이치의 말에 한지로가 다시 눈가를 경련하고,

"그래서 내가 아까 말했지. 진실인지 아닌지는 상관없다고. 나리들은 범인만 확보되면 그걸로 만족이야. 끌려간 사람도 자백하면 죽을죄를 지은 것이고 자백하지 않아도 어차피 고문으로 맞아 죽을 테니까 고통이 덜한 쪽이 낫다고 생각하겠지."

여섯 번째 식솔이 굴복하기 전에 다섯 명이 맞아 죽었다. 기타이치는 온몸에 소름이 돋는 것을 느꼈다. 히사주처럼 뼛속까지 악한 자도 견디지 못하는, 조사라는 이름으로 자행되는 고문—.

"그렇군. 상황은 알겠네."

부베 선생은 으음, 하는 소리를 내며 팔짱을 풀고 식어 버린 백탕을 마셨다.

"하지만 한 씨, 당신도 납득하지 못했군. 그렇지? 그렇다고 무슨 수가 있는 것도 아니었을 테고."

한지로가 눈을 부릅뜨고 부베 서생을 노려보는 바람에 기타이치의 엉덩이가 들썩거렸다. 어쩌나, 주먹다짐이 벌어지면.

"……나는, 범인을 짐작하고 있었소."

"그렇게 나와야지" 하고 부베 선생이 엷은 웃음을 지었다. "지금 어디 있는지 모르는 당시 열다섯 살이었던 그 처자로군."

눈을 꽉 감았다가 뜬 한지로의 얼굴은 팽팽한 긴장이 사라진 표정이다.

"조그만 바닷가 마을이라 의원도 없고 생약 파는 가게도 없소."

다치거나 병든 사람이 나오면 생약에 대하여 다른 주민보다 지식과 경험이 더 많은 사람이 나서는 수밖에 없다.

"구자키 마을에서 약재가게 흉내를 내는 오코라는 할멈이 있었소. 남편과 함께 산에서 숯을 굽던 사람인데, 산에서 일하다가 약초를 배우게 되었지. 모기향이나 벌레 퇴치제, 독벌레에 쏘였을 때 잘 듣는 연고 등을 만들어서 마을 주민들이 요긴하게 얻어 썼는데."

남편이 죽자 노파 혼자서는 숯을 굽기가 힘들어 생약이나 연고를 만들어 팔아 생계를 잇게 되었다.

"그런데 마침 그때, 사내와 눈이 맞아 마을을 떠난 뒤로 소식이 없던 노파의 딸이 갓난아기를 안고 불쑥 나타났소."

노파의 딸은 구자키 주민이 시시콜콜 묻기도 전에 다시 훌쩍 자취를 감추었다. 단, 아기는 놔두고.

"오코 할멈이 키울 수밖에."

첫돌도 지나지 않은 아기인데 제대로 돌보지 않았는지 땀띠와 습진투성이에 빼빼 말랐다.

"그래도 이름은 있었다고 하더군. 오렌お蓮. 렌은 연꽃 연蓮 자라고 말했다고 합디다. 그럴듯한 유래가 있다면서."

아직 엄마 젖이 필요한 아기였으므로 오코 할멈은 젖동냥을 하거나 싸라기를 얻다가 미음을 끓여 먹이느라 고생이 많았다.

"마침 내 어머니가 나를 낳은 참이어서 오렌에게 몇 번인가 젖을 물려 주었다더군. 내 젖형제인 셈이지."

한지로는 이 대목에서 다시 제 귓불을 살짝 당겼다. 어색한 심정을 저렇게 풀고 있는지도 모르겠다.

"간단히 말해서 오렌은 못된 아이였소."

눈초리가 쳐지고 말하는 목소리도 작아졌다.

"개나 마소를 키워 보면 알 수 있지만, 가끔 비뚤어진 성격을 타고나 도저히 어찌해 볼 수 없는 아이가 있지. 오렌이 바로 그런 아이였소."

개나 마소와 사람을 견주는 것은 좋지 않다고 기타이치는 속으로 생각했다. 하지만 내가 아직 그만큼 못된 인간이나 저질을 만나 보지 못했기 때문이겠지, 라는 생각도 했다.

"우선 손버릇이 나빴소. 남의 물건이 탐나면 도저히 못 참고 훔쳐 버리지. 그래 놓고도 혼날 것 같으면 훔친 물건이 증거가 되니까 아무렇지도 않게 내다 버리거나 부숴 버리고. 그래서 내 어머니가 종종 말했소."

—오렌은 물건을 갖고 싶은 게 아니라 그저 남을 질투할 뿐이야.

그렇게 말하며 한지로는 고개를 천천히 저었다.

"철들기 전부터 물건을 훔치기 시작할 만큼 형편없는 아이여서 마을 사람들이 눈을 번뜩이며 감시했건만 아무도 그 아이 성격을 바로잡을 수 없었소."

달거리를 시작해 계집아이에서 아가씨가 되자 오렌은 바로 마을의 젊은 남자들, 항구에 드나드는 선원을 상대로 몸을 팔았다. 그렇게 하지 않으면 먹고살 수 없는 형편이어서가 아니라,

"좋았던 게지, 사내가. 그 참에 돈도 벌고. 남자들도 좋아라 하

고."

당장이라도 침을 뱉을 것 같은 얼굴로 한지로는 기타이치 쪽을 돌아보았다.

"당신, 이 여자를 봤겠군. 용모파기대로라면 전혀 미녀라고는 할 수 없지. 금붕어처럼 눈도 튀어나오고."

분명히 그랬다.

"말이 나온 김에, 이도 뻐드렁니였지. 몸매도 볼 만한 데가 없고. 살집이 좋은 게 아니라 그냥 땅딸막한 거였고."

그런데도 묘하게 남자들에게 인기가 있었다고 한다.

"필시 뭔가 있었던 게지. 나야 평생 알고 싶지도 않지만 여자로서 내세울 만한 뭔가가."

오렌은 곧잘 남을 시샘하고 집착이 강하고 쉽게 원한을 품었다. 꾸지람을 듣거나 무시당하면 잊지 않고 있다가 훗날 상대가 잊은 지 오래라도 반드시 앙갚음했다. 그런 성격 때문에 다른 여자와 물건뿐만 아니라 (금전이 얽힌) 남자를 두고 다투는 일도 겪으면서 그 모난 성격은 더욱 배배 꼬였다.

유일한 혈육 오코 할멈은 다리가 좋지 않아 혼자서는 산에 들어갈 수 없게 되었다. 늘 오렌의 시중이 필요할 뿐 아니라 오렌이 몸 팔아 벌어 오는 돈도 필요했으므로 이 손녀를 단단히 가르친다는 것은 애당초 어려운 이야기였다.

"그런데 오렌은 뜻밖에 할멈을 잘 보살피고 약초 캐거나 모기약 만드는 일도 돕더군."

고개 젓기를 그친 한지로는 어금니를 꽉 물더니,

"할멈이 만드는 것들이 쓰기에 따라서는 독이 될 수도 있는 것이어서 흥미를 느꼈는지도 모르지."

그렇게 말하고 고개를 들었다.

"오코 할멈은 부자를 약재로 쓰고 있었소. 쓰는 방법은 까다롭지만 진통이나 해열에 좋다고 해서."

부베 선생이 음, 하며 고개를 끄덕였다. 기타이치는 긴장한 채 잠자코 있었다.

허공의 한 점을 응시하며 한지로는 계속했다.

"여섯 사람이 죽기 훨씬 전, 나는 오렌이 볼일도 없이 소메초 저택 주변을 어슬렁거리는 것을 몇 번 보았소."

당시 한지로의 집은 기사라즈항에서 뱃사람으로 일하던 장남을 제외하면 가족 모두가 소메초에 드나들며 일하고 있었다. 구자키 마을에서 그것은 당연한 일이었다.

"그때 나는 열다섯 살이지만 마음은 어엿한 뱃사람이었소. 다만 아직 체력이 약해서 구자키 마을의 작은 항구에서 기사라즈, 가나야, 호타의 큰 항구까지 오쇼쿠리선으로 소메초 상품을 운반하는 일거리밖에 허락받지 못했지."

큰 항구에 도착하면 싣고 온 상품을 고다이리키선으로 옮기고 고다이리키선이 '물 건너구자키 마을은 에도 앞바다를 태평양으로부터 보호하는 거대한 방파제처럼 자리 잡은 보소반도의 서부 해안에 있다. 에도, 우라가, 가나가와 구자키 마을은 에도 앞바다를 사이에 두고 마주 보고 있다'에서 싣고 온 짐을 이쪽 오쇼쿠리선에 싣는 작업을 했다.

"그 작업을 몇 년 하다 보면 근육이 붙고 뼈가 굵어지지. 그렇게 몸이 만들어지면 기사라즈선은 물론이고 더 멀리까지 가는 고다이리키선도 탈 수 있을 거라고 생각했소."

아침이면 누구보다 일찍 항구로 가서 잔교나 바닷가에 떨어진 쓰레기를 주웠다. 선구를 손질하고 점검했다. 항구와 소메초를 잇는 도로가 수레 다니는 데 문제가 없는지 비로 쓸며 확인했다. 한지로는 매일 열심히 일했다.

"그러다가 소메초 저택 옆에서 처음 오렌을 보았을 때는 드디어 저 아이도 마음이 바뀌어 소메초에서 일하고 싶어진 모양이라 여겼는데."

마을 사람들이 다들 소메초 일을 하며 형편이 나아지는 것을 보면서도 오코 할멈과 오렌은 그때까지 살아 온 방식을 바꾸려 하지 않았으니까.

"그래도 내 젖형제이고 어머니도 오렌을 싫어하면서도 조금은 걱정하고 있었으니까."

그러나 소메초 저택 옆에서 몇 번 모습을 보았지만 오렌이 일자리를 구할 기미는 없었다. 사실 취직이 목적이라면 가게 식솔들 태반이 아직 잠자리에 있는 시각에 어슬렁거리는 것은 이상했다.

"보다 못해 내가 그 아이에게 말을 걸어 보았지."

—오렌, 소메초에 무슨 볼일 있냐?

"오렌은 내가 눈여겨보고 있다는 것을 이미 알고 있는 눈치였소. 금붕어 같은 눈을 뒤룩거리기는 했지만 당황하거나 하진 않았으니까."

─한 쌍하고는 상관없는 볼일이야.

"그리고 씩 웃더군. 그 얼굴을 보고 나는 그만 엉뚱한 생각을 하고 말았소."

소메초의 장남이 한지로나 오렌과 같은 열다섯 살이었다.

"어쩌면 오렌 저것이 그 장남을 꼬드겨 밀회하고 있는 거 아닌가 하는."

그 생각이 머리에 가득했지만 내가 참견할 일은 아니라고 애써 외면했소.

─작작 해라, 엉?

그 말만 던지고 오렌에게서 등을 돌렸다. 저택 옆에서 종종 오렌을 보았던 것은 없었던 일로 치기로 했다.

"그게 살인이 일어나기 이틀 전 아침이었소."

여섯 사람의 죽음이 부자에 의한 독살이라는 것이 밝혀지자 한지로는 오렌 일을 부친에게 먼저 고했다. 부친은 소메초가 소유한 오쇼쿠리선의 반장 가운데 한 사람이 되어 있었다.

"이런 큰일을 가게 측에 말하기 전에 먼저 오코 할멈과 오렌부터 만나 보는 게 좋다고 아버지가 주장해서."

부자는 오코 할멈 집을 찾아갔다. 마을 북쪽 산 밑자락의 다 쓰러져 가는 움막이었다.

"아무리 불러도 대답이 없더군. 들어가 보니 오코 할멈이 마루 구석 짚 담요 위에 쓰러져 뻣뻣하게 굳어 있었소."

사체는 희미하게 썩어 가는 냄새가 나기 시작한 상태였다. 살펴보니 수상쩍은 상처 같은 것은 보이지 않았다. 마을 사람들 누구도 할멈의 정확한 나이를 모를 정도로 고령이었으므로 천수를 마치고 여기 방치되어 있었는지도 몰랐다.

"다만 할멈이 약장 대신 사용하던 지저분한 상자가 깨끗이 비워져 있었소."

오렌도 자취를 감춘 상태였다.

"마을에서 사라져 그 뒤로 소식이 없었지."

오렌이 수상하다. 그 아이라면 집에 부자도 있었고 사용법도 알고 있다. 소메초 사람들을 죽이고 급하게 마을에서 도망친 것이다. 한지로는 그렇게 주장했다.

"그 애가 어떤 앤지 모르냐. 보나마나 뱃사람 가운데 누구를 구워삶아 아침 첫 배를 타지 않았을까. 즉시 항구로 가서 배를 뜨지 못하게 막는다면 아직 늦지는 않았다고."

—아버지, 제발 부탁해요. 항구로 갑시다. 이 일을 소메초에도 알려 주세요. 관에도 신고해 주세요.

그러나 부친은 응하지 않았다.

—철없는 소리. 얌전히 있어. 범인은 나리들이 어련히 잡을까.

"그래도 내가 계속 조르자 아버지는 아무 예고도 없이 내 배를 냅다 걷어찼소."

한지로는 맥없이 기절했고 깨어나 보니 어느새 자기 집, 그래 봐야 오코 할멈의 움막보다 조금 나은 정도지만 웃풍 심한 판자 지붕 오두막의 장롱에 갇혀 있었다.

"내 몸뚱이를 지저분한 돗자리에 둘둘 말아 새끼줄로 꽁꽁 묶어 놓았더군. 아버지 혼자가 아니라 형들도 거들었던 거요."

생각하면 어제 일처럼 분한지 한지로의 얼굴이 땀으로 번들거렸다.

"나중에 다들 열심히 변명하더군."

—다 너를 위해서였다.

—무엇보다 왜 오렌이 소메초 주인을 죽여야 하는지 납득할 만한 이유가 없지 않느냐.

"그건 나도 동감이네" 하고 부베 선생이 간만에 입을 열었다. "한 씨는 뭐 짚이는 거라도 있었나?"

한지로의 턱 끝에서 땀이 한 방울 떨어졌다. 손등으로 그것을 훔치고,

"오렌이 씨익, 웃는 얼굴을 보았기 때문이오" 하고 말했다. 씨익, 이라는 표현에는 더러운 것을 일부러 주물러대는 듯한 집요함이 있었다.

"그 아이는 어릴 때도 뭔가 나쁜 짓을 하려고 할 때면 꼭 그런 웃음을 지었으니까. 내가 잘 알지."

한지로의 추측이 아니라 정말로 소메초의 장남과 밀통하고 있었는지도 모른다. 그런데 뜻대로 사이가 깊어지지 않자 조바심이

일어났는지 모른다. 혹은 부를 쌓아 올리고 마을 사람들의 존경을 받는 소메초 일가가 부럽고 샘이 났을 뿐인지도 모른다.

기타이치는 문득 머릿속을 스치는 것이 있어 말해 보았다. "소메초에는 따님도 하나 있었죠. 열다섯 살 장남의 동생이니 당연히 그보다 나이 어린—,"

기타이치는 입을 다물었다. 한지로의 얼굴이 이내 일그러지며 귓바퀴가 빨개졌다. 분노나 원망과는 전혀 다른 상기된 얼굴이다.

"아름다운 아가씨였겠군." 부베 선생이 조용히 말했다. "인정받는 뱃사람이 되려고 애쓰던 한 씨 눈에도 그 아가씨가 꽤 눈부시게 보였겠어."

빨개진 귓불을 잡아당기며 한지로는 얼굴을 숙여 표정을 감췄다.

"옹색한 항구의 비린내 풍기는 꼬마 눈에는 천녀처럼 보이는 아씨였소."

한지로만이 아니었다. 마을의 젊은이들, 개구쟁이들은 모두 소메초의 따님에게 마음을 빼앗겼다.

"오렌에게는 남들이 가진 것에 욕심을 내는 비뚤어진 기질이 있다고 했죠?"

"음."

"원하는 것을 차지할 수 없으면 미친 듯이 화를 내며 상대를 망가뜨리고 말지. 어릴 때부터 그런 짓을 저지른 게 한두 번이 아니었소."

그 '원하는 것'이 돈으로 살 수 있는 물건이 아니라 늘 눈에 띄
는 부잣집 따님의 출신과 미모였다면.

"그 오렌이 어렸할까. 질투로 머리가 이상해져서 아예 소메초
를 다 없애 버리자고 생각했다고 해도 이상할 게 없지."

오코 할멈이 죽었으니 그나마 오렌을 붙잡아 줄 존재가 사라졌
다는 불운도 겹쳤던 것인가.

─더 나쁜 쪽으로 생각하자면 소메초보다 먼저 거치적거리는
제 할머니를 해치워 버렸을 수도 있지.

나도 참 몹쓸 생각을 하는구나. 기타이치는 잠시 고개를 가로
젓다가 말했다.

"모, 모든 마을 사람들이 미워해도 유일하게 한지로 씨가 젖형
제라는 이유로 늘 걱정해 주었는데, 그 한지로 씨도 소메초 따님
에게 마음을 빼앗겼다. 오렌 씨에게 그런 질투도 있었던 게 아닐
까요."

부베 선생이 후우, 하고 콧숨을 내쉬고 "그렇게 단정하지는 마,
기타이치" 하고 말했다.

"네?"

"어쨌거나 결정적인 증거가 없잖아. 가장 중요한 오렌은 도망
쳤고 할멈은 살 만큼 살다 죽었고, 여섯 명을 독살한 범인은 베
짜던 박복한 여자라는 것으로 사건이 종결되었네. 그 뒤 마을은
어떻게 되었지?"

그 물음에 답하기 전에 한지로는 잠깐 허공을 올려다보았다.

"하늘의 해님이 추락하여 다시는 떠오르지 않게 된 거와 같았소."

구자키 마을을 먹여 살리던 소메초라는 기둥이 쓰러진 것이니까.

"조시항의 소메요시에서 사람이 달려와 어떻게든 가게를 재건하려고 했지만 벌어진 사태가 너무 참혹해서 이제 그곳에서는 장사는 고사하고 제대로 살기도 힘들다며 손을 들고 나가 버렸소."

소메초라는 생계 수단을 잃어버리자 마을 사람들은 예전 생활로 돌아가는 수밖에 없었다. 선주 밑으로 들어가 다시 바다로 나가 고기잡이로 양식을 얻었다. 선주도 겉으로는 권력을 되찾은 것처럼 보였지만 예전과 같은 권위는 없어서, 마을의 토대를 죄던 테는 느슨해지고 기풍은 사나워지고 주민들 얼굴에서 생기가 사라져 갔다.

"뱃사람이나 어부나 소메초라는 주사위 눈에 걸기로 결정하면서 기존 관계를 끊어 냈으니 선주에게는 의리를 크게 배반한 것이지. 큰 도박이었소. 거기에 졌다고 해서, 미안합니다, 다시 원래대로 저를 써 주세요, 라는 식으로 넘어갈 수 있는 이야기가 아니니까."

그리하여 결국 구자키 마을 사람들은 뿔뿔이 흩어졌다. 지금도 항구는 남아 있지만 드나드는 배는 손에 꼽을 정도. 선주 저택은 황폐해진 채 방치되어 있다. 마을 사람들의 집도 마찬가지여서,

묘지의 소토바망자에게 공양하기 위해 경문 따위를 적어 묘 뒤에 세우는 길이 1~2미터의
나무판. 공양하는 사람이 많으면 묘 하나에도 여러 개가 세워지기도 하는데, 임시로 세워 두는 것
이니 열이 삐뚤빼뚤해지기 마련이다 열이 더 가지런해 보일 정도라고 한다.

이야기의 무게에 짓눌리지 않으려고 그러는지 한지로의 손짓
몸짓이 커졌다. 오른팔의 인어 문신도 얼핏얼핏 보인다. 기타이
치는 문득 생각했다. 구자키 마을은 흡사 인어의 저주를 받은 것
같지 않은가. 99일은 부귀영화를 보여 주지만 그날을 지나치면
거대한 파도를 일으켜 마을을 집어삼키고 만다는 인어.

"두 분, 지루했을 텐데, 내가 지난 일을 장황하게 늘어놓은 것
은 당시 구자키 마을에 소메초가 얼마나 중요한 존재였는지를 알
려 주고 싶어서요."

그 크고 환하게 빛나는 존재를 단 한 명의 비뚤어진 처자가 망
가뜨렸다―.

"나는 아버지나 형들처럼 순순히 뱃사람 생활로 돌아갈 수 없
었소. 소메초라는 꿈에서 깨어나고 싶지 않았고, 그런 내 모습이
괴롭고 힘들어 노름을 하고 말술을 마시고 나쁜 놈들과 어울려
강도짓도 하고 공갈로 돈을 우려내는 데까지 추락했소."

살인까지는 하지 않았다. 그러나 거의 그 지경까지 가기를 여
러 번이었다.

"스물일곱 살 때 아와 지방의 어느 별 볼 일 없는 항구에서 노
름을 했는데, 거기서 싸움이 벌어져 상대방을 반쯤 죽여 버리는
지경까지 갔었지. 그래서 항구의 오캇피키한테 잡혔소."

―효수형이든 책형이든 알아서 하라지. 살 만큼 살았다. 재미없는 인생이었구나.

"그렇게 삶을 포기했는데, 마침 그 항구에 순시차 들른 핫슈마와리 나리 눈에 띄어서 이렇게 살아남은 거요."

이 핫슈마와리가 여섯 명이 살해된 소메초 사건을 기억하고 있었다. 소메초 사건에 대한 가토아라타메의 처분에 약간의 불만과 의심을 품고 그 후의 세월을 살아 온 사람이었다.

"관동팔주 단속은 본래 핫슈마와리의 소임이거든. 가토아라타메 수하 도신은 에도에서 도망쳐 온 악당을 추적하기 위해 에도에서 가끔 출장 나오는 사람들이고."

"그때 나리가 꾀죄죄한 뱃사람 나부랭이를 눈여겨봐 주신 것도 내가 구자키 마을 출신이었기 때문이오."

―너, 소메초 살인 사건을 아느냐.

"난데없이 냉수를 뒤집어쓴 기분이었지."

간지가 한 바퀴 도는 12년이 지나서야 한지로의 말에 귀 기울여 줄 사람이 나타난 것이다. 더구나 사무라이 나리가!

"구토라도 하듯 숨을 헐떡이며 그 나리에게 모두 말했소. 내가 알고 있는 것을 깡그리. 나리는 다 들어 주셨고."

그렇다고 당장 소메초 살인사건을 재조사할 수 있는 것은 아니었다. 12년 세월은 넘기 힘든 골이 되어 있었다. 무엇보다 관례와 관습이 지배하는 세상이 그리 만만하지는 않다는 것을 이제는 열다섯 살 소년이 아닌 어른 한지로도 잘 알고 있었다.

"그때 나리는 이렇게 말씀하셨소. 언젠가 그 오렌이라는 여자를 잡아 진실을 자백하게 하라고. 그 일을 위해서 너는 오늘 다시 태어나는 거라고."

—지금부터는 고향 사람들을 위해 몸이 가루가 되도록 일해라.

뱃사람 출신의 노름패 한지로는 그렇게 기사라즈항의 오캇피키가 되었다.

"그 뒤로 9년."

숨을 한 번 크게 쉬고 한지로는 허리를 폈다.

"분하지만 오렌을 찾지 못한 채 서른여섯 살이 되고 말았소."

젖형제 오렌 역시 서른여섯이다.

"그런 여자가 오래 살 리 없다. 벌써 죽어서 지옥에 떨어졌을 거라는 생각도 종종 했었는데."

기타이치도 그녀가 오래 살기 힘든 생활을 하고 있을 거라고는 생각한다.

"바로 그저께 일이었소. 알고 지내는 뱃사람 반장이 이 용모파기를 들고 온 것이."

—이봐 한 씨, 잠깐 볼일이 있어서 후카가와 쪽에 건너갔더니 초밥 노점에 이런 게 붙어 있더군.

어디 있는 초밥 노점일까. 기타이치는 초밥 노점에 부탁한 기억이 없었다. 누가 대신 부탁해 주었을 것이다.

"이 동그라미에 은행잎을 보라고."

한지로는 악, 소리를 지를 뻔했다. 손뼉 치고 발을 구르며 춤을

추고 싶었다.

"머리 꼭대기에서 김이 나오는 줄 알았소. 그런데 나도 모르게 울고 있더군."

기억이 살아나서다. 21년 전 그 아침의 경악과 슬픔과 분노가.

"이건 소메초의 표지 아닌가. 등에 이런 문신을 한 여자가 있다고? 게다가 여자 눈이 이렇게 살짝 튀어나오고 얼굴은 이렇게 생겼다고?"

용모파기에는 여자의 체구가 '조금 살이 찌고 땅딸막하다'라고 적혀 있다.

"오렌이다! 그 아이를 찾았다. 인간 말종 살인자. 자기가 죽인 소메초의 표식을 제 몸에 새기고 대명천지를 떳떳하게 돌아다니고 있다니!"

그 여자를 기타이치라는 에도 후카가와의 문고장수가 찾고 있다. 왜일까. 여하튼 만나서 얘기를 들어 보자, 이쪽 이야기도 들려주자, 하고 한지로는 오늘 아침 첫 기사라즈선을 타고 건너온 것이다.

"이런 문신을 하고 있다면 대명천지에 당당하게 돌아다니고 있을 것 같지는 않은데요."

기타이치는 백분 문신 이야기와 여자가 이 부위에 문신을 하는 의미에 관해 들은 바를 말해 보았다. 한지로는 답답한 듯 혀를 한번 차더니 버럭 소리를 질렀다.

"그 처자가 그 나이가 되도록 몸 파는 일 말고는 먹고살 길이 없으리라는 것은 알고 있소!"

화내지는 맙시다.

"……지금까지."

그렇게 말을 꺼내 놓고 부베 선생은 끙 하며 엉덩이를 들었다가 자리를 고쳐 앉았다. 도네이 객실의 다다미는 얄팍해서 돌처럼 딱딱하다.

"달리 단서다운 단서는 찾지 못했소?"

기타이치도 고개를 끄덕이며 물었다. "아까 한지로 씨도 말했죠. 21년 전 아침, 오렌이 구자키 마을을 도망칠 때 누군가 뱃사람에게 부탁해서 배를 얻어 타지 않았겠느냐고. 그쪽으로는 조사해 보지 않았나요?"

한지로는 또 혀를 찼다. "그 정도라면 나도 생각했지. 하지만 누가 제 입으로 그런 위험한 소리를 떠들고 다니겠나!"

마을의 최고 부잣집 일가족이 몰살당한 참이다. 어설픈 한 마디에 범인으로 몰릴지 모른다.

객실 안에는 초조감의 먼지가 춤추고, 기타이치는 몸을 웅크리고, 부베 선생은 턱 끝의 짧은 수염을 배배 꼬고, 한지로는 거친 콧김 소리를 내고 있었다.

"아, 이거 미안합니다. 말이 거칠었소."

한지로가 손을 들어 거북한 듯이 목덜미를 긁적이자 팔뚝의 인어가 붉은 입술을 오므린 것처럼 보였다.

"한 가지, 작은 단서를 잡은 적은 있었소."

"호오" 하며 부베 선생이 상체를 내민다. "언제, 어떤 단서를?"

"너무 기대하진 마시오, 선생. 결국은 쓸모없는 단서니까. 다만 그리 오래 전 일은 아니오."

3년 전이었다. 에도와 근교 벚꽃놀이 명소에 인파가 몰려나오는 화창한 봄날,

"가도를 따라 가마쿠라로 가다 보면 에노지마 근처에 찻집이 있는데, 거기서 오렌을 꼭 닮은 여자를 보았다는 소식이 날아들었소."

소식을 전한 사람은 전에 소메초에 드나들던 실 도매상의 지배인이었다. 이 도매상은 '물 건너'인 가나가와에 있었는데, 소메초가 중요한 단골 거래처였으므로 당시 구자키 마을에 자주 건너오곤 했다.

"21년 전에는 지배인이었지만 3년 전 실 도매상을 그만두고 은퇴하여 그 찻집 옆에서 딸 내외와 살면서 토산품점을 하고 있었소. 에노지마 신사나 가마쿠라하치만구鎌倉八幡宮에 참배하는 손님으로 꽤 잘되고 있었지."

오렌으로 짐작되는 여자는 찻집 손님이었다. 혼자가 아니라 몹시 쇠약한 노인을 돌보며 가마 두 대를 나란히 타고 여행하는 중이었다.

"마을에서 손가락질당하던 여자여서 이 예전 지배인도 얼굴을 기억하고 있었소."

—잊기 힘들 정도로 인상이 나쁜 처자였으니까. 그렇게 인상이

나쁜 처자는 그 전에나 후에나 오렌 말고는 없었소.

"그렇지만 그 뒤로 너무 오랜 세월이 흘렀으니, 그 오렌이 맞나, 하며 두 사람을 살펴보고 있었다는데."

오렌으로 짐작되는 여자와 노인은 다과를 먹고 잠시 쉬었다가 바로 출발하고 말았다.

"에도로 돌아가는 가마였던 것은 분명했소. 그 지역에서 일하는 가마꾼이 아닌 것을 보면, 에도에서 전세 내서 왔는지도 모르지."

그날은 가랑비가 내렸다. 노인은 질 좋은 비옷을 입고 있었고 오렌으로 보이는 여자도 아름다운 여장을 차려입고 있었다고 한다.

"노인은 몹시 쇠약해 보이고 말도 잘 하지 못했소. 찻집 안주인이 걱정해서 시중을 들어 주자 여자는 그 친절이 고마웠는지 잠깐 이야기를 나눴다고."

자기는 이 노인을 시중드는 시녀라고 하면서,

—이 노인이 무슨 병에 걸린 것은 아닙니다. 아무튼 살펴 주셔서 고맙습니다.

—다만 반년쯤 전에 집이 화재로 불탔는데, 그때 등에 심한 화상을 입어서…….

—그날 번개가 쳤어요. 얼마나 무섭던지.

—후지사와 역참마을에 화상 치료라면 천하제일이라는 명의가 있다고 해서 일삼아 찾아갔는데, 비슷한 환자들로 장사진을 이루

고 있어서 꼬박 이틀을 기다려도 진맥을 받지 못하고 맥없이 돌아가는 중입니다.

"어느 상가의 은퇴한 노인인지, 어떤 장사를 하던 노인인지는 말하지 않았지만 여자와 노인이 가랑비를 막으려고 똑같은 무늬의 수건을 두르고 있었다는데."

그 소메누키무늬만 바탕색 그대로 남겨 두고 나머지 부분을 염색하는 기법 무늬는 추를 없은 천칭저울이 네모난 칸 안에 있는 것이었다.

"그건 환전상 표지 아닌가."

실 도매상의 지배인 출신이라는 그는 오렌의 예전 악평은 알고 있지만 오렌을 찾고 있었던 것은 아니다. 그러므로 이 우연한 만남 일화가 돌고 돌아 한지로 귀에 들어오기까지는 그로부터 다시 반년 이상 걸리고 말았다.

"그 사람이 하는 토산품점에 우연히 내 지인이 들렀고, 그 지인이 배를 타고 기사라즈항에 왔다가…… 뭐 이런 과정을 거쳐서."

―오래 전 유령이 불쑥 눈앞에 나타난 것 같아서 그 토산품점 주인도 그날 밤은 꿈자리가 사나웠다고 하더이다.

"악몽이라면 나도 열다섯 살 여름의 그날 아침부터 내내 꾸어 왔는걸."

듣지 못한 것보다는 낫지만, 들어 본들 방법이 없었다. 혹시나 하는 기대를 하며 한지로가 직접 찻집에 찾아가,

"그 여자가 또 오면 바로 알려 달라고 신신당부해 두었지만."

여자나 노인이 다시 그 찻집에 나타나는 일은 없었다.

"어떻소. 이런 정도로는 별 도움도 안 되겠지. 환전상이라면 에도만 해도 별처럼 많으니."

깊이 한숨을 토하는 한지로 옆에서 기타이치가 막대를 삼킨 양 뻣뻣하게 굳었다.

"왜 그래, 기타 씨."

부베 선생이 툭 건드리자 턱이 툭 떨어지며 입이 벌어졌다.

3년 전 벚꽃 철에서 다시 반년쯤 전. 에도의 어느 환전상. 상가나 살림집, 아니면 별장이나 변두리 주택. 낙뢰로 화재가 일어나 은퇴한 노인이 등에 큰 화상을 입었다—.

턱을 덜덜 떨고 심장을 쿵쿵거리며 기타이치가 큰 소리로 외쳤다.

"그만한 재료가 있다면 낱낱이 기억해 낼 사람이 있어요!"

4

옥호는 '우게쓰후月'. 하마마쓰초 4가, 가나스기바시 다리 옆에 있다. 환전상은 아니고, 규모는 아담하지만 아름다운 나마코벽외 벽에 타일처럼 기와를 붙이고 그 줄눈에 해당하는 곳에 석회를 두툼하게 발라 줄눈이 툭 튀어나오 도록 만든 벽. 짙은 바탕 위의 하얀 줄눈 패턴이 아름답다 도조 창고를 둔 전당포였 다.

4년 전 늦여름, 별안간 비가 쏟아지며 벼락이 몇 번 내리꽂혔 는데, 그중 하나가 이 전당포 정원수에 떨어져 불이 났다. 여기서 날아오른 불티가 방 창문으로 들어가 장지 종이에 불이 붙고, 그 불이 창살로 옮겨붙으며 큰 화재가 되었다. 뜻밖의 벼락으로 시 작된 재난에 식솔들이 물건을 들어내랴 대피하랴 우왕좌왕하는 가운데 화재는 빠르게 번져 나갔다. 곧 건물 절반이 불에 타 무너 지고 나머지 절반은 소방대가 철거했다. 다만 불이 시작된 안쪽 방에 있던 은퇴한 선대 주인, 일흔두 살의 노인이 심한 화상을 입 고 구조되었다―.

이번에는 기타이치도 짱구가 "중얼중얼웅얼웅얼" 하고 기억을 끄집어내고 있을 때 방해하지 않았다. 다만 "후학을 위해"라며 굳 이 따라온 부베 선생이 심술궂게,

"이때 방해하면 처음부터 다시 시작한단 말이지?"

"그러지 마세요, 선생."

재미있어하는 것을 간신히 말렸다. 그러는 기타이치도 짱구가 우게쓰 화재 사건을 금세 떠올려 준 뒤, 짱구가 사는 시치켄초의 셋집(그러고 보니 그 집도 전에는 전당포의 도조 창고였다)에 종으로나 횡으로나 덩치가 크고 오카메_{전통 가면극에 등장하는 여인의 가면으로,}동그란 얼굴, 통통한 볼, 낮은 콧대가 특징적이며, 흔히 추녀의 대명사처럼 쓰인다처럼 동그란 얼굴을 가진 중년 여성이 불쑥 들어와 손잡이 달린 바구니를 발치에 내려놓고,

"어서 오세요. 변변히 대접도 못해 드리고, 실례가 많았습니다."

시마다_{에도 시대의 대표적인 여성 헤어스타일로 주로 젊은 여성들이 했다}로 틀어 올린 커다란 머리를 숙이며 인사하는 것을, 짱구 산타로가 조금 쑥스러운 듯 돌아다보더니,

"처 오후쿠입니다."

라고 말했을 때는 선생과 함께 크게 놀랐다. 어? 있었어, 부인이.

그 오후쿠 씨에게 맛있는 식사를 대접받고 돌아가는 길에 선생과,

"부인이 참 참하시네요!"

"부인이 참하네!"

라고 함께 칭찬하던 이야기는 나중으로 돌리기로 하고, 여하튼 오렌이라는 여자의 소재를 알아낼 유일한 단서는 이렇게 죽은 말_{일본식 장기에서 더는 움직일 수 없는 자리에 들어선 말}에서 산 말이 되었다.

짱구가 이 사건을 기억하는 까닭은, 시골에서는 종종 있는 일

이지만 에도 시중에서 벼락으로 화재가 일어나는 일은 매우 드물기 때문이다.

게다가 우게쓰는 평판이 좋지 않았다. 전당포 주인이 탐욕스러워서가 아니었다(오히려 근처 중소 사찰의 스님들이나 생활비가 떨어진 무가에서 요긴하게 이용하는 전당포였다). 화재를 당한 노인이 3대 주인이고 현 5대 주인이 그 손자인데, 두 사람 사이의 4대 주인이 복잡한 여자 문제를 가지고 있었던 것이다. 선을 보고 혼인한 처는 홀대하고 바깥에 첩을 두는가 하면 게이샤에게 돈을 탕진하고 손님으로 온 처자를 꼬드기고 하녀를 건드리는 등 저 하고 싶은 대로 하며 살았다. 진저리가 난 처는 집을 나가 버렸고, 후처는 아들을 하나 낳았지만(이 아들이 현재의 5대 주인이다) 남편에게 '이렇게 못생긴 여자는 필요 없다'는 소리를 듣고 쫓겨났다. 그 후에 세 번째 처를 맞았으나 성격이 드세어 꽉 쥐여살게 되자 이번에는 유곽에 드나들며 유흥에 빠져 집을 비우다시피 하게 되었다.

"4대 주인은 결국 나카^{막부가 공인한 유곽 요시와라의 별칭. 유곽 정문 앞에 운하가 있어 손님들은 삯배를 타고 요시와라를 드나들었다}로 가는 승합선에서 취객과의 시비 끝에 배에 칼을 맞고 죽고 말았습니다."

낙뢰로 화재가 일어나기 3년 전에 일어난 불행한 사고였다. 참고로 이때 싸운 상대가 기량이 뛰어나다고 알려진 문신사인데, 그가 혼조에 살던 관계로 마사고로 대장이 사건에 개입하였고, 덕분에 짱구의 기억에도 우게쓰에 관한 사항들이 일찌감치 저장

된 것이다.

"전당포는 5대 주인이 바로 물려받아 장사에는 지장이 없었는데, 4대 주인이 묘지에 묻힌 뒤로 한동안은."

ー당주님한테 생활비 받으며 살았는데, 앞으로 살길이 막막합니다.

ー당주님의 자식을 둘이나 낳아 기르고 있습니다. 나 혼자 어떻게 키우란 말입니까!

"이런 여자들이 전당포에 자꾸 나타나 너무 곤혹스러웠다고 합니다."

개중에는 4대 주인의 복잡한 여자 관계를 이용해 우게쓰에서 돈을 가로채려는 자도 있었다고 하는데,

"4대 주인이 기적妓籍 기생들을 등록해 놓은 대장에서 빼내어 첩으로 삼았던 것이 분명해 보이는 여자가 있어서 어쩔 수 없이 하녀로 고용하기도 했다더군요."

덕분에 저 5대 전당포 주인이 하는 짓도 속을 모르겠다는 악평이 나도는 형편이었다. 물론 기타이치라도, 후카가와의 어느 상가에서 비슷한 일이 일어난다면 4대 주인의 남겨진 아내나 5대 주인을 생각해서라도 그렇게 내력이 복잡한 여자는 고용하지 말라고 했을 것이다.

그런 우여곡절을 거친 우게쓰는 지금 어떻게 되어 있을까. 기타이치가 보았던 그 은행잎 문신을 한 여자는 과연 이 전당포 안에 있을까?

내 눈으로 직접 확인하는 것이 가장 간단하다.

당장이라도 달려가려고 흥분하는 한지로를 기타이치보다 먼저 부베 선생이 말렸다.

"우리가 찾는 사람이 거기 있다면 얼굴이 알려진 한 씨가 가는 것은 곤란하지. 어릴 적 동무일 텐데."

"그렇죠. 내가 행상을 하는 척하며 상황을 살펴보고……."

"얼굴이 알려지기는 기타이치 자네도 마찬가지잖나. 그 여자와 눈길이 마주쳤잖아? 기타이치가 기억하고 있다면 상대방도 기억한다고 봐야지. 안 돼."

그럼 어떻게 하면 좋을까. 마사고로 대장과 상의해서 수하를 보내 달라고 할까? 하지만 모처럼 대장에 의지하지 않고 여기까지 왔는데 깨끗이 넘겨주는 것 같아 아깝지 않은가. 이렇게 생각하는 기타이치가 조금 오만한 것일까.

여하튼 한지로는 일단 기사라즈항으로 돌려보내기로 했다. 기타이치도 차분히 생각하자고 마음먹었다.

─도미칸 씨에게 부탁할까?

하지만 아무리 발이 넓은 그라도 가나스기바시 근방이라면 역시 사정이 다를 것이다.

─기타지는 어떨까? 땔감 모으러 나가는 김에 가 보라고 하기에는 너무 먼 곳이지만, '미카리사마' 소동 때처럼 우게쓰에 몰래 잠입해 주면 될 텐데.

그날 기타이치는 작업장에서도 고개를 숙이고 궁리하느라 누

가 묻는 말에 건성으로 대답하기 일쑤였다. 그러고는 내내 혼잣
말을 하는 모습이 마침 그곳에 와 있던 오우미 신베에의 눈에 띄
고 말았다.

"뭘 그렇게 혼자 궁리하는 거야."

그 용모파기는 신베에에게도 많이 할당해서 배포했다. 지금에
이른 경위를 간단히 들려주자,

"뭐야, 그런 거라면 내가 가서 상황을 살펴보고 근처 사람들도
만나 보고 올게."

문고장수로 변장하면 돼, 라고 단숨에 대답하는 게 아닌가.

"오나리몬조조지增上寺는 도쿠가와가의 보제사, 즉 조상의 위패를 모신 사찰이어서 쇼군
이 가끔 찾았는데, 쇼군만 출입하는 문이 따로 있었다. 그 문을 오나리몬御成門이라고 했는데, 현
재 도쿄 지요다구의 JR 오나리몬역이 흔적으로 남아 있다 근처에 있는 마치는 상점
도 많지만 사원과 무가저택이 줄지어 있어서 이곳과는 격이 많이
다른 동네야."

말씀하신 대로 품위가 있는 곳이죠.

"방금 환속한 중 같은 까까머리에 작업복을 입은 행상이라면
아무도 거들떠보지 않을 거야. 하지만 내가 가서 먹고살기 위해
문고를 팔고 있는 낭인이올시다, 라고 말하면 그럴듯하게 들리겠
지. 나는 멜대가 안 어울리니까 보자기에 싸서 지고 갈까?"

정말로 행상을 할 수도 있다며 갑자기 의욕을 보였다.

"엣추 번저, 다지마 번저, 가가 번저, 히고 번저 문지기들에게
빠짐없이 붉은 술 문고를 팔아 볼까나."

이렇게 나오면 맡기는 수밖에 없다. 실제로 가장 무난한 방법이기는 했다. 기타이치는 신베에가 품위 있는 동네에 가져갈 붉은 술 문고를 그와 함께 선별했다.

"그래…… 사흘만 줘. 기타 씨는 큰 배, 아니 고다이리키선에 탔다 생각하고'큰 배에 탔다 생각하라'는 아무 걱정 말라는 말 여기서 기다려. 장사 걱정만 하고 있으라고."

의욕적으로 사루에 작업장을 출발하는 신베에를 배웅한 뒤 스에조 영감이 고개를 갸웃거리며 이렇게 중얼거렸다.

"기타 씨가 요즘 자꾸 배에 얽히는구먼."

듣고 보니 그랬다. 엉뚱한 소동을 일으킨 보선 그림에 기사라즈선을 타고 온 사악한 여자, 그리고 뱃사람 출신의 오캇피키까지.

"배는 틀림없이 어딘가에 닿게 마련이니까 지금은 오우미 님 말씀대로 잠자코 갑판에 앉아서 기다리라고."

"……난파하지 말아야 할 텐데요."

스에조 영감이 쭈글쭈글 웃었다.

"목록을 작성하려고 내가 예전에 만들었던 문고들을 떠올리며 적어 나가는데 가을 상품 중에 '명월 달빛 아래 도미를 낚는 에비스'가 있었던 게 생각나더군."

그러나 센키치 대장이 처음 문고를 만들어 팔던 시절까지 거슬러 올라가 도안을 망라하려면 한번은 후카가와 모토마치 가게에 가서 옛날 장부를 뒤져 볼 필요가 있다고 했다.

그 말은 곧 만사쿠·오타마 부부에게 고개를 숙이고 '좀 보여 주세요'라고 부탁해야 한다는 말이다. 방금 환속한 중 같은 이 머리를.

"뭐 나야 그렇게까지 할 필요는 없을 거라고 생각하지만."

말을 마친 스에조 영감은 꽉 쥔 주먹으로 허리를 탁탁 두드리며 하던 일로 돌아갔다.

오타마에게 걸핏하면 욕을 듣던 시절이 떠올라 기타이치는 얼굴을 찡그렸다. 그래도 한 번은 대차게 들이받고 나왔으니까 이제는 다 잊어버리자.

문에서 차디찬 바람이 들어와 봉당에서 작은 낙엽을 굴렸다. 구석에 있는 나무상자 속에는 더 이상 오려 쓸 수 없을 정도로 작은 종잇조각이나 나뭇조각들이 들어 있다.

"······이거, 나무상자째 태워 버리면 안 되나?"

이렇게 물으며 기타지가 나무상자를 아궁이에 던져 넣으려고 했다.

"상자는 또 써야 돼! 그 속에 든 것만 주는 거야."

기타지가 나무상자를 확 내미는 바람에 기타이치는 하마터면 콧잔등이 깨질 뻔했다.

오기바시에 있는 '조메이탕'의 가마지기이자 숨은 호위꾼인 이 괴팍한 녀석에게도 용모파기를 나눠주고 도움을 청했었다. 모모이 일가 세 사람의 무참한 주검이 눈에 각인되어 가슴이 먹먹할

때도 아궁이 속에서 활활 타는 불꽃을 보면 기분이 조금은 나아
지므로 해가 지면 볼일도 없으면서 이곳에 와서 기타지 대신 가
마 아궁이 앞을 지킨 적도 몇 번 있었다.

뜻밖에도 해결의 실마리가 기사라즈항에서 파도를 타고 건너
왔어. 아니, 인어를 타고 왔다고 해야 하나. 기타이치는 그렇게
지난 과정을 소곤소곤 들려주었다.

그리고 작은 소리로 물었다.

"나보다는 네가 더 넓은 세상을 안다……고 할 수 있겠지?"

기타지는 빼빼 마른 등을 보이며 말이 없다. 오늘은 또 뭘 깔고
앉았는지 살펴보니 테두리가 깨진 풍로였다.

가을 해는 일찍 떨어진다. 가마 아궁이 속만 환하고 주위에 산
더미처럼 쌓인 쓰레기나 잡동사니는 어둠에 가라앉아 있었다.

"그런 네가 볼 때, 어떻게 생각해? 그 오렌이란 여자가 범인이
라고 생각해?"

가마 아궁이에서 쏟아져 나오는 뜨거운 바람에 기타지의 쑥대
머리가 흔들리고 있다.

"……잡아 보면 알겠지" 하고 대답한다.

그야 그렇지만!

"질투 나니까, 얄미우니까, 라는 것만으로 사람 목숨을 빼앗다
니, 어떻게 그런 짓이 가능한지 모르겠네. 그 여자에게 직접 듣는
다고 해도 믿기지 않을 거다."

발치에 당겨 놓은 잔가지 하나를 집어 들고 뚝 소리 나게 두 동

강 내며 기타지가 말했다.

"네가 모모이의 세 사람이 죽어 있는 광경을 이야기해 줄 때, 나, 생각한 게 있어."

"뭔데."

"범인이 내 예전 동료라면, 나, 엄청 화가 났을 거라고."

헉. 기타이치의 눈이 휘둥그레졌다.

기타지는 잔가지를 아궁이 속에 던져 넣었다.

"동료라니, 그게 무슨 소리야?"

기타이치의 목소리에 날카로운 울림이 있었는지 기타지가 고개를 살짝 틀어 이쪽을 보았다. 하지만 이내 다시 아궁이 쪽으로 돌렸다.

"까마귀천구 표지가 있는 동료를 말하는 게 아냐."

기타지의 오른쪽 어깨에 있는 문신을 말하는 것이다. 이 녀석 일족에게는 가문家紋 같은 것이라고 했었다.

"뭐라고 할까. 비슷한 일을 하는 자를 말하는 거다."

허걱. 기타이치는 눈을 부릅떴다.

"우리 일족은 어릴 적부터 그런 기술을 익히고, 그 기술로 녹을 받았지."

그러니까 그게 어떤 기술인데?

"이 넓은 세상에 그런 자들은 엄청 많아. 네 말을 빌리자면 간첩이나 닌자 같은 자들. 세상을 위해 가문을 위해 크게 활약하던 시대가 있었으니까."

뭐, 지금은 세상이 달라졌지만…… 하고 기타지는 작은 소리로
덧붙였다.

기타이치는 눈을 비벼 보았다. 꿈이 아냐. 귓구멍을 후벼 보았
다. 잘못 들은 것도 아냐. 역시 이 녀석은 그런 과거가 있는 걸까.
이제 와서 새삼 놀랄 것은 없지만, 이렇게 술술 인정해 버리니 이
쪽 수명이 줄어들 것 같다.

"그러니까 도시락가게 사건은 그런 기술을 가진 놈이 관여한
게 아닐까. 그렇다면 돈을 받고 저질렀을 테니, 진짜 더러운 짓이
라는 거지."

"그런 얘기, 나한테는 한 마디도 하지 않았잖아?"

"어떻게 얘기해. 어림짐작일 뿐인데."

잔가지를 또 하나 꺾어서 던져 넣었다.

"독을 먹이는 방법도 여러 가지야. 익숙해지면 그리 어려운 일
도 아니고."

기타이치는 아무 말도 할 수 없었다. 너도 해 본 적 있냐? 라고
묻고 싶지 않았다. 나는 저번에 너를 간첩이나 닌자뿐만 아니라
'자객'이 아닐까 생각한 적도 있는데, 그런 거냐?

기타이치가 무언의 번민을 하든 말든 아랑곳없이 기타지는 등
을 돌린 채 계속했다.

"도시락가게의 경우는 우선 아기—오하나라고 했나? 그 아기
를 인질로 삼았을 거다."

범인은 뭔가 구실을 꾸며내서 아침 일찍 일어나는 도시락가게

문을 두드린다. 가령 급한 일이 있어서 일찍 집을 나섰는데 갑자기 몸 상태가 안 좋다, 물 한 잔 줄 수 있느냐.

"마치에 있는 가게는 대개 친절해서 이런 청을 거절하지 않아. 상대방이 여자라면 더욱 그렇지. 경계하기보다 친절하게 응해 주려고 해."

모모이 안으로 들어가 가쿠이치, 오쓰네, 오하나 세 사람을 붙들어 놓으면 그다음은 요리할 일만 남는다.

"아이에게 엿을 주겠다며 입안에 넣어 주는 거지. 싱글벙글 웃으며 아이 입에 엿을 내밀고, 그 참에 번쩍 안아 주더라도 대부분의 부모는 말리거나 하진 않지."

음. 기타이치도 그 정경을 쉽게 그려 볼 수 있어서 더욱 무섭다.

"이때는 진짜 엿이나 얼음사탕이어도 돼. 아이에게 확실하게 먹여서 삼키게 하면 충분하니까. 도리어 진짜 독을 주었다가 아이가 싫다며 뱉거나 갑자기 상태가 나빠져서 몸부림치면 부모 행동을 말릴 수 없게 되지."

아궁이 속에서 활활 타는 불길이 대중탕 목욕물을 끓이고 있다. 결코 지옥 가마가 아니다. 알고 있는데도 기타이치는 등줄기가 서늘했다. 빨갛게 타오르는 불길을 응시하며 이런 이야기를 덤덤하게 말하는 기타지는, 지금 이쪽을 돌아본다면 악마의 얼굴을 하고 있지 않을까.

"너희도 방금 보았겠지만 아이에게 독을 먹였다. 너희에게 원한이 있다. 아니면, 원한은 없지만 돈이 필요하다. 아니면, 너희가 아는 걸 말해라. 목적이야 뭐든 있을 수 있어. 그것은 범인을 잡아서 물어보면 알 수 있겠지."

중요한 것은 살인의 과정이다.

"딸을 살리고 싶냐? 내가 갖고 있는 해독제를 원하면 내가 시키는 대로 해라, 라고."

무슨 끔찍한 농담이냐. 우리한테 무슨 원한이 있어서 그런 새빨간 거짓말을 하는 거냐. 가쿠이치와 오쓰네는 소리쳤을 것이다. 분노했을 것이다. 매달렸을 것이다.

그러나 범인은 오하나를 인질로 잡고 부부를 희롱한다. 그 얼굴에는,

—씨익, 하는 웃음.

아니, 아직 오렌의 짓으로 결론지은 것은 아니다. 하지만 기타이치의 머리에는 저 눈이 살짝 튀어나온 여자의 웃는 얼굴이 떠오른다.

"가쿠이치 씨와 오쓰네 씨는 그렇게 범인에게 휘둘린 건가."

기타지는 나무상자를 해체한 듯한 나무판을 연달아 불길 속으로 던져 넣었다.

화르르르르.

"검시관 구리야마 나리는 제일 처음 몸부림을 시작한 것은 가쿠이치일 거라고 했어."

"그렇다면 아이에게 해독제를 먹여 줄 테니까 대신 아비인 당

신이 독을 마셔라, 라고 강요하는 흐름이었나."

아기가 그 자리 분위기에 겁을 먹고 칭얼거리기 시작했는지도 모른다. 아이의 칭얼거림은 정말로 독 탓일까, 아니면 그냥 겁을 먹어서일까. 그걸 알 수 있을 때까지 기다리다가는 딸이 피를 토하며 죽어 버릴지 모른다. 그렇게 되면 돌이킬 수 없다. 번민하는 부부 앞에서,

―범인의 씨익, 하는 웃음.

오하나를 살리자. 그렇게 생각하고 가쿠이치와 오쓰네 가운데 한 사람이 파수막으로 달려간다. 하지만 정말 그렇게 해도 좋을까. 그 사이에 범인은 도망쳐 버릴 것이다.

독이 진짜라면. 범인이 갖고 있는 해독제도 진짜라면.

―이제 곧 아이 몸에 독이 퍼지기 시작할 거다. 도움이 안 되는 아비로군.

가쿠이치가 범인이 시키는 대로 독을 마시고 잠시 후 고통으로 몸부림치며 쓰러지면 다음은 오쓰네 차례다. 필시 딸을 꼭 안고 온몸을 떨고 있을 오쓰네에게,

―딸을 살리고 싶으면 너도 남편이 한 대로 해.

부부가 모두 독을 마시면 아이만은 살려 주지.

오쓰네는 그 말에 따랐다. 아아, 남편은 이미 가망이 없다. 토사물과 피, 그리고 이 냄새.

오하나만은, 내 딸만은 살려 달라. 약속을 지켜 달라고 엎드려 절하고 죽어 가는 오쓰네의 눈앞에서, 아장아장 걸으며 한창 예

뽑 때인 오하나의 입에 독을 넣는다.

　일가족 세 사람이 숨지자 봉당이나 부엌에 맨발자국을 남기며 뭔가 훔칠 만한 것은 없는지 뒤진다. 그리고 들어올 때처럼 강도나 도둑이 아닌, 전혀 악당 같지 않은 모습으로 동트는 후카가와 거리로 나선다―.

　"너, 너, 너 말이야."

　기타이치는 입이 굳어 혀가 제대로 돌지 않는다. "그, 그런 끔찍한 짓을, 너, 너는, 저, 저저, 저지른 적 없지?"

　대답이 없다. 조메이탕 가마는 지옥도 이럴 거라는 듯 맹렬하게 타고 있다.

　"저지른 적이 있다면, 당장 염불을 외워라. 내가 아궁이에 처넣어 버릴 테니까!"

　"진정해." 기타이치 쪽은 돌아보지도 않고 기타지가 말했다. "나는 나뭇잎처럼 가볍게 피할 테고 네가 아궁이 속으로 굴러 들어갈 테니까. 목숨을 함부로 하지 마."

　젠장, 젠장, 젠장.

　"방금 한 얘기는 가정이야. 모모이에서 이런 악독하고 처참한 방식이 쓰이지 않았을까 하고 내가 지어내 본 거다."

　너무 진짜 같잖아!

　"이 살인은 어떤 놈이 어떤 목적으로 저질렀든 이상할 게 없어. 다만 이런 기술에 능숙한 예전의 내 동료라면, 너무 괘씸하다고 생각했다는 거야."

"응, 응."

거기까지는 기타이치도 이해할 수 있었다. 이제 겁나는 소리는 그만해.

"하지만, 이 오렌이란 여자는 너와 같은 일을 하는 자는 아니라는 거지?"

"응. 그렇다고 보기는 어려워."

"그렇다면 수상할 것도 없잖아? 아니, 수상한 건가?"

"네 머리로는 생각을 못하냐?"

기타지는 깨진 풍로에서 일어서서 그제야 기타이치 쪽으로 돌아섰다.

"훈련받지 않고도 술술 거짓말을 잘하는 놈이 있어. 배우지 않더라도 못된 짓을 계속하다 보면 숙달되는 놈도 있고."

적당한 말도 많을 텐데 '숙달'은 좀 그렇지 않나? 하지만 기타지가 드물게 술술 말하고 있다.

"그 여자가 21년 전부터 지금까지 우리가 모르는 엉뚱한 곳에서 사람을 독살하는 경험을 쌓으며, 대충 된장국에 부자를 넣어서 몰살하는 것보다 더 교묘하고 간사한 방법을 익혔을 수도 있지."

그래서 오렌이 정말로 모두 아홉 명이나 되는 사람을 독살한 말종인지를 제대로 판정하려면,

"동그라미 속에 은행잎이 있는 백분 문신의 내력이나, 여자의 섬뜩한 웃음의 의미, 여자와 소메초 혹은 모모이의 관계, 여자의

원한이나 질투를 차근차근 추적해서 조금씩 풀어 가는 수밖에 방법이 없겠지. 그걸 위해서라도 빨리 잡아야 해."

참으로 멀쩡한 얼굴로 멀쩡한 이야기를 하고 있다.

"기왕 말을 하는 김에 한 가지 말해 두지."

산더미처럼 쌓인 잡동사니 너머에서 기타지는 말했다.

"열다섯 살 전후에 여섯 명이나 해치우고 가볍게 도망쳤다면 그냥 어린 처자가 아냐. 어린 처자의 가죽을 뒤집어쓴 타고난 악귀지."

산더미 같은 쓰레기와 잡동사니를 살펴보며 담담하게 말한다.

"내가 나고 자란 집안이 대대로 맡아 온 역할은 인정에 물러서는 해낼 수 없는 일이야. 악귀가 되지 않으면—누가 악귀라고 비난하더라도, 나 스스로 악귀라고 생각하더라도, 그게 뭐, 하며 태연할 수 있어야 해낼 수 있는 일이 많았어."

하지만 그것은 어디까지나 내가 '사람'이라는 것이 전제된 이야기다.

"애초에 악귀였다면 인정이란 걸 모르지. 그러니까 비정해지는 일도 없어. 자신의 쾌와 불쾌밖에 신경 쓰지 않고, 나 외의 모든 사람은 장작이나 막대기나 다를 게 없어."

물건으로밖에 보이지 않는다. '생명'으로 보이지 않는다.

"오렌이란 여자는 아마 그런 쪽일 거야. 방심하지 마."

깊을 대로 깊어진 밤의 한쪽 구석에서 가마 앞에 쌓인 쓰레기와 잡동사니 냄새를 맡으며 기타이치는 불현듯 깨달았다. 이 녀석, 화가 났구나.

가슴이 콕 쑤셨다.

기타이치 입에서 하고 싶은 말이 지극히 자연스럽게 흘러나왔다.

"체포할 때 도와줄래?"

빡! 아궁이 속에서 뭔가가 터졌다. 솔방울이라도 들어갔나.

"알았다" 하고 기타지는 대답했다.

6

"당신, 오렌 씨지?"

기사라즈항의 오캇피키 한지로가 부르는 소리에 하마마쓰초의
전당포 우게쓰의 하녀는 뒤를 돌아다보았다.

은퇴한 노인을 세수시키려는지 들통을 들고 우물가로 나가는
참이었다. 수수한 하녀답게 목덜미가 드러나지 않게 옷을 입었
다. 목덜미 아래 있다는 문신은 보이지 않지만 기타이치에게는
그 얼굴과 체구만으로 충분했다.

조금 튀어나온 여자 눈에 못지않게 한지로도 눈을 크게 떴다.

"내 얼굴을 잊었나? 하긴 21년이나 지났으니."

구자키 마을의 한지로야―.

그 말에 여자의 눈이 더욱 튀어나와 아침놀의 붉은색이 눈동자
속에 비쳤다. 그리고 입을 열더니 이렇게 말했다. 기타이치가 상
상하던 어떤 목소리와도 다른, 가슬가슬한 설탕간장_{양념간장의 일종으}
_{로 단맛을 강조한 것으로 주로 떡이나 경단을 찍어 먹는데 쓴다} 같은 목소리로 기타이
치가 전혀 상상도 하지 않던 말을.

"어머, 한 짱. 이제야 나를 데리러 왔어?"

말을 마치는 순간 한지로를 겨냥해 냅다 들통을 던지고 뛰기
시작했다.

＊

오우미 신베에는 훌륭한 수완을 발휘해서 사흘은커녕 이틀 만에 어지간한 상황을 거의 다 파악해 왔다(그 참에 문고도 몇 개 팔았다).

"남의 집안일에 관심 많고 뒷소문이라면 사족을 못 쓰고 알게 된 것은 남에게 말해야 직성이 풀리는 사람들은 품위 있는 마치에도 있더군. 나야 고맙지, 고맙고말고."

전당포 우게쓰는 4년 전 화재를 당한 뒤 가게와 집을 다시 지었다. 5대 주인은 건실하게 영업하는 중이다. 화상을 입은 은퇴 노인은 지금까지도 내내 자리보전 중이며 지금도 다 낫지 않아 경련과 통증에 시달리고 있다.

그 노인을 잘 보살펴 온 것이 오시게라는 중년 하녀이다. 살은 찌지 않았지만 땅딸막한 체구에 금붕어 눈을 하고 있다.

전당포 근방 주민에 따르면 이 하녀는 방탕한 생활 끝에 횡사한 4대 주인이 남겨 놓은 여자인데, 그이가 없으니 살아갈 길이 없습니다, 하며 우게쓰에 찾아와 울며불며 매달려 하녀로 고용되었다고 한다. 부끄러워하거나 어색해하는 기색도 없이 우게쓰 지붕 밑에서 비바람을 면하고 거기 솥으로 지은 밥을 먹고 있다고 했다. 보잘것없는 용모와는 달리 유들유들한 여자라고도 했다.

전당포 일가도 이 여자를 부담스러워하는 것은 틀림없다. 나가라고 하자, 갈 데가 없다, 갈 데를 알아봐 달라, 라고 떼를 쓰고,

그럼 일하라고 하자 대충대충 일한다고 한다. 성실하게 일하지 않지만 그렇다고 일을 안 하는 것도 아니다. 일을 시켰으니 밥을 먹여야지, 잠자리도 주어야지, 라고 생각하는 전당포 일가는 딱하게도 선량한 사람들이었던 것이다.

자칭 오시게라는 이 여자는 10년쯤 전 센다가야 숲에 있는 요리점에서 나카이요릿집이나 유곽에서 손님을 응대하는 하녀로 일하다가 당시 방탕이 극에 달해 있던 4대 주인의 눈에 들어 첩이 되었다. 그 요리점도 간판과는 달리 요리사 솜씨보다 나카이로 장사하는 곳이라는 사실이 그 방면에서 잘 알려져 있었다.

그전까지도 오시게는 여기저기서 그때그때 가명과 가짜 이력을 내세우며, 남들이 유일하게 값을 쳐주는 제 몸뚱이를 팔아 살아 왔다. 그러나 나이가 들수록 원하는 값에 팔기가 힘드니 머지않아 팔 수도 없는 때가 올 것이다. 그 경계에 거의 다가선 즈음, 4대 주인이 돈으로 기적에서 빼내어 첩으로 삼아 주어서 마침내 안정된 생활을 얻었다.

그런데 그 4대 주인이 덜컥 죽자 금세 살길이 막막해졌다. 살아갈 방도를 4대 주인의 가게에서, 그 일가에게서 얻어 내자. 그렇게 생각하고 주저 없이 행동에 옮기면서도 전혀 부끄러워하는 기색이 없는 여자였다.

오시게가 그렇게 우게쓰로 굴러든 지 3년 후 낙뢰로 화재가 일어나 은퇴한 3대 주인이 심각한 화상을 당했다. 유들유들한 이 여자는 운도 강해서 그때 마침 심부름을 나간 덕분에 무사할 수 있었다.

우게쓰 일가가 집을 잃고 뿔뿔이 흩어져 이집 저집에서 신세 지는 동안에도 오시게는 노인 곁을 떠나지 않고 시중들었다. 노인도 오시게를 의지했다. 그제야 가족과 이웃들도 오시게가 어느새 노인을 구워삶았다는 것을 알아챘다.

결국 오시게를 쫓아낼 수 없었다. 오시게가 있어서 노인을 전적으로 맡겨 둘 수 있다는 것도, 말하고 싶지는 않지만 고마운 일이었다.

평생 장사에만 힘쓰고 방탕한 아들 때문에 고생한 노인을 5대 주인 이하 우게쓰 식솔들은 함부로 할 수 없었다. 서쪽에 용한 의원이 있다는 소식이 들리면 바로 달려가고, 동쪽에 명의가 있다는 소리가 들리면 비용을 아끼지 않고 왕진을 청했다. 노인이 아직 제힘으로 움직일 수 있었을 때, 노인이 요구하는 대로 오시게를 동반케 해서 가마를 전세 내어 후지사와 변두리까지 보냈던 것도 노인의 묵은 화상이 조금이나마 나았으면, 하고 바랐기 때문이다(먼 길을 단둘이 여행하는 것에 대하여 두 당사자가 어떻게 생각하는지까지는 알 수 없었지만).

마침내 노인이 완전히 드러눕게 되자 이번에는 화상 흉터의 통증이나 욕창에 잘 듣는 연고나 습포를 찾았고, 조금이라도 좋은 평이 들리는 곳이 있으면 사람을 보내 사 오게 했다. 가나스기바시 옆에서 지내는 오시게가—구자키 마을의 어린 처자 오렌이 변신한 전당포 하녀가, 에도 땅으로도 쳐주지 않는 후카가와 외곽을 가끔 찾게 된 것도 그런 연고 하나를 얻기 위해서였다.

포박은 허무할 정도로 금방 끝났다.

오렌은 한지로와 기타이치에게 등을 돌리고, 당황한 나머지 신고 있던 나막신 한 짝을 벗어던지며 도망치기 시작했다.

그때 정원수 뒤에서 마치 그림자가 땅바닥에서 쓱 일어나 나온 것처럼 기타지가 나타나 여자 앞을 가로막았다.

오렌은 깜짝 놀라 멈춰 섰다. 기타지는 그녀의 손을 잡아끌며 참외가 얼마나 익었는지 확인하는 듯한 손놀림으로 급소를 탁 쳤다. 그 순간 여자의 몸이 절반으로 꺾이며 기타지에게 기대었다.

"백분 문신을 떠오르게 하려면 어떻게 해야 하지?"

그렇게 말하며 여자를 아무렇게나 어깨에 들쳐 메고 한지로 옆으로 왔다. 기사라즈항 오캇피키는 짧게 포효하듯 뭐라고 소리치고 기타이치는 무릎에 힘이 빠져 그 자리에 쪼그려 앉고 말았다.

지난 며칠간 한지로는 기타이치 들에게 소식이 오기를 기다리면서 자기 구역에서 핫슈마와리 나리와 상의하여 우게쓰의 하녀가 구자키 마을 출신의 오렌일 경우 그 신병을 가즈사로 데려올 것을 명한다는 지시서를 받아 두었다. 그렇게 손을 써 둔 덕분에 우게쓰에서도 하마마쓰초 파수막에서도 그 지시서를 보여 주고 통과했고, 이제는 가나스기바시 밑에 묶어 둔 전마선을 타고 니혼바시 기사라즈 선착장으로 돌아가기만 하면 된다. 그곳에는 오렌을 고향으로 데려갈 고다이리키선이 기다리고 있었다.

전마선이 새벽빛에 물든 에도만을 가로지른다. 한지로가 기사라즈 선착장에서 빌려 온 배다. 21년치 어둠을 싣고 파도를 가르며 나간다. 노가 힘차게 바닷물을 젓자 물거품이 보글보글 떠오른다. 놋좆이 끼끽 울고 물방울이 튀어 올라 뱃전을 붙잡고 있는 기타이치의 얼굴까지 적시고 있다.

이물에는 기타지가 비쩍 마른 죽음신의 그림자처럼 등을 웅크리고 앉아 있다. 아무렇게나 묶은 긴 머리카락. 불어오는 바닷바람에 앞머리가 얼굴에 들러붙어 있다.

나 참, 우미보즈_{배 가는 길목에 나타난다는 요괴. 자라 몸에 머리카락 없는 사람 얼굴을 하고 있다고 한다}라는 게 저렇게 생기지 않았을까.

배 한가운데 널판 위에서는 우게쓰에서 몇 년간 오시게라는 이름으로 지내던 여자가 배가 움직이자 깨어나 칸막이 들보에 몸을 맡긴 채 말없이 파도에 흔들리고 있었다. 말을 걸어도 대답이 없고 울지도 않고 화를 내지도 않았다.

여자의 양손은 가슴 앞에 교차되어 묶여 있었다. 포승의 한쪽 끝은 한지로가 잡고 있는 노에 묶여 있다. 이는 뱃사람들이 하는 매듭으로 구명삭에 흔히 쓰이는데, 만에 하나 배가 뒤집힐 경우 가라앉는 선체와 함께 익사하지 않도록 고리를 만든 부분을 세게 당기면 순간적으로 풀리도록 되어 있다고 한다.

포승의 다른 한쪽 끝은 기타이치의 몸에 감겨 있고, 끄트머리는 고리로 만들어 기타이치가 오른손에 꼭 쥐고 있다. 가즈사 서쪽 해안 지역에서 활동하는 오캇피키가 갖고 다니는 포승은 소금

기가 배어 까끌까끌하다.

하늘이 환하게 밝아 오자 여자는 떠오르는 태양에 실눈을 뜨고 한지로의 옆얼굴을 확인하고는 그제야 표정을 바꾸었다.

─웃어?

씨익, 하는 웃음은 아니었다. 기타이치 눈에는 좋아하는 남자를 바라보는 듯한 따스함과 달콤함이 있는 눈빛처럼 보였다.

"당신, 내 얼굴 기억해?"

기타이치가 말을 건네자 그 튀어나와 보이는 눈이 천천히 깜빡였다.

"지난달이었지. 혼조 후타쓰메바시 옆 도시락가게 모모이 앞에서 봤잖아."

머리 위쪽 먼 데서 바닷새 무리가 울고 있다. 구름 틈새로 초겨울의 창공이 드러났다. 오늘은 활짝 개겠구나.

여자는 대답하지 않을 줄 알았는데 아니었다. 고개를 갸웃하더니 기타이치에게 말했다.

"오라버니는 머리카락이 별로 없어서 눈에 잘 띄어."

철썩. 전마선이 세모난 파도를 올라탄다. 한지로는 이쪽을 보려고 하지 않지만 귀는 바짝 세우고 있는 듯했다.

"하지만 귀여운 얼굴이네."

가슬가슬한 설탕간장 목소리. 기타이치는 등에 송충이가 떨어진 것처럼 진저리를 쳤다.

"오렌 씨라고 불러도 될까."

"좋을 대로 하셔."

"그럼 말이 나온 김에 당신 목덜미 좀 보여 주겠어? 동그라미 안에 은행잎이 있는 문신을 하고 있지?"

여자는 이제 기타이치에게 주의를 집중하는 모습이다. 그것도 봤어? 하며 놀랐다는 표정을 짓는다.

"백분 문신 말이야. 당신이 발끈해서 열을 받지 않으면 떠오르지 않겠지?"

여자는 살짝 혀끝을 보이고 나서 웃었다.

"이 오라버니, 순진한 줄 알았는데 그렇지도 않네."

후후. 바닷바람 때문에 여자가 입을 다물어 웃는 소리는 들리지 않았다. 후후, 후후, 후후, 눈언저리와 입술만 웃음을 보여 줄 뿐이다.

"왜 그 자리에 그런 문신을 했지?"

말을 하니 바닷바람이 목구멍까지 밀고 들어온다.

웅성거리는 바닷새 무리. 그 새들을 거느리고 어선 두 척이 앞뒤에서 그물을 끌며 이쪽으로 천천히 다가오고 있었다.

"이런 별난 문신이 있는 여자가 좋다고 돈을 많이 쓰는 남자들이 있어. 젊었을 때 그런 남자들이 찾는 가게에서 일했거든."

헝클어진 머리카락이 눈에 들어가자 여자는 고개를 살짝 저었다.

"내가 자랑하는 문신이지. 보물이야. 내가 정말 좋아하던 상점의 표지를 내 것으로 삼은 거니까. 다른 사람이 차지하지 않게,

나 혼자만 갖고 있기로 한 거야."

이 말은 소메초 살인사건을 거의 자백한 것이라고 해도 좋으리라. 여자 얼굴에는 전혀 기죽은 기미가 없지만.

"한 짱, 그 가게에 한 번도 손님으로 오지 않더라. 나, 기다렸거든."

여자의 활기찬 목소리에 한지로는 노를 잡은 채 이쪽으로 돌아서다 만 듯 모로 섰다. 온몸이 굳어 있다.

"정말 좋아하던 상점이라고?"

"한 짱도 많이 좋아했지만."

한지로는 여자를 노려보다가 다시 고물 쪽으로 돌아섰다. 노가 다시 삐걱거린다. 여자가 웃다가 이번에는 입으로 들어온 머리카락 끝을 의외로 가지런한 앞니로 깨물었다.

기타지는 이물에서 꼼짝도 하지 않고 있었다. 아침 햇살에 이제는 새카만 그림자처럼 보이지는 않게 되었지만 꾀죄죄한 옷차림만 두드러질 뿐이다.

"구자키 마을에서 저지른 짓을 잊지 않으려고 문신을 넣었군."

기타이치의 말에 여자는 콧대를 비키며 외면했다. 나 지금 오라버니랑 얘기하는 거 아냐.

이물에서 위아래로 흔들리며 기타지가 불쑥 물었다.

"왜 모모이 일가족을 죽였지?"

억양 없는 목소리여서 질문처럼 들리지 않는다. 여자도 조금 놀라서 "이 오라버니도 말을 하네"라고 했다.

기타이치가 다그쳤다. "당신, 욕창에 잘 듣는 연고를 사러 후타 쓰메바시 근처 접골원에 갔었지?"

신베에가 탐문으로 알아낸 사실이다.

"연고 조제하는 날이 매달 딱 하루뿐인데다 금세 매진되어 버려서 사람들이 동트기 전부터 줄을 서도 못 사는 사람이 많다지. 그런 번거로운 심부름도 그 은퇴한 노인을 위해 기꺼이 했던 건 가?"

소저택에서 가게를 연 모모이도 그렇게 연고를 사려고 오가다 가 보았을 것이다. 금실 좋은 부부와 아장아장 걷는 귀여운 딸, 그리고 이 가게를 찾는 밝은 표정의 손님들.

예전의 소메초와 마찬가지로 아무것도 부족할 게 없는 행복한 가족이 거기 있었다.

—오렌에게는 엄두도 낼 수 없어 분하기만 한 아름다운 정경.

부숴 버려. 때려 부숴 버려. 금붕어처럼 튀어나온 눈에 검은 질 투가 깃들고 할머니한테 배운 생약 지식 덕분인지 타고난 도벽 덕분인지 부자도 구할 수 있었다.

그런 거였지? 다 말해.

여자는 기타이치 따위는 안중에도 없다는 듯이 기타지를 핥듯 이 살펴보고 있다.

"왜 도시락가게 일가족을 죽였지?"

조금 전과 똑같은 억양 없는 목소리로 기타지가 물었다. 여자 가 웃었다. 씨익, 이 아니라 깔깔깔 하는 웃음.

"오라버니, 얼굴 좀 제대로 보여 줘. 그럼 대답해 주지."

에도만의 아침을 오가는 배는 많다. 그중에는 동트기 전에 고기잡이를 마치고 돌아가는 어선도 있다. 배와 배가 스쳐 지나면 횡파가 밀려와 전마선 뱃머리를 친다. 때로는 기타이치 눈높이나 되는 파도가 벽처럼 밀려오는가 싶더니 전마선 밑으로 미끄러져 들어갔다.

기사라즈항과 '물 건너'를 왕래하는 뱃길을 잘 아는 한지로도 가나스기바시에서 에도만을 가로질러 니혼바시까지 가는 뱃길은 조금 낯설어서 철포조련장과 하마고텐 사이의 운하로 들어가 기노쿠니바시 쪽으로 빠지자고 이야기해 두었다.바다와 강 하구를 이용하는 경로보다 에도 시중을 가로지르는 운하를 이용하겠다는 말이다. 그러므로 전마선은 기이 번저를 왼쪽으로 보면서 해안 가까이를 얌전히 가고 있었다.

"……풍경 좋네."

여자는 그렇게 중얼거리고 가만히 기타지로부터 시선을 거두고 얼굴 전체에 아침 햇살을 받으며 숨을 크게 들이마셨다.

"이 짠내는 싫지만 이 냄새가 전혀 없는 데서 사는 것도 재미없더라. 한 짱, 고마워. 나를 데리러 와 줘서."

참다못한 듯 한지로가 다시 모로 섰다. "조용히 해. 저쪽에 도착하면 질리도록 말하게 해 줄 테니까."

전마선은 앞뒤로 나란히 오는 어선 두 척과 거리를 두고 스쳐 지나는 참이다. 길이만 해도 이 배보다 두 배는 되는 어선이 다가 오자 진회색 파도가 이쪽으로 밀려온다. 기타이치는 한손으로 뱃전을 잡았다.

"이젠 다 귀찮아져 버렸어."

여자의 말투가 조금 달라졌다. 설탕간장에 불쾌한 모래가 스르륵 섞였다.

기타이치는 왠지 오싹했다.

"노인이 죽으면 보나마나 쫓겨나겠지. 다시 갈 데를 찾아야 하고. 이젠 귀찮아, 개고생만 하고."

한지로 쪽으로 몸을 틀어 엉뚱하게 명랑한 말투로 물었다.

"이봐, 한 짱, 당신, 소메초 아씨를 좋아했지?"

두 어선 가운데 앞장선 배가 바로 옆으로 왔다. 예상 이상으로 커다란 횡파를 일으키며. 한지로가 노를 저어 전마선의 방향을 틀었다. 여자 물음에는 대답하지 않았다. 여자도 꼭 대답을 원하는 것 같지는 않았다.

"섭섭하네. 하지만 적어도 소메초는 이 몸 오렌 씨가 확실하게 차지했어. 그 증거를 보여 주지."

여자는 그 말이 끝나기 무섭게 횡파로 흔들리는 전마선에서 일어나 비틀거리는 모습 그대로 기타이치에게 돌진했다.

어, 이런! 자신이 외친 소리인지 한지로나 기타지의 목소리인지 알 수 없었다.

"자, 오라버니도 이걸 보러 왔지? 성에 찰 때까지 실컷 봐!"

여자의 육탄공격을 당한 기타이치는 뱃전에서 공중제비를 돌아 바닷물에 누운 자세로 떨어졌다. 때마침 두 번째 어선이 스쳐 지나자 횡파가 겹쳐져 뱃머리 높이까지 치솟았다.

풍덩!

여자가 양손이 묶인 채 바다로 뛰어들어 두 다리로 기타이치의 몸통을 조였다. 앞섶이 벌어지고 목깃이 흐트러진다. 얼굴 바로 앞까지 다가온 여자의 튀어나온 눈동자.

그 입가에 씨익, 하는 웃음.

꼬르륵꼬르륵 가라앉는다. 손으로 죽도록 물을 저어도 수면으로 오르지 못한다. 여자의 허벅지가 집게처럼 조여들고 있는데다,

―이 여자와 나는 포승으로 연결되어 있었지!

기타이치가 쥐고 있던 포승이 팔에 감겨 풀리지 않는다. 팔을 휘둘러 풀어내려 해도 뱀처럼 자꾸 조여든다. 아파, 아파.

겨우 풀렸다! 몸부림치며 허우적거리는데, 여자와 노를 연결하던 쪽 포승이 물속을 우아하게 춤추고 있는 것이 보였다. 노에 묶여 있던 매듭이 낙하하는 충격으로 풀려 버렸을 것이다.

여자는 기타이치를 놓아주지 않았다. 기타이치가 손으로 떠밀고 얼굴을 밀어내고 발길질을 하지만 그의 발은 헛되이 물만 찰 뿐이다.

여자의 옷이 풀어져 가슴께가 드러나고 머리카락이 해초처럼 수중에 떠다녔다. 그때 기타이치는 보았다. 여자의 목깃 속이 들여다보이는 순간.

―동그라미에 은행잎.

물의 냉기에 희미해지고 있지만 분명히 그 그림을 알아볼 수 있었다.

텀벙! 누군가 물로 뛰어들었다. 기타이치의 호흡이 거품으로 떠오르고 있었다. 그리고 마지막 한 방울이 나오기 무섭게 폐부로 바닷물이 흘러들었다.

누군가의 강력한 손이 여자를 떼어 내고 그녀의 가슴팍을 거칠게 차 내고 기타이치의 어깨를 붙들었다. 새로 거품이 풍성하게 쏟아져 나와 소용돌이를 틀며 기타이치를 감쌌다.

그리고 눈앞이 캄캄해졌다.

*

찬찬히 본다. 지긋이 본다.

―틀림없어. 오미쓰 씨 살결에 물이 오른 것 같아.

초겨울 에도만에서 익사할 뻔한 기타이치는 후유키초 마님 댁에서 요양했다. 물론 오미쓰가 간병해 주므로 매일 뚫어져라 관찰할 기회가 있었다.

그냥 익사할 뻔했던 정도라면 별일 아닐 것이다. 하지만 불행하게도 오렌의 포승이 손목과 팔의 부드러운 자리를 강하게 압박하여 찰과상이 생겼는데, 그 자리가 붓고 곪아 열이 났다.

"민물과 달리 바닷물은 무섭지" 하며 마님이 걱정해 주었다.

도미칸은 자주 들여다봐 주며 마님이나 오미쓰와 이야기를 나

누었다. 다만 통증으로 고생하는 기타이치를 위로해 주기는커녕,

"전마선으로 압송할 때는 나를 불렀어야지!" 하며 원망했다.

"나도 모모이네 원수를 갚고 싶었는데."

"그럼 다음에 기회가 오면 나 대신 나서 주세요."

나중에 마님이 쓴웃음을 지으며, 실은 도미칸 씨가 사색이 돼서 걱정했어, 라고 말해 주었다. 예, 알고 있습니다.

다친 데가 아팠다. 곪은 자리에서는 냄새가 났다. 위팔이 두 배 굵기로 부어서 스스로도 깜짝 놀랐다.

"이러다 은행잎 꼴 흉터가 남으면 어떡하죠?"

"그 위에 문신을 해서 지우면 되지. 도안은 에이카 님한테 부탁하고."

검은 하오리를 입고 병문안을 와 준 오우미 신베에가 그렇게 대답하자 기타이치가 사과했다. 제가 쓸데없는 말을 했네요.

"그래도, 혹시 흉터가 인어 모양으로 남으면—"

"그만 자!"

현재까지도 오렌의 사체는 어느 해변에도 표착하지 않았다. 어선 그물에 걸리지도 않았고 낚시꾼을 놀래거나 하지도 않았다.

에도만을 헤엄쳐 가즈사의 어디로 돌아가 있는지도 모른다. 헤엄치고 또 헤엄쳐서 용궁으로 갔는지도 모르지. 바다 밑으로 가라앉아 게나 조개의 먹이가 되어 다음에 인어로 환생할지도 모른다.

어차피 이제는 기타이치가 할 수 있는 일이 없다. 다친 데가 나

은 뒤, 한번 만나서 마무리를 지어야겠다는 결심이 선다면 한지로를 만나러 가자. 그쪽에서도 똑같은 생각을 하고 있을 것이다.

기타이치를 위로하는 구리야마의 전언을 다카바시 파수막을 통해 전달받았다. 구리야마가 아끼는 여자인 듯하지만 부인은 아닌 것으로 짐작되는 오사토가 기타이치를 위해 깨끗한 무명천을 많이 준비해서 방문해 주었다고 한다. 나중에 인사하러 가야겠다.

기타지에게는…… 또 뭔가 맛난 걸 사다 줘야지. 기타이치를 바닷속으로 끌고 들어가려고 하는 오렌을 이물에서 뛰어들어 발로 걷어차 주었다. 얼마나 멋진 발차기였는지 모른다.

오미쓰에 따르면 고열에 시달리던 기타이치가 심하게 가위 눌렸다고 하는데, 본인은 통 기억이 없다. 꿈도 꾸지 않았다. 센키치 대장에게 꾸중을 듣거나 칭찬을 받지도 못하고, 보고 싶은 그 옆얼굴도 보지 못한 채 기절한 듯 잠만 잤다.

기타이치가 다친 팔에 천을 감고 도미칸 나가야의 자기 집으로 돌아온 그날 해 질 녘이었다. 무라타야 지혜에가 찾아왔다. 책궤는 없이 밤양갱 꾸러미를 들고 왔다.

"이거, 늦었지만 기운 내라고."

이 사람에게도 그 긴 사건 이야기를 들려줘야 하나. 나도 다시 평범한 일상과 장사일로 돌아가야 하는데…… 하는 생각이 표정에 드러나지 않게끔 조심해야겠다 싶었는데,

"이번 사건에 대해서라면 도미칸 씨에게 대강 들었어요" 하고

눈치껏 말해 주었다.

"나는 다른 사건으로 찾아온 겁니다. 누가 사죄의 말을 전해 달라고 해서."

다른 사건. 사죄의 말?

"지난 여름 토왕이 지날 무렵 보선 그림 소동이 있었잖아요."

혼조의 술 도매상 이세야의 주인이 그린 보선 그림에서 시작된 소동이다.

"마사고로 대장 덕분에 잘 수습했죠."

"겸손하긴. 기타이치 씨가 훌륭한 문고를 만들어 준 덕분이죠."

뭐, 그건 그렇다 치고.

"그때 해명되지 않은 의문이 남아 있다면서요?"

변재천이 등을 돌리고 있는 보선 그림 여러 장을 여봐란 듯이 가게 뒤 쓰레기터에 버려서 이세야를 함정에 빠뜨리려고 한 것은 누구였을까.

"맞아요, 한 가지 의문이 남아 있어요."

기타이치는 저도 모르게 눈을 깜빡였다.

"무라타야 씨도 잘 아시네요."

숯검댕 눈썹이란 별명을 가진 지혜에가 그 독특한 눈썹을 득의양양하게 들썩였다.

"장본인한테 들었으니까."

"예?"

"그러니까, 그 그림을 그려서 쓰레기터에 던져둔 장본인이, 그거 내가 한 짓이다. 지금은 어리석은 짓이었다고 부끄러워하고 있다. 기타이치 씨에게 폐를 끼쳐서 미안해한다고 전해 달라고 내게 부탁하더이다."

기타이치는 다시 눈을 깜빡거렸다. "그런 사과를 왜 무라타야 씨에게?"

마사고로 대장한테는 무서워서 털어놓기 힘들다고 해도 도미칸 씨가 있지 않은가.

"모르겠어요?"

"나야 모르죠."

지혜에는 숯검댕 눈썹을 찡그렸다. "그 사람이 내 단골손님이기 때문이지 달리 무슨 이유가 있겠습니까."

맙소사.

"우리 단골 중에 그림을 즐기는 사람이 꽤 있어요. 이상할 것도 없는 일이죠."

나 분명히 전했습니다, 됐죠? 하며 으스대고 있어, 이 사람.

"센키치 대장을 흉내 내기 시작한 기타이치 씨에게도, 그야 뭐…… 있으나마나 한, 겨자씨만 한, 훅 불면 날아가 버릴 만한 것이지만, 그래도 없는 것보다는 나은 신용이라는 것이 생겨났으니까 이런 사죄도 들을 수 있는 겁니다."

으스대는 것이 아니라 나를 꾸짖는 거네. 귀틀에서 일어나 아무것도 묻지 않은 무릎께를 탁탁 털고,

"그럼 앞으로도 열심히 하세요. 아, 오캇피키가 아니라 문고장

사 쪽으로."

그 말을 남기고 지혜에는 셋타 밑창에 박은 징을 딱딱 울리며 유유히 돌아갔다.

있으나마나 한, 겨자씨만 한, 혹 불면 날아가 버릴 신용이란 말의 맛은 젖혀 놓고라도, 그가 주고 간 밤양갱은 달았다. 나가야 세입자들과 나눠 먹은 탓에 그야말로 눈 깜짝할 사이에 없어지고 말았지만, 만족스러울 만큼 맛있었다.

그날 밤 기타이치의 꿈에서는 밤양갱의 달달한 맛이 났다.

편집자
후 기
/

편집자 후기

　지금으로부터 10년 전, 미야베 미유키 작가를 인터뷰하기 위해 오사와 오피스를 방문했고 두 시간가량 이야기를 나누었습니다. 그는 신작이 나오면 늘 수십만 부씩 팔리는 인기 작가로서의 아우라가 어떻다느니 하는 면모와는 완전히 거리가 먼 사람이었어요. 이런 표현이 어떨지 모르겠지만 동네 미술 학원에서 아이들을 가르치는 자상한 선생님 같은 느낌이었습니다. 그동안 북스피어에서 자신의 작품을 잘 만들어 줘 고맙고 (여러 나라의 번역본 중에서도 특히 북스피어판 표지가 마음에 든다는 얘기를 곁들이며) 앞으로도 잘 부탁한다는 말을 들었을 때의 기쁨은 실로 각별했지요. 다만 전자책에 대해서는 '미안하지만 어렵겠다'며 절레절레 고개를 저었습니다.

　"인터넷은 기본적으로 매우 훌륭한 시스템이지요. 하지만 저는 취재할 때 인터넷을 이용하지 않는 것을 원칙으로 합니다. 왜냐하면 거기에는 출처가 명확하지 않은 정보가 너무 많으니까요. 필요하면 책방에 가서 알고 싶은 분야의 책을 찾아보죠. 예컨대 케이크 가게에 대한 소설을 쓸 때는 책방에서 파티시에가 쓴 책을 찾아보는 식이에요. (그래서) 제 책도 아직은 전자책으로 출시하지 않고 있어요. 사람들이 점점 모니터로 책을 읽게 되면 책방도 점점 압박을 받게 되지 않을까요. 책방을 좋아하는 저로서는 그렇게 된다는 것이 마음 아파요."

그 말을 듣고 나서는 더 이상 전자책 계약에 대해 왈가왈부하지 않았습니다. 작가의 뜻이 저토록 확고하다는데 뭘 더 어쩌랴 싶었으니까요. 한데 2019년 여름 무렵에 생각이 바뀌었다는 연락을 받았어요. 심경에 변화가 생긴 건지. 이런 게 시대의 흐름이라는 건지. 확실하진 않지만 동료 소설가(오사와 아리마사, 교고쿠 나츠히코)들의 이북 출시가 영향을 끼친 게 아닌가 싶기도 했습니다.

어쨌거나 전자책 출시를 기다리는 독자들의 볼멘소리를 들어가며 이를 끝까지 미루었을 만큼 미야베 미유키 작가의 종이책(+책방) 사랑은 남달랐다고 할 수 있겠지요. 이런 애정은 헌책방을 무대로 펼쳐지는 『쓸쓸한 사냥꾼』 같은 현대물에 잘 구현되어 있습니다. 스기무라 사부로의 직장이 출판사이기도 했지요. 왜 아니겠냐는 듯 시대 소설에도 책을 만들거나 파는 일에 관한 에피소드들을 넣고자 애썼습니다. "시대물을 쓰면서 이래저래 조사하다가 '에도의 세책업은 재미있구나' 하고 생각"했기 때문입니다. 그리하여 미시마야 시리즈에서는 무심하고 태평하면서도 무언가 비밀을 안고 있는 분위기의 세책상 간이치를 등장시키지요. 세책 장수는 곳곳에서 여러 가지 소문을 듣는 장사여서 아무래도 남의 비밀을 많이 알게 되니 자연스레 남다른 정보력을 가진 효탄코도의 간이치가 서브 주인공으로 활약하게 된 것입니다. 여기서 한 발 더 나아가 기타기타 시리즈에서는 문고상이 주인공으로 등장합니다.

일본 에도 시대 때는 실제로 '문고상'이라는 직업이 있었다더군요. 『(정선판) 일본 대사전』을 보면 다음과 같은 뜻풀이가 나오는데, 문고란 '서책, 잡동사니 등을 넣는 작은 상자'라고 합니다. 당시 문고상들은 대바구니 위에 종이를 붙이고 전체를 칠해서 상자로 만든 문고를 팔았습니다. 책, 이 아니라 책을 넣어 보관하는 상자를 여기저기 돌아다니며 파는 직업. 오랫동안 에도 시대에 관해 공부해 온 작가 미야베 미유키는 이 직업을 『오오에도 복원 도감』을 통해 알았다고 인터뷰에서 밝힌 바 있습니다. 몇 년 전 '문고상'에 대한 문헌을 보고 '언젠가 새로운 작품을 쓸 때 꼭 써먹어야겠다' 생각하며 기회를 엿보다가 『기타기타 사건부』에서 선보인 거지요. "이번 작품의 주인공은 문고상으로 일하고 있습니다. 문고상이란, 역사책이나 오락소설을 넣는 두꺼운 종이 상자를 만들어 파는 직업이지요. 어떤 문헌에서 발견했을 때부터 꼭 써먹어 보자고 마음먹었습니다. 이 젊은 문고상이 시중에 일어나는 크고 작은 트러블을 '입장이 약한 사람'들과 더불어 해결하며 어엿한 한 사람으로 성장해 나가는 모습을, 필생의 과업인 '미시마야 시리즈'와 함께 제가 현역으로 있는 이상 앞으로도 쭉 이어가고 싶습니다."

작가가 밝혔다시피 문고상으로 등장하는 주인공 기타이치는 여러 가지 사정으로 문고를 팔러 시정을 돌아다니다가 기이한 사건에 휘말리게 됩니다. 『기타기타 사건부』 중반부에서는 직접 문고 제작에 뛰어드는데(말하자면 창업) 여기서 다시 한 번 들었던 의문은 이런 겁니다. 왜 작가는 일본 독자들에게조차 생소한 문고상을 이렇게까지 디테일하게 묘사하는 걸까. 그건 아마도 각종 정보를 인터넷으로 습득하려는 이들이 점점 늘어나 책이 애물단지 취급을 받게 된 요즘 같은 때에, 상자에 넣어서 보관해야 했을 만큼 그걸 귀하게 여기던 시절도 있었다는 걸 보여주고 싶어서가 아닐까요.

『아기를 부르는 그림』에서는 어떻게 하면 문고를 예쁘게 만들 수 있는지 고민하고, 화가를 섭외하여 그림을 만들어 붙이고, 판매를 위해 책장수가 선정한 책을 담아서 팔자는 아이디어를 내는 등 문고를 만들고 파는 일이 좀 더 심도 있게 묘사되지요. 그 모습이 마치 어느 출판사의 내부를 엿보는 듯하여 편집자인 저는 『아기를 부르는 그림』을 만드는 내내 즐거웠습니다. 작가는 에도 시대 세책상과 문고상에 대한 공부뿐만 아니라 여러 출판사들에 대한 취재도 꼼꼼하게 했을 거예요.

문고상 기타이치의 버디 기타지 캐릭터가 어떻게 해서 만들어진 건지는 편집자와 함께한 『기타기타 사건부』 문고화 기념 인터뷰'에서 밝혀 두었습니다. '닌자'란 가마쿠라 시대부터 활동했던 일본의 특수 전투 집단으로 사무라이와 달리 첩보와 암살, 스파이 활동에 능한 존재지요. 이들의 활약은 남북조 시대나 전국 시대와 같이 전쟁이 활발했던 시기일수록 빛을 발했습니다. 그렇다면 에도 시대처럼 태평성대가 계속되던 무렵에는 어땠을까요. 모두 직업을 잃었을까요. 대부분은 직업을 잃었겠지만 그래도 닌자로서의 특기를 살려 나름대로의 생존을 모색했던 이들도 있지 않았을까요. 그런 의문을 따라가던 미야베 미유키는 기타이치의 파트너로 기타지 캐릭터를 떠올렸다고 합니다. "기타지는 오랫동안 훈련을 받아서 믿기지 않을 만큼 싸움에 능하고 여러 가지 다양한 일을 할 줄 아는 능력자예요. 그래야 미덥지 못한 기타이치를 도와 사건을 해결해 나갈 수 있"을 테니까요. 다만 수수께끼 같은 어둠도 등에 지고 있는데 그건 차차 밝힐 예정이라고 합니다.

이렇듯 기타기타 시리즈 1권에서 고전적인 '도리모노초'의 이야기 구조에 따라 기타이치와 기타지의 캐릭터가 만들어졌다면, 2권에서 공을 들인 캐릭터는 요리키 검시관 구리야마 슈고로입니다. "제가 드라마 CSI를 워낙 좋아해서, 언젠가 소설에서 써먹어 보자고 생각했습니다. 시대 미스터리 안에서도 노력하면 분명 가능할 거다, 인간의 경험치가 쌓여서 그 시대에도 법의학이 분명 있었을 거라고 상상하면서요. 이번 작품에서 혈흔이 어떻게 튀었다거나 범인의 이동 경로가 어땠을 거라는 내용은 전부 CSI에서 배운 것들입니다(웃음). 그 역할을 앞으로도 구리야마 요리키에게 맡기려고 해요." 무엇보다 구리야마 슈고로가 중요한 이유는 당시가 수상한 사람을 잡아 고문해서 자백을 받아내면 만사 해결로 치는 시대였기 때문입니다. 그렇게 되면 혈흔이나 족적 같은 증거들은 쓸모없는 것이 되죠. 제아무리 처참한 고문의 결과이고 제대로 된 자백이 아니라 해도 '제가 저질렀습니다'라는 한 마디가 더 가치 있는 것이 되고 맙니다.

미야베 미유키가 『우리 이웃의 범죄』라는 현대물로 데뷔했지만 동시에 시대물도 쓰기 시작했다는 사실은 이제 꽤 알려져 있지요. 문예 평론가 나와타 가즈오와의 대담에서 "현대물과 시대물 중 어느 쪽이 먼저입니까?"라는 질문에, 작가는 "매우 드문 일이라고 많은 사람들이 말하지만 거의 동시였습니다. 두 번째 습작이 시대물이었으니까요. 단지 저의 경우, 흔히 생각하는 시대물의 전형보다는, 미스터리 안의 '도리모노초捕物帳'라는 느낌이지만요"라고 대답한 바 있습니다.

여기서 '도리모노초'란 일본 시대물의 주류 장르 가운데 하나이며 주로 에도를 무대로 한 탐정 소설을 말합니다. 시대물과 미스터리를 융합한 도리모노초라는 장르는 오카모토 기도의 『한시치 체포록』에서 시작되었는데, 미야베 미유키는 『한시치 체포록半七捕物帳 한시치 도리모노초』을 항상 곁에 두고 틈날 때마다 읽으며 영감을 얻었다고 합니다. 언젠가는 자신도 '도리모노초'라는 제목이 들어가는 작품을 써보자고 생각하면서 말이죠. 그리고 마침내 육십갑자를 한 바퀴 돌아 환갑을 맞이한 해에 필생의 과업인 『기타기타 사건부きたきた捕物帖』를 쓰기 시작합니다.

한데 원제를 자세히 보면 아시겠지만 『한시치 체포록(捕物帳)』과 『기타기타 사건부(捕物帖)』의 한자가 미묘하게 달라요. 그 이유는 아마도 『한시치 체포록』이 위에서 설명한 '고문해서 자백을 받아내면 그걸로 해결'이라는 사회적 체제 위에서 쓰였기 때문일 겁니다. 분명히 그런 시대가 (일본에도 그리고 한국에도) 있었지만 소설에서나마 작가로서 이 문제를 해결해 보고 싶다고 생각했겠죠. 미야베 미유키만의 도리모노초를 쓰기 위해서는 요리키 검시관 구리야마 슈고로의 등장이 중요합니다. 아울러 작가가 굳이 다른 한자를 쓴 이유는 다음과 같은 대목에서 보다 확실히 드러납니다.

"대장은 말이야, 처음부터 오캇피키라는 것 자체를 의심하고 있었어."

—이런 모호한 자들이 방범 공무를 담당하는 세상이어서는 안 돼.

"독으로 독을 잡고 뱀 길은 뱀이 안다고 하지. 편리하니까 어느새 요긴하게 쓰이게 되었어. 하지만 기타이치, 에도 마치가 언제까지나 이런 위태로운 체제에 의지하고 있다가는 점점 토대부터 썩어서 머지않아 선량하고 성실한 사람들이 안심하고 살 수 있는 곳이 아니게 돼 버릴 거다."

센키치 대장은 그렇게 걱정하고 있었다고 한다.

"짓테를 믿고 푼돈을 우려내거나 술과 음식을 갈취하거나 여자를 차지하려고 하는 썩어빠진 오캇피키는, 이렇게 썩었으니까 오캇피키가 될 수 있었던 거다, 라며 도리어 큰소리를 친다. 물론 틀린 말도 아니니 대꾸할 말이 없지."

그런 체제를 토대부터 바꿔나가야 해—.

고전적인 '도리모노초'의 이야기 구조 안에서 새로운 형태의 체제를 구축하여 그걸 기록으로 남길 요량이었기 때문에 捕物帳이 아니라 捕物帖으로 명명한 걸 거라고 생각합니다. 그 중심에는 기타이치가 있습니다. 하지만 아직 미숙하니까 도움의 손길이 필요하지요. 기타이치의 미숙함에 저도 모르게 도움의 손길을 내밀어 주는 사람들로 『기타기타 사건부』에서는 앉은자리에서 천 리를 내다보는 듯한 혜안을 가진 마님 마쓰바가 등장했는데, 『아기를 부르는 그림』에서는 실로 반가운 인물이 소환됩니다. 이름은 산타로. 마사고로 대장 밑에서 독립하여 마치부교쇼 문서담당— 서기 도신의 조수로 일하기를 대략 25년이니까 어느덧 사십대가 되었네요. 옛날 사건이라면 말 그대로 뭐든지 기억하고 떠올릴 수 있는 뛰어난 능력 덕분에 지금은 효조쇼 출입까지 허락받았다는 그를 사람들은 '짱구'라고 부르지요. "눈에 들어오는 것은 뭐든지 재 보는 버릇이 있었고, 커서도 산술을 몹시 좋아해서 결국은 그 학문을 배우러 나가사키로 갔다가 거기 정착해서 학자가" 된 유미노스케와 함께 『얼간이』와 『하루살이』에서 활약했던 어린 짱구를 기억하고 있는 분들은 아마 저처럼 반가웠으리라 짐작하는데, 앞으로의 기타기타 시리즈에서도 짱구가 기타이치의 참모가 되어 등장할 예정이라네요.

갑작스러운 짱구의 등장 이전에 『만물 이야기』의 수수께끼 노점상도 시리즈 1편에 출연했었죠. 이쯤에서 슬슬 눈치 채신 분들도 있을 거라고 생각합니다. 무슨 마블 유니버스도 아닌 마당에 작가는 왜 자꾸 지난 작품의 인물들을 소환하는가. 이번 작품에 대한 작가의 인터뷰를 보면 알 수 있습니다.

"그동안 이런저런 복선을 깔아 놓고 쓰지 못한 시리즈의 등장인물들이 많은데, 이제는 도저히 각각의 시리즈를 완성시킬 수 없을 듯합니다. 더 이상 당신의 인생을 책임질 수 없어요, 미안해요, 라고 생각하고 있어요. 그래서 기타기타 시리즈로 그 인물들을 전부 회수하려고 하거든요. 과장되게 말하면 작가로서의 종활終活 은퇴 준비 시리즈네요. 34년 동안 작가로서 활동했던 것들을 이 도리모노초로 깨끗이 정리할 수 있었으면 좋겠습니다. 소설가라는 직업은 정년이 없고 연령에 따른 제약도 없습니다만, 아무래도 체력이 눈에 띄게 떨어집니다. 그나마 아직 체력이 남아 있는 동안에 기타이치가 '제대로 된 오캇피키'가 될 때까지를 쓰고 싶어요. 그리고 미시마야 변조괴담을 완성하고, 거기다 장편 두 편 정도. 일흔 살이 될 때까지 이 정도 마무리가 가능하다면 작가로서 충실했다고 할 수 있을 것 같습니다."

신작이 발표되는 텀이 과거에 비해 조금씩 늦어진다는 것을 깨달았을 때 짐작은 했습니다만……, 역시 체력이 문제였던 모양입니다. 일흔 살까지는 앞으로 7, 8년 남짓. 시간이 많지 않네요. 그래서였는지 이번 작품 『아기를 부르는 그림』은 편집자로서 저에게도 각별했습니다. 그동안 미야베 미유키 작가가 구상한 큰 그림들이 자연스럽게 이야기에 스며들어 있어서 몇 번을 읽어도 매번 다른 흥취가 느껴졌다고 할까요. 그런 기분이 독자 여러분에게 조금이라도 전달된다면 무척 기쁘겠습니다.

삼송 김 사장 드림.

덧)

이참에 도리모노초라는 장르 안에서 미야베 미유키 작가는 어떻게 자신만의 독자적인 스타일을 구축해 왔는지, 오늘은 그 기원이 되는 초기작부터 ('읽는 순서'가 아니라 '출간 순서'에 따라 정리해 달라는 어느 독자의 요청에 따라) 한 권씩 차근차근 살펴보도록 하겠습니다.

1. 혼조 후카가와의 기이한 이야기(本所深川ふしぎ草紙, 1991)

미야베 미유키가 가장 먼저 쓴 시대물은 「말하는 검」(1987)이지만 단행본의 형태로 발간된 첫 시대물은 『혼조 후카가와의 기이한 이야기』입니다. 비합리적인 현상을 그리는 괴담과 불가해한 수수께끼를 합리적으로 해명하는 도리모노초에 더해, 미야베 미유키는 유령과 요괴, 초능력이 실재함을 전제로 수수께끼를 풀어 나가는 방식에 능하지만, 무엇을 쓰든 그 근저에는 '따뜻함' 혹은 '인정'이 있다는 특징을 이 작품집은 잘 보여주고 있지요. 한밤중 나그네의 뒤를 쫓는 등롱, 천장을 부수며 내려오는 거대한 발,

낚시꾼을 홀리는 해자, 낙엽이 지지 않는다는 나무, 깊은 밤 알수 없는 곳에서 소란스레 들려오는 음악 소리, 꺼지는 법 없는 사방등, 한쪽으로밖에 잎이 나지 않는 갈대. 에도 시대 말기 무렵에 생겨났다고 하는 혼조의 일곱 가지 불가사의를 중심으로 기이한 사연들이 펼쳐집니다. 에코인의 모시치 대장이 처음 등장하며, 제13회 요시카와 에이지 문학상을 수상하기도 했습니다.

2. 말하는 검(かまいたち, 1992)

미야베 미유키 시대 소설의 원점을 보여 주는 단편집입니다. 이 작품집을 보면 작가 활동 초기, 아니, 문예 수업을 받던 때부터 현대 미스터리와 마찬가지로 시대 소설에도 큰 노력을 기울여 왔음을 알 수 있지요. 그중에서 표제작 「말하는 검」에는 신비한 힘을 가진 오하쓰가 등장합니다. 함께 실린 「길 잃은 비둘기」역시 같은 시리즈의 연작으로, 「길 잃은 비둘기」에서는 오하쓰에게 처음으로 기이한 능력이 나타나는 순간을, 「말하는 검」에서는 오하쓰가 스스로 나서서 자신의 힘을 이용해 문제를 해결하게 되는 사건을 다루지요. 각각 『흔들리는 바위』와 『미인』의 전신이 된 작품입니다. 제12회 역사문학상 수상작이고요. 미야베 미유키는 이 단편집에 대해, 특별히 작가의 말을 쓰게 해 달라고 요청했을 만큼 애착이 가는 초기 작품들을 모아 놓았다고 밝힌 바 있는데 그중 한 대목을 인용해 보겠습니다. "「길 잃은 비둘기」와 「말하는 검」은 동일한 인물이 등장하는 연작 형식입니다. 하지만 이 두 작품의 초고를 완성했을 당시 저는 아마추어나 다름없었고, 장래 프로 작가가 되겠다는 생각은 일 밀리그램도 없었던 시기라 지금 돌이켜 보면 아주 뻔뻔했습니다. 원고를 고쳐 쓰며 새삼 얼굴을 붉혔습니다. 이번에 출판사에서 두 번째 단행본(첫 번째 단행본 은『혼조 후카가와의 기이한 이야기』)을 출간하자는 제의를 받고 수록 작품에 대해 이것저것 생각했을 때 제일 고민했던 점이 「길 잃은 비둘기」와 「말하는 검」을 넣느냐 마느냐 하는 문제였습니다. 원래 동일 인물이 등장하는 연작은 어느 정도 작품이 비축되면 한 권으로 묶어 출간하는 것이 관례이기 때문입니다. 최종적으로 일부러 그런 형태에서 벗어나 이번처럼 단발 작품을 모은 단편집 에 수록하기로 한 것은 순전히 제 고집이었습니다."

3. 흔들리는 바위(震える岩, 1993)

신인물왕래사新人物往来社 일본의 역사도서 전문 출판사에서 발행하는 잡지 에 연재했을 당시의 제목이 '백 년 만에 원수 갚기의 전말'이었던 이 작품이 오하쓰가 등장하는 첫 번째 장편 시대 소설입니다. 오 하쓰는, 보통 사람에게는 보이지 않는 것이 보이고 보통 사람에 게는 들리지 않는 것이 들리는, '영험한' 능력을 가진 소녀입니다. 우연한 기회에 자신의 능력을 감지한 그녀는 자신에게 주어진 힘 을 이용하여 오캇피키인 오빠 로쿠조를 도와 사건을 해결하지요.

『흔들리는 바위』는 『미미부쿠로』라는 기담집의 내용을 차용하고 그 작가인 네기시 야스모리라는 인물을 등장시키는데, 미야베 미유키는 실존 인물이기도 한 네기시 야스모리를 통해 오하쓰가 괴이한 이야기를 수집하는 그의 손발로 움직이게 함으로써, '초능력'이라는 기술을 독자들이 자연스럽게 받아들일 수 있도록 하고 있습니다.

『미미부쿠로』란 '소문을 모아 수집한 이야기 주머니'라는 뜻으로, 에도 시대의 기이한 이야기를 모은, 우리로 치면 '전설의 고향'을 떠올리면 될 듯합니다. 전부 10권에 1,000편의 기담이 담겨 있는데, 이중 『흔들리는 바위』는 "기이한 돌이 소리를 내며 움직이는 이야기"를 모티브로 삼습니다.

4. 신이 없는 달(幻色江戸ごよみ, 1994)

『혼조 후카가와의 기이한 이야기』, 『말하는 검』을 잇는 미야베 미유키의 세 번째 시대 소설 작품집으로 달력의 열두 달에 얽힌 열두 가지 이야기가 담겨 있습니다. '신이 없는 달'은 매년 딱 한 번, 음력 10월의 밤에만 도둑질을 하는 직인과 이 이상한 도둑을 쫓는 무사에 관한 이야기예요. 그는 왜 하필 음력 10월에만 나타나는 걸까. 현장에서 발견된 팥은 범인에 대한 단서가 될 수 있을까. 그리고 마침내 '신이 자리를 비운 달'에만 의식처럼 행하는 도둑질의 이면에 숨겨진 가슴 아픈 사연이 밝혀집니다. 넘어가는 달력을 붙들 수 없는 것처럼 꼼짝없이 흘러가는 고단한 삶을 다양한 각도에서 애절하게 풀어낸 이 작품집이 일본에서 출간되었을 당시 문예평론가 나와타 가즈오가 "생각해 보면 괴이한 화재가 일어나고 생사의 경계를 넘어 딸의 행복을 바란 어머니의 마음이 전해지는 제1편 「귀자모화」로부터 시작된 이 작품은, "엄마는 나를 데려가고 싶어 했어. 하지만 나는 살아남았어"라고 한 딸의 복수극을 그린 「종이 눈보라」로 훌륭한 원을 그리며 막을 내린다. 춘하추동, 에도의 사계절 풍물을 배경으로 한 열두 개의 이야기는 때로는 우리 일상의 틀을 넘어, 죽은 사람에서 산 사람으로, 산 사람에서 죽은 사람으로의 신기한 월경越境을 반복하며 작품 속에 살아간다는 것의 증명을 새겨 간다. 인간성에 반하는 살벌한 사건들이 많은 요즘 시대이기 때문에 이러한 독자적인 시점으로 우리의 삶에 빛을 비춰 주는 작품이 있어 행복하다"고 평한 바 있습니다.

5. 맏물 이야기(初ものがたり, 1995)

일본에서는 옛날부터 그 계절에 제일 처음 딴 채소와 제일 처음 잡은 물고기를 '맏물'이라 부르며, 먹으면 수명이 늘어나는 길한 것으로 여겼다 합니다. 특히 에도 사람들은 남들보다 빨리 맏물을 먹는 것을 멋이라 생각하고, 이를 위해 큰돈을 쏟아붓는 것도 마다하지 않았지요. 에도 시정에서 일어나는 기괴한 사건에 초봄의 뱅어, 초여름의 만물 가다랑어, 가을의 감 등 각 계절의 식자재를 섞어 넣은 이 작품은 괴담과 도리모노초를 두 기둥으로 삼아 시대 소설에 도입하고 있는 미야베 미유키 수사물의 대표작이며, 『혼조 후카가와의 기이한 이야기』에 감초 역할로 처음 등장한 오캇피키, 에코인의 모시치가 명탐정으로 활약하는 기념비적인 작품이기도 합니다. 특히 두목과 부하라는 유사 가족을 이루고 있는 모시치가, 핏줄로 이어진 가족이 안고 있는 '어둠'을 파헤치는 작품이 많이 수록되어 있어요. 혈연으로 맺어져 있지 않아도 강한 '유대'만 있으면, 마음에 상처를 입고 도망칠 곳을 찾고 있는 인간을 받아들이고 치유할 장소를 제공할 수 있지 않을까, 라는 저자의 물음은 그간 출간된 에도 시대물에서도 계속해서 제기돼 왔던 질문입니다. 한편 이 작품에는 총 아홉 가지의 사건과 먹을거리 들이 독자의 상상력과 허기를 자극합니다. 등장하는 음식들은 미야베 미유키가 에도 시대 서적들을 연구하여 찾아낸 것으로, 작가가 후기를 통해 "사족이지만 『만물 이야기』에 등장하는 요리는 모두 실제 만들어 먹을 수 있는 음식입니다"라고 밝히기도 했지요.

6. 인내상자(堪忍箱, 1996)

대관절 왜 제목이 '인내상자'인가. 뚜껑을 열지 말고 참아야 (인내해야) 하는, 결코 열어서는 안 되는 상자에 얽힌 이야기이기 때문입니다. 그에 발맞추어 등장인물은 하나같이 '다른 사람에게는 말할 수 없는 비밀'을 마음속에 단단히 봉인해 두고 살아가는데. 그 비밀을 둘러싼 인간들의 사연은 처음 읽을 때는 애틋하지만 다시 읽으면 마치 오코노미야키 위에 생긴 부처님 형상의 자국을 목격한 것처럼 놀라게 됩니다. 왜냐면 미야베 미유키 소설 가운데 미회수 떡밥이 가장 많은 작품이거든요. 특히 표제작인「인내상자」(원서의 제목은 '간닌바코')의 '간닌'에는 (1) 참고 견딤, (2) 화를 참고 용서함, 이라는 두 가지 의미가 있는데 각각의 등장인물들이 말하는 '간닌'을 어떻게 해석하느냐에 따라 작품의 의미가 완전히 달라집니다. 이 점에 주목하며 이야기를 찬찬히 들여다보면 좋겠죠.

7. 미인(天狗風, 1997)

오하쓰가 등장하는 두 번째 장편 시대 소설인『미인』은 제목 그대로 '여자는 외모가 전부'라는 말을 어릴 때부터 들으며 자란 인물을 통해 '왜 사람들은 이렇게까지 겉모습에 집착하고 외모를 따져 가며 사는지'에 관해 고찰한 작품입니다. 좋아하는 남자와의 혼인을 눈앞에 둔 아가씨가 어느 날 갑자기 사라지는데, 용의자로 체포된 그녀의 아버지가 "딸이 '가미카쿠시'를 당했다"고 주장하다가 자살하며 이야기가 시작되지요. 작품 초반에 등장하는 '가미카쿠시'는 이 작품의 주요 소재입니다. 미야자키 하야오의 〈센과 치히로의 행방불명〉이라는 작품의 원제도 〈센과 치히로의 가미카쿠시〉였지요. 그러니까 '가미카쿠시'는 그냥 실종이 아니라 '센=치히로'가 그랬던 것처럼 '다른 세계=신의 세계'를 접하는 것을 뜻합니다. 번역이 불가한 어휘에는 흔히 그 나라만의 깊은 문화가 표현되어 있게 마련인데, '가미카쿠시'가 바로 그렇습니다. 내면에 어두운 부분을 감싸 안고 있는 인간의 죄와, 등장인물들의 심리를 파고드는 필치, 에도의 정경과 음식 가이드가 회를 거듭할수록 노련해지는 오하쓰 시리즈에서 고난에 맞서 사건을 해결하는 건 초능력을 지닌 오하쓰나 말하는 고양이 데쓰였지요. 이때 오하쓰와 데쓰는 사건의 당사자이기보다는, 사건을 해결하기 위해 외부에서 뛰어드는 입장이라고 할 수 있습니다. 하지만 이 작품을 기점으로 작가는, 구원이란 초능력을 지닌 외부의 존재가 주는 것이 아니라 평범한 사람이 평범한 다른 이들과의 유대를 통해 스스로 만들어 가는 것임을 절실하게 깨달았다고 합니다.

그러고 보면 '거울', '미늘 갑옷' 등 일종의 신물神物을 사용하여 괴이를 잠재우는 패턴은 『미인』에 등장하는 말하는 고양이 데쓰를 마지막으로 더 이상 미야베 미유키의 소설에 나타나지 않아요. 더불어 보지 않아도 되는 일까지 보이고 듣지 않아도 되는 일까지 듣고 마는 자신이 때때로 슬픈 오하쓰와, 비실비실하지만 현명한 청년 우쿄노스케와의 애정 전선도 이 작품을 끝으로 막을 내립니다.

8. 얼간이(ぼんくら, 2000)

일반적으로 미스터리에서 사건을 해결하는 주인공은 머리 회전이 빠르고 남들보다 뛰어난 실력을 갖춘 경우가 많지요. 그러나 제목에서도 알 수 있듯이 주인공 헤이시로는 코털이나 뽑으며 싱겁게 돌아다니는 자(타)칭 '얼간이' 무사입니다. 적당히 느긋하게 살고 싶어서 딱히 공적을 세울 생각도 하지 않고, 매일 담당 지역을 한번 빙 둘러보고는 가게에 앉아 곤약을 우물대는 게 일과예요. 그런 인간적인 모습이 오히려 주변 인물들이 활약할 공간을 만들고, 덕분에 이야기가 풍성해집니다.

헤이시로와 함께 활약하는 유미노스케는 누구나 한 번 보면 눈을 떼지 못하는 미소년인데다가 측량에 있어서는 천재적이지만 밤마다 이불을 적시죠. 이런 유쾌한 약점들이, 사건 해결과는 별개로 『얼간이』의 세계를 살아가는 소설 속 인물들에게 매력을 부여합니다.

하지만 당시에는 휴대전화나 인터넷도 없고 DNA나 지문 판정도 없으니 조사를 하더라도 아날로그 방식으로만 해결해야 하고, 인권이니 공권력이니 하는 관념이 없으니 주인공의 행동양식부터 달라져야 합니다. 얼른 봐도 지엽적인 문제라고는 할 수 없는 점들입니다. 천재적인 암기력으로 '정보 검색'을 도와주는 짱구, '통신'을 도와주는 까마귀는 그런 고민의 산물일 텐데 『미야베 미유키 에도 산책』에는 당시 작가의 고충이 기록돼 있습니다.

9. 괴이(あやし, 2000)

작가는 이 작품집에 수록된 아홉 편의 이야기를 통해 도깨비나 귀신보다 더 무서운 존재는 마음속에 들끓는 분노와 욕망이라는 어둠에 삼켜진 인간들이라고 말하고 있습니다. 오히려 인간이라는 탈을 쓰지 않은 존재들은 추악한 인간들이 발산하는 어둠으로부터 성실하게 살아가는 인간을 구하지요. 「이불방」에서 어린 동생을 보호하는 죽은 언니의 혼이 그렇고, 「여자의 머리」에서 벙어리 소년을 지켜 주는 '호박의 신'이 그렇습니다. 「아다치 가의 도깨비」에 등장하는 도깨비는 인간들이 떠넘긴 '더러움'을 묵묵히 받아들이지요. 이렇듯 『괴이』는 인간이 토해 낸 원한과 고독과 분노와 슬픔을 귀신의 형태로 드러내면서 타인과 자기 자신마저 좀먹는 인간의 악의와 함께 결국 그 악의를 이겨내는 인간의 선의를 탐구하고 있습니다. 정말 무서운 것은 귀신이 아니라 인간, 이라는 것을 새삼 일깨워 주는 작품집이라 하겠습니다.

10. 메롱(あかんべえ, 2002)

아칸베あかんべぇ는 검지 손가락으로 눈 아래쪽을 끌어당겨 붉은 속살을 보여 주며 경멸의 뜻을 나타내는 제스처로, 가장 가까운 한국어는 '메롱'입니다. 작가는 어째서 이런 제목을 붙인 걸까요. 요릿집 후네야에서 오린 일가가 장사를 하기 전 이미 그곳에

살던 귀신 오우메가 오린을 만날 때마다 메롱을 하는데, 그 이유를 밝히는 것이 이 소설의 핵심이기 때문입니다. 후네야의 열두 살 난 외동딸 오린은 귀신을 볼 수 있는 유일한 인물이지요. 열두 살 순수한 어린아이의 눈으로 본 후네야의 귀신들은 결코 무시무시한 존재가 아닙니다. 때로는 위험에서 구해 주는 고마운 존재이며, 때로는 누이나 벗처럼 짓궂지만 상냥한 존재이고, 동시에 가슴에 응어리를 품은 채 이승을 떠돌아야 하는 측은한 존재이지요. 물론 그런 오린의 주변에도 어두운 그림자는 있습니다. 많은 신도를 거느린 덕망 높은 스님이면서 뒤로는 사람을 산처럼 죽여 온 고간지 절의 주지. 자신을 독살하고 자신의 가게와 아내를 가로챈 동생에게 들러붙은 원령. 첩의 자식으로 태어난 자신을 버린 아버지에게 복수하려는 딸. 오랫동안 마음에 담아 온 남자를 차지하기 위해 투기를 품은 여자. 작가는 어린 오린의 시선과 입을 빌려, 평범한 요릿집을 둘러싼 복잡하고 추악한 이해관계를 낱낱이 파헤칩니다. 미야베 미유키의 장편을 통틀어 가장 귀여운 귀신들이 단체로 출동하는 소설이에요.

11. 하루살이(日暮らし, 2004)

미야베 미유키는 "제 작품은 장편의 경우에도 한 사람 한 사람의 스토리를 떼어 놓으면 각각 단편으로의 완결성을 가지는 경우가 많습니다. 즉, 저는 단편이 모여 하나의 장편을 이룬다는 기분으로 글을 쓰기 때문에 뭐가 더 어렵고 뭐가 더 쉽다고 느낀 적이 없어요"라고 말했는데 그와 같은 구조가 잘 드러나는 작품이 바로『하루살이』입니다. 아무리 음침한 사건을 묘사한다 해도, 미야베 미유키가 결국 희망을 그리면서 마음 따뜻한 이야기를 만들어 낸다는 것은 이미 얘기한 바 있지요. 한데『하루살이』를 거치면서 이 같은 기조가 미묘하게 변합니다. 이 소설의 전작인『얼간이』는 일견 관계가 없어 보이는 단편 단편이 연결되며 중반까지 인정 어린 이야기가 진행되지만, 중반 이후가 되면 범죄에 손을 물들였는데도 흔들림 하나 없는 '범인'과 그 범인을 다 알면서도 숨겨주는 주인공의 모습이 묘사되며 씁쓸한 뒷맛을 남긴 채 막을 내리지요. 작가는『얼간이』가 나온 직후 2001년에 인간 말종에 가까운 범죄자 '피스'를 주인공으로 한 현대 미스터리『모방범』을 발표했는데, 확실히 세기가 바뀌는 시기에 간행한『얼간이』는 미야베 미유키에게 있어 하나의 전환점이 되었음에 틀림없습니다. 이는 『얼간이』의 후일담이 되는『하루살이』에서 보다 분명해집니다. 이 작품에서 미야베 미유키는 지금까지와는 달리 고민하는 자, 마음에 상처를 입은 자 모두를 구하려고 하지 않아요. 예를 들면 오토쿠의 라이벌로 등장하는 오미네는 여자라는 점을 무기로 세상을 살아갑니다. 인정 넘치는 오토쿠는 오미네가 나쁜 남자에게 속았을 뿐이라 여겨 어떻게든 오미네의 인생을 제자리로 돌려주려 노력하지만, 오미네의 '어둠'이 얼마나 깊은지 아는 헤이시로는 오토쿠에게 오미네와 엮이지 말라고 충고하지요. 또한 전에 일하던 요릿집이 불타 버리는 바람에 오토쿠의 가게를 돕게 된 히코이치는, 자신의 출세가 빨랐기 때문에 질투를 품은 선배이자 형님인 하나이치에게 지위를 위협당한다고 생각합니다. 그 얘기를 들은 헤이시로는, 직인이라면 실력의 좋고 나쁨에 차이가 있는 건 당연한 법인데 그 분함을 딛고 일어나 수업에 전념하거나 진로를 변경할 생각은 하지 않고 그저 굴러 떨어지고 있는 하나이치를 구할 필요가 없다고 딱 잘라 말합니다. 이러한 대목에서 확인할 수 있는 것은 "타인의 어리광을 받아 주거나 상처를 핥아 주는 것은 진정한 인정이 아니라 그저 자신이 좋은 사람이 되고 싶을 뿐이라는 도피에 지나지 않는다"는 엄격한 인식이겠지요.

12. 외딴집(孤宿の人, 2005)

바다토끼가 나는 여름의 폭풍우 치는 날, 정신 이상으로 아내와 자식을 죽였다는 소문이 도는 막부의 중신 '가가 님'이 마루미번에 유배됩니다. 이후 가가 님의 악행을 방불케 하는 독사毒死와 유행병을 비롯하여 각종 괴이한 사건들이 이어지고, 마을 사람들은 이를 가가 님의 저주 때문이라고 두려워하는 가운데 '호'라는 이름을 가진 바보 하녀만이 가가 님의 진짜 모습을 알게 되는데…….

……라는 내용의 『외딴집』은 지금까지 언급한 미야베 미유키의 시대 소설과 몇 가지 점에서 차이를 보입니다. 우선 배경이 '후

카가와'가 아닌 시코쿠의 가상 마을 '마루미 번'이며, 다양한 시정 사람들이 나오지만 막부의 중직을 맡았던 이가 주요 인물로 등장하고, 시정 사람들의 소소한 이야기보다는 번의 존속을 위해 비상식적인 행위를 서슴지 않는 무가 사회의 비정한 모습이 소설의 중요한 요소를 차지하고 있어요. 저자가 직접 후기에서도 밝히고 있듯이 마루미 번의 모델은 사누키 마루가메 번이고, 유배된 죄인인 가가 님의 모델은 도리이 요조입니다. 도리이 요조는 양학을 경시하고 쇄국정책을 지지했으며, 에도 시대 초기의 봉건적인 농업사회를 복원하기 위해 실시했던 덴포개혁의 주요 인물입니다. 덴포개혁 중 재정상의 곤란과 민중의 궁핍을 해결한다는 명목으로 실시한 도리이의 시정 단속은 매우 엄격했으며 사상과 문화에 대한 통제로 이어졌습니다. 게다가 함정수사를 주요 수단으로 했기 때문에 당시 사람들로부터 '요괴'라는 별명이 붙을 정도로 공포와 증오의 대상이 되었지요. 덴포개혁 말기, 개혁을 주도한 미즈노 다다쿠니를 배신하면서 자신의 지위를 유지하는 데 성공한 도리이는 이후 미즈노가 복귀하면서 직무태만과 부정을 이유로 유죄를 받고, 메이지 유신으로 사면을 받을 때까지 20년 이상을 마루가메 번에 유배되었습니다. 마루가메에서 도리이는 유배지에서의 무료함도 달랠 겸, 젊은 시절부터 터득했던 한방에 대한 소양을 살려 약초를 재배하며 자신의 건강 유지뿐만 아니라 주민들도 치료하기 시작합니다. 유학자 집안 출신으로 학식도 풍부했던 도리이에게 마루가메의 번사들은 가르침을 청하기 위해 방문했고 그들로부터 존경받게 되었지요. 이렇게 연금되어 있던 시절의 도리이 요조는 '요괴'라는 소리를 들으며 미움을 받던 관리 시절과는 반대로 마루가메 번의 사람들로부터는 존경과 감사의 대상이 되었습니다.

일본에서는 시대 소설, 드라마, 애니메이션 등에서 악역으로 활약하고 있는 도리이 요조를 소재로 하면서도 미야베 미유키는 기존의 해석에 머물지 않습니다. 가가 님은 아내와 자식을 살해한 '악귀' 취급을 받지만 결말에 이르러서는 '인간적인' 모습을 보여 주며 『외딴집』의 등장인물 중 가장 매력적인 캐릭터가 되지요. 여기에는 "이 책을 작업할 때는 몇 번이나 연재를 그만두고 싶다고 말했습니다. 시대물인데 가공의 번을 만들다니, 무모한 일을 벌이고 만 제 탓입니다, 공부가 부족해 쓰지 못하겠습니다, 하고요. 그런데 담당 편집자분이 신인물왕래사의 명편집자였어요. 언제나 싱글벙글 웃고 있는 분이라 혼난 적은 한 번도 없지만, 1회 30매 분량을 못 쓰겠다고 하자, 그럼 20매도 좋아요, 라고 하셨지요. 제가 또 우는 소리를 하니까, 그럼 10매만이라도 쓰세요, 라고 했어요. 이번엔 마감 못 맞춰요, 라고 하면, 그럼 하루 더 드릴게요, 라고 격려해 주며 결코 쓰는 걸 멈추지 못하게 하셨어요. 그런 식으로 싱긋싱긋 웃으면서 원고를 받아 가 주신 덕분에 『외딴집』을 완성할 수 있었습니다"라는 뒷이야기가 있습니다. 천부적인 재능을 지닌 작가가 그런 재능을 알아봐 주는 명편집자를 만나 완성한 걸작인 셈이지요.

13. 흑백(おそろし, 2008)
14. 안주(あんじゅう, 2010)

간다 미시마초에 자리 잡은 주머니 가게 미시마야는 화려하고
도 독특한 모양새의 주머니로 에도 풍류인들의 마음을 사로잡았
지요. 그러나 화려한 주머니와는 달리, 이곳에는 가슴속에 상처
를 간직한 채 자신만의 세계에 갇혀 지내는 소녀가 있습니다. 소
녀의 이름은 오치카. 미시마야 주인의 조카딸입니다. 그녀는 열
일곱이라는 젊은 나이에도 미시마야에 틀어박혀 하루하루를 견디
고 있습니다. 그러던 어느 날, 주인 이헤에가 급한 용무로 자리를
비운 사이에 이헤에와 바둑을 두고 싶다며 손님이 찾아옵니다.
오치카는 어쩔 수 없이 숙부를 대신하여, 숙부가 바둑을 두는 '흑
백의 방'에서 손님을 맞이하지요. 콤플렉스는 콤플렉스를 알아보
는 법. 손님 역시 남에게는 말할 수 없는 아픈 과거를 간직한 사
내였어요. 손님은 그 자리에서 오치카에게 자신의 이야기를 들려
줍니다. 사람을 죽인 형에 대한 그리움과 미움이 뒤섞인, 잔혹하
고도 슬픈 이야기를.
　손님의 이야기를 들으며 오치카는 깨닫습니다. "세상에는 온갖
불행이 있다. 갖가지 종류의 죄와 벌이 있다. 각각의 속죄가 있
다. 어둠을 껴안고 있는 사람은 나 혼자가 아니다"라고. 조카의
미묘한 변화를 눈치챈 이헤에는 오치카를 세상 밖으로 끌어내기
위해 특이한 일을 벌입니다. '흑백의 방'에 이야깃거리를 가진 손

님을 초대해 괴담(백물어百物語)을 듣는 것입니다. 그 이야기를 듣는 사람은 바로 오치카, 상처를 간직한 소녀 한 사람이에요.

『괴이』의 속편 격인 『흑백』은 원래 한 권으로 완결할 예정이었다고 합니다. 처음에는 한 화, 한 화를 『괴이』처럼 독립적인 이야기로 쓸 생각이었는데 미시마야라는 설정을 만들어 막상 쓰다 보니 「만주사화」도 「흉가」도 이야기가 길어져 버려서 한 권 분량을 다 썼을 즈음에 "이건 한 권으로 끝나는 게 아니라 백물어니까 100화까지 쓸게요, 100화를 쓰기 전에 제가 죽는다면 죄송한 일이지만요, 후반은 수명과의 전쟁이 될 것 같아요"라고 말해 담당 편집자를 기함하게 만들고, 『안주』를 발간할 당시에는 "100화를 쓰면 실제로 괴이한 일이 일어날지도 모르니, 99화까지 쓰고 마지막 이야기는 이걸 계속 읽고 싶어하는 독자들로 하여금 무서운 이야기를 만들어 보게 하면 어떨까" 하고 말했다네요.

여기서 미야베 미유키가 말한 '백물어百物語'란 말 그대로 '백 가지 이야기'이며 일본의 전통적인 괴담 놀이입니다. 우리로 치면 밤에 여럿이 둘러앉아 차례차례 자신이 알고 있는 무서운 이야기를 늘어놓는 것과 비슷할까요. 일본에서는 아주 친숙한 유희로, 일본의 괴담 작가라면 다들 한 번쯤 도전해 보고 싶어 하는 분야라고 합니다. 나쓰메 소세키와 모리 오가이도 '백물어'를 썼을 정도지요. 현대 작가 중에는 교고쿠 나쓰히코가 『항설백물어』와 『속 항설백물어』로 인기를 끌었습니다. 괴담을 즐기는 풍습이 민간에 꽃을 피웠던 에도 시대를 배경으로 글을 써 온 미야베 미유키에게 백물어는 꼭 도전해 보고 싶은 소재였겠지요. 같은 사무실 동료인 교고쿠의 영향도 받았을 테고. 그래서 미야베 미유키는 '미시마야 변조괴담' 시리즈를 '라이프 워크(필생의 사업)'라며 포부를 밝히기도 했습니다.

다만 미시마야 괴담이 아니라 미시마야 '변조' 괴담인 이유에 대해서는 이렇게 설명한 바 있습니다. "백물어라는 건 예전부터 있었으니까 새로운 것도 아니지요." 때문에 이걸 처음 구상할 때는 무서운 이야기를 하고 무서운 이야기를 모으는 호사가에게 초점을 맞추는 종래의 방식과 달리, 이처럼 무서운 이야기를 들어야 할 필요가 있는 사람이 듣는 설정이면 좋겠다는 생각을 했다네요. 『흑백』과 『안주』에 등장하는 백물어가 '변조' 괴담인 것은 이러한 차이 때문입니다.

백 가지 이야기를 다루지만, 듣는 사람은 여러 명이 아니라 오치카 혼자. 더구나 주인공 오치카에게는 괴담을 들어야만 하는 이유가 있어요. 괴담을 들음으로써 상처받은 자신의 내면을 치료하는 것입니다. 그것이 바로 '변조'의 이유예요. 때문에 작가는 "뭐든지 자신의 힘으로 해결할 수 있는 캐릭터가 아니라, 상처가 있고 힘도 약하며 혼자서는 살아가기 힘든 사람이 필요했다"고 합니다. 무서운 이야기를 하는 게 중요한 게 아니라, 무서운 이야기를 듣는 것이 핵심입니다. 잘 들어 주는 사람. 그 사람이 반드시 오치카일 필요는 없다, 나, 혹은 당신이어도 된다는 것이 작가의 생각인 듯합니다.

15. 그림자밟기(ばんば憑き, 2011)

에도에서 방물상을 경영하는 젊은 부부는 하코네 온천에 갔다
가 돌아오는 길에 비를 만나 숙소에서 발이 묶이게 됩니다. 하지
만 그 여관에 남은 방은 하나뿐. 그리하여 마찬가지로 발이 묶인
노파와 함께 방을 쓰는 것을 받아들입니다. 남편은, 생면부지의
노파와 함께 방을 쓰는 것이 싫다는 아내를 제쳐 놓고 몸이 불편
한 노파를 돌봐 주지요. 그날 밤, 바람 소리에 섞여 노파의 훌쩍
이는 울음소리에 잠이 깬 남편에게 노파가 얘기하기 시작한 내용
은 오십 년 전 일어난 기괴한 사건이었는데.

2003년부터 2010년에 걸쳐 발표된 여섯 개의 단편으로 『얼간
이』와 『하루살이』에서 활약한 오캇피키 마사고로와 짱구가 수수
께끼를 풀고, 미시마야 시리즈에 나오는 아오노 리이치로와 습자
소의 말썽꾸러기 삼인조가 수상한 스님 교넨보를 만나게 된 사연
이 그려지기도 합니다.

16. 진상(おまえさん, 2011)

『얼간이』와 『하루살이』의 속편인 이 작품을 펴내며 작가는 이렇
게 말했습니다. "이번에는 농도 짙은 연애 소설을 써 보고 싶었습
니다. 헤이시로와 부인도 결혼하고 세월이 꽤 오래 지났지만 사
이가 무척 좋습니다. 제가 이상적으로 여기는 부부입니다. 부럽

기 짝이 없습니다. 오토쿠는 비록 남편이 죽었지만 계속 소중하게 마음에 담아 두고 있습니다. 한편으로 여러 사람의 슬픈 사랑도 있습니다. 사랑이란 매우 잔혹한 것입니다. 터무니없는 정열이 결실을 맺어 결혼을 하더라도 그 감정이 지속되지 않는 경우가 많습니다. 사랑은 언젠가 식는 것이니까 그 잔혹함과 허무함도 써 보고 싶었습니다."

그렇습니다. 이 작품은 연애 소설입니다. 작가는 외모가 '남녀 관계'에 어떻게 작용하는지에 관해 고찰하는데, 그중에서도 눈여겨봐야 할 인물은 마지마 신노스케라는 인물입니다. 헤이시로의 시선을 통해 여러 번 확인할 수 있지만 그는 절정의 꽃미남인 유미노스케와 완전히 정반대에 있는 인물입니다. 한마디로, 못생겼지요. 외모 때문인지는 모르겠지만 성격도 고지식합니다. 신노스케를 희대의 추남으로 설정한 이유에 대해 작가가 한 말이 재미있습니다. "여성과 마찬가지로 남성 역시 외모가 인생에 큰 영향을 끼치고 있지 않습니까. 남자는 외모가 중요하지 않다거나 남자는 외모보다 능력이라는 말들을 하지만 실제로는 그렇지 않습니다. 외모도 중요합니다. 하지만 현실은 어떤가요. 여성은 외모에 대한 생각을 입에 담기 수월하고, 외모에 대해 이야기하거나 신경을 쓰는 일도 자연스러우며, 지적받아 상처받는 감정을 표현하는 일도 쉽습니다. 그래서 굴절되지 않는다고 생각합니다. 반면 남성의 경우, 외모에 신경 쓰고 있다고 입 밖에 내기가 아무래도 여성에 비해 어렵습니다. 그래서 이중 삼중으로 굴절되어 버리는 게 아닐까요. 계속 생각했던 것이어서 한번 써보고 싶었습니다. 특히 에도 시대에는 명확한 신분 제도가 있으니까 신노스케와 같은 관리는 한 단계 위의 존재입니다. 그런데 시중 사람들이 '추남이네'라고 속삭이는 소리를 듣는다면 상당히 괴롭지 않았을까요."

그런 만큼 이번 작품의 키 플레이어를 한 명만 꼽으라면 역시 마지마 신노스케일 거라고 생각합니다. 헤이시로(와 시중 사람들)에게 집요할 정도로 계속해서 추남이라는 평을 듣는 신노스케가 그로 인해 어떠한 심경의 변화를 겪게 되는가, 하는 것이 바로 관전 포인트입니다. 결말에 이르러 헤이시로로부터 받게 되는 평가를 눈여겨봐 주십시오.

한편 '연애 문제'와 함께 이 작품은 '장남이 아닌 남성의 삶'이라는 테마가 또 다른 축을 이루고 있습니다. 자식을 많이 낳지 않는 현대 사회에도, 어느 집안이든 장남이 잘 돼야 한다는 부모의 소망이랄까 분위기 같은 것이 여전히 존재합니다. 지금에 비하면 에도 시대에는 사람이 훨씬 더 단순한 병으로도 쉽게 목숨을 잃곤 했기 때문에 특히 아이의 경우는 어느 정도 나이가 될 때까지 안심할 수가 없어 가급적이면 힘닿는 데까지 아이를 낳자는 분위기가 사회적으로 팽배했지요. 그러다 보니 이후로는 집에 남을 수 없는 장남 이외의 아이들이 어떻게 살아가야 하는가, 라는 것이 문제가 됩니다. 어차피 가업을 물려받을 수 없는 이상 그들은 "곁가지로 태어난 목숨"이자 "쓸모없는 입"일 뿐이어서 다른 집에

양자로 가거나 집을 떠나 일찌감치 스스로의 삶을 개척해야만 합니다. 장남 이외의 남성들이 부여받은 삶은 매우 어두웠다는 것을 보여 주기 위해 작가는 모토미야 겐에몬을 비롯한 여러 인물들을 통해 당시의 시대상을 묘사합니다.

이 소설에는 일반적인 의미의 '진상進上'들이 나옵니다. 사랑에 눈이 머는 바람에, 제 한 몸 편하자고, 나이를 먹을수록 집안에서 점점 설 자리가 좁아지는 자신의 신세를 한탄하며 벌이는 행동으로 인해 그들은 사회적으로 지탄의 대상이 되고 주위 사람들로부터 손가락질 받습니다. 그리고 『진상』의 '장편'은 일단락됩니다. 하지만 미야베 미유키의 진가가 발휘되는 대목은 그 이후입니다. 작가는 이전에 『얼간이』와 『하루살이』에서는 전반부에 단편(들), 후반부에 장편을 배치하여 전체 이야기가 이어져 가는 구성을 취했습니다. 『진상』에서는 앞의 두 작품과는 반대로, 장편에서 큰 줄거리의 사건과 직접적으로는 사건과 관계없는 에피소드를 병행하여 그린 다음, 사건의 후일담이나 보조 에피소드를 전부 단편으로 완결 짓습니다. '장편'이 끝난 후 미야베 미유키는, 하나의 사건이 일어나고 그 진상이 밝혀지면 그것으로 모든 게 끝이라 말할 수 있을까, 하고 묻습니다. 그것은 어쩌면 우리 주위의 현실을 돌아보게 하려는 의도였는지도 모릅니다. 즉, 장편 이후의 단편을 통해 모든 일의 '진상眞相'을 밝히는 구조가 필요했던 것입니다. 그래서 원제가 『오마에상』('당신, 그이'라는 뜻)인 이 작품의 한국어판 제목을 『진상』으로 정했던 것입니다.

17. 피리술사(泣き童子, 2013)

『흑백』과 『안주』에 이은 시리즈의 3편 『피리술사』에는 여섯 개
의 연작 소설이 실려 있습니다. 가까이 다가오면 반드시 사랑하
는 남녀를 헤어지게 만든다는 연못, 사람이 감추고 있는 악행을
꿰뚫어 보는 아이, '마구루'라는 짐승을 퇴치해야 할 운명을 가지
고 태어난 여인의 이야기 등을 통해 '선의와 악의는 종이 한 장 차
이이며, 입장을 바꿔 놓고 생각하면 누가 어떤 행동을 할지 알 수
없다'는 『흑백』과 『안주』에서의 기조를 여전히 유지하는 가운데,
「가랑눈 날리는 날의 괴담 모임」에서는 네 편의 짧은 에피소드를
전부 구어체로 서술한 방식이 눈에 띄며 「절기 얼굴」에서는 망자
와 산자 사이를 오가는 정체불명의 상인이 등장하지요. 이중에서
「기치장치 저택」은 반드시 읽어 봐 주었으면 합니다. 앞일을 예고
하는 능력을 가진 산장에서 벌어지는 이야기인데 마치 세월호 사
건을 예견한 듯한 내용(2013년에 발표된 소설인데 세월호 사고는
2014년에 일어났지요)이어서 어쩌면 한국 독자들에게 더욱 시사
하는 바가 크지 않을까 싶어요.

18. 괴수전(荒神, 2014)

이 작품은 '나가쓰노'와 '고야마'라는 가상의 번을 무대로 삼고
있습니다. 이제껏 발표된 미야베 미유키의 시대물이 대부분 작가

자신의 고향인 '후카가와'를 배경으로 삼았다는 점을 고려하면, 이러한 설정은 자연스럽게 『외딴집』을 떠올리게 하지요. 『괴수전』 출간 직후 《아사히 신문》과의 인터뷰에서 작가는, "시대 소설에서 시정 사람들에 관한 이야기가 아닌, 번과 같이 커다란 무대를 설정한 작품을 쓰면 '그곳에서 신이란 무엇인가'에 대해 생각하게 된다. 『외딴집』에서 가공의 번에 대한 이야기를 썼을 때도 그랬지만, 그곳에 사는 사람들이 무엇을 두려워하는지를 생각한다"고 얘기한 바 있습니다. 그리하여 『외딴집』에서는 재정상의 곤란과 민중의 궁핍을 해결한다는 명목으로 사상과 문화를 통제했던 '가가 님'을, 『괴수전』에서는 번의 발전을 도모한다는 명분으로 강압적 정책을 실시하고 '인간사냥'도 서슴지 않는 '소야 단조'를 두려움의 대상으로 등장시키지요. 정치권력의 문제를 다루고자 할 때 작가는 가상의 배경을 설정하는 듯합니다. 가상의 두 번인 나가쓰노와 고야마는 영산을 사이에 두고 있는 이웃인데 어떤 이유 때문에 철천지원수가 되어 상대 번을 배척하지요. 그리고 이러한 악감이 절정에 달하는 순간 정체불명의 괴물이 등장하며 이야기는 시작됩니다. 미야베 미유키의 에도 시대물 가운데 '괴물'이라는 이름에 어울릴 만한 존재가 등장한 적이 한 번 있었어요. '마구루'라는 존재를 퇴치해야 할 운명을 가지고 태어난 여인의 이야기, 『피리술사』에서였습니다. 시기적으로 볼 때 작가는 '마구루' 에피소드를 통해 괴수물의 가능성을 타진해 본 게 아닌가 싶어요. 『피리술사』가 좋은 반응을 얻는 동안 미야베는 '일찍이 괴수

영화에 열광했던 사람들도 만족할 수 있을 정도'의 질적인 완성
도를 추구하기 위해 노력했습니다. 그리하여 작품을 완성한 직후
에 이런 말을 남겼습니다. "이번에는 무엇보다도 '염원의 괴수물'
을 쓰자고 생각했습니다. 저는 괴수물을 무척 좋아해서 〈울트라
Q〉부터 시작된 '울트라 시리즈'를 전부 보며 자란 세대입니다. 언
젠가 괴수물을 꼭 쓰고 싶다는 마음을 품어 왔지요. 하지만 어떻
게 쓰면 좋을지 몰랐어요. 시행착오를 거듭하면서 설정을 현대에
서 에도로 바꾸고 한국 영화 〈괴물〉에서 힌트를 얻으면서 난폭하
게 날뛰는 괴수 이야기를 쓸 수 있겠다는 자신이 생겼습니다. 독
자분들은 그야말로 60년대 영화 〈대마신大魔神〉과 같은 특촬 시대
극이 가진 레트로한 분위기를 즐겨 주셨으면 하는 마음입니다."

19. 삼귀(三鬼, 2016)

일본 에도 시대 때 유명했던 '다루야마'는 여느 곳에서 볼 수 없
는 특별한 찬합에 솜씨 좋은 요리사가 만든 요리를 담아서, 그야
말로 식어도 맛있다는, 아니 오히려 식으면 더 맛있다는 평판을
얻으며 유명해진 도시락 가게입니다. 도시락 가게는 나들이 가기
좋은 계절이 대목이기 때문에 아르바이트 직원이라도 뽑아서 몰
려드는 주문을 받는 것이 정상이지요. 그런데 다루야마는 오히
려 대목이 되면 장사를 접고 휴업한다는 점이 특이해요. 매년 마
찬가지입니다. 평소에는 멀쩡하게 장사를 하다가 대목만 되면 문

을 딱 닫고 열지 않아요. 단골손님이 아무리 졸라도, 제아무리 유명한 사람이 와서 애원해도 '대목에는 장사를 하지 않습니다'라며 딱 부러지게 거절합니다. 대관절 왜, 다루야마의 주인장 후사고로는 대목만 되면 문을 닫아걸고 장사를 하지 않는 걸까. 이야기는 후사고로의 젊은 시절로 거슬러 올라갑니다. 변변한 여비조차 없이 가난했던 후사고로는 여관비를 아끼기 위해 밤에는 적당한 곳에서 노숙하며 음식 공부를 하기 위해 이름난 식당을 찾아가는 중이었어요. 그런데 험한 골짜기에 접어들었을 무렵 갑자기 현기증을 느낍니다. 배가 고파서 그런 건가 생각한 후사고로는 봇짐에 챙겨 두었던 주먹밥을 꺼내어 천천히 먹어 보았지요. 그랬더니 거짓말처럼 현기증도 식은땀도 멈추었습니다. 하지만 얼마 지나지 않아 이번에는 "꼬르르르르르륵" 하고 어처구니없이 성대한 소리가 배 속 깊은 곳에서 용솟음쳤습니다. 비로소 후사고로는 깨달았지요. 이것은 아귀에 씌인 것이로구나. 그는 밑져야 본전이라는 심정으로 크게 소리쳤습니다. "당신, 혹시 먹지 못해 죽은 귀신인가?" 믿기 어려운 일이지만 후사고로의 머리 그림자 옆으로 또 다른 머리 그림자 하나가 튀어나와 끄덕끄덕 고개를 움직였습니다. 그리고 더 믿기 힘든 일이지만 이후로 후사고로는 아귀에 씌인 채로 음식 수련을 쌓게 됩니다. 음식 공부를 하는 내내 그가 만든 음식을 잔뜩 맛볼 수 있었던 아귀는 후사고로가 음식점을 열자 장사가 번창하도록 돕습니다. 그러던 어느 날, 후사고로의 집에서 기이한 소리가 나며 서서히 기울기 시작했습니다.

원인인즉, 매일매일 맛있는 음식을 먹으며 편히 지내던 아귀가 너무 살이 쪄서 집이 그 체중을 감당하지 못했던 것입니다. 후사 고로는 급히 장사를 접고 아귀에게 다이어트를 종용하는데……. 과연 미식가 요괴의 다이어트는 가능할 것인가. 절품 도시락 가게 주인장에게 달라붙은 귀여운 대식가 요괴의 살빼기 대작전! 이토록 귀여운 이야기가 미시마야 시리즈 네 번째 권 『삼귀』에 담겨 있습니다.

20. 기타기타 사건부(きたきた捕物帖, 2020)

이 책의 출간을 기념하여 만들어진 특설 페이지를 통해 작가는, 이미 몇 년 전부터 구상해 왔던 이야기임을 밝히며 다음과 같이 말한 바 있습니다. "이번 시리즈가 태어난 계기가 된 『맏물이야기』에서는 모시치 대장이 지혜를 짜내어 사건을 해결하지요. 그와 비교하면 『기타기타 사건부』의 주인공은 명탐정이 아니라, 시중에 일어나는 크고 작은 트러블을 해결하는 트러블 슈터, 즉 심부름꾼입니다. (때문에) 중요한 역할로 센키치 대장의 아내 마쓰바가 있습니다. 그리고 공중목욕탕의 솥에 불을 피우는 일을 하는 기타지, 기타이치의 든든한 지원군 오카미, 기타이치 응원단의 한 사람인 신베에도 있지요. 생각해 보면 히어로는 없고 입장이 약한 사람들뿐인 『기타기타 사건부』는 필생의 과업인 '미시마야 시리즈'와 함께, 제가 현역으로 있는 이상 앞으로도 쭉 이어가고 싶습니다."

성실하고 부지런하지만 명민하지 못하다는 점에서 에도판 스기무라 사부로를 연상시키는 기타이치를 비롯하여, 히어로는 없고 입장이 약간 사람들이 힘을 합쳐 사건을 해결해 나가는 시리즈. 그 대망의 첫 번째 이야기에서는, 1994년에 연재를 시작했던 『맏물 이야기』에서 그 정체를 놓고 작가가 실컷 변죽만 울리던 유부초밥 노점 주인에 대한 사연이 밝혀집니다. 지역 야쿠자들도 감히 자릿세를 거두지 못하던 그 사람과 핏줄이 닿는 기타이치의 버디 기타지의 활약도 앞으로 계속되겠지요.

21. 금빛 눈의 고양이(あやかし草紙, 2018)
22. 눈물점(黒武御神火御殿, 2019)
23. 영혼통행증(魂手形, 2021)

『금빛 눈의 고양이』, 『눈물점』, 『영혼통행증』은 미시마야 시리즈 안에서 구동되는 최근의 이야기이므로 한꺼번에 정리하도록 하겠습니다. '누군가 이야기하는 괴담을, 다 같이 듣는 형식의 연작 소설'을 쓰고 싶다는 생각으로 작가 미야베 미유키가 본격적으로 집필을 준비하기 시작한 건 2004년 무렵. 구상을 할 당시에는 한 사람이 계속 이야기하는 방식을 떠올렸지만 막상 시험 삼아 써 보니 아이디어가 산더미처럼 불어나 한 사람이 이야기하는 문체로는 스토리를 이어 나가기가 곤란하다는 걸 깨달았다고 합니다.

이 대목에서 듣는 사람에 대한 구체적인 설정이 추가되었고 '단순한 호기심이 아니라 괴담에 귀를 기울여야 할 절실한 이유'를 가진 캐릭터 오치카가 만들어졌지요. 그리하여 시리즈의 첫 번째 작품인 『흑백』은 2006년 1월부터 2년 넘게 연재되었는데 가필과 수정을 거쳐 마침내 단행본으로 출간된 건 2008년 7월. 지금으로부터 14년 전입니다. 하지만 '간절한 이유가 있는 오치카' 한 사람이 계속 청자 역할을 맡다 보니 시리즈 전체의 분위기가 무거워지고 말았어요. 이래서야 스토리의 폭이 좁아지고 소재 선택에도 한계가 있다고 여긴 작가는 청자 역으로 새로운 인물을 캐스팅하는데 바로 미시마야의 차남인 도미지로입니다. 언젠가 인터뷰(가도카와 문고)에서 미야베 미유키는 청자 역할에 대해 재차, 이렇게 설명했습니다.

"오치카는 '마지못해' 듣는 사람이 되었지만, 도미지로는 좀 더 자유롭게 듣는 사람의 입장을 즐길 여유가 있습니다. 오치카만큼의 각오도 없기 때문에 이야기를 듣다 보면 일일이 떨거나 지나치게 감정이입하여 동요하기도 하지요. 이런 '약해 빠진' 도미지로 덕분에 에피소드의 폭이 넓어져서 다행이라고 생각해요."

한편, 미시마야에 경사가 날아듭니다. 미시마야의 식구들뿐만 아니라 이 시리즈를 쭉 애독해 온 독자들에게도 반가운 소식이 아닐지. 오치카가 결혼을 하고 아이를 낳는 것은 오래전부터 작가의 머릿속에 있던 계획입니다. 경사와 함께 난데없이 나타난 수수께끼의 '상인'은 도미지로에게 불길한 말을 던지며 사라지는

데, 시리즈의 첫 권부터 묘한 타이밍에 불쑥불쑥 등장하는 상인
은 대관절 누구인가, 라는 질문에 작가는 "저승과 이승 사이를 오
가는 존재입니다. 오치카에게 들러붙어 있는 것 같았지만 오치카
가 결혼을 하자 도미지로 앞에 나타나게 되었지요. 괴담을 즐겨
듣는 도미지로가 길을 헛디디지 않도록 지켜보는 염라대왕의 심
부름꾼일지도 모르겠네요"라고 대답했습니다. 상인이 적인지 아
군인지는 아직 확실하지 않아요. 앞으로의 이야기에서는, 장사를
배우러 간 곳에서 돌아온 장남 이이치로가 후계자로 정착해 혼담
이 진행되며 도미지로와의 드라마가 전개된다고 합니다. 이에 따
라 "듣는 사람은 앞으로 2명 더 교대할 예정입니다. 때때로 독자
분들로부터 이런저런 걱정의 말을 듣습니다만 수호 역할을 하는
오카쓰는 미시마야를 떠나지 않고 99화까지 지켜보니까 부디 안
심하십시오"라는 당부를 남긴 미야베 미유키 작가님. 고맙습니
다. 아울러 미시마야 시리즈 8권의 한국어판 출간은 2023년 봄이
니까 조금만 기다려 주시길.

아기를 부르는 그림
초판 1쇄 발행 2022년 11월 11일

지은이   미야베 미유키
옮긴이   이규원

발행편집인   김홍민 · 최내현
편집   조미희
마케터   마리
표지디자인   이혜경디자인
용지   한승
출력   블루엔
인쇄 · 제본   대원

펴낸곳   도서출판 북스피어
출판등록   2005년 6월 18일 제105-90-91700호
주소   (10595) 경기도 고양시 덕양구 동송로 23-28 305동 2201호
전화   02) 518-0427
팩스   02) 701-0428
홈페이지   https://blog.naver.com/hongminkkk
전자우편   editor@booksfear.com

ISBN 979-11-92313-10-8 (04830)
ISBN 978-89-91931-29-9 (SET)